PIERRE ET RENÉE
Un destin en Nouvelle-France

DE LA MÊME AUTEURE

La Châtelaine de Mallaig, Montréal, VLB éditeur, coll. «Roman»,
2002; réédition, Montréal, Typo, coll. «Grands romans», 2010.
Sorcha de Mallaig, Montréal, VLB éditeur, coll. «Roman», 2004;
réédition, Montréal, Typo, coll. «Grands romans», 2011.
L'Hermine de Mallaig, Montréal, VLB éditeur, coll. «Roman»,
2005; réédition, Montréal, Typo, coll. «Grands romans», 2010.
Gunni le Gauche, Montréal, VLB éditeur, coll. «Roman», 2006.
Nouvelles de Mallaig, Montréal, VLB éditeur, coll. «Roman»,
2007.
Moïrane, Montréal, VLB éditeur, coll. «Roman», 2008.

Diane Lacombe

PIERRE ET RENÉE
Un destin en Nouvelle-France

roman

vlb éditeur
Une compagnie de Quebecor Media

VLB ÉDITEUR
Groupe Ville-Marie Littérature inc.
Une compagnie de Quebecor Media
1010, rue de La Gauchetière Est
Montréal (Québec) H2L 2N5
Tél. : 514 523-1182
Téléc. : 514 282-7530
Courriel : vml@groupevml.com

Éditeur : Martin Balthazar
Directrice littéraire : Gervaise Delmas
Maquette de la couverture : cyclonedesign.ca
Illustration de la couverture : Julien Dupré ; courtesy of Rehs Galleries, Inc., New York, NY
Photo de l'auteure : Mathieu Rivard

Catalogage avant publication de Bibliothèque et Archives nationales du Québec
et Bibliothèque et Archives Canada
Lacombe, Diane, 1953-
    Pierre et Renée : un destin en Nouvelle-France : roman
    (Roman)
    ISBN 978-2-89649-342-5
    1. Balan dit Lacombe, Pierre, ca 1646-1687 - Romans, nouvelles, etc. 2. Biret, Renée, ca
1641-1715 - Romans, nouvelles, etc. I. Titre.
PS8573.A277P53 2011   C843'.6   C2011-942202-6
PS9573.A277P53 2011

DISTRIBUTEURS EXCLUSIFS :

• Pour le Québec, le Canada
  et les États-Unis :
  LES MESSAGERIES ADP*
  2315, rue de la Province
  Longueuil (Québec) J4G 1G4
  Tél. : 450 640-1237
  Téléc. : 450 674-6237
  * filiale du Groupe Sogides inc.,
    filiale de Quebecor Media inc.

• Pour l'Europe :
  Librairie du Québec / DNM
  30, rue Gay-Lussac
  75005 Paris
  Tél. : 01 43 54 49 02
  Téléc. : 01 43 54 39 15
  Courriel : direction@librairieduquebec.fr
  Site Internet : www.librairieduquebec.fr

Pour en savoir davantage sur nos publications,
visitez notre site : **editionsvlb.com**
Autres sites à visiter : editionshexagone.com • editionstypo.com
edjour.com • edhomme.com • edutilis.com

À mon fils Jean-Baptiste qui,
comme son ancêtre Pierre,
parcourt les pays étrangers
avec l'esprit neuf des découvreurs.

Chapitre premier

Janvier 1664, La Rochelle

«Remue-toi, empotée! On remballe ce qui reste : tu garderas un mérou pour ta peine, aujourd'hui», me lança Raviau en soupesant la bourse que je venais de lui remettre et qui contenait les recettes de la journée. Une journée qui se finissait bien tôt, à mon avis, mais depuis que Raviau tenait l'étal de poissons à la place du patron, les heures de travail avaient tendance à raccourcir. Rien n'était plus comme avant : je faisais tout et lui rien. Ce petit despote de commis se contentait d'apporter les cageots depuis le quai jusqu'à la place du marché, le matin, et de les reprendre chargés des invendus, à la fin de l'après-midi. Entre-temps, il se tenait au chaud dans la buvette d'en face pour, prétendait-il, me garder à l'œil, surveiller mes transactions avec les acheteurs et intervenir en cas de dispute avec les marchands. Les empoignades étaient fréquentes, mais pas assez sévères pour que Raviau soit jamais venu me prêter main-forte en ces occasions. À moi de me battre de la gueule et des coudes en besognant seule, à vendre les poissons de maître Denys qui s'était retiré de la pratique en raison de son âge. Je regrettais beaucoup le patron, qui s'était toujours montré juste envers moi, alors que son remplaçant ne l'était pas, en plus de s'avérer mauvais employé.

« Un mérou, ce n'est pas assez. Il me faut des sous pour acheter le pain : tu le sais », répliquai-je en dévisageant Raviau avec défi. Il baissa les yeux sur l'argent avec un sourire méchant. « Des piécettes, tu en auras quand tu seras un peu plus avenante avec moi », répondit-il. Puis il vida le contenu de la bourse dans sa ceinture et, d'un pas lourd, il contourna l'étal derrière lequel je me tenais. Prévoyant ses intentions, je saisis une anguille pour l'en menacer, mais elle me glissa des mains et tomba par terre. « Ramasse-la, ribaude ! » siffla-t-il. Tout en reculant hors de sa portée, j'avisai deux belles tanches qui gisaient au bout du comptoir. Je les empoignai et les enfouis dans mon panier qui se trouvait juste dessous, puis je déguerpis à toutes jambes. Les vociférations de Raviau mêlées aux railleries des vendeurs voisins saluèrent ma sortie précipitée de la place du marché.

Arrivée à la rue du Cordouan, je ralentis l'allure tout en glissant le panier sur mon avant-bras pour frotter mes mains gelées et souillées à mon tablier. À l'abri des arceaux de pierre dressés sous le premier étage des maisons, le mercier et le boulanger replaçaient leur marchandise en devisant. La vue des étoffes épaisses et des miches bien rondes me tira des larmes d'amertume. Où allais-je trouver le pain pour le repas du soir ? Depuis le départ de maître Denys à l'automne dernier, cette question terminait invariablement mes journées, où j'usais ma peine pour une bien maigre récompense.

En cet hiver 1664, je manquais de ce courage ordinaire qui m'avait valu une renommée de fille vaillante dans le quartier de Notre-Dame-de-Cougnes. Avec des accents de pitié dans la voix, les voisines continuaient d'évoquer le décès de ma mère emportée par une fièvre quarte. Il était survenu au sortir de mon enfance et j'étais alors restée seule avec mon père dans notre petit logis de l'impasse du Bélier. À l'époque, aucune mégère ne s'était offerte pour alléger mon fardeau, ne serait-ce qu'en m'aidant dans les tâches qui m'avaient subitement incombé. Mon vingt-troisième printemps d'âge allait bientôt se présenter, sans surprise et sans promesse, mais au contraire, teinté de l'indifférence générale qui collait à ce « pauvre Jean Biret et sa brave fille Renée ».

Ce jourd'hui, je ne me résignais plus à être la brave fille de Jean Biret. Ce que je désirais ardemment, c'était de me sentir de nouveau « la belle Renée du vaillant Hélie ». Pour cela, il aurait fallu que mon amant revienne à la fin de son contrat de trois ans en Nouvelle-France, comme il me l'avait promis. Hélas, une année s'était déjà écoulée depuis ce retour prévu et Hélie Targer n'avait toujours pas reparu à La Rochelle. Ses parents, sans nouvelles de lui durant tout ce temps, semblaient l'avoir oublié et j'avais cessé de les interroger. J'observais la même réserve avec la famille d'un compagnon d'Hélie, parti sur le même bateau et, comme lui, pas encore revenu chez les siens. « Il me faut parler au notaire Cherbonnier, me dis-je. Si un renouvellement de contrat a été signé pour Hélie ou son compagnon, il me le dira. »

Comme pour faire écho à mes pensées, au moment où j'arrivais chez moi, une voisine qui s'amusait de ma déconvenue amoureuse m'interpella avant que je ne disparaisse dans l'impasse du Bélier : « Alors, ton huguenot de charpentier, toujours sans nouvelles de lui ? » La pénombre et le silence de la ruelle m'enveloppèrent en m'évitant de répondre à l'importune. Je poussai la porte de l'escalier avec soulagement. Nous habitions, mon père et moi, au deuxième étage d'une maison qui en comptait trois, dans une chambre dont l'unique fenêtre ouvrait au-dessus de l'impasse. À peine une toise séparait-elle notre mur de celui de la maison d'en face, si bien qu'on pouvait se passer un balai d'une fenêtre à l'autre, pour peu qu'on s'étire. Le soleil ne pénétrait jamais dans l'impasse, quelle que soit l'heure du jour ou la saison de l'année, et c'est pourquoi elle puait le moisi et l'eau croupissante.

Dès mon entrée au logis, je constatai que mon père n'était pas revenu. Voilà près de deux mois qu'il louait ses bras contre vin et pitance dans un petit chantier de construction du côté du port. J'espérais qu'il avait pu manger du pain et qu'il ne me reprocherait pas les deux tanches que je rapportais pour tout souper. Afin de couper court à une remarque de sa part, je décidai d'apprêter immédiatement les poissons et de lui préparer son assiette avant son retour. Depuis que l'idée m'en était venue, un moment plus tôt, la rencontre avec le notaire occupait entièrement mon esprit et j'étais pressée d'aller rue Château-Gaillard. À peine avais-je vidé mon panier que j'entendis monter mon père qui, l'instant d'après, s'affaissa sur le banc, l'air fourbu comme à l'accoutumée. « Je suis désolée, père, dis-je. Nous devrons encore nous contenter de manger maigre ce soir…

— Va, ne t'en fais pas, ma fille… Je suis passé par la place du marché tout à l'heure et on m'a rapporté ton démêlé avec Raviau : ton patron est bien malavisé de le garder à son emploi.

— Maître Denys est trop malade pour quitter son lit et venir s'occuper de ses affaires, dis-je.

— Si tu veux gagner ton pain honnêtement, tu devras quitter cet étal à poissons, je le crains…

— Juste ! Je suis contente que vous m'en parliez, car j'y songe. Avec la dispute d'aujourd'hui, je pourrai difficilement retourner trimer avec Raviau sans m'attirer ses représailles.

— Il y aurait la possibilité d'entrer à La Pomme de Pin, sous les ordres de ta tante Sarah. Lavandière dans une auberge, c'est un bon travail.

— Je croyais que votre belle-sœur ne voulait plus avoir commerce avec nous depuis la mort de mère. Vous seriez-vous réconcilié avec elle ?

— Non pas, mais Sarah doit filer doux avec la fermeture du temple l'an dernier. Je ne connais pas un huguenot qui ait encore le caquet haut dans cette ville. Tu sais, Renée, ce n'est pas seulement les protestants de La Rochelle qui perdent leurs églises et leurs prêcheurs depuis quatre ans, ça se produit partout en France. Je crois bien que ta mère en serait morte si elle avait survécu jusqu'à ce jour, la pauvre…»

Je ne relevai pas la remarque. Voilà longtemps que j'avais compris la douleur éprouvée par ma mère à la transformation du Grand Temple en cathédrale catholique en 48 et je pressentais qu'elle avait dû mourir de cet immense chagrin. Néanmoins, durant le repas, je réfléchis à la suggestion de mon père et je me promis d'y donner suite. Dans l'immédiat, j'étais décidée à faire ma visite chez le notaire et c'est avec empressement que je sortis de table. Contrairement à bien des pères, Jean Biret ne me questionnait jamais sur mes allées et venues, ce dont je profitais sans en abuser, trop heureuse de jouir d'une telle liberté.

Quand je tournai le coin de la rue du Cordouan, j'aperçus une petite troupe de conscrits encadrés par des sergents. Elle débouchait bruyamment sur la place du marché, laquelle était encore achalandée. L'emplacement de l'étal de maître Denys était heureusement vide; Raviau était donc parti, ce qui me donna envie de m'attarder pour observer le passage des soldats. Je remarquai que la populace leur jetait un regard ennuyé ou malveillant. Depuis des mois, La Rochelle était envahie par l'armée du roi Louis. L'ordre avait été donné de rassembler des contingents en vue de porter la guerre dans les colonies sucrières. Chaque semaine, des centaines d'engagés entraient dans la ville à la suite d'une marche longue et apparemment éreintante. Pour avoir quelques fois observé leur venue, je trouvais à ces pauvres gars un air harassé et désabusé. Les capitaines qui les conduisaient n'avaient pas meilleure mine. Comme ils avaient tendance à relâcher la discipline au moment où l'équipée prenait fin, les mille méfaits commis par leur piétaille provoquaient la hargne des citadins. Malgré ce surcroît de clientèle dans la ville, les marchands rochelais souhaitaient l'embarquement des soldats vers leur destination de guerre. On disait que ce départ se ferait au cours du mois, mais mon père en doutait. Pour ma part, la présence des militaires dans la ville me laissait indifférente et je prêtais une oreille distraite aux commérages les concernant.

Ce jour-là, en épiant le défilé des soldats, je surpris un sourire triomphant sur les lèvres de l'un d'eux, un gaillard qui dépassait en hauteur ses compagnons. « En voilà un qui semble assez content de son sort », pensai-je. Malgré ma curiosité, je préférai me tenir à distance de la troupe et j'attendis qu'elle soit entièrement engagée dans la rue des Dames avant de poursuivre mon chemin. La rue Château-Gaillard, où le notaire avait son office, ouvrait sur une artère qui bordait la place du marché du côté sud. Maître Cherbonnier possédait une maison à trois étages en pierres et lambris. Sa porte était surmontée d'une belle arche de bois sous laquelle je fus bien aise de me réfugier, car il se mit à pleuvoir aussitôt que j'arrivai.

« En principe, je ne suis pas autorisé à te fournir l'information que tu me demandes, jeune femme, me dit maître Cherbonnier. Tout ce que je puis révéler, c'est le nom du recruteur de ton fiancé : il s'agit du sieur François Perron. Tu l'aurais appris d'une autre bouche de toute manière, car ce marchand est l'un des principaux agents pour l'embauche d'hommes de travail destinés aux colonies. Mais la demande de main-d'œuvre a beaucoup diminué depuis cinq ans. Hélie Targer est peut-être parmi les derniers charpentiers que sieur Perron a recrutés pour la Nouvelle-France. À la fin de son contrat, est-il resté chez son maître ou est-il passé aux mains d'un autre employeur, cela, je ne le sais point. »

J'avais attendu longtemps avant que le notaire consente à me recevoir et je ne voulais pas m'avouer vaincue aussi rapidement, même si je saisissais qu'il vaudrait mieux m'adresser au sieur Perron pour en savoir davantage. «Je comprends, maître. Ainsi, il vous apparaît plausible qu'Hélie Targer ait prolongé son entente avec son patron ou en ait conclu une nouvelle avec un autre, et il est normal que vous n'ayez pas été impliqué dans la transaction, avançai-je, sur un ton modeste.

– Exactement, répondit-il. Si ton Hélie avait failli aux termes de son contrat, j'en aurais peut-être été avisé et il y aurait probablement eu des suites. Visiblement, ce n'est pas le cas, ce qui n'est guère étonnant. Les huguenots qui ont réussi à se faufiler en Nouvelle-France en s'engageant comme ouvriers ont tout intérêt à se faire discrets et à donner entière satisfaction à leurs maîtres s'ils veulent garder leur place: ce n'est point différent là-bas d'ici… D'ailleurs, la même discrétion prévaut pour le recruteur qui passe outre aux recommandations des administrateurs de la colonie en embauchant des protestants. Sieur Perron joue avec le feu devant les autorités, mais il peut s'appuyer sur sa fortune et l'efficacité de son commerce.»

À ce moment-là, le notaire me glissa un regard peu amène avant de poursuivre: «Pourquoi Hélie Targer n'est-il pas revenu l'an dernier? Je suis le dernier homme à La Rochelle qui puisse répondre à cette question. S'il avait su écrire, il t'aurait fourni des explications et tu n'aurais nul besoin d'enquêter comme tu le fais en ce moment, mais il ne sait pas signer son nom. Je ne puis rien dans cette affaire, Renée Biret, va voir du côté de sieur Perron.»

Ainsi me congédia maître Cherbonnier, avec un air condescendant à la limite du mépris qui m'humilia mieux que s'il ne m'avait insultée. Lorsqu'il avait prononcé les mots «ce n'est point différent là-bas d'ici», j'avais saisi son allusion au calvinisme professé par la famille de ma mère, née Périn, mais connue sous le nom de Périne. Est-ce que la tare d'appartenance à la religion réformée allait continuer à me poursuivre?

Quand j'étais toute jeune, on m'avait refoulée de l'école paroissiale, empêchée d'assister aux fêtes religieuses et reléguée à l'arrière des processions parce qu'on croyait que je n'avais pas été baptisée par un prêtre catholique. À la vérité, faute d'une entente entre mes parents à ce sujet, je n'avais finalement été menée sur les fonts baptismaux ni de l'église de Notre-Dame-de-Cougnes, que mon père aurait choisie s'il avait été un catholique assidu, ni au temple de la Villeneuve, que ma mère huguenote fréquentait discrètement pour ne pas attirer l'opprobre. Ne pouvant ensuite présenter de preuve de baptême, preuve que nul prêtre ou pasteur n'avait jamais réclamée, j'avais grandi en marge des institutions catholiques et protestantes. Mes parents ayant eux-mêmes renoncé à professer publiquement leur foi opposée afin de ne pas vivre en perpétuel désaccord, ils ne s'émurent pas de l'embarras dans lequel ils me laissaient en s'abstenant de m'éduquer religieusement. Quand j'avais été en âge de comprendre la situation marginale dans laquelle j'étais confinée, je m'étais placée du côté de la majorité catholique en fréquentant les offices du dimanche. S'il s'en aperçut, mon père s'était gardé d'approuver mon choix et ma mère, défiante comme le sont tous les individus traqués, me laissa faire à ma guise. C'est ainsi que je vécus mon enfance comme une brebis sans troupeau, une âme oubliée parmi les chrétiens de La Rochelle. Et ce jourd'hui, dans le cabinet de maître Cherbonnier, je venais de goûter de nouveau à cette vieille disgrâce qui me collait à la peau depuis ma naissance. Est-il besoin de dire que je ressentis ce que ma mère avait probablement toujours éprouvé au milieu des citoyens de La Rochelle? Ce notaire arrogant manquait aux préceptes de sa religion en se montrant si peu charitable et, ce faisant, il m'incitait à offrir mon amitié aux huguenots. Ne restait plus qu'une chose à faire désormais : rencontrer l'un d'entre eux, l'armateur François Perron.

*

Quand j'entrai dans La Rochelle, à l'issue d'un mois de marche fatigante en rangs serrés sous un froid à déplumer les poules, je sus que j'allais aimer le métier de soldat. Était-ce la perspective d'endosser un uniforme, celle de porter les armes, ou celle de garnir ma bourse d'espèces sonnantes, qui m'excitait le plus ? Je n'aurais su choisir parmi ces différents bonheurs. Certes, mes hardes usées me disgraciaient ; mon couteau ne souffrait point la comparaison avec l'épée et le fusil ; et gagner mon pain en m'échinant sur une terre me souriait moins que d'accumuler les pécunes en guerroyant. À dix-huit ans faits, un homme ne peut-il pas rêver sa destinée ? « C'est ici que tout commence », me dis-je en bombant le torse, lorsque la troupe déboucha sur une place de marché.

J'examinai avec plaisir la foule qui s'y pressait. Les gens se hélaient et se bousculaient en nous lorgnant et je m'imaginai qu'ils s'étaient attroupés là tout spécialement pour saluer l'entrée des soldats du roi dans leur ville. « Quelle mine de conquérant tu fais, Balan ! On dirait que tu as remporté une bataille », me souffla Pierre Joncas, une recrue qui m'avait choisi comme compagnon de marche parce que son humeur fanfaronne s'accordait à la mienne.

« En effet, répondis-je, sur un ton faussement altier. Vois cette cohue massée ici pour nous applaudir ! Entends les exclamations de joie ! N'est-ce pas délice que de se savoir si ardemment accueilli ? Ne dirait-on pas que ces citadins n'ont jamais admiré une aussi belle formation que la nôtre ?

– Tu plaisantes ! Je vois plutôt une foule qui nous déteste par avance… Et puis regarde-nous, toi et moi, déguenillés et sales, nous n'avons aucune prestance !

– Tout est dans le maintien, susurrai-je à Joncas d'un air railleur. Redresse les épaules, la tête, balance le bras en avant, allonge la jambe et tu auras l'air d'un soldat. Regarde les filles, là, le long du mur… Ne s'émoustillent-elles pas en nous dévorant des yeux? Souris-leur gaillardement et elles ne verront plus ta barbe mais, à la place, une fine moustache!»

Remontant la colonne des marcheurs, Pierre Toupin, un des plus vieux du régiment qui nous avait pris sous son aile depuis notre enrôlement, s'avança à notre hauteur. «Que complotez-vous encore, les freluquets? (Suivant la direction que prenaient nos yeux.) Ah, je vois: vous êtes déjà en quête de filles!

– C'est bien ça, répliquai-je. Il y en a partout… Nous n'aurons qu'à les ramasser à pleines brassées quand nous serons correctement vêtus et armés. Regardez leur mine gourmande, on dirait qu'elles nous attendaient depuis un siècle, les pauvrettes…

– Ne t'illusionne pas, Balan, rétorqua Toupin. Une centaine d'hommes des régiments de Navarre et de Normandie nous ont précédés auprès des mignonnettes. Ils ont eu largement le temps d'astiquer leur mousqueton, retaper leur giberne et rapiécer leur jaque. Quelle concurrence crois-tu leur faire ici, toi, le gueux avec tes bas troués et tes souliers éculés?

– Holà! m'écriai-je. Je ne suis point gueux. Je suis Pierre Balan de Cantillac, district de Brantôme, évêché de Périgueux, et c'est le seul "gueux" que j'entends dans mon identité. Et contrairement à toi, je suis jeune et joli! Alors, je te jure qu'avant la tombée de la nuit, j'aurai conquis le cœur d'une de ces belles. Elle va tellement se languir d'amour après mon départ qu'elle va sauter sur le prochain bataillon qui entrera à La Rochelle.

– Bravade que cela! Trois sous que tu ne trouveras point de garce, répondit Toupin.

– Trois pour moi aussi! enchaîna Joncas.

– Tenu!» soutins-je, sans même me demander si je possédais encore six sous dans mon escarcelle.

Une pluie subite s'abattit sur nos têtes, rendant moins majestueuse notre progression dans les rues de la ville. D'ailleurs, la populace se dispersa aussi prestement qu'un essaim de mouches chassé d'une bouse par le pied d'un cheval. Envolé, mon sourire, et en même temps les filles qui me faisaient envie. Toupin et Joncas se gaussèrent de moi et ne cessèrent de rigoler qu'au moment où notre cohorte arriva en vue des quais. On nous fit entrer à la hâte dans le soubassement d'une caserne aux abords du quartier des armateurs. À travers le rideau gris de la pluie, j'eus à peine le temps de jeter un œil admiratif à la tour de la Chaîne, en face, qui, avec la tour Saint-Nicolas, gardait l'entrée du fameux port de La Rochelle, avant de me retrouver à l'abri dans ce lieu sombre qui ressemblait à un entrepôt. Toupin m'apprit que l'endroit servait de logement de transition entre La Rochelle et les citadelles des îles de Ré et d'Oléron, où le reste de la garnison cantonnait.

Passablement trempés, nous pénétrâmes dans la vaste place, où la paille de sol empestait. À chaque extrémité, un foyer de pierre garni d'une crémaillère exhalait une fumée blanche, sans qu'aucun tison y rougeoie. En face de l'entrée, une brochette d'officiers de plume et d'épée nous fit un accueil circonspect. L'un d'eux répartit notre cohorte en la poussant de part et d'autre des piliers de bois qui traversaient la pièce. Toupin, Joncas et moi passâmes du côté droit. Je ne qualifierais pas de couchettes les espèces de grabats disposés en rangées si étroites qu'il était malaisé d'y circuler sans les fouler du pied. Quand nous fûmes invités à déposer notre sac, nous eûmes un moment d'hésitation : sur la centaine de couchettes, seule une vingtaine, au centre, semblaient être libres d'occupants. En effet, dans les sections les plus rapprochées des feux, la plupart des lits étaient encombrés de baluchons et de hardes appartenant aux soldats installés là. Un coup d'œil rapide à mes amis m'indiqua qu'ils avaient fait le même calcul que moi. D'un bond, nous nous précipitâmes sur les premières couches vacantes, mais un ordre bref retint notre élan. L'officier qui avait encadré notre marche à travers le pays, un ronchon trapu et mal fagoté, nous héla : « Messieurs les trois Pierre, j'ai nommé Toupin, Joncas et Balan, comme vous êtes si bons compères, vous partagerez deux lits. » La même injonction fut lancée à d'autres gars, mais, à entendre leurs bougonnements, j'en déduisis que nous étions le seul trio à se satisfaire de l'arrangement.

Peu après vint l'appel des recrues afin qu'elles soient assignées dans les régiments qui restaient à pourvoir. Joncas et moi souhaitions évidemment nous retrouver dans le régiment d'Orléans dont faisait déjà partie Toupin, mais rien n'avait encore confirmé cette possibilité. Les recruteurs étaient demeurés évasifs sur les détails de notre engagement, alors qu'ils avaient été fort bavards autour du pot qu'ils nous avaient payé pour nous faire signer. Ils nous firent monter au premier étage et nous poussèrent vers une salle où nous nous entassâmes en grand nombre. Mis à part la trentaine d'hommes avec lesquels nous avions cheminé jusqu'à La Rochelle, une soixantaine de soldats en habit étaient disposés en rangs serrés au fond de la pièce. En jetant un œil aux étendards qui les encadraient, Toupin reconnut trois autres régiments d'infanterie que ceux d'Orléans, de Navarre et de Normandie, détachements que nous savions déjà postés à La Rochelle : il s'agissait des régiments de Poitou, de l'Allier et de Chambellé.

Dressée près de la porte, une table était occupée par un petit clerc en perruque, muni de ses papiers et de sa corne d'encre. Il somma les recrues de se placer sur la première rangée devant lui. Quand nous fûmes prêts, un groupe d'officiers émergea d'une porte que je n'avais pas encore remarquée. Ils étaient vêtus très élégamment et portaient leurs armes avec prestance. L'agencement de leurs galons, rubans et ceintures différait selon les uniformes et j'imaginai aussitôt que ce devait être là les marques distinctives de leur position hiérarchique, ce que Toupin me confirma plus tard. L'étalage des belles tenues militaires et des épées rutilantes m'impressionna très favorablement et je sentis un regain de fierté me gagner.

Au milieu d'eux se profilait un sexagénaire superbe avec sa perruque abondante, son justaucorps chamarré et son chapeau emplumé : c'était le lieutenant-général Alexandre de Prouville de Tracy. Un des officiers nous déclina très pompeusement ses titres et fit grand éloge de sa réputation militaire. S'offrant à l'admiration générale avec un air détaché, Tracy nomma les hommes d'armes qui l'entouraient en insistant sur leur grade, de façon à bien les distinguer de la piétaille que nous formions. De tous ces capitaines, lieutenants, enseignes, sergents, caporaux et anspessades, je m'attardai au capitaine du détachement d'Orléans : le sieur Vincent de La Brisardière. Avec sa constitution chétive, son air poupin et son regard fuyant, l'homme donnait l'impression de n'avoir jamais combattu personne. Je me demandai s'il n'était pas de ces jeunes nobles qui achetaient leur titre militaire en compensation d'un héritage qui leur échappait en raison de leur rang familial.

Tandis qu'Alexandre de Prouville de Tracy poursuivait son discours, je sentis peser sur nous le regard de quelques officiers, comme pour nous jauger. Je dressai les épaules afin qu'ils notent ma taille supérieure. À l'évocation des Antilles, prochaine assignation du régiment, je plongeai dans une agréable rêverie qui m'éloigna du discours fastidieux. Cependant, mon pari irréfléchi avec Joncas et Toupin me revint en mémoire et je commençai à me ronger de voir filer le jour. Apparemment absorbé dans l'examen des officiers qui allaient nous commander, Joncas semblait subir la cérémonie avec plus de quiétude que moi.

Au bout d'un quart d'heure qui me parut interminable, Alexandre de Prouville de Tracy fit un bref signe au clerc, lequel ouvrit aussitôt son livre. Tout en prenant soin de ne pas laisser la dentelle de ses manches frôler la corne d'encre, le secrétaire procéda à l'inscription des recrues, opération que nous attendions avec une certaine impatience. Il nous appela à tour de rôle, selon les noms qui étaient écrits sur ses feuilles, nous posant les mêmes questions et rédigeant nos réponses. À mon grand soulagement, je constatai que cette étape se déroulait rondement. Après avoir donné leur nom, ceux de leur père et mère, leur lieu de résidence, leur âge et la paroisse où ils avaient été baptisés, les nouveaux se voyaient affectés à l'une des compagnies d'infanterie en manque d'hommes. Chacune d'elles devait en compter cinquante, officiers inclus. Les compagnies des régiments de l'Allier, du Poitou et d'Orléans étaient à combler ce jour-là. Je trépidais en attendant mon tour.

Une fois la recrue appelée, identifiée et rattachée à une compagnie, le clerc lui demandait si elle s'était choisi un surnom d'armée, lequel était alors ajouté aux autres informations. Les gars qui n'en avaient pas s'en voyaient octroyer un derechef par leur capitaine. Le choix des sobriquets suscitait un grand amusement dans les rangs, car certains étaient parfois farfelus. Il y eut un « dit Petit-bois », un « dit Monrougeau », un « dit Lamusique », un « dit Sanssouci », un « dit Jolicoeur »; quelques noms se rapportaient au paysage, dont un « dit Lamontagne » et un « dit Larivière », et d'autres aux fleurs, dont un « dit Laviolette » et un « dit Larose ». Je cherchai à toute vitesse un surnom afin de ne pas me voir affublé d'une appellation saugrenue, mais rien d'intelligent ne me vint à l'esprit avant qu'arrive mon tour.

« Pour le régiment d'Orléans, je convoque Pierre Balan », clama le clerc. Prêt, je me détachai du groupe, comme l'avaient fait mes prédécesseurs, et je fixai De La Brisardière dans les yeux. Ferait-il preuve de bon goût pour le choix de mon surnom? J'étais loin d'en être sûr, mais content d'être dans sa compagnie. «Pierre Balan, enchaîna le clerc sans lever la tête, qui sont vos parents?

– Pierre Balan et Perrine Courrier, votre seigneurie, déclarai-je. Je suis dans ma dix-huitième année. Ma famille vit à Cantillac dans le Périgord et j'y résidais encore voilà un mois; c'est probablement dans cette paroisse que j'ai été oint, mais je ne puis l'assurer.

– Vous confirmez cependant que vous avez été baptisé? insista le clerc.

– Certes, votre seigneurie.

– Avez-vous un surnom, Pierre Balan?

– Pas encore, votre seigneurie.

– Cantillac, intervint aussitôt De La Brisardière, n'est-ce point un village près de Brantôme?

– Oui, mon capitaine. Le village est situé juste de l'autre côté de la combe de Brantôme, répondis-je.

– Très bien: le surnom sera Lacombe», fit le capitaine à l'intention du clerc. Ce dernier griffonna le mot, puis appela une autre recrue.

C'en était fini avec moi et je me retrouvai fort satisfait d'être dans le régiment d'Orléans et d'avoir un surnom qui ne soit pas ridicule. Quant à Joncas, appelé peu après moi, il eut la même veine: on l'inscrivit dans la compagnie de La Brisardière et il reçut le sobriquet de Lapierre.

Tandis que continuait l'appel des recrues, Joncas et moi retraitâmes discrètement près de Toupin, lequel m'accueillit avec un sourire ironique. «La nuit tombe rapidement en hiver, Balan dit Lacombe, murmura-t-il. Si j'étais toi, je filerais en douce… Dans la prochaine heure, il ne se passera rien d'autre que cet enregistrement et quelques palabres additionnelles sur les volontés de sire notre roi.» Joncas dit Lapierre prit un air malicieux et balança les hanches en épiant ma réaction. Je jetai un regard au visage imperturbable encadré de boudins blancs et frémissants de l'auguste Tracy, puis je revins à mes compères qui se payaient gentiment ma tête. Il n'en fallut pas plus pour me décider et, la minute d'après, je me glissais furtivement à l'extérieur de la caserne.

La pluie avait cessé. « Bien ! Trouver prestement une fille, maintenant… », me dis-je en lorgnant du côté des estaminets qui bordaient la rue du quai.

*

Malgré ma cape passablement humide, je décidai de ne pas rentrer à la maison avant d'avoir trouvé sieur François Perron et de l'avoir interrogé. Aussi empruntai-je la rue des Merciers qui descendait au port, puis je me dirigeai de l'autre côté du havre sur la rive occupée par nombre de magasins et d'entrepôts, où les armateurs rochelais avaient leurs officines. Je m'étais rarement aventurée dans ce secteur sans mon père, car les femmes seules s'y faisaient apostropher et, souvent même, tirailler. Les abords du port étaient le territoire des filles à matelots et à soldats. Heureusement, ce jour-là, en raison de la pluie persistante, je trouvai l'endroit presque désert. Les passants avaient dû se réfugier dans l'une des buvettes qui jalonnaient la rue du quai, ce qui, par contre, ne favorisait pas ma quête. Comment en effet trouver François Perron s'il n'y avait personne pour me renseigner ? Hésitante, je scrutai les différentes enseignes qui dégoulinaient de pluie, à la recherche d'indices sur le commerce de sieur Perron. Elles se balançaient en grinçant sur leur tige de fer et portaient des inscriptions que je ne pouvais, hélas, déchiffrer, ne sachant pas lire. Celles dont les lettres étaient accompagnées d'une image étaient plus révélatrices, comme celle-ci avec le dessin d'une peau tendue, qui devait être l'échoppe d'un tanneur ; ou encore celle-là, montrant un fuseau de fil pour annoncer l'atelier d'un tisserand ou d'un tailleur… Comment aurait-on illustré un approvisionneur en victuailles et en ouvriers pour les colonies? Je n'en avais aucune idée. Indécise, j'attendis pendant quelques minutes qu'un passant survienne, puis, n'en voyant pas, je me résolus à pousser une porte.

À première vue, l'établissement tenait de l'auberge autant que du tripot et je demeurai quelques instants sur le seuil pour étudier la clientèle. Un bruit assourdissant montait des tablées, et l'air enfumé exhalait une forte odeur de sueur et de laine mouillée. Je m'avançai jusqu'aux plus proches buveurs auxquels j'adressai ma question, mais je me butai à leur désintérêt ou à leurs grossièretés, tant et si bien que je dus interroger un grand nombre d'éméchés avant d'obtenir une réponse étonnante : le bureau de François Perron était justement sis au second étage de la buvette.

Là-haut, on ne m'accorda pas plus d'attention qu'en bas et j'élevai le ton pour me faire entendre. Un des employés qui s'affairaient dans la boutique finit par me dire que le maître n'était pas là mais qu'on pouvait le trouver sur le quai de la petite rive, «… à moins que la demoiselle préfère attendre qu'il revienne, auquel cas je lui offrirais un siège au chaud et lui causerais pour patienter». Le sourire invitant du commis me parut suspect et, n'ayant pas envie de bavarder avec lui, je redescendis à la rue. Là, je m'immobilisai, hésitant entre un retour chez mon père ou une pointe vers le quai. Qu'est-ce qui me décida finalement à opter pour celui-ci? Ma quête pour connaître le sort d'Hélie ou l'attrait de voir les bateaux se dandiner dans la rade? C'était peut-être le simple fait que la pluie avait cessé et que le vent était tombé, laissant une certaine douceur dans l'air de cette fin de journée, qui l'emporta. Je dévalai la rue d'un pas allègre, les yeux fixés sur les hautes tours de garde massives qui faisaient la fierté de La Rochelle.

«Mes hommages, belle Rochelaise», entendis-je soudain dans mon dos. Surprise, je m'arrêtai net. Celui qui avait parlé marchait si près derrière moi que je butai presque contre lui en me retournant. Tandis qu'il tentait d'excuser sa hardiesse, je le détaillai : très grand, mesurant un peu moins d'une toise, large d'épaules, cheveux blonds, yeux clairs, vêtu comme un paysan, le gaillard n'avait pas vingt ans. Sa figure ne m'était pas tout à fait inconnue, mais il était pourtant un étranger… «Pardonnez mon empressement, mais vous êtes la première personne de cette aimable ville que je rencontre… J'arrive à l'instant, voyez-vous, et je brûle de visiter les lieux. Je me demandais si vous accepteriez de me servir de guide.

– Nullement, fis-je, sur la défensive. Je ne vous connais point, je suis ici pour affaires et il ne convient guère que je vous parle. Adressez-vous aux filles pour cela, vous en trouverez un peu plus bas sur cette rue, dans les buvettes.

– En effet, nous n'avons pas été présentés : je suis Pierre Balan de Cantillac. Contrairement à ce que vous semblez croire, je ne cherche pas une fille et les affaires qui vous amènent à circuler seule dans un port de cette importance piquent ma curiosité. Je respecte votre désir de garder le silence, mais souffrez que je converse encore, ne serait-ce que pour découvrir le mystère qui vous entoure…»

Cette répartie m'amusa, mais je me gardai de le laisser voir à cet importun et je me détournai sans répondre. J'adoptai une démarche vive et la plus désinvolte possible pour continuer ma route. Pierre Balan, évidemment, m'emboîta le pas. Son insistance à me suivre ne m'inquiéta guère. Au contraire, son incessant bavardage me divertit tout en me le faisant paraître inoffensif. Imperceptiblement, je me mis à ralentir l'allure et tendis une oreille de plus en plus attentive à son discours.

*

Voyant l'indifférence que la belle opposait à ma courtoisie, j'aurais dû abandonner plus tôt la partie et me rabattre sur une des rues qui remontaient du port, comme elle me l'avait suggéré, mais jouer de mon charme me plaisait, dussé-je y perdre des minutes précieuses. La fille était jeune, ni très grande ni trop menue, serrée dans une cape de droguet qui laissait peu deviner ses rondeurs. Son petit visage aux traits fins, les bouclettes brunes qui s'échappaient de son bonnet, ses grands yeux noirs et son air offusqué, tout cela m'attirait étrangement et m'incitait à la talonner. Je me lançai donc dans un monologue désespéré pour retenir son attention et me montrer affable. Depuis les beautés de la campagne poitevine jusqu'à la civilité des gens rencontrés en voyageant, j'abordai tous les sujets qui me vinrent à l'esprit durant les premiers instants de notre entretien. Je mis de l'élégance et du détachement dans mes propos tout en quêtant de l'œil l'appréciation de la belle. D'abord, elle n'en montra guère, puis son pas perdit en rapidité et elle commença à me couler des regards furtifs. Au moment où nous atteignîmes les quais, elle ouvrit enfin la bouche : « Messire Balan, êtes-vous de passage à La Rochelle en qualité de marchand ou bien êtes-vous de ces recrues pour les troupes du roi, qui infestent la ville depuis six mois ?

– Vous ne m'avez point donné votre nom. Je répondrai volontiers à votre question quand je le connaîtrai », dis-je pour gagner du temps, notant que les militaires ne semblaient pas avoir la cote à ses yeux.

« Que vous importe que je m'appelle Renée, que mon père soit Jean Biret et ma mère Simone Périne ? D'ailleurs, que vous soyez un Balan de Cantillac ne me dit rien. Savoir nos noms ne fait pas nécessairement de nous des amis. Vous n'êtes pas obligé de répondre à ma question, puisque la réponse n'a aucune importance pour moi…

« – Sans doute! Par contre, ce que vous me dites est fort intéressant. J'y découvre une jolie coïncidence : le prénom de ma mère est justement Perrine… le même nom que porte votre mère. Tout à coup, je me dis que j'aimerais bien lui être présenté… De toute ma famille, c'est ma mère qui me manque le plus depuis mon départ.

– Vous moquez-vous de moi, Pierre Balan? Voilà à peine un mois que vous êtes parti de votre village, vous l'avez dit tout à l'heure. Votre fable est une feinte pour me séduire et sachez que je ne suis pas dupe. Vous allez me dire ce que vous fabriquez à La Rochelle ou nous nous en tiendrons là!

– Ne vous choquez pas, belle Renée! fis-je. Je peux bien l'avouer : vous avez deviné mon état, je suis en effet soldat. On vient tout juste de m'inscrire dans la compagnie du capitaine Vincent de La Brisardière, du régiment d'Orléans. Si vous jugez une rencontre avec votre mère trop hâtive, n'en parlons plus! Il y a tant d'autres choses à dire et à faire pour nous mieux connaître, n'est-ce pas? »

Mon cœur s'affolait soudain à la perspective de la perdre à cause des fadaises que je lui débitais depuis un moment, avec une assurance toute de façade. Malgré cela, je dus l'attendrir, car elle consentit à poursuivre notre conversation au lieu de mettre à exécution sa menace de m'abandonner. « Même si je l'avais voulu, ce qui est tout à fait improbable, je n'aurais pas pu vous présenter ma mère. Elle est morte voilà une quinzaine d'années. Quant à nous mieux connaître, je n'en vois point l'intérêt. Vous partirez à la guerre à l'autre bout du monde, et même très prochainement, à ce que l'on dit, tandis que moi, j'espère l'arrivée de mon fiancé sur un bateau en provenance de la Nouvelle-France. » Voyant que cette nouvelle ne m'émouvait guère, elle se sentit obligée d'ajouter : « Nous les appelons ici des trente-six mois, les hommes de métier qui sont sous contrat dans les colonies… Mon ami est charpentier.

– Voyez-vous cela… un charpentier, répétai-je, sur un ton dubitatif.

– Exactement! Un des métiers les mieux payés après le chirurgien et le menuisier… Quatre-vingts livres tournois l'an, après l'apprentissage. Hélie Targer, qu'il s'appelle», précisa-t-elle avec élan, comme si elle défendait une fausseté.

«Et j'imagine que vous descendiez au port pour l'y cueillir», avançai-je tout en fouillant des yeux la rade pour surprendre un quelconque débarquement de passagers.

On avait commencé à allumer les torches à l'entrée des magasins et elles éclairaient le transbordement des cageots de fret vers les entrepôts. Nul mouvement de barque n'était décelable dans le passage entre les tours. Plusieurs mariniers s'affairaient sur les embarcations amarrées mais, apparemment, aucune d'elles ne transportait des passagers et, sur les quais, personne n'avait l'allure d'un charpentier fraîchement débarqué. En reportant mon attention sur Renée, je surpris son embarras. Elle se taisait et fuyait mon regard. «Si votre fiancé est arrivé, il y a un moment qu'il a quitté les quais, suggérai-je.

– Je n'ai jamais dit qu'il arrivait ce jourd'hui, fit-elle.

– Voilà qui me rassure. J'ai craint que vous ne soyez venue ici en vain…

– Les raisons qui m'amènent au port ne vous concernent pas. Maintenant, je vous prie de passer votre chemin et de me laisser vaquer à mon affaire.

– Pourquoi me congédier si prestement, Renée Biret? Ne puis-je simplement vous accompagner et, qui sait, je saurai peut-être me rendre utile d'une manière ou d'une autre? Les ports ne sont pas seulement infestés de rats; ils grouillent de brigands qui ne demandent qu'à faire mauvais parti à une femme sans escorte.» Je la vis frémir à l'évocation des rats et des canailles et je m'en réjouis intérieurement. La belle Renée parcourut la place d'un œil inquiet et, du bout des lèvres, elle accepta mon offre.

Elle m'entraîna vers un groupe de badauds auprès desquels elle s'enquit de la présence d'un dénommé François Perron, puis, sur leurs indications, nous gagnâmes un appentis adossé au mur d'un entrepôt. Je ne pus malheureusement pas assister à l'entretien qu'elle eut avec l'homme qu'on lui avait indiqué, car elle me tint résolument à l'écart. Cependant, cela ne dura guère longtemps et elle me revint au bout d'un moment avec une mine contrariée en me disant qu'elle devait rentrer chez elle. Je m'enhardis à lui offrir le bras pour parcourir le chemin inverse et je me réjouis de sentir sa main l'agripper. Nous quittâmes en silence les quais en passant devant la caserne et je me sentis de nouveau pressé par mon pari. À toute vitesse, je cherchai une idée, un mot, une astuce pour retenir Renée. «Messire Perron a-t-il pu vous renseigner sur le retour de votre fiancé?» demandai-je, à tout hasard, comme un pêcheur lance sa ligne dans une cuve de rivière décelable par les remous provoqués à la surface de l'eau.

«Vous avez tout entendu! Ah, le fouineur! lança-t-elle.

– Aucunement! Ce n'est que simple déduction», réfutai-je, sur un ton faussement indigné, tout en jubilant pour avoir fait mouche du premier coup. «Vous me parlez de votre attente, de votre fiancé sur le point de revenir et vous cherchez à entrer en contact avec un armateur qui, pour être en conformité avec la loi, doit conduire en Nouvelle-France un homme de travail par quinze tonneaux de fret. Depuis 1655, maître Perron a fait passer dans les colonies une centaine de personnes selon ce règlement.

– Comment avez-vous appris cela?

– En causant avec les mariniers, pardi!

– Vous êtes extrêmement indiscret, Pierre Balan, et votre sans-gêne me stupéfie. Adieu donc!» Sur ce, Renée Biret me planta là et s'en fut en courant sur les pavés mouillés. Je n'osai pas la poursuivre, en dépit du désir ardent que j'éprouvais de le faire. Puis, avisant le soir qui descendait vite, je piquai vers la taverne la plus bruyante qu'offrait la rue.

Chapitre II

Février 1664, La Rochelle

De La Rochelle, je conserve un souvenir assez agréable. Son port de commerce extraordinaire, ses rues achalandées bordées d'arches et d'étals couverts, sa fameuse grosse horloge si plaisante à regarder, ses nombreuses églises et ses tavernes plus nombreuses encore: tout cela m'avait conquis. Quant à mon occupation militaire, en quelques semaines, elle avait accompli son œuvre de transformation du paysan que j'étais en soldat. Me liant facilement d'amitié avec la majorité de mes compagnons d'armes et réussissant à m'en mettre très peu à dos, ce qui n'était pas toujours aisé, j'affichais une conduite exemplaire et une jovialité constante qui suscitaient la bienveillance de mes supérieurs. Mûr pour l'aventure, je l'étais joliment et je piaffais d'impatience de partir.

En ce dimanche frisquet de fin février, Toupin et moi avions profité de notre congé dominical pour musarder sur la muraille du front de mer qui reliait la tour de la Chaîne à la tour de la Lanterne. Chez la première, c'était le mécanisme de la chaîne contrôlant l'entrée des barques dans le port qui nous intéressait et chez la seconde, le rôle de prison l'emportait sur celui de guet, avec son phare visible depuis le détroit entre les îles d'Oléron, de Ré et d'Aix. Il nous était arrivé d'entrer en contact avec des prisonniers qui, depuis les ouvertures du troisième étage de la tour, criaient des messages dans l'espoir d'être entendus par d'autres oreilles que celles des geôliers. Chaque fois que cela s'était produit, nous avions été enthousiasmés par les échanges brefs et captivants que nous avions réussi à établir avec les détenus en nous égosillant, particulièrement avec des corsaires : ceux-là avaient un bagout intarissable et rocambolesque. Mais, de cette promenade sur la muraille, rien ne nous enflammait autant que de contempler les gros vaisseaux dont le tonnage empêchait leur mouillage dans le havre peu profond de la cité. Les grandes nefs étaient amarrées face au Chef-de-Baie, dans le chenal vaseux qui séparait la ville de la mer, bien à l'abri pour leur chargement et déchargement. Ces deux opérations étaient effectuées grâce à une flottille de barges qui faisaient la navette en empruntant le passage surveillé entre la tour de la Chaîne et la tour Saint-Nicolas.

Après avoir observé et commenté longuement les différents navires présents ce matin-là, comme à notre habitude, Toupin et moi nous tûmes. J'appréciais la compagnie de cet homme plus que celle de n'importe quel gars du régiment. Je crois que cela venait du fait qu'il était un soldat d'expérience, un tantinet paternel à mon endroit, et qu'il agissait à titre de maître d'armes pour les recrues.

Au début de ma formation, Toupin avait piqué mon intérêt pour l'équipement militaire : un mousquet porté sur le flanc droit et une épée sur le gauche. Puis il avait constaté que j'étais meilleur élève à l'escrime qu'au tir. Dès les premiers exercices, je m'étais aperçu que je préférais la technique pleine d'élégance de l'arme blanche à celle, tout en tapage et en fumée, de l'arme à feu. En plus d'avoir des doigts longs qui s'empêtraient dans ma giberne contenant les balles et la poudre, et sans compter la bourre et la tige qu'il fallait manipuler ensuite, je visais mal, n'ouvrant jamais le bon œil. Cependant, pour garder la cadence durant les marches, j'étais fameux et les moins doués ajustaient leur pas au mien. Cette qualité combinée à ma défaillance au tir finit par me distinguer pour battre le tambour. Ce poste étant devenu récemment libre dans la compagnie d'Orléans, Toupin manœuvra pour qu'il me soit octroyé.

Apprendre les différents rythmes de commandement fut un jeu d'enfant et je me pris rapidement d'une véritable ferveur pour l'instrument. Celui-ci était plus lourd qu'un mousquet, mais je le portais avec fierté et j'avançais bien droit à l'extrémité du peloton, non loin des officiers. Ma stature élancée m'avantagea à l'entraînement, mais me nuisit du côté de l'habillement. Au lendemain de notre installation, alors que les nouveaux venus revêtaient chemise, jaque, foulard, ceinturon, bas et tricorne neufs, je dus conserver mes vieilles hardes, car, mis à part le chapeau, tout était trop court pour moi. Mon capitaine dut commander l'ensemble chez un tailleur. Joncas dit Lapierre ne se gêna pas pour s'en moquer, mais je ne lui tins pas rigueur de ses quolibets, puisque lui et Toupin avaient eu la bonté d'oublier le montant que je leur devais à cause du pari perdu.

Durant la première semaine, je ne repensai pas à ma déconvenue avec Renée Biret sans éprouver une pointe d'amertume, mais les plaisirs de la ville eurent tôt fait de me la faire oublier. Le souvenir du soir de notre arrivée à La Rochelle, de ma rencontre avec la farouche Rochelaise et des pécunes que j'avais ensuite épuisées en écumant les estaminets de la rue du Port, en quête d'une fille plus avenante, s'estompa facilement. Mais je gardai en mémoire l'accueil de Toupin et de Joncas dit Lapierre quand, rond et hilare, j'avais regagné la caserne à la tombée de la nuit, aussi esseulé qu'un mendiant. Mes amis avaient eu pitié de moi et m'avaient couvert aux yeux des officiers, de telle sorte qu'aucune remontrance ne me fut adressée.

Quand on me remit ma première solde hebdomadaire de six sous, j'insistai pour rembourser mes compagnons, ce qu'ils refusèrent. Comme il fallait verser deux sous pour la pension militaire, un pour des petits achats personnels et encore quatre autres à l'aubergiste chez lequel j'avais une créance en vin, ma carrière de soldat commença par une dette. Inutile de dire que ma deuxième paie fut accueillie avec bonheur. Presque tous mes moments libres passèrent à jouer aux dames, à boire et à manger dans les estaminets, à parcourir la cité à l'affût de babioles que je pouvais m'acheter, et je parvins ainsi à dépenser au fur et à mesure tout ce que je gagnais. Si, d'aventure, j'avais recroisé la belle Renée, ce qui n'arriva pas, il y a fort à parier que je n'aurais même pas eu sur moi dix deniers pour lui offrir des rubans ou des mouchoirs.

«Je me demande combien de bâtiments de guerre comme le *Brézé* possède le roi Louis», dit soudain Toupin, songeur. Depuis une semaine, cet imposant navire de huit cents tonneaux et son semblable, le *Téron,* mouillaient devant La Rochelle, en attente de notre prochain embarquement pour les Antilles. L'ordre de mission avait été donné au marquis de Prouville de Tracy d'aller relever la gloire de la France dans l'île de Cayenne, que les Hollandais occupaient assez effrontément, disait-on. On avait déjà chargé les deux vaisseaux en vivres et en munitions, et il ne manquait plus qu'un vent favorable pour faire monter la douzaine de compagnies d'infanterie destinées à mener cette guerre. Je regardai de nouveau les bateaux, leurs mâtures impressionnantes, leur coque large et rebondie, les vingt-six trous de canon percés sous leur rambarde, leurs gaillards d'avant et d'arrière majestueux. Certes, ces bâtiments nous inspiraient admiration et respect!

«Ici, à La Rochelle? demandai-je, ne connaissant pas le fond de la pensée de mon ami.

– Non, au total. Dans les ports de Bretagne, de Normandie… Ceux amarrés à l'île de Ré et tous ceux qui sont en mer en ce moment. Combien de ces vaisseaux formidables battent le pavillon royal bleu, ce bleu reconnaissable à des lieues? Ce maudit bleu de la garde du marquis», répondit Toupin avec rancœur. Je savais que mon ami aurait voulu être sélectionné dans l'escorte particulière du lieutenant-général Tracy et qu'il haïssait ce dernier pour l'avoir dédaigné, malgré les années de service qu'il cumulait. Le privilège avait évidemment échu à des hommes mieux nantis que lui. Tout au plus aurait-il pu postuler au titre d'enseigne dans la compagnie et tenir les drapeaux, mais là encore, De La Brisardière l'avait écarté au profit d'un arriviste qui avait réclamé le poste en faisant valoir son appartenance à une famille de nobliaux.

Tout en changeant d'appui pour soulager mes bras accoudés à la pierre du rempart, je coulai un regard à Toupin, dont la foi indéfectible dans le régiment m'étonnait, en dépit des revers qu'il essuyait sur sa fin de carrière. «Il n'y a pas que les bâtiments du roi qui battent pavillon français sur l'Atlantique, dis-je, pour le distraire de sa morosité. Il y a les navires marchands de La Rochelle qui assurent l'approvisionnement avec les colonies. En provenance du Canada, ils débarquent de la morue, des huiles de poisson, des fourrures et du bois et emportent là-bas des textiles, du fer, de la farine, du lard et du vin. À mon avis, les périls encourus dans le commerce maritime valent bien les équipées militaires. Je ne dédaignerais pas de faire la traversée vers la Nouvelle-France à bord d'un de ces navires…

– Ah, tu vois, cela ne me dit rien, répliqua Toupin. Être la proie de pirates au milieu de l'océan et couler corps et biens sans avoir tiré un seul coup de canon, ou encore crever au fond d'une cale après des mois passés en mer à boire de l'eau corrompue et à grignoter des biscuits rongés par les vers…

– Qui te dit que le traitement des soldats du roi sera meilleur sur le *Brézé* ou sur le *Téron*?

– Je n'en sais rien, mais nous n'allons pas tarder à l'apprendre, fit Toupin en relevant la tête. Il me semble qu'un nordet intéressant se lève… Regarde le ciel, les nuages se bousculent; une houle commence à se former dans le chenal. Mon Pierre, on ferait mieux d'aller se confesser dans l'instant, car demain, il sera peut-être trop tard et pour longtemps!

– Tu rigoles, dis-je, il y a toujours un prêtre à bord des navires… »

*

La route n'était pas très longue depuis la maison jusqu'au parvis de Notre-Dame-de-Cougnes, mais mon père marchait si nonchalamment que nous n'atteignîmes l'église qu'au moment de la consécration, ce dimanche 24 février. Dès notre entrée dans l'édifice, je repérai quelques voisines assommantes qui se tenaient toujours près des portes pour épier les derniers paroissiens arrivés et pour être les premières à sortir, à la fin de l'office. Rien d'anormal dans le regard fouineur qu'elles me glissèrent, mais je m'y dérobai en entraînant mon père loin d'elles. Mal m'en prit, car en manœuvrant pour les éviter je tombai sur un autre indésirable: Pierre Balan! Ce dernier se tenait en marge de l'assemblée en compagnie d'un soldat plus âgé. À la façon dont Pierre Balan me dévisagea, comme nous avancions dans sa direction, je devinai qu'il avait dû me repérer dès mon arrivée. Il me sourit avec une telle insistance que je ne pus m'abstenir de lui rendre son salut. Le hasard voulut que mon père décide inopinément de s'arrêter à proximité des soldats. En un mouvement subtil l'éloignant de son compagnon, Balan vint se placer juste derrière moi. D'une voix ténue pour ne pas être entendu de mon père, il commença à me parler en se penchant à mon oreille.

Comme je n'avais aucunement l'intention de converser avec lui, il monologua durant un certain temps : «Alors, belle Renée, voilà enfin qu'on se retrouve! Ça fait sept longues semaines que je parcours la cité dans l'espoir de vous revoir…

– …

– Ne me dites pas que vous avez oublié notre rencontre! Moi, j'y ai pensé tous les jours. Si j'avais su que vous habitiez ce quartier, j'y serais venu plus tôt.

– …

– Mon ami et moi, nous nous sommes décidés pour cette église afin d'entendre une dernière messe avant notre départ qui est pour demain, probablement… Nous voulions changer de l'église Saint-Sauveur que le régiment fréquente habituellement. Notre-Dame-de-Cougnes est-elle votre paroisse?

– …

– Nous allons faire voile vers les Antilles… Vous l'a-t-on dit?

– …

– Ah, je saisis : vous préférez garder le silence. Est-ce monsieur votre père, à votre côté?

– Si fait, laissai-je échapper, sur un ton sec.

– Fort bien! Je me tais donc. Vous me le présenterez au sortir de la messe.»

«Quel importun!» pensai-je tout en me retenant de répliquer. Étonnamment, mon père n'avait rien remarqué du manège. Avec une impatience teintée d'agacement, j'attendis la fin de l'office. L'église se vida avec l'habituelle cohue dont je ne pus malheureusement pas profiter pour échapper à Pierre Balan. Sur la place, mon père reconnut un ami avec lequel il se mit à l'écart, me laissant ainsi seule pour affronter la situation. Avant que le soldat ne m'aborde, je décidai de couper court à ses intentions : «Messire Balan, l'apostrophai-je, vous ne semblez pas avoir compris que je suis fiancée et que rien dans notre rencontre le mois dernier ne vous autorise à être présenté à mon père. Aussi vous prié-je de me laisser tranquille.

– Je ne veux pas vous importuner, bien sûr. Permettez tout de même que je vous fasse connaître mon très bon ami Pierre Toupin, de la même compagnie que moi», fit-il en se retournant vers le soldat âgé. Ce dernier me salua avec une légère inclinaison de la tête et un petit rictus de la bouche qui pouvait passer pour un sourire. «Qu'est-ce que Pierre Balan a bien pu lui raconter à mon propos?» pensai-je. «Bonjour, messire Toupin, fis-je du bout des lèvres.

– Pierre Toupin est mon maître d'armes», enchaîna aussitôt Balan, visiblement satisfait que je consente à saluer son ami. «Pour ma part, je suis tambour dans notre compagnie. En somme, mon métier et mon régiment me contentent tous deux… J'espère que votre fiancé est revenu de la Nouvelle-France, et si ce n'est pas le cas, cela ne devrait pas vous gêner que je dise quelques mots à votre père…

– Pierre Balan, m'avez-vous écoutée? Que mon fiancé soit de retour ou non ne change absolument rien. Je ne suis pas libre et il faudrait que vous le compreniez, fis-je, exaspérée.

– Il est bien désolant qu'Hélie Targer rabote toujours de l'autre côté de l'océan et vous laisse esseulée. Remarquez, ce n'est pas le premier gars à se prendre d'affection pour le Canada, n'est-ce pas, Toupin? Combien d'ouvriers cette colonie a-t-elle engloutis depuis une dizaine d'années? Ils sont fort nombreux, à ce qu'on dit.

– Ouais! Si l'exode d'hommes continue et que le roi veuille coloniser le pays, comme le prétendent les intendants, il va manquer de femmes là-bas», ricana Toupin.

Tandis que les deux soldats continuaient à discourir sur la Nouvelle-France en tentant de m'intéresser à leurs propos, moi, je cherchais un motif pour m'éclipser. Je crus en avoir l'occasion lorsque je vis s'avancer dans notre direction Anne Javelot et Marie Léonard, deux protestantes qui avaient fréquenté la famille de ma mère au temple et qui me considéraient un peu comme leur nièce. Probablement attirées par les militaires, comme la plupart des vieilles filles qui se cherchaient un mari, elles profitaient de leur liberté dominicale pour tenter de faire quelque rencontre. Les femmes avaient vraisemblablement capté des bribes de conversation entre Balan et Toupin, car elles les relancèrent sur le programme d'immigration de jeunes filles en Nouvelle-France. Tout le monde parlait à La Rochelle de cette disposition administrative récemment mise en place par l'intendant du roi, le célèbre Colbert, qui s'intéressait particulièrement aux colonies. L'existence d'un recrutement féminin destiné au peuplement du Canada ne m'était pas inconnue. Une orpheline de ma connaissance racontait qu'elle avait accepté une dot de cent livres tournois payée par le trésor royal pour aller se marier en Nouvelle-France et qu'elle allait s'embarquer avant l'été. Cette aventure ne me captivait pas beaucoup, car les descriptions de la vie dans la colonie, abondamment répandues dans la ville, n'avaient rien pour me charmer.

«Renée, fit Marie, comme si elle s'avisait soudainement de ma présence, tu pourrais peut-être aller rejoindre ton fiancé en obtenant le passage et la dot du roi. Il paraît qu'on ne recrute pas seulement des orphelines de quinze ans… Du moment que les femmes et les filles volontaires sont libres et majeures!

— Ah, que voilà une gentille idée! s'écria Pierre Balan en me souriant de toutes ses dents. Si le promis ne revient pas à vous, belle Rochelaise, allez à lui!

— Et vous-mêmes, gentes dames, coupa Pierre Toupin en s'adressant à Anne et à Marie, vous semblez bien informées et célibataires… Est-ce que le voyage en Nouvelle-France pour trouver un mari vous tente?» Au lieu de répondre, les femmes se mirent à rire bêtement en simulant un embarras de convenance, ce qui eut l'air de ravir le dénommé Toupin. Avant d'être de nouveau engagée dans la conversation, je quittai le groupe et me dirigeai vers mon père, qui prenait heureusement congé de son ami. Mais nous n'étions pas éloignés de trois pas que nous fûmes rejoints par l'ineffable Pierre Balan. «Messire Biret, dit-il, c'est plaisir de faire votre connaissance. Je suis Pierre Balan dit Lacombe, pour vous servir. Votre fille m'a dit grand bien de vous…

– Quel toupet, monsieur! Nous avons à peine parlé, ripostai-je.

– Tu connais ce soldat, Renée? Depuis quand et en quelle occasion avez-vous été présentés? demanda mon père en fronçant les sourcils.

– Cet homme m'a interpellée au quai de la petite rive, le mois dernier. Rien de plus qu'une conversation banale qui n'a duré que quelques instants, père. Ne vous alarmez pas, il ne m'a pas importunée, répondis-je, sur un ton que je voulais assuré et rassurant.

– Qu'es-tu allée fabriquer toute seule au port, ma fille? répliqua mon père.

– Permettez, intervint Balan en s'adressant à celui-ci. La conduite de votre fille n'est pas en cause, je vous le garantis. Comme j'étais perdu et qu'elle se trouvait sur mon chemin, elle a bien voulu me renseigner. Nous avons naturellement bavardé et j'ai manifesté le désir de vous être présenté, mais malheureusement nous n'avions le temps ni l'un ni l'autre pour cela. Voilà pourquoi je m'acquitte de cette civilité maintenant.

– Il n'y a pas de mal, jeune homme, dit mon père sur un ton conciliant en tendant la main à Balan. J'aimerais que vous me parliez un peu de votre prochaine mission, si vous avez quelques minutes. Vous vous embarquez bientôt pour les

Antilles, paraît-il… (Se tournant vers moi avec un air cour-roucé.) Et toi, tu t'expliqueras plus tard…

– Oui, père », murmurai-je docilement tout en bouil-lant de rage.

Les hommes marchèrent côte à côte en causant comme de vieux amis tandis que je me tins muette derrière eux, les yeux fixés sur les pâles cheveux nattés qui sortaient du tri-corne et oscillaient entre les larges épaules du soldat. S'il avait espéré obtenir une plus grande intimité avec mon père ou moi par son intrusion, Balan en fut quitte pour une entre-vue qui tourna court dès que nous atteignîmes la rue du Cordouan. Là, mon père mit fin à l'entretien et, prenant mon bras de façon autoritaire, il m'entraîna vers l'impasse du Bélier. Pierre Balan eut la discrétion de ne pas nous suivre. « Enfin, me dis-je, un peu de retenue de sa part! »

À la maison, je n'eus pas à affronter de courroux. Pour faire figure d'homme honnête devant le soldat, Jean Biret avait adopté avec moi l'attitude sévère qu'il croyait conve-nir à un père. Mais il n'avait pas songé une minute à res-treindre ma liberté ou à remettre en question la façon dont j'en avais usé, le mois dernier, au port. « François Perron ne fait plus la traversée, rapportai-je alors. Il envoie ses maîtres d'équipage traiter directement avec son fils Daniel qui est installé à Québec. Il n'y a que par ce dernier qu'on pourrait retrouver la trace d'Hélie Targer en Nouvelle-France, mais Daniel Perron n'a pas le temps de faire enquête sur les trente-six mois transportés il y a maintenant quatre ans sur un navire de son père. J'en suis désolée, mais je ne trouve per-sonne pour me renseigner sur mon fiancé. Pourtant, je me devais d'essayer…

– Tu as bien fait, dit mon père. Si tu tiens réellement à Hélie, ne perds pas courage. Ne renonce pas à questionner tout le monde et à en parler autour de toi. Un jour, un voya-geur aura entendu quelque chose au sujet d'Hélie Targer et te le répétera. Même si je pense qu'Hélie aurait déjà dû te faire signe, rien ne dit qu'il ne le fera pas bientôt.

– Croyez-vous son retour encore possible?

– Je n'en sais rien. Ce que je sais, par contre, c'est que je préfère un maître charpentier à un soldat pour épouser ma fille chérie… »

J'en voulus à Pierre Balan de s'être imposé, ce dimanche-là. Ce n'était pas à cause du malaise survenu entre mon père et moi durant l'incident, mais en raison de l'embarras que les intentions équivoques du soldat avaient provoqué en moi. Longtemps, je me demandai pourquoi Pierre Balan montrait tant de persistance dans ses affabilités alors que tout en lui indiquait un penchant plus grand pour la comédie que pour la sincérité. Certes, l'homme était plaisant: beau de visage, quoique le menton un peu fort et les yeux un peu creux; bien fait de corps, quoiqu'un peu grandelet; aimable parleur, quoiqu'un tantinet trop charmeur. Plusieurs filles auraient pu être séduites par lui sans qu'il y mette un gros effort et c'est peut-être cet aspect qui m'irritait. Sur ce point, aucune comparaison avec Hélie qui était un modèle de pondération.

Où que j'en sois dans mes réflexions sur Pierre Balan, je ne pus m'empêcher, le surlendemain de la rencontre à l'église, de m'absenter de mon poste à La Pomme de Pin pour aller admirer le défilé des soldats du général de Prouville de Tracy et tenter d'apercevoir l'agréable importun.

*

Toupin ne s'était trompé que d'une journée. Nous nous embarquâmes le mardi 26 février pour les Antilles. Le général Tracy avait ordonné une parade de ses troupes dans la ville avant qu'elles ne montent à bord des vaisseaux. Le défilé ne put s'ébranler qu'à l'arrivée des compagnies des régiments de

Navarre et de Normandie, cantonnées dans les îles de Ré et d'Oléron.

Jamais je n'oublierai quel extraordinaire cortège nous formâmes, par ce matin ensoleillé et venteux : une douzaine de compagnies totalisant six cents hommes armés, coiffés du chapeau à ruban et vêtus d'habits en droguet brun, vingt-quatre étendards aux couleurs des différents régiments d'infanterie et une vingtaine de tambours dont j'étais. Lorsque notre formidable colonne traversa le canal Maubec par le pont Saint-Sauveur, le pas cadencé fit trembler ce dernier à un point tel que les habitations et les boutiques qui y étaient dressées se vidèrent de leurs occupants ahuris.

Ma position de tambour, sur le flanc du défilé, m'avait permis d'étudier l'effet que ce dernier produisait sur les Rochelais massés tout au long de son parcours. Les curieux semblaient partagés dans leurs sentiments entre le soulagement de nous savoir sur notre départ et l'admiration due aux valeureux soldats du roi. Comme eux, j'éprouvai des impressions ambivalentes en quittant La Rochelle. La vie citadine de casernier plutôt libre ne se comparerait certes pas à celle confinée dans les cales des vaisseaux. Toupin m'en avait assez rebattu les oreilles pour éteindre mes illusions à ce sujet. À cela s'ajoutaient les dangers réels de la mer et, bien sûr, ceux liés à notre condition de soldat, dont la maladie et la mort étaient parmi les destins les plus probables. Mais contrairement à plusieurs de mes compagnons d'armes qui étaient persuadés de ne jamais revoir la France au bout du périple, l'avenir ne m'inspirait pas ce genre de crainte. Par nature, mon caractère s'exaltait davantage aux rêves et aux chimères qu'il ne se morfondait en frayeurs et en inquiétudes. « Garde ta candeur, mon Pierre : elle te sera utile pour affronter les temps difficiles », m'avait dit un jour Toupin, face à mon enthousiasme inépuisable. Et c'était bien ce que j'avais l'intention de faire, à commencer par ce jour béni de notre embarquement pour les Antilles.

M'accrochant aux lèvres un sourire franc, je battis de mon tambour avec la plus belle des ardeurs.

Le défilé alla mourir au milieu du quartier Saint-Nicolas, dans une rue qui débouchait sur les quais de la petite rive. Notre compagnie rompit les rangs devant l'auberge La Pomme de Pin, là où j'avais dépensé une bonne partie de ma solde durant mon séjour. Si cela nous avait été permis, j'y serais bien allé prendre un dernier pot, la marche à travers la ville m'ayant passablement assoiffé. Je n'étais évidemment pas le seul à avoir cette idée. Toupin et Joncas me rejoignirent et lorgnèrent l'établissement. Je me dessanglai du tambour que je déposai par terre, prêt à le reprendre au premier signe de mon capitaine. « Quel dommage que De La Brisardière ne nous libère pas céans, dit Joncas. Une chopinette ne me déplairait pas… Si nous étions en avril, je suis certain que les femmes nous porteraient à boire dehors. Il y en a plusieurs qui ne demandent que cela, en guise d'adieu.

– À commencer par ta belle Renée que voilà, Balan », fit Toupin.

À ces mots, je me redressai et suivis la direction que Toupin indiquait. Renée Biret se tenait bien là, à quelques toises de notre groupe, le dos appuyé à l'appentis de l'auberge d'où elle nous observait en compagnie de servantes du cabaret. Elle ne portait pas de cape, avait les manches retroussées sur ses bras rougis et sa taille était enserrée par un large tablier mouillé. « Travaille-t-elle comme les autres à La Pomme de Pin ? » pensai-je. Pourtant, je ne l'avais jamais vue dans la salle ou aux cuisines… Je soulevai mon chapeau pour la saluer, imité aussitôt par Toupin. Au lieu de répondre à notre salut, Renée se détourna et fit mine de se mêler aux clients attirés à l'extérieur de l'auberge par l'arrêt du défilé. Puis je la vis se faufiler jusqu'à la porte par où elle s'engouffra, à contre-courant de la foule qui sortait. « Décidément pas très avenante, ta Renée, constata Toupin.

– C'est une mijaurée qui se prétend fiancée. Mais, à l'évidence, elle ne l'est pas et use de ce motif pour repousser de braves gars comme nous en faisant la supérieure, répondis-je sèchement.

– Alors qu'elle aurait dû te tomber dans les bras à la seule vue de ton tambour, répliqua mon ami, sur un ton narquois.

– C'est vrai, Balan, intervint Joncas, de quoi te plainstu? Dans la compagnie, tu es celui qui s'est le moins privé de filles. Celle-là peut bien t'ignorer sans que tu sois obligé de la traiter de mijaurée… Puisque tu ne lui plais pas, choisis-en une autre.

– Nenni, je lui plais! insistai-je. Je plais à toutes les filles et à Renée Biret aussi, mais elle ne l'avouerait pour rien au monde. C'est pourquoi j'ai poussé ma chance, avant-hier. Je méritais de la convaincre et peu s'en fallut que j'y parvienne. À mon avis, son Hélie Targer ne reviendra pas, si tant est qu'il existe quelque part… D'ailleurs, qui a dit qu'un soldat vaut moins qu'un charpentier?

– En Nouvelle-France, je dirais même que le mousquet est plus efficace que le rabot pour affronter les sauvages… En tout cas, si tu ne plais pas à Renée Biret, tu as semblé plaire à son père, enchaîna Toupin.

– Enfin, Balan, qu'as-tu à faire de cette fille? Avant la fin de la journée, nous serons loin en mer avec un bien maigre espoir de revenir à La Rochelle un de ces jours», soupira Joncas.

*

Tante Sarah était une patronne conciliante. C'est ce que j'avais constaté dès mon embauche à La Pomme de Pin, et cela se réaffirma le jour de l'embarquement des troupes du roi. Lorsque, au milieu du jour, le défilé passa devant l'auberge et que j'étirai le cou pour voir par le soupirail de la cave où se trouvaient les étuves, tante Sarah émit un commentaire discret et encourageant sur l'événement. Une minute plus tard, elle me laissait partir sans mot dire et ne me demanda pas où j'étais allée quand je revins derrière ma cuve. Elle se contenta de gloser sur le départ des militaires en affirmant que les affaires ralentiraient aux cuisines et à l'étage des chambres jusqu'à ce qu'une nouvelle opération pour les colonies s'organise à La Rochelle.

J'étais satisfaite qu'elle ne soit au courant ni de ma désillusion avec Hélie Targer, ni de mon désagrément avec Pierre Balan. Critique comme je la connaissais, tante Sarah n'aurait pas tari de commentaires si elle avait deviné les mouvements de mon cœur et j'en aurais été fort marrie. De ma conversation bien brève avec l'armateur François Perron, laquelle avait tué toutes mes espérances d'obtenir des informations sur mon amant en Nouvelle-France, tante Sarah aurait voulu tout comprendre, tout soupeser, tout interpréter. Sur la constance gênante de Pierre Balan à mon endroit, elle aurait tranché, jugé et épilogué en émaillant son discours de déboires de soldats à l'auberge.

Alors que je n'aurais dû accorder aucune importance aux rencontres avec Balan, j'avais pensé à lui plusieurs fois depuis le dernier dimanche, et encore là, maintenant, j'avais brûlé d'une envie irrésistible de l'entrevoir une dernière fois avant son embarquement. Pourtant, je me sentais, je me voulais toujours amoureuse d'Hélie. Je me le répétais fermement lorsque mes pensées voguaient du côté de l'entreprenant soldat. Quand j'avais aperçu Balan au milieu de ses compagnons et intercepté sa salutation à mon endroit, je m'étais imposé une retraite rapide, ne désirant pas subir une nouvelle rencontre qui m'aurait procuré la désagréable impression de trahir mon fiancé.

Jusqu'à ce que la rue soit libérée du passage des militaires, je m'acharnai sur les draps sales en sondant mon cœur.

Plus tard, en rentrant chez moi, je dus reconnaître que j'étais incertaine de mes sentiments pour l'un comme pour l'autre homme, ce qui m'accabla de remords. Mon père saisit mon humeur dès mon arrivée, mais n'en souffla mot. Il fit diversion en m'apprenant qu'il allait bientôt travailler à la démolition de la porte de Cougnes.

Cette arche avait été partiellement abattue lors du siège de La Rochelle par le cardinal Richelieu. Pendant la reconstruction de l'église Notre-Dame-de-Cougnes en 1650, érigée en porte-à-faux avec les murs de la porte, il avait été question qu'on rétablisse celle-ci, mais les subsides avaient manqué. Maintenant, les vestiges de la porte de Cougnes menaçaient de s'écrouler et la confrérie de la ville avait voté sa démolition complète.

Que mon père ait obtenu d'y œuvrer me surprit, car on confiait habituellement ce genre d'ouvrage à des hommes vigoureux. Je regardai le dos voûté et les épaules maigres de Jean Biret et je me pris de compassion pour son âge avancé, et d'admiration pour sa vaillance. Sur le coup, il ne me vint pas à l'idée de douter de ses capacités et je le félicitai pour l'obtention du contrat. Si j'avais su qu'il allait périr sur le chantier, je l'aurais dissuadé d'y travailler. Mais ce soir-là, j'avais la tête distraite par deux hommes, l'un charpentier et l'autre soldat. J'allumai la chandelle pour éclairer mon ouvrage de raccommodage. Dans l'ombre ocre qu'elle produisit sur le mur, je vis un grand voilier se mouvoir sur les flots.

L'été fut torride dans les rues de La Rochelle, cette année-là. Une recrudescence de transport de matériel et de vivres pour les colonies remplissait l'air des poussières soulevées sur le passage des chariots à bœufs, du matin au soir. La nuée sale pénétrait par les soupiraux des caves de l'auberge et allait se déposer sur le linge mis à sécher, gâchant souvent une partie importante de notre labeur. N'y tenant plus, en août, tante Sarah décréta qu'il fallait étendre dehors, dans l'étroite cour abritée où elle fit dresser des séchoirs en cordage. Vu la lourdeur des paniers de linge mouillé, elle m'assigna la tâche d'étendage. C'est ainsi que je pus sortir des soubassements pour monter à l'air libre et jouir de la pleine lumière du jour.

En septembre, le personnel et la clientèle de l'auberge étaient si habitués à ma présence au rez-de-chaussée que je fus de plus en plus réclamée pour rendre de menus services. C'est donc tout naturellement que je passai du poste de lavandière à celui de servante à La Pomme de Pin, ma tante ne s'y opposant d'aucune façon. Mes nouvelles fonctions ne furent pas pour me déplaire, car je pouvais plus aisément appliquer les conseils de mon père concernant mon enquête sur Hélie. Désormais, je croisais quotidiennement beaucoup plus de personnes susceptibles de me fournir des renseignements sur les habitants de la Nouvelle-France. J'ouvrais grand mes oreilles et je posais çà et là des questions aux clients que je servais, La Pomme de Pin étant une des auberges préférées des voyageurs outre-mer. Qu'ils soient marchands pour la Nouvelle-France, administrateurs en fin ou en début de mandat ou membres gradés de l'armée régulière, leurs récits circulaient dans la salle et je les entendais presque tous. Les narrateurs faisaient un séjour plus ou moins long à La Rochelle, certains enthousiasmés par leur mission, d'autres désabusés. Mais aucun de ces gens d'affaires n'avait été indifférent au Canada. Tantôt ils louaient la richesse de ses forêts regorgeant de bois d'œuvre et recelant un incroyable trésor en fourrures, tantôt ils déploraient son climat hivernal comparable à celui de la Laponie. Mais, dans presque tous les rapports de mission, il était question des attaques-surprises des sauvages contre les colons. Aux dires des habitués, cette belligérance semblait s'intensifier d'une année à l'autre. D'ailleurs, à la fin de l'automne, on commença à parler de la formation d'un contingent militaire spécialement dédié à la protection des Français au Canada. Cette hypothèse se concrétisa en décembre quand fut lancé l'ordre de rassembler à Brouage et à La Rochelle les quinze compagnies du régiment de Carignan-Salières.

Le jour même où les premières troupes entrèrent dans la ville, je devins orpheline : Jean Biret avait eu un accident fatal sur le chantier de démolition, lequel tirait ironiquement à sa fin. La chute d'une pierre avait sectionné la jambe de mon père qui était mort au bout de son sang avant qu'un garrot puisse être pratiqué. On m'avait fait quérir, mais je n'arrivai malheureusement pas à temps et je ne pus lui reparler. L'ouvrier qui avait assisté mon père me rapporta ses dernières paroles ; elles me concernaient : « Confiez Renée à ma belle-sœur, la veuve Sarah. Elles s'entendent bien et travaillent toutes deux à l'auberge La Pomme de Pin. Elles pourront désormais vivre ensemble… Cela me rassurerait de les savoir sous le même toit, jusqu'à ce qu'Hélie Targer revienne. »

La mention d'Hélie m'émut. De la pénible annonce du décès de mon père, c'est ce qui me troubla le plus. Je me rendis compte à quel point le brave homme croyait encore au retour de mon fiancé ou du moins l'espérait sincèrement, alors que moi, j'y avais peut-être déjà renoncé. À preuve de cela, le lendemain de l'enterrement, je n'écoutai plus les récits des clients avec la même curiosité, la même attention et le même intérêt. Je ne mentionnai plus le nom d'Hélie devant eux et ne les questionnai plus sur les trente-six mois envoyés en Nouvelle-France.

Dans le secret de mon lit, au fond de la chambrette que je partageais avec tante Sarah, en conformité avec les dernières volontés de Jean Biret, je passai de nombreuses nuits en exploration des souvenirs qui me restaient de mon fiancé. Parfois avec désillusion, parfois avec indifférence, je scrutais mes sentiments, soupesais mes vœux et mesurais mon sacrifice, pour réaliser finalement que je n'éprouvais plus qu'un vague attachement pour Hélie Targer, immatériel et diffus comme un nuage effiloché au gré des vents. Si, jusqu'alors, j'avais poursuivi ma quête auprès des clients de l'auberge sur les conseils de mon père, cela s'était fait davantage par routine que par conviction. «Que vais-je devenir sans Hélie? me demandai-je. Quelles sont désormais mes chances de me marier, privée de père et de dot? Devrai-je demeurer ici pour le reste de mes jours, auprès de ma tante? Ai-je un autre destin que celui-là, à La Rochelle?» Je n'étais pas insatisfaite de mon sort, mais j'avais vraiment rêvé du mariage: posséder mon propre foyer, élever des enfants, partager avec mon homme le pain et la couche… Le deuil de mon père fut aussi le deuil de mes espérances de jeune femme.

Chapitre III

Avril 1665, La Rochelle – La Guadeloupe

Moi qui avais commencé à me désintéresser de la Nouvelle-France, je n'entendis plus parler que de cela quand mon service auprès de messire Jean Talon débuta. Le lendemain de Pâques, cet homme important descendit à La Pomme de Pin avec deux coffres, trois malles, une belle écritoire, deux chaises damassées, et s'installa dans la longue chambre du troisième étage. Le célibataire, fin trentaine, portait le titre d'intendant du Hainaut et il comptait, avec ses deux frères, parmi les conseillers immédiats du ministre Colbert. Il venait d'être nommé intendant de justice, de police et des finances au Canada et prévoyait de prendre son poste là-bas au mois de mai.

Son arrivée à La Pomme de Pin créa un certain émoi chez mon patron qui était sensible aux personnages prestigieux. Quant à moi, qui n'en avais jamais rencontré, je ne fus pas aussi impressionnée. Au contraire, dès le premier abord, je sus que messire Talon ne tirait aucune gloire de sa nomination. Il regardait dans les yeux les gens qui s'adressaient à lui, qu'ils soient manants ou commissaires, et lors des présentations, il saluait toujours le premier. Je compris vite qu'il entendait accomplir ses nouvelles tâches avec sérieux et dévouement et qu'il n'avait pas de temps à perdre en peccadilles. Pour cela, il me plut immédiatement.

«Aubergiste, dit messire Talon à mon patron, dès son entrée, j'aurai beaucoup de travail avant mon embarquement pour la Nouvelle-France. Je recevrai des gens, je rendrai visite à d'autres, j'écrirai abondamment. Comme je n'ai pas l'assistance d'un secrétaire ou d'un valet, je veux utiliser quelqu'un de dégourdi qui portera mes messages, fera mes courses en même temps qu'il veillera à mon confort en ces lieux. Il est inutile de m'encombrer d'un gros train de domestiques : une seule personne suffira si on la choisit bien. Qui me désignez-vous parmi les gens de votre maison?

– L'entretien des chambres, des habits, le service des repas sont habituellement dévolus à une servante. Renée, que voici, s'occupe normalement des chambres du troisième ; ce pourrait être elle que je vous assigne, si cela vous agrée. Quant aux courses, j'ai quelques garçons qui se débrouilleront bien», répondit le patron.

Messire Talon se tourna vers moi. Il n'était pas très grand, mais sa tenue sobre et élégante à la fois lui conférait une allure noble et réfléchie. Sous sa perruque brune, un visage plutôt rond se terminait par un menton délicat; des yeux petits, noirs et vifs étaient assez écartés d'un nez long et droit; une très fine moustache soulignait ses lèvres minces aux courbes gracieuses; sa voix dénotait la même harmonie que dégageait sa personne, tout en assurance, sans l'ombre d'une suffisance. «Renée, sais-tu lire? me demanda-t-il.

– Non, messire Talon. Je ne sais ni lire ni écrire, mais je sais compter et différencier les chiffres, répondis-je.

– Connais-tu bien la ville?

– J'y suis née et j'en ai parcouru toutes les rues depuis mon enfance. Je sais où me procurer du ruban, de l'encre, du papier, des chandelles, des onguents; je connais des boutiques d'orfèvres, de tailleurs ou d'apothicaires; je peux aussi remettre un pli dans n'importe quelle maison de la ville.

– Soit! Je requiers tes services. Tu feras les poussières, mon lavage, tu monteras mes repas et livreras mes lettres. C'est dit, monsieur l'aubergiste : je garde Renée pour la durée de mon séjour », conclut l'intendant Talon.

Ce jour fut le premier d'une série de quarante-huit, tous plus pleins les uns que les autres. En effet, jusqu'au départ de messire Talon sur le *Saint-Sébastien,* le 24 mai, je n'eus pas une seule minute de répit, tout comme lui, d'ailleurs. Je me rendis plusieurs fois au port afin de porter ses missives à l'agent général de la Compagnie des Indes occidentales, compagnie de commerce dévolue à l'approvisionnement de la Nouvelle-France. Ses entrepôts occupaient la majeure partie de la petite rive et grouillaient d'un trafic intense qui aurait rebuté plus d'une fille. Cependant, je ne craignais pas de m'y rendre seule, car dès la première fois où je m'étais présentée aux comptoirs de la compagnie, on m'avait reçue avec empressement et courtoisie, tout comme si j'avais été la propre parente de l'intendant. Par l'effet que mes visites subséquentes produisirent sur l'agent général, je mesurai l'importance du titre d'intendant de la Nouvelle-France que portait messire Talon. Il en allait de même pour tous ceux qui, de près ou de loin, traitaient avec lui. Nul n'osait se dérober à ses invitations, lesquelles furent fort nombreuses; nul ne lui fermait sa porte quand il décidait de se déplacer sans s'être fait annoncer; nul ne refusait de répondre à ses questions, souvent d'une précision embarrassante. Que l'on soit un gentilhomme comme le nouveau gouverneur de la Nouvelle-France, messire de Courcelles, ou encore un simple marchand d'outils ou de denrées, tous ceux que messire Talon interrogeait se faisaient un devoir de le renseigner au mieux de leurs connaissances.

« Comme vous écrivez, messire! lui dis-je, un soir, en terminant mon service. Jamais je n'aurais imaginé à quel point votre travail exige de rapports… comme ça, en fin de journée, quand tout le monde est à son coucher. Vous êtes de loin le premier client de l'auberge à consommer deux douzaines de chandelles par semaine.

– Ce que j'apprends le jour, je dois le consigner le soir, avant de l'oublier, répondit-il. Vois-tu, Renée, je fais une vaste enquête sur la Nouvelle-France. Je dois tout savoir avant d'y mettre les pieds. Mon rôle réside là et tous ceux qui œuvrent pour la colonie ont l'obligation de collaborer avec moi. J'y représente la justice et la police.

– Est-ce à dire, messire, que vous allez diriger la guerre qui s'annonce là-bas entre les sauvages et les Français?

– Non pas. Il y a des généraux pour cela. Par contre, en ma qualité d'administrateur des finances de la Nouvelle-France, j'aurai à planifier les subsides nécessaires pour réaliser cette guerre. À chacun son métier…

– … et les vaches seront bien gardées», répliquai-je. À cet instant, messire Talon me gratifia d'un large sourire, puis son regard se posa sur ma gorge et mes hanches, durant un court moment, avant de retourner à son écritoire. «Bonsoir, Renée. À demain, fit-il.

– Bonsoir, messire Talon», répondis-je. Puis je me dirigeai vers la porte en emportant le plateau de son souper. Comme j'allais ouvrir, il m'adressa une question qui m'intrigua: «M'as-tu dit que tu étais orpheline?… Non, laisse, nous en reparlerons. Va te coucher, il est bien assez tard.»

Le lendemain, il ne revint pas sur le sujet, ni les jours suivants. J'appris qu'il fit une visite au couvent Saint-Joseph de la Providence pour s'entretenir avec la directrice à propos des jeunes filles orphelines qui y étaient reçues. Je crois qu'il examinait alors le recrutement pour le programme d'immigration des Filles du roi. S'il avait pensé à moi dans ce but, je fus soulagée qu'il ne me le demande point. Je n'aurais pas pu refuser de m'inscrire sur sa recommandation, j'avais trop d'estime pour lui. Mais tout ce que j'entendais dans sa chambre, au hasard de mon ouvrage, ne me poussait guère vers le Canada. Surtout lorsque les visiteurs étaient des militaires et qu'ils parlaient des Agniers, ainsi qu'on appelait les sauvages ennemis des Français, contrairement aux Hurons, aux Algonquins et aux Outaouais, qui étaient des tribus alliées. Je ne désirais pour rien au monde me retrouver face à l'un des mécréants en me demandant s'il en voulait à ma chevelure ou non, comme ces pauvres colons qui avaient été surpris aux champs et avaient été massacrés ou faits prisonniers. Et puis, tous les témoignages qui provenaient de l'Hôtel-Dieu de Québec par le biais de religieux me donnaient des frissons dans le dos : ils faisaient état de maladies mortelles causées par la rigueur du climat dont les Français mouraient par dizaines, quand ce n'était pas la famine qui les décimait avant le retour des navires au printemps. Non, à vrai dire, l'aventure en Nouvelle-France ne me disait rien.

Dans la deuxième semaine d'avril, presque tous les soldats étaient arrivés à La Rochelle pour l'envoi d'un premier contingent en Nouvelle-France. Ils devaient s'embarquer sur un navire de deux cents tonneaux, le *Vieux Siméon,* et leur présence dans la ville avait fait monter d'un cran l'agitation entourant l'événement. J'étais soulagée que messire Talon ne me fasse pas courir à travers la cité à ce moment-là, car je commençais à être fatiguée de me faire apostropher par cette engeance d'hommes en rut qui continuaient d'affluer dans la ville. En effet, bien que toutes les compagnies soient complètes, messire Talon voulait qu'on admette des surnuméraires, surtout des hommes qui possédaient un métier. « Nous ne sommes pas à l'heure des refus, expliqua-t-il au commandant de Salières. Les unités peuvent dépasser le chiffre de cinquante soldats d'abord prévu. Ces hommes, une fois arrivés à destination, nous saurons bien les mettre à l'ouvrage. S'ils ne sont pas requis pour la guerre, ils seront utiles aux habitants.

Il y a un besoin pressant de personnes capables de construire, de cultiver, de fabriquer toutes choses essentielles au quotidien. Nous manquons de main-d'œuvre là-bas…

– Nul doute, messire Talon, mais dans l'immédiat, j'aurai toute cette piétaille à encadrer, à habiller et à armer, sans compter que nous n'avons pas de place à bord des bâtiments pour du surplus, protesta De Salières.

– Voyons, commandant, cinq navires de plus de deux cents tonneaux sont déjà affrétés pour le transport de nos troupes. Il y en a même un de trois cents tonneaux, le *La Paix,* navire du roi, argua Talon.

– Nous tenterons de faire monter tout le monde s'il le faut, mais je ne le recommande pas, compte tenu des difficultés inhérentes à une si longue traversée…

– Au besoin, je ferai affréter un sixième navire pour accueillir les surnuméraires, mais je veux m'assurer du maximum d'hommes pour participer à ce transfert en Nouvelle-France. À vous de déléguer des officiers pour s'en occuper. Pour l'uniforme et l'équipement, je vais voir avec l'agent de la Compagnie des Indes occidentales», répondit mon inébranlable Talon.

Deux jours avant le grand départ des troupes, messire Talon m'envoya quérir le propriétaire du premier bateau à armer, ainsi que son capitaine, avec lesquels il voulait tenir audience à l'auberge même. Cette réunion se déroula dans la grand-salle plutôt que dans sa chambre, car les lieutenants des quatre compagnies du régiment de Carignan-Salières qui montaient à bord du navire avaient également été convoqués. Chemin faisant, Pierre Gagneur, l'armateur, et Simon Doridod, capitaine du navire, me demandèrent de leur décrire l'intendant qu'ils n'avaient encore jamais rencontré. À leur ton, je sentis qu'ils le redoutaient et je compris pourquoi : ils avaient eu des difficultés à engager leur navire pour cette mission à cause de son moindre tonnage par rapport aux autres bâtiments de guerre pressentis par les autorités pour faire traverser les mille trois cents soldats dépêchés en Nouvelle-France.

Parce que je savais prévenir plus facilement que d'autres servantes les désirs de messire Talon, l'aubergiste m'enjoignit de rester dans la grand-salle durant la réunion. Je pus ainsi entendre les détails du voyage qui se préparait et je découvris avec surprise que l'opération tout entière m'intéressait vivement. En fait, ce n'était pas tellement étonnant, puisque j'avais beaucoup vu et entendu à ce propos, durant le dernier mois. La carte du fleuve Saint-Laurent, que l'intendant avait étalée sur une table afin que tous puissent aisément l'examiner pendant qu'il la commentait, me fit la plus grande impression. Enfin un dessin de la Nouvelle-France, le premier qu'il m'était donné de voir! Quand l'assemblée se déplaça pour le souper, je pus m'approcher de la carte et la regarder attentivement.

Le nouveau pays se présentait comme une tête de chien à la gueule fendue: on y pénétrait en empruntant une large voie d'eau qui allait en s'amincissant, depuis l'île de Terre-Neuve sur l'Atlantique jusqu'au fond du territoire français où siégeait l'île de Ville-Marie, en passant par plusieurs autres dont celle d'Orléans, en face de Québec. Trois cités seulement, presque équidistantes les unes des autres, figuraient dans la mer de forêts et de rivières que semblait constituer la Nouvelle-France. La première ville en venant du large, c'était bien sûr Québec, sur la rive nord du fleuve. La seconde, sur la même rive, c'était le fort de Trois-Rivières et le dernier lieu d'habitation, au milieu du cours d'eau, c'était Ville-Marie. Voilà ce que j'avais retenu de la description de messire Talon, un peu plus tôt. Dubitative, je contemplai les trois points correspondant à Québec, Trois-Rivières et Ville-Marie; trois noms qui revenaient sans cesse dans la bouche de tous ceux qui avaient foulé la contrée lointaine; trois endroits que j'avais imaginés comme des villes et qui, perdus dans l'immensité du Nouveau Monde, m'apparaissaient maintenant comme de petits hameaux. Ne disait-on pas que la cité de Québec n'avait pas le tiers de la population de La Rochelle? «Grand Dieu: tout le reste du pays est peuplé de sauvages menaçants! Les soldats du roi Louis auront fort à faire là-bas, peut-être même davantage que ceux partis guerroyer dans les Antilles», réfléchis-je. Cette pensée me rappela inopinément Pierre Balan et je me demandai ce qu'il était advenu du contingent du marquis de Prouville de Tracy.

*

Joncas dit Lapierre et Toupin n'étaient pas déçus. Ils s'accommodaient trop bien de leur vie oisive à bord du *Brézé* pour se plaindre. Ils buvaient du tafia de canne ou de la guildive, jouaient aux dés, chantaient, même, en se laissant ballotter dans leur hamac. Moi, j'étais dépité d'être confiné au navire. Je voulais sortir, marcher sur l'ennemi, me retrouver au milieu de la fumée et entendre les coups de canon. Faire la guerre, en somme. Ne m'étais-je pas enrôlé pour cela? Malheureusement, depuis notre premier arrêt dans les Antilles, la victoire de l'armée française se faisait sans presque coup férir. Quelques conférences entre le marquis de Prouville de Tracy et les officiers hollandais ou anglais, des discussions pleines de civilités qui se terminaient invariablement autour d'une réception, et l'ennemi nous cédait bêtement la place.

La seule vraie escarmouche que nous essuyâmes après notre départ de La Rochelle se fit au large du Portugal contre cinq vaisseaux de pirates turcs que nous mîmes aisément en fuite. Puis, le calme plat. Une traversée sans histoire jusqu'à la Guadeloupe que nous atteignîmes après avoir abordé Madère, le Cap-Vert, Cayenne et la Martinique. Partout le

59

même train-train effectué par les mariniers : réapprovision-nement en eau, en denrées, en matériaux. De nouveaux poulets, de nouveaux porcs, du vin et du sucre étaient char-gés dans un va-et-vient dénué d'intérêt pour les soldats désœuvrés que nous étions. À quelques reprises, nous des-cendîmes à terre et fîmes quelques parades qui vraisembla-blement suffirent à exposer nos forces et à impressionner les défenseurs des îles. Mais la plupart du temps, nous de-meurâmes à bord à attendre l'ordre de formation qui venait trop rarement à mon goût. Mon tambour était devenu une table sur laquelle étaient jetés, à longueur de journée, les dés ou les cartes.

La chaleur suffocante de la cale me poussa sur le pont. Une bonne brise soufflait du large en faisant clapoter les va-guelettes contre la coque et elle aérait ma chemise trempée de sueur. Pour ne pas demeurer sous l'ardeur des rayons du soleil, je me rapprochai du château arrière, à l'ombre duquel je m'installai. Au large, je distinguai une nef battant pavillon français. Elle glissait rapidement tout droit au port, ses voiles gonflées comme une baudruche. Depuis notre arrivée à la Guadeloupe, qui fut suivie par le départ des vaisseaux hol-landais, le trafic des navires dans la rade de l'île s'était beau-coup atténué. Les distractions de ce côté étaient devenues si rares que la plus petite embarcation voguant en direction du large ou en revenant me faisait rêver.

Voilà déjà quinze mois que nous étions partis de France et je déchantais de semaine en semaine à propos de mon métier de soldat. À vrai dire, je croupissais d'ennui en per-dant tout intérêt pour la vie militaire. Toupin m'encoura-geait en me disant que la situation entre deux missions était parfois pénible à supporter mais toujours passagère et que l'armée du roi Louis ne restait jamais longtemps inerte. «Notre bon sire a trop d'ambitions de par le monde pour laisser inemployées ses forces guerrières», affirmait-il. Il n'empêchait : en ce 23 avril 1665, mon entrain était aussi blafard qu'un vieux froc.

Le port, que j'observai d'un œil morne, était écrasé par une torpeur humide et seules quelques femmes portant des paniers y circulaient. Pas d'échoppes ouvertes, pas de marchands qui déambulaient, pas de badauds qui se haranguaient. Pourtant, l'envie subite de descendre du navire et de parcourir les environs m'empoigna. Machinalement, je repérai la position des hommes qui montaient la garde à bord du *Brézé*. La compagnie de Poitou était de faction ce jour-là. À la proue, trois soldats bavardaient avec Job Forant, le capitaine du navire, un huguenot tout en gueule et en bras, dont les récits d'aventures m'avaient passionné en mon heure et captivaient encore plusieurs soldats. Le groupe n'avait pas fait attention à ma présence sur le pont et semblait vouloir continuer à l'ignorer quand je m'avançai hors de l'ombre. Je me dirigeai discrètement vers la poupe, là où la passerelle de cordage reliait le navire au quai. Un seul homme la surveillait. Abrité du soleil sous son tricorne, il paraissait somnoler contre la rambarde. M'en approchant doucement, je reconnus François Bacquet dit Lamontagne, un gars de mon âge dont je m'étais fait un bon ami dès notre embarquement à La Rochelle. Sa grosse tête rouquine et ses mains larges comme des battoirs m'inspiraient la plus vive sympathie.

« Psst, François ! Que dirais-tu d'une promenade à terre ? » fis-je, tout bas. François sursauta et ouvrit des yeux arrondis par le sommeil. « Que racontes-tu, Balan dit Lacombe ? Où veux-tu aller ? » dit-il en se redressant. Il tourna la tête à droite et à gauche, afin de voir si nous étions observés, puis revint à moi. « Il n'y a pas un officier à bord en ce moment, enchaîna-t-il, comme si l'idée de débarquer venait de lui. Je le sais parce que je les ai tous vus descendre quand j'ai pris mon quart. À mon avis, ils ne reviendront pas avant la nuit. Quel est ton plan ?

« – Au bout du débarcadère, dans les cahutes grises, là-bas, il y a, paraît-il, des filles dédaignées par ces messieurs parce qu'elles sont trop noiraudes. Elles ne coûtent pas cher et vendent de l'eau-de-vie en sus de leurs charmes, avançai-je.

– Moi aussi, j'en ai entendu parler. Les marins de Job Forant les fréquentent. Mais si on se fait pincer hors du navire, c'est la bastonnade et si l'aumônier apprend le but de notre sortie, ça pourrait être bien pire.

– Qui nous dénoncerait, dis-moi? Nous ne serons pas longtemps partis et nous pourrions rapporter quelques bouteilles. Rien de tel pour acheter le silence des drôles qui nous surprendraient à notre retour, poursuivis-je.

– Si c'est toi qui paies, Balan, je te suis », répondit François avec un demi-sourire.

Même si l'escapade ne dura qu'une heure, elle fut trop longue. À peine avions-nous réussi notre négoce avec les deux filles qui nous avaient accueillis que nous entendîmes l'approche d'une milice. Nous nous fîmes épingler ensemble, les braies encore refoulées aux genoux. Toutes les filles avaient fui la cahute en douce, sauf, bien sûr, celles que nous besognions. Personne n'avait eu la bonté de nous avertir du danger avant qu'il nous tombe dessus. Curieusement, ce n'était pas un détachement de la compagnie de Poitou, celle de François, ou d'Orléans, la mienne, qui avait été lancé à notre recherche, mais une troupe de la compagnie de l'Allier dirigée par son capitaine, un huguenot du nom d'Isaac Berthier. L'homme fit exécuter l'ordre de notre saisie sans y déployer beaucoup d'ardeur. Je surpris même sur ses lèvres un léger sourire lorsqu'il me regarda boutonner mes braies. « Pourquoi est-ce vous, plutôt que messire de La Brisardière ou messire Monteil, qui venez nous prendre? osai-je lui demander.

– Parce que vos capitaines sont restés auprès du marquis pour discuter de la dépêche.

– Quelle dépêche? fis-je encore.

« – Un nouvel ordre de mission vient d'arriver de messire Colbert… enfin! Nous quittons la Guadeloupe », répondit succinctement Berthier. Puis, faisant signe à un de ses hommes de m'escorter, il tourna les talons et prit la tête de la colonne. Je cheminai derrière François qui semblait trop accablé pour parler. Je lui aurais bien communiqué la bonne nouvelle, mais je me retins d'ouvrir la bouche devant l'air rébarbatif des gardes.

Pour avoir failli à son guet, François Bacquet dit Lamontagne écopa de deux semaines aux fers en plus de la bastonnade. Quant à moi, qui avais été l'instigateur du délit, j'encaissai stoïquement quinze coups de fouet. Heureusement, c'est De La Brisardière qui me les administra, car si la correction avait été donnée par n'importe quel autre officier, j'aurais pâti. Tout dans mon capitaine était mou, depuis les traits du visage jusqu'à la main gantée. Celle-ci faiblissait aisément à la tâche. Le reste du personnage s'accordait mal avec l'exercice physique de l'autorité: les cris de douleur l'agaçaient; la vue des chairs fendues l'indisposait et le regard des spectateurs du châtiment l'intimidait. Vincent de La Brisardière bâcla la punition, pour mon plus grand soulagement, et il me remit entre les mains de l'aumônier. J'écoutai avec componction le sermon de ce dernier, tandis que l'attroupement se dissipait et que la brûlure de mon dos s'apaisait. Puis je fus autorisé à regagner l'entrepont où Toupin et Joncas me rejoignirent discrètement. « À quoi as-tu pensé, idiot? me tança Toupin.

– À la même chose que toi. Avoue que tu m'envies, fis-je.

– J'espère que l'échappée en valait la peine, au moins, poursuivit-il, sans relever mon allusion.

– Pour moi, oui, mais je ne dirais pas la même chose de François Bacquet, répondis-je. Sa correction est plus lourde que la mienne… pour à peu près la même faute. As-tu une idée de celui qui a donné l'alarme? Est-ce un gars de sa compagnie ou un de la nôtre?

– Ni l'un ni l'autre. C'est l'enseigne de la compagnie de Chambellé. Il vous a vus descendre.

– Le Breton Morel de La Durantaye?

– Celui-là même!

– Ah, le traître! Pourquoi n'a-t-il pas accompagné son capitaine et son lieutenant dans la suite du marquis?

– Qui sait? Peut-être avait-il la même intention que toi et Bacquet. Il n'aura pas prisé que vous le devanciez. N'y pense plus, ça vaut mieux. Voilà une nouvelle qui devrait t'y aider : nous levons bientôt l'ancre. Le savais-tu?

– Oui. Isaac Berthier me l'a appris. Connais-tu notre prochaine destination?

– Tu vas rigoler, c'est le Canada! Le courrier est arrivé au moment même où tu étais occupé à tes ébats… La nef qui le transportait a accosté dans l'heure suivant ta fugue et l'information s'est répandue comme une traînée de poudre », enchaîna Joncas dit Lapierre. Je souris. «Ainsi, voilà donc ce qu'apportait cette nef française que j'ai vue au large », songeai-je.

L'annonce de la prochaine mission du marquis de Prouville de Tracy, mandé en Nouvelle-France avec quatre compagnies pour s'intégrer au régiment de Carignan-Salières, m'ébahit et me ravigota à la fois. Rien ne pouvait me faire plus plaisir que la perspective de combattre les Iroquois. Du coup, j'en oubliai les éraflures qui striaient mon dos et je m'étendis précautionneusement sur mon grabat. Les images de la poitrine opulente de la garce que j'avais prise affluèrent à mon esprit et je m'abandonnai à une douce somnolence. Plus tard, le chirurgien de la compagnie, un dénommé Rousseau dit Lassonde, vint examiner mes blessures, une pommade à la main. Tout en me traitant, il me donna des nouvelles de François, à qui il avait rendu visite précédemment.

«Ton compagnon d'infortune est autrement plus meurtri que toi, me dit-il. Je crois qu'il va rester marqué. Tu as été chanceux de t'en tirer à si bon compte...

– Je le sais bien. Dieu me prend en pitié plus facilement qu'un autre. Pourquoi? Je l'ignore, mais je le bénis d'agir ainsi, répondis-je, sur un ton désinvolte.

– Ne blasphème pas, Balan. La chance qui sourit aux uns et qui néglige les autres, ça n'a rien à voir avec Dieu, répliqua-t-il d'un air sévère.

– Toi, tu parles comme un huguenot, fis-je en renfilant ma chemise.

– J'en suis un. Si je n'avais pas été forcé à m'engager, je ne serais pas ici à te panser.

– Ah non? Où serais-tu alors et que ferais-tu? demandai-je.

– Je serais à Saumur et j'étudierais la Bible pour devenir pasteur.

– Et qu'est-ce qui t'a empêché de le faire?

– Je me suis opposé à ce que le curé force mon père à abjurer sa religion sur son lit de mort. J'ai dû fuir avant d'être arrêté. Les recruteurs du régiment passaient, ils n'étaient pas pointilleux sur la foi professée et ils me garantissaient l'immunité. Je me suis donc enrôlé. Comme je sais lire et écrire, on m'a confié la charge de chirurgien en me donnant un précis sur les maladies et les blessures. Je me suis finalement rendu compte que je n'étais pas le seul protestant à choisir cette forme d'exil.

– En effet, l'armée est une bonne cachette pour les gars de la religion réformée... prétendue réformée, dis-je.

– Ce n'est pas une cachette, Balan. C'est une façon de continuer, malgré toutes les difficultés qu'on nous fait. Le roi n'honore pas sa parole en laissant ses gens piétiner l'édit de Nantes.

– Les édits s'écrivent à profusion, Rousseau, et le temps finit par les effacer. Les Français ont tendance à penser que tout ce qui est écrit en lettres d'encre est permanent. À mon avis, la parole écrite ne vaut pas mieux que la parole de bouche. Je ne comprends pas pourquoi, vous les huguenots, vous persistez à mettre votre confiance dans les grands seigneurs, alors qu'ils s'emploient à vous faire mille et une misères.

— Si nous mettons en doute la bonne volonté du roi Louis, nous sommes irrémédiablement perdus», trancha Rousseau en se levant. Il me quitta sans que j'ajoute rien pour le retenir. Les adeptes de la religion prétendument réformée m'attendrissaient: trop dociles, trop rigoureux, trop chimériques.

Deux jours plus tard, le *Brézé* levait bel et bien l'ancre pour la Nouvelle-France. Exceptionnellement, les quatre compagnies furent appelées sur le pont à tour de rôle afin que nous assistions à notre départ de la Guadeloupe, assorti d'une harangue de notre lieutenant-général. Entouré de sa fameuse garde de mousquetaires, Alexandre de Prouville de Tracy se jucha sur une estrade plantée au milieu du gaillard d'avant et il s'égosilla au grand vent. Celui-ci faisait tourbillonner si fort la plume de son chapeau que tous les yeux convergèrent vers elle, les hommes se demandant si elle n'allait pas être arrachée.

«Soldats du roi, dit Tracy, au moment où je vous parle, des bâtiments de guerre quittent La Rochelle, tout comme nous l'avons fait voilà plus d'un an. Leur destination est la même que la nôtre aujourd'hui, ils font voile vers Québec. C'est là que nous nous rejoindrons pour accomplir une mission exceptionnelle, celle de mater les tribus indigènes hostiles aux Français au Canada. Ainsi en a décidé notre grand roi, Louis le Quatorzième. Pour accomplir cet illustre devoir, plus de mille hommes sont dépêchés dans la colonie, armés et vêtus comme aucun autre régiment ne l'a jamais été en France. La guerre qui nous attend n'a pas non plus sa pareille, car l'ennemi à combattre est complètement différent de tous ceux qui ont nargué notre État en ce siècle et en les précédents. J'entends par là que les Iroquois ne sont pas des chrétiens. Ainsi donc, s'il plaît à Dieu que nous remportions la victoire, nous vaincrons.» Ici, il fit une pause en parcourant des yeux l'assemblée pour mesurer l'effet de ses augustes paroles. Puis, visiblement satisfait du silence attentif qui perdurait, il reprit: «Messire Job Forant m'avise qu'avec des vents favorables, le *Brézé* pourrait atteindre les côtes de la Nouvelle-France dans un mois. Pour sûr, nous y serons avant l'été. D'ici là, que chacun se prépare le mieux possible aux affrontements qui nous attendent en maintenant une discipline sévère et en limitant les dépenses d'énergie. Notre route croisera évidemment celle des Hollandais et des Anglais qui ont des avant-postes sur la côte américaine. Il n'est pas dit que de probables rencontres avec leurs flottes s'avéreraient pacifiques. Soyez donc prêts en tout temps à prendre les armes! Messieurs, vive le roi!»

La clameur sortant de nos poitrines exaltées reprit ce vivat qui se perdit dans le vent salin balayant le pont. Le discours était terminé. De La Brisardière me fit signe de battre le tambour pour remettre la compagnie en formation de marche. Malgré la douleur que la sangle infligeait à mon dos, je dressai les épaules et exécutai le roulement. Nous nous mîmes en branle et fîmes une courte parade en direction du gaillard d'arrière. Chaque homme jeta un dernier regard au port de la Guadeloupe qui s'estompait déjà sur la mer, avant de redescendre en cale. On me fit battre l'arrêt de la cohorte suivi du roulement pour rompre les rangs, puis, l'un derrière l'autre, nous empruntâmes l'échelle pour rejoindre nos quartiers.

Je me serais senti coupable si je n'étais pas allé voir Bacquet pour lui narrer l'événement. Sa compagnie était la dernière à être convoquée sur le pont pour entendre le marquis.

Aussi, sachant que le prisonnier serait alors sans garde, attendis-je que tous les hommes du régiment de Poitou soient montés avant de me glisser jusqu'à l'endroit où mon ami était détenu.

La geôle n'était en fait qu'un réduit bâti avec de mauvaises planches et érigé au fond de l'enclos des bêtes. François était écroué aux chevilles sur un lit de paille malodorante et les chaînes qui l'entravaient étaient si courtes qu'il ne pouvait pas faire deux pas. Je doutai qu'un quelconque soldat y fasse habituellement le guet, tellement l'air empestait dans ce lieu, ce que François me confirma durant notre échange. Il se plaignit d'abord de n'avoir jamais la visite de compagnons et je lui promis aussitôt que j'allais y remédier aussi souvent qu'il me serait possible d'échapper à la surveillance des officiers. Je lui relatai ensuite le discours du marquis de Prouville de Tracy en y ajoutant toutes les informations qui circulaient sur la présence militaire en Nouvelle-France et sur les farouches ennemis de celle-ci. En réponse à ce que je narrais, les commentaires de François me désarçonnèrent. « Pourquoi envoyer une si grande armée ? dit-il. Un plus petit contingent suffirait à assurer la sécurité des colons dans la vallée du Saint-Laurent : ils sont une poignée seulement. D'ailleurs, la plupart des tribus ne sont-elles pas déjà converties à la foi chrétienne et, de ce fait, amicales et même alliées de nos compatriotes ?

– Oui, on dit cela aussi, admis-je.

– Le roi requiert autant d'hommes pour une autre raison, poursuivit François.

– Laquelle ?

– Le commerce des fourrures, répondit-il. Les sauvages ne revendiquent pas les terres cultivées par les Français, ça ne les intéresse pas. Par contre, les produits de la chasse ne les laissent pas indifférents, car ils leur permettent d'obtenir des objets européens et de l'eau-de-vie. Or, les Iroquois négocient uniquement avec les Anglais et, par cette filière, une bonne partie des profits de la traite échappent aux mains françaises. Et ici, on ne parle plus seulement de sauvages munis de haches, d'arcs et de flèches. L'objet de troc par excellence entre les Anglais et les Iroquois, ce sont des mousquets comme les nôtres, et même peut-être un peu meilleurs…

– Tu m'étonnes, Bacquet! Comment as-tu appris tout ça?

– En écoutant parler nos officiers, pardi!

– Eh bien, tes oreilles sont plus fines que les miennes, car je n'ai jamais rien ouï de pareil dans ma compagnie», répliquai-je.

Je sortis de mon entretien avec François mû par le sentiment que la vaste opération militaire en Nouvelle-France, dans laquelle nous allions être précipités, en cachait une autre, plus discrète, plus équivoque, moins glorieuse. Je mis quelques jours avant de m'en ouvrir à Toupin, afin de confronter ses vues avec celles de François Bacquet. Quelle ne fut pas ma surprise de constater que mon mentor pensait exactement la même chose, sur la foi des mêmes informations! Mais contrairement à Bacquet, Toupin ne tenait pas ses renseignements de la bouche des officiers de la compagnie de La Brisardière, mais de celle des autres groupes. «Pourquoi nos officiers n'en parlent-ils jamais entre eux? demandai-je.

– Parce que ça ne les passionne pas vraiment. Vincent de La Brisardière s'est entouré de petits bourgeois qui sont captivés par les titres, la hiérarchie, les privilèges, les faveurs et rien ne les séduit moins que les manœuvres sur le terrain de la guerre. Les motifs qui président à un conflit ne sont pas source de valorisation pour eux. Ils aimeraient se distinguer, bien sûr, mais pas en se salissant les mains.

– Tu exagères, Toupin, arguai-je.

– Pas tellement. Sais-tu ce qui est la pire chose pour notre capitaine dans la présente mission?

– Non, fis-je.

– Ce qu'il déplore par-dessus tout, c'est d'être privé de son cheval… et aussi de ne pas jouir de son congé de la compagnie, fixé de trois mois en trois mois. Attends de le voir sur un champ de bataille, et tu comprendras ce que je te dis là. »

*

Après le départ du *Vieux Siméon,* le port mouvementé de La Rochelle sembla s'assoupir un peu. Les hommes qui continuaient à affluer pour s'enrôler étaient automatiquement transférés à l'île de Ré, rendant ainsi la circulation dans la ville plus plaisante aux Rochelais. Les prochains embarquements étaient prévus pour la mi-mai sur l'*Aigle d'Or* et sur le *La Paix,* lesquels emporteraient huit autres compagnies de cinquante hommes en Nouvelle-France. Jusque-là, les affaires de messire Talon allaient connaître une petite accalmie et je pus me permettre de m'attarder un peu plus longtemps lors de mes sorties à son service.

Un jour de marché où je me trouvais du côté de la grand-place, j'eus l'idée d'aller y musarder. Je n'étais guère retournée dans le coin depuis mon embauche à La Pomme de Pin et je me demandais si mon ancien patron tenait toujours son comptoir à poissons et, surtout, si Raviau en était encore le commis. Je jetai un coup d'œil à la ronde et reconnus aussitôt ce dernier : il besognait seul. Il n'avait donc pas réussi à me remplacer. Comme je me faufilais entre les étals, plusieurs marchands qui savaient que j'étais le commissionnaire de messire Jean Talon me saluèrent poliment, ce qui attira l'attention de Raviau. Je surpris le regard noir qu'il me glissa, mais constatai qu'il se retenait d'ouvrir la bouche. La considération que j'attirais spontanément fut-elle suffisante à le faire taire ? Je voulus le croire et en tirai une certaine fierté qui m'accrocha un sourire aux lèvres.

Le temps était doux et chaud, je n'avais pas pris ma cape et je n'étais pas pressée de rentrer. Aussi furetai-je durant un bon moment autour des comptoirs. C'est alors que je tombai sur la mère Pépin, dont le fils Simon avait été engagé pour la Nouvelle-France selon un contrat commun avec mon fiancé Hélie. «Madame, fis-je, comment allez-vous?

– Bien, bien. J'ai appris pour ton père, Renée, j'en suis navrée, répondit-elle.

– Merci, c'est aimable à vous. Le temps coule et finit par emporter ceux et celles qui ont achevé leur course sur terre... Votre mari est bien portant, m'a-t-on dit. Et votre fils Simon, êtes-vous toujours sans nouvelles de lui?

– Ah non, ma chère! Il nous a envoyé un message pour la Noël, mais nous ne l'avons reçu qu'en mars... Enfin, qu'on s'est dit mon mari et moi, des nouvelles qu'on n'attendait plus!

– Ce sont de bonnes nouvelles, j'espère, dis-je, plus ébranlée que j'aurais voulu l'être.

– Excellentes! Il est maintenant charpentier à son compte dans la ville de Québec et ses affaires vont si rondement qu'il projette de se marier.

– Se marier? Vous devez être contente qu'il ait si bien réussi...»

Devant mon air plus déconfit que réjoui, la mère Pépin se tut en écarquillant les yeux. L'idée que j'étais fiancée à l'ami de son fils dut lui traverser l'esprit, car elle sembla déconcertée en reprenant la parole: «Une seule ombre au tableau de ce bonheur, Simon va devoir abjurer sa religion pour se marier. Il faut s'y faire, n'est-ce pas? Il est de plus en plus difficile d'être huguenot en France, alors c'est encore pire en Nouvelle-France.

– Vous avez raison, ce doit être impossible d'être un protestant là-bas, ajoutai-je. Dites-moi, Simon vous a-t-il écrit quelques mots à propos d'Hélie Targer?

– Non, Renée. J'en suis désolée. Nous allons répondre à Simon, bien sûr. Veux-tu que je lui pose la question?

– Je vous en serais très reconnaissante, oui. Si cela ne vous demande pas trop, bien sûr. J'admets que je suis de plus en plus convaincue que mon fiancé ne reviendra jamais à La Rochelle, mais vous savez ce que c'est : l'espérance tient à un fil et je m'y raccroche… »

La mère Pépin m'étreignit avec émotion en m'affirmant qu'elle allait s'enquérir d'Hélie dans sa lettre à son fils, puis elle me quitta. Après son départ, je fis un effort pour dissiper mon désarroi et retrouver l'aplomb que j'avais avant la rencontre. C'est avec des sentiments mitigés que je regagnai l'auberge. Apprendre que Simon Pépin était devenu là-bas un maître charpentier et qu'il allait convoler avec une catholique m'avait secouée, car, dans ma tête, son sort était indissociable de celui d'Hélie. Je ne pouvais évoquer un destin différent pour l'un et l'autre. Tout à coup, j'éprouvai la certitude que mon fiancé s'était lié à une autre femme ou allait vraisemblablement le faire. Comment expliquer son long silence, si ce n'était pas pour cette raison?

En retrouvant messire Talon, plus tard, je devais avoir une mine dépitée, car il m'en fit la remarque. Je l'assurai évidemment que tout allait bien et je m'efforçai d'adopter un air gai, mais cela fut ardu à réussir. Inopinément, la fin de la journée se conclut sur des nouvelles du régiment du marquis de Prouville de Tracy, ravivant le souvenir de Pierre Balan. Le lieutenant-général français en Amérique méridionale, qui était parti pour les Antilles depuis plus d'un an, mettait lui aussi les voiles vers le Canada pour porter la guerre aux Iroquois. De la douzaine de compagnies qu'il commandait au départ de La Rochelle, il en emmenait quatre avec lui pour accomplir sa nouvelle mission.

Je tentai de me rappeler le nom de la compagnie de Balan, mais il ne me revint pas à l'esprit. Cependant, quand j'entendis messire Talon mentionner les capitaines qui étaient du voyage, le nom De La Brisardière me frappa. J'étais certaine que Pierre Balan l'avait prononcé. Aussitôt, je déduisis que l'intrépide soldat s'en allait lui aussi en Nouvelle-France, et ce, bien sûr, à condition qu'il ait livré bataille dans les Antilles sans y avoir laissé sa peau. «Faut-il que les seuls hommes qui s'intéressent à moi s'exilent dans cet impossible pays? Il semble bien que oui, hélas», songeai-je, avec un brin d'amertume.

CHAPITRE IV

Été – automne 1665, La Rochelle – Québec

Tante Sarah se remit à tousser. Depuis le début de l'été, il faisait une telle chaleur dans notre petite loge que nous avions pris l'habitude de laisser les volets ouverts la nuit. «Renée, ma fille, me dit-elle, va fermer la fenêtre. Il y a trop de poussière, je ne respire plus.

– Oui, ma tante, répondis-je en me levant.

– Je ne crois pas que je pourrai reprendre l'ouvrage demain, ajouta-t-elle. Mes douleurs de poitrine sont revenues. Tu devras prendre ma place au lavoir…» Sa phrase s'acheva sur une nouvelle quinte de toux tandis que je refermais, à contrecœur, les battants de la fenêtre. Puis je me remis au lit en espérant bénéficier de quelques heures de sommeil avant le lever du jour.

Depuis le départ de messire Talon avec les dernières troupes, le 24 mai, j'avais regagné mon poste de lingère à l'auberge, auprès de ma tante. J'imaginais que mon retour aux soubassements était l'œuvre de mesquineries venant des servantes qui avaient envié les privilèges liés au service de l'intendant de la Nouvelle-France. Je ne pus rien vérifier de ce côté, mon patron ne me donnant aucune explication sur sa décision de me renvoyer avec Sarah. Bien que je souffre de la situation, je m'en accommodai, car je constatai vite combien la compagnie de ma tante m'avait manqué. En effet, ses bavardages et ses opinions sur tout événement survenu à l'auberge ou dans le quartier me passionnaient. La brave femme, par le réel intérêt qu'elle me portait, jouait le rôle que sa sœur, ma mère, aurait tenu avec moi si elle avait vécu assez longtemps pour m'éduquer. Tante Sarah se préoccupait de ma santé tout autant que de ma sécurité, veillant à ce que je mange la ration qui m'était due, que mon linge soit convenable et que je me fasse respecter de la gent masculine. Au fil des jours, elle me confiait ses secrets et partageait son savoir avec générosité. Nos échanges me faisaient découvrir un univers féminin mûr et rempli de petites richesses qui, jusque-là, m'avait échappé. Dans le giron de tante Sarah, je me sentais devenir plus femme et plus sûre de moi. Ses qualités étaient variées et je me plaisais à imaginer que ma mère lui aurait ressemblé. J'aimais l'esprit vif de Sarah, sa bonne humeur et sa simplicité de caractère. Les jugements qu'elle portait sur le monde étaient toujours empreints de rectitude et ses critiques des comportements d'autrui toujours dénuées de méchanceté.

Sûrement, à son contact, je délaissai un peu ma pratique religieuse, surtout après la mort de mon père. Bien qu'elle ne soit pas qualifiée de huguenote fervente, ma tante ne se priva jamais de chanter les psaumes en ma présence et, à l'occasion, elle m'enseigna quelques principes de sa foi, croyance pour laquelle j'étais déjà bien disposée. Elle avait cependant la prudence de ne pas me détourner de mes devoirs religieux catholiques, m'enjoignant d'assister aux offices du dimanche. Je m'y rendais, bien sûr, plus pour ne pas la contrarier que pour échapper à l'ostracisme entourant les adeptes de la religion réformée et dont ma tante souffrait. Mon idée était faite depuis longtemps sur les tiraillements entre catholiques et protestants. Chaque jour, il m'était donné de voir des injustices dont les huguenots étaient victimes à cause de ce conflit de religions qui sévissait à La Rochelle et, apparemment, partout en France. Il y avait eu récemment une histoire ignoble de deux jeunes orphelins arrachés à leur tuteur huguenot et remis aux autorités catholiques afin qu'ils soient convertis. Des membres influents de la communauté protestante s'étaient révoltés et avaient multiplié les requêtes pour remettre les enfants à leur famille adoptive parente, mais en vain. Comme ma tante, j'avais été indignée par cette affaire. Je m'étais également apitoyée sur une autre : la mésaventure d'un pasteur protestant admonesté publiquement parce qu'il avait été surpris à parler avec un groupe de six personnes sur le parvis de l'ancien temple, alors que les assemblées de culte protestant étaient formellement interdites dans la cité.

Pour toutes ces petites misères infligées à sa communauté, j'admirais tante Sarah et son stoïcisme. Je ne sais comment je réussis à me rendormir ce soir-là, l'oreille attentive à ses toussotements. Au matin, comme elle l'avait prévu, je fus seule à me lever pour me rendre aux cuisines. Je lui rapportai un peu de pain avec une mesure d'eau-de-vie que le patron m'avait consentie pour la soigner. Tante Sarah la but, mais ne toucha pas au pain parce qu'elle avait du mal à avaler, tant sa gorge était irritée. Ne pouvant pas m'attarder à son chevet, je la quittai en lui promettant de trouver un médecin qui puisse venir la voir dans le courant de la journée ou en soirée. « Ne te donne pas cette peine, Renée, dit-elle. Le repos va tout arranger. Fais en sorte que l'ouvrage soit fait et que le patron n'ait rien à y redire et je me porterai mieux, j'en suis certaine.

– À votre aise, ma tante. Je reviendrai vous voir à midi et si vous dormez, je laisserai votre part du dîner près du lit », lui répondis-je.

Je savais qu'elle craignait de perdre son emploi si elle était trop longtemps malade et qu'elle voulait que je la remplace efficacement aux cuves afin de minimiser les effets de son absence. J'avais également deviné que le patron ne paierait pas les frais d'un guérisseur pour l'un de ses domestiques et que tante Sarah en ferait aussi l'économie. Tout ce qu'il me restait à espérer, c'est qu'elle se rétablisse sans le secours des médecines.

Cela ne se produisit pas et ma tante passa le reste de l'été couchée. À ma demande, le patron me confia officiellement les travaux au lavoir et sur mon insistance, j'obtins de garder ma tante dans la petite loge que nous occupions sous le toit de l'auberge. Cependant, il refusa de fournir gratuitement à la veuve Sarah le boire et le manger et je dus prélever une part de mon maigre salaire pour la nourrir. Je le fis avec d'autant plus d'élan que la bienveillance indéfectible de cette parente envers moi appelait ma propre bonté. Ainsi donc, ce n'était plus la veuve Sarah qui veillait sur sa nièce Renée Biret, mais bien celle-ci qui prenait soin de sa tante. Désormais, la brave Sarah ne discourait plus sur le monde, quand, au soir venu, nous nous tenions compagnie. Elle écoutait tranquillement ce que je lui narrais à propos de la vie quotidienne à l'auberge. En réalité, j'avais bien peu de choses à dire qui puissent susciter chez elle un commentaire. Presque entièrement confinée aux caves, je n'étais pas témoin d'événements notables et comme je montais soigner ma tante dès que j'avais quelque liberté, je n'avais plus l'occasion de me mêler aux autres domestiques et d'ouïr les commérages qui circulaient entre eux.

Souvent, voyant ma tante périr d'ennui au creux de son lit, j'inventais des histoires susceptibles de la distraire. Tantôt, je mettais des paroles hardies dans la bouche de la servante la plus timide; tantôt, je créais un drame survenu chez la voisine d'en face; ici, j'avais entendu un duel lancé à table entre clients; là, les ébats amoureux illicites dans une chambre du troisième. Candidement, je communiquais de fausses

nouvelles et de fausses dépêches à partir de petits faits ano-
dins que je transformais à dessein.

Je crois que tante Sarah ne fut pas dupe de ces colpor-
tages, mais jamais elle ne le laissa paraître. Au contraire, elle
s'amusait si bien à m'écouter qu'elle m'encourageait par des
acquiescements réguliers et même par des relances, quand je
tombais à court d'idées. Par exemple, il lui arrivait de me
demander de mimer une scène. « Montre-moi comment il
pointait son épée », disait-elle à propos des supposées frasques
d'un client récalcitrant; ou encore: « De quelle manière re-
gardait-il Ninon? », au sujet d'une prétendue querelle entre
le patron et une servante. Je me mettais alors en frais de
prendre une posture, d'imiter des gestes, d'adopter des airs
conspirateurs ou lubriques, selon les exigences de la narra-
tion. Voyant ma tante s'animer devant mes exposés loufoques
et oublier sa souffrance, je ne ménageais ni l'ardeur ni l'esprit
pour la captiver. Je devins ainsi la lingère la plus burlesque de
La Rochelle. C'est du moins ce que pensa tante Sarah de
moi: « Ah, Renée, me dit-elle, un soir, quelle fameuse comé-
dienne tu aurais fait si les femmes avaient eu le droit de jouer
au théâtre! Mais ta pauvre mère ne t'aurait pas approuvée.
Tout est si austère chez nous, les protestants… Il faut dire
que les farces et les scènes ne sont pas dignes d'une honnête
femme, non plus. Il n'empêche, tu me distrais admirablement! Si ton père avait pu te marier avant son décès, c'est
aujourd'hui l'homme de ton foyer et tes enfants qui profite-
raient de ton talent de conteuse, et non ta vieille tante huguenote. »

*

Quel voyage pénible nous fîmes! Le croisement de flottes
ennemies sur notre parcours fut le cadet de nos soucis en
comparaison de la calamité qui sévit dans les cales du *Brézé*.

Au sein de chacune des quatre compagnies à bord, au moins une dizaine d'hommes furent malades, entre notre départ de la Guadeloupe et notre arrivée au Canada, le 18 juin 1665. Les maux de ventre tordirent les boyaux de mes compères, les fièvres les lessivèrent et un accablement général les cloua au lit. Il s'ensuivit des abandons au sein du corps des officiers qui provoquèrent remaniements et nominations, dont celle du Breton Olivier Morel de La Durantaye qui passa du rang d'enseigne à celui de capitaine de la compagnie de Chambellé. Même le marquis de Tracy se trouva si mal en point qu'il ordonna l'inspection complète de la cargaison, tant il était persuadé que des denrées étaient gâtées. De fait, on découvrit que plusieurs fûts de vin étaient viciés et que l'eau douce était corrompue. Comme je ne buvais que la guildive que je m'étais procurée aux Antilles, à l'exemple des marins, je mis sur le compte de celle-ci d'avoir été bien portant tout le long du trajet.

Ma bonne condition et quelques défections dans les rangs des matelots me valurent la permission de prendre part aux manœuvres lorsque des forces fraîches étaient nécessaires. Ainsi, dans les derniers jours de la traversée, je me tins souvent sur le gaillard d'avant, à portée de voix du capitaine Job Forant. Ce dernier n'en étant pas à sa première venue au Canada, il mena son navire avec dextérité au milieu du fleuve majestueux par lequel s'ouvrait la colonie française d'Amérique.

En raison de l'important tonnage du *Brézé*, qui ne lui permettait pas d'approcher des côtes, Job Forant l'ancra à la pointe de Percé, face à un long rocher troué comme une arche, haut d'une vingtaine de toises, qui s'élevait en contrefort de la rive. Sa tête massive et plate était blanchie par la nuée de volatiles de mer qui y nichaient. Le vent était presque tombé et le vaisseau tanguait doucement, comme s'il hésitait à déranger l'équilibre du paysage grandiose qui s'ouvrait à nous. Ravi par le décor, j'aspirai un bon coup d'air frais. Au loin, je distinguai quelques cabanes de pêcheurs et des bâtiments plus longs d'où s'échappait un panache de fumée grise. Soudain, le ciel se remplit de mouettes criardes qui désertaient l'énorme rocher pour venir tournoyer au-dessus du navire en un vol synchronisé, comme s'il s'était agi d'une danse. Je les observai pendant un instant, puis je reportai mon regard sur les abords du nouveau continent. Au pied de la forêt dense s'étendait une courte plage graveleuse à marée basse sur laquelle on avait tiré plusieurs barques, et, sur les eaux dolentes, d'autres étaient occupées par des hommes hissant des filets. «Sont-ce des pêcheurs français? demandai-je au matelot, qui avait déjà trois voyages au Canada à son actif.

– Possible, quoique l'emplacement soit davantage fréquenté par les Basques qui exploitent la morue. Les longues cabanes servent de saloir et de logis. C'est ici que votre contingent va attendre son transfert pour Québec, répondit-il.

– Comment, fis-je, le *Brézé* ne nous y conduira point?

– Job Forant ne l'engage jamais plus avant que l'embouchure, car le fleuve est parsemé d'écueils et de hauts fonds. Seuls les navires de moins de cinq cents tonneaux s'y aventurent, c'est du moins ce qu'il prétend. Il fait stipuler cette restriction dans ses contrats avec les armateurs.

– Ne pourrions-nous pas gagner Québec par voie de terre, alors?

– Non, il n'y en a point, et puis Percé est à l'entrée de la colonie et Québec est plus loin que son milieu. Près de quatre cents lieues nous séparent du cœur de la Nouvelle-France. Une armée mettrait certainement une année à parcourir le chemin à travers bois avec équipement et bagages…

– C'est si loin que cela?

– Tu n'as pas idée combien ce territoire est immense, soldat! Je te souhaite bien de la chance à toi et à tes compagnons. Moi, je préfère rester à bord des navires. Leur pont est fort court comparativement à la terre ferme, mais je m'y sens en sécurité… »

Demeurant dans le confort de sa loge située dans le château arrière, le lieutenant-général Tracy ne garda à bord que les soldats malades et il fit descendre tous les autres, qu'il plaça sous la direction d'Isaac Berthier, le capitaine de l'Allier. Ma compagnie fut immédiatement soumise à son commandement, la maladie retenant aussi sur le *Brézé* Vincent de La Brisardière et sa suite d'officiers douillets. Cet arrangement n'était pas pour me déplaire, car j'appréciais vraiment Isaac Berthier. L'homme portait la fin trentaine avec vigueur et aplomb et, comme bien des huguenots, il semblait taillé pour les actes de bravoure. François Bacquet m'en avait dit beaucoup de bien et j'étais tout prêt à le croire.

Joncas, Toupin et moi profitâmes agréablement de l'escale qui ne dura que quatre jours, pendant que le général Tracy organisait notre départ pour Québec à bord de bateaux de pêche qu'il loua sur place. Je me souviens des moqueries que nous lancions en voyant comment chacun luttait contre cet étrange déportement qui nous assaillait sur la terre ferme. Joncas sembla être celui qui en fut le plus longtemps victime par comparaison à moi qui n'en souffris que durant quelques heures après notre débarquement. C'est à Percé que se fit ma première rencontre avec des sauvages. Trois individus liés à la tribu des Micmacs accostèrent en canot à la tombée de notre deuxième nuit. Avec leur sorte de pagne, leur tête bizarrement rasée et leur peau cuivrée, ils avaient l'air étranges, mais ils ne m'effrayèrent pas du tout. Apparemment attirés par le *Brézé,* ils étaient venus dans le but de faire du troc. De fait, leurs ballots de fourrures témoignaient bien de leurs intentions. Les pêcheurs ne voulurent rien échanger avec eux, et nous-mêmes n'aurions su que faire de pelleteries. D'ailleurs, nous ne possédions pas grand-chose qui les intéresse, hormis notre fusil ou notre épée, ce dont il était hors de question de nous départir… Finalement, ils insistèrent pour communiquer une nouvelle aux officiers qui nous encadraient et, sans l'aide des pêcheurs qui parlaient leur langue, nous n'aurions rien compris. Nous apprîmes ainsi qu'un des vaisseaux du roi avait précédé le *Brézé* dans la course pour atteindre Québec. Y en avait-il un seul qui soit arrivé parmi ceux que le régiment de Carignan-Salières avait mobilisés à La Rochelle? Ce n'était pas certain, du moins ces sauvages ne purent nous renseigner. Pour ma part, j'aurais voulu avoir navigué sur le premier bâtiment de guerre à mouiller à Québec, cet été-là. Il me semblait que notre arrivée devait constituer un grand réconfort pour la population en attente de secours militaire et que, par conséquent, nous allions être accueillis en véritables héros. Aussi étais-je mortifié à l'idée de faire notre entrée à Québec à bord d'embarcations sans panache. Heureusement, nous n'essuyâmes pas cette déception. Le fameux navire qui avait accosté à Québec avant notre abordage à Percé, le *Vieux Siméon,* fut réquisitionné sur son chemin de retour par le général Tracy et les quatre compagnies montèrent à son bord avec tout l'équipement. Le bateau était certes moins impressionnant que le *Brézé,* mais il nous conduisit néanmoins à notre destination.

Pour les malades, cette dernière étape du voyage ne fut guère plus aisée que la précédente. Étant à l'étroit sur le *Vieux Siméon,* les bien-portants durent partager les mêmes lieux qu'eux et cela nuisit certainement à leur rétablissement. Les pauvres ne virent rien de la magnifique traversée que mes compagnons valides et moi vécûmes. En effet, le paysage changeant au rythme de notre avancée sur l'imposant cours d'eau, qui s'étrécissait chaque jour, avait de quoi couper le souffle. Tantôt le littoral disparaissait derrière une gaze de brume, tantôt il se dessinait au loin, comme une lanière sombre plus ou moins épaisse selon les monts ou les récifs qui le définissaient.

Le mardi 30 juin, à la suite d'un chapelet d'îles, nous croisâmes la plus grande d'entre elles, l'île d'Orléans, vers laquelle de forts vents nous poussaient. L'annonce de notre approche de Québec se répandit très vite parmi les compagnies et l'enthousiasme gagna les officiers tout autant que les soldats, lesquels, sans en avoir reçu la permission, se ruèrent sur le pont. Dans l'heure suivante, la vue de Québec nous ravit. Nous n'avions pas assez d'yeux pour tout voir et pas assez de voix pour commenter ce que ces derniers admiraient. Jusqu'à mon placide Toupin qui se mit de la partie en lançant des vivats retentissants. Malgré sa dimension de bourg, Québec n'avait rien à envier aux petites villes du royaume de France et nos officiers furent les premiers à l'affirmer. Le lieu affichait un air de propreté et d'ordre qui lui donnait beaucoup de charme. Au-delà d'un grand quai bordant le port s'étalaient, en un ensemble serré, des maisons, des entrepôts et des magasins de bois, quelques-uns en pierre. Derrière ce décor se devinaient des courettes, des remises, des étables et des ateliers. Un clocher de bois émergeait de l'agglomération. Un escarpement rocheux imposant abritait Québec, sur lequel se dressait une forteresse en bois de belle dimension, qui portait évidemment le nom de fort Saint-Louis : c'était le point dominant de la haute-ville. Comme mes camarades, la vue lointaine de cet édifice m'inspira aussitôt respect et confiance. « Voilà donc la Nouvelle-France ! » soupirai-je d'aise.

La réception des habitants de Québec fut en tout point à la hauteur de mes attentes. Plusieurs s'étaient massés sur le quai pour nous voir et nous applaudir, et à certains moments, ils nuisirent même à l'accostage et au transbordement des barques qui effectuaient notre transport depuis le *Vieux Siméon* ancré en rade. Dans cette foule animée, il y avait autant d'hommes que de femmes, certaines accompagnées d'enfants. Tous avaient l'air réjoui et en excellente santé, ce qui me surprit quelque peu. Bien sûr, je savais que la ville ne faisait pas l'objet d'attaques iroquoises, celles-ci se concentrant dans les campagnes où les colons étaient disséminés et vulnérables, mais j'avais pensé trouver une population inquiète et amenuisée. Or, mon premier coup d'œil me montra les gens de Québec beaux et bien constitués de leur personne, surtout les femmes dont le sourire franc me charma.

Après le rassemblement des troupes sur la terre ferme, les notables de Québec vinrent en délégation accueillir le général Tracy qui fut un des derniers à débarquer du vaisseau. Entouré de sa garde vêtue de bleu et de dentelle blanche, il parla avec les dirigeants de la Nouvelle-France, mais il refusa de s'adresser à la population présente, comme on l'y conviait. Le marquis Alexandre de Prouville de Tracy était si affaibli par la maladie qu'il déclina même l'invitation au banquet qui avait été préparé en son honneur au château Saint-Louis. Cependant, il accepta de se rendre à l'église pour assister à la bénédiction du régiment par l'évêque. Il fut accompagné à l'intérieur par les officiers et quelques dignitaires, le modeste édifice ne pouvant évidemment pas contenir le régiment.

Tandis que, sous un soleil de plomb, nous attendions que ces messieurs poudrés et damassés ressortent de l'église, nous déambulâmes par petits groupes autour de la place vers laquelle affluaient de minute en minute les curieux venus observer le débarquement. Au lieu de m'extasier sur les rues et les boutiques qu'offrait la basse-ville, comme le faisaient Joncas, toujours chancelant, et Toupin, je m'attardai à la présence féminine aux alentours. Elle me parut composée surtout de ménagères chargées de leur panier, mais je distinguai quelques donzelles auxquelles nos uniformes semblaient plaire et qui ne fuirent pas mon regard.

L'intermède de deux heures entre notre débarquement du *Vieux Siméon* et notre installation au fort nous permit de parcourir la ville librement et de constater combien les habitants de Québec avaient réussi à se bâtir un milieu de vie confortable dans ce pays sauvage. En effet, sa population jouissait de tout ce qui faisait le quotidien dans n'importe quelle ville française : nous y trouvâmes une boulangerie, une boucherie, une brasserie et une forge ; quelques échoppes de marchands ; l'atelier d'un taillandier et celui d'un sellier ; et, bien sûr, quelques auberges et cabarets qui affichaient bouchon. La bonne impression que l'endroit fit sur moi eut le même effet sur Toupin et Joncas. « Mes amis, vivement qu'on libère la compagnie afin de nous retrouver ensemble devant un pot ! Il me tarde de connaître ce que les tenanciers ont à nous offrir pour trinquer, dit Toupin.

— Et ce qu'ils proposent comme filles pour nous délasser, ajoutai-je.

— Je ne suis pas sûr qu'il y ait beaucoup de mignonnettes disponibles ici. On les dit rares et plutôt chastes. Balan, je crois que tu vas rester sur ta faim, enchaîna Joncas.

— C'est possible, fis-je, mais ce ne sera pas faute d'avoir essayé…

— Est-ce que notre fringant tambour irait jusqu'à gager quelques livres dans ce nouveau défi ? avança Toupin.

— La solde accumulée est à dépenser, répondis-je. Je m'engage à vous payer à boire jusqu'à ce que j'accointe une femme, mais à partir de ce moment-là, c'est vous deux qui allez m'abreuver. » Mes amis souscrivirent à ce marché en gloussant de plaisir. Mais je n'avais cure de leurs boutades sur mon compte. Je tenais à m'amuser avant d'aller combattre et j'envisageais de le faire en agréable compagnie.

La petite escapade au cabaret ne se réalisa pas le jour même de notre arrivée, car on ne nous libéra qu'après les exercices du matin, le lendemain. D'abord, il fallut nous installer dans le soubassement du fort Saint-Louis, ce qui nous occupa tout le reste du jour. Au préalable, De La Brisardière nous avait affectés tous les trois au transport des malades au sein de notre compagnie. Ils étaient au nombre de huit, tous des soldats, aucun officier. Ces derniers s'étaient pourtant déclarés souffrants à Percé afin d'éviter l'escale dans les cabanes de pêche. Noblesse oblige. Mais maintenant qu'ils renouaient avec la civilisation, ils se sentaient manifestement beaucoup mieux.

C'est à l'Hôtel-Dieu qu'étaient logés les militaires blessés ou malades. L'hôpital tenu par les religieuses augustines était érigé sur un promontoire dans la partie est de la ville et nous y accédâmes par une côte abrupte et malcommode dont l'ascension nous créa des difficultés. Cependant, le point de vue que nous eûmes là-haut en valut la peine. Nous contemplâmes en contrebas un beau bassin d'eau miroitante formé par l'estuaire d'une rivière très large et, au loin, une ligne de monts bleutés qui s'échappaient vers l'est. Les abords de la rivière dégagés de tout arbre montraient une activité de transport apaisante avec ses barques, ses bâtiments et ses chemins, mais l'arrière-pays couvert d'une forêt touffue et sans doute impénétrable suggérait une vie mystérieuse et inquiétante. «Voilà l'autre Nouvelle-France», songeai-je alors, avec une admiration teintée d'appréhension.

*

L'apothicaire Jérémie avait bien voulu me servir, malgré l'heure tardive à laquelle je m'étais présentée chez lui, et quand je ressortis de sa boutique, le jour avait commencé à baisser. Les herbes, le sirop et le baume pour guérir ma tante m'avaient coûté quatre livres tournois, un prix inférieur à celui qu'un catholique aurait payé, mais le commerçant était huguenot et en apprenant que je soignais la veuve Sarah, il m'avait consenti un rabais. J'avais pris tout mon temps pour parler avec lui et son épouse, deux protestants actifs dans leur communauté maintenant très amoindrie par le lot d'interdictions qui s'étaient abattues sur elle. Nombre de ses membres avaient déjà quitté La Rochelle, qui pour la Hollande, qui pour l'Angleterre, et ceux qui subsistaient encore en ses murs vivaient presque en catimini. Maître Jérémie avait autrefois connu ma mère et, pour entendre les souvenirs qu'il conservait d'elle, je m'étais volontiers attardée.

Lorsque je me retrouvai au milieu de l'impasse assombrie et déserte, je réalisai qu'il était fort tard. Aussi m'empressai-je de gagner la rue des Merciers où je serais entourée de passants qui rentraient chez eux. Alors que j'allais l'atteindre, pourquoi fallut-il que je tombe nez à nez avec Raviau? «Tiens, qui va là? N'est-ce pas la lavandière de La Pomme de Pin? Tu as perdu ton illustre protecteur à ce qu'il paraît, fit-il en me barrant la route de son corps.

– Laisse-moi passer, malotru, ou je vais hurler, dis-je.

– Mais vas-y donc, petite garce, j'aime assez ta voix, surtout lorsque tu vendais les poissons à la criée derrière mon échoppe.

– D'abord, ce n'est pas ton échoppe», lâchai-je en faisant un pas pour l'éviter.

C'est exactement ce qu'il attendait pour se saisir de moi. Il m'empoigna par le bras et me tira si brusquement contre un mur que mon paquet de médicaments m'échappa. Il y eut alors un bruit de verre cassé et je compris que la fiole de sirop s'était brisée, ce qui m'enragea. Faisant fi de toute prudence, je me mis à marteler Raviau de mes poings et de mes pieds. D'abord surpris par ma violence, il lâcha prise, mais ce fut de courte durée. Il me rendit âprement coup pour coup et je rompis devant sa force, me retrouvant effondrée et meurtrie de partout. N'avait été l'arrivée impromptue d'un charretier, ce qui mit mon assaillant en fuite, j'aurais probablement succombé à la raclée.

De nouveau, je me retrouvai seule sur le pavé. J'entendais en sourdine le bruit émanant de la rue des Merciers, toute proche, mais un calme inquiétant régnait dans l'impasse elle-même. Le charretier salvateur avait continué sa route sans même ralentir et Raviau avait disparu. Durant un moment, je me demandai si je ne devais pas me réfugier chez maître Jérémie et j'essayai de distinguer de la lumière à l'étage de son échoppe, mais je n'en vis point. Confusément, je me sentais penaude et trop embarrassée pour demander assistance au vieux couple. Je résolus de m'en priver. Alors, flageolante et blessée, je me relevai, ramassai mon paquet détrempé et sortis de l'impasse en appuyant la main aux murs pour assurer mon équilibre.

Au tournant, après avoir bien examiné la rue des Merciers dans les deux sens et n'avoir repéré Raviau nulle part, j'inspirai à fond et m'y engageai d'un pas affermi. J'accélérai même en passant devant un cabaret, de peur que Raviau s'y soit réfugié et me voie. Cependant, un peu plus loin, consciente de ma tenue dépenaillée et des regards malveillants qu'elle suscitait chez ceux que je croisais, je m'arrêtai à l'abri d'un auvent. Là, je remis de l'ordre à mon tablier déchiré, à mon bonnet sali; je replaçai correctement mon foulard de poitrine et époussetai l'arrière de ma jupe. En arrivant à l'auberge, je filai aux combles sans qu'on me remarque et j'entrai dans la chambre le plus discrètement possible. Tante Sarah s'était assoupie et ne se réveilla pas, répit dont je profitai pour me nettoyer hâtivement sans allumer de chandelle.

Je dormis bien mal, surveillant à chaque heure si ma tante sortait de sa torpeur et pouvait absorber les remèdes. Cette opération ne put se faire qu'à l'aube, le lendemain. Je la soignai lentement en cherchant à lui cacher les traces de ma déconvenue avec Raviau, car je souffrais en effet de partout. Malgré son extrême fatigue, tante Sarah remarqua pourtant ma pâleur et ma difficulté à me mouvoir, puis les meurtrissures sur mes bras qui étaient assez apparentes pour qu'elles ne lui échappent point. «Que se passe-t-il, Renée? Tu me sembles bizarre… Qu'as-tu au bras? Montre-moi, relève la manche de ta chemise : je veux voir cela, fit-elle en scrutant mon visage fermé.

— Ce n'est pas grand-chose, répondis-je, seulement une petite bousculade en revenant de chez maître Jérémie.

— Ici? Avec les garçons d'écurie?

— Euh, non, là-bas, en quittant l'apothicaire… Je me suis retrouvée face à mon ancien patron, enfin, à son commis. Je vous en ai déjà parlé, ma tante, souvenez-vous, Raviau, le poissonnier.

— Que voulait-il, pourquoi t'a-t-il brusquée?

— C'est un goujat. Un rien le provoque et je n'ai rien fait, justement.»

Tout en écoutant mes explications, ma tante m'avait attirée à elle afin de m'examiner de plus près. Elle souleva ma chemise et vit les marques que les coups de pied avaient laissées sur mes jambes. Elle croisa alors mon regard et je lus une grande inquiétude dans le sien. «Si ce minable t'a violée, il faut me le dire, Renée, fit-elle, d'une voix tremblante.

— Mais non, qu'allez-vous chercher là? Raviau avait peut-être l'intention d'abuser de moi, mais je me suis défendue et je l'en ai empêché. Ça m'a coûté quelques bleus, c'est tout.

— On l'a laissé faire sans te porter secours, comme ça, en plein jour?

— Enfin…, il était tard au moment où c'est arrivé. Il n'y avait personne dans l'impasse.

— Quelle heure était-il?

— Je suis sortie de chez l'apothicaire alors que les huit heures avaient sonné, je crois… Oui, c'est cela : il devait être près de huit heures.

— Comment se fait-il, Renée? Tu es partie de l'auberge à six heures! Où es-tu allée à part ta visite chez maître Jérémie?

— Nulle part, ma tante, je vous le jure. Simplement, je me suis trop attardée à causer avec le couple… Ils sont tous les deux si bienveillants. Maître Jérémie s'est souvenu de ma mère lorsqu'elle fréquentait le temple de la Villette… Vous savez bien comme j'aime entendre parler de votre sœur!

— Renée, tu n'es pas raisonnable, soupira tante Sarah en se recalant dans son lit. Une jeune fille ne peut pas aller et venir le soir sans escorte dans la ville de La Rochelle. Les rues ne sont pas sûres. Même le jour, tu dois être prudente. Il suffit d'un ou deux individus malintentionnés et voilà qu'ils te font un mauvais parti… Souviens-toi que tu ne jouis plus de la protection de l'intendant Talon…

— Je sais, ma tante. Je n'ai pas réfléchi.

— Et ce Jérémie qui tient boutique au fond d'une impasse! Pourquoi n'a-t-il pas pignon sur la rue des Merciers, comme il l'avait autrefois?

— Parce qu'il professe la religion réformée! C'est heureux qu'il puisse encore tenir commerce ici. Plus de la moitié de la communauté protestante a déjà abandonné la ville, répliquai-je.

— Oui, hélas! Les cieux sont plus cléments pour les nôtres ailleurs qu'au royaume de France…» La phrase de tante Sarah se perdit dans un râle étouffé. Elle se retourna contre le mur et se tut. Mais avant que je quitte la chambre pour mon service au lavoir, je l'entendis murmurer: «Renée, promets-moi de ne plus sortir le soir.

— Promis, ma tante…

— Et évite ce Raviau à l'avenir.

— Oui, bien sûr!» Je soupirai et refermai la porte en pensant: «Éviter Raviau… comme si j'avais pu faire autrement… comme si j'avais eu l'idée saugrenue de rechercher la présence de ce salaud!»

*

À la fin de l'été, nous étions toujours à Québec et je n'avais fait aucune conquête féminine. Mes pécunes étaient pratiquement épuisées alors que Joncas et Toupin avaient toujours soif. Des navires arrivaient encore de France avec les troupes du régiment de Carignan-Salières. Toute la basse-ville fourmillait maintenant de soldats. Les jeunes filles, rares et méfiantes, étaient tenues prisonnières chez elles et les seules femmes que nous côtoyions se défiaient de nous. Soit qu'elles faisaient de grands détours pour ne pas être abordées, soit qu'elles tenaient le comptoir des magasins ou auberges que nous fréquentions et, à titre d'épouses des commerçants, elles n'étaient pas plus accessibles que les autres.

Cet été-là, nous entendîmes plusieurs messes de bap-tême, de confirmation ou de prise de scapulaire de militaires huguenots fraîchement débarqués qui devaient se convertir. Nos supérieurs nous obligeaient à assister à ces cérémonies afin de renforcer notre foi avant le combat. Pour monsei-gneur de Laval, la mission chez les Iroquois était quasiment plus religieuse que politique et il importait de convertir chaque protestant qui s'était glissé dans l'armée du roi, au départ de France. Même si l'opération m'apparaissait exces-sive, je constatai qu'elle ne soulevait pas de refus apparent chez les huguenots, ces derniers se prêtant d'assez bon gré à leur conversion. Parmi ceux de ma compagnie, le chirurgien Rousseau dit Lassonde se rebiffa ouvertement contre cette pratique, mais il finit par se conformer aux ordres. À la ca-serne, il avait soutenu qu'il demeurerait fidèle aux préceptes de sa religion jusqu'à sa mort et je crois qu'il ne fut pas le seul protestant à agir ainsi. Je remarquai en effet que, tout en donnant l'image de catholiques, les soldats convertis refu-saient de trahir la religion réformée en continuant à réciter leurs psaumes de manière discrète, voire secrète. Fut-ce le cas du capitaine Isaac Berthier qui abjura sa foi au début d'oc-tobre et qui poussa la ferveur jusqu'à prendre le prénom du général Tracy, auquel il voulait complaire? Je ne saurais le dire, mais, dès ce jour, Alexandre alias Isaac Berthier devint moins sympathique à mes yeux. Curieusement, la constance et l'opiniâtreté affirmées par Lassonde et les protestants soulevèrent mon admiration, car elles constituaient une forme de rébellion contre ceux qui assujettissaient les hommes de guerre aux hommes d'Église. Mû par un idéal militaire absolu et peut-être un peu naïf, je n'aimais pas que notre marche au combat soit encombrée par des impératifs qui n'y jouaient, selon moi, aucun rôle. Cette pensée m'irritait. Mais il n'y eut pas que cela qui m'impatienta durant l'automne 1665.

«Je crois, mon Pierre, que la compagnie d'Orléans va rester clouée à Québec encore un bon moment, m'annonça un jour Toupin. Vincent de La Brisardière a obtenu que nous ne soyons pas envoyés pour bâtir des forts sur la rivière Richelieu.

– Encore! On s'est déjà fait damer le pion en juillet avec les gars des premières compagnies débarquées, et voilà que ça recommence! m'écriai-je avec humeur.

– Ne t'emporte pas, tu vas te retourner les sangs!

– Qui va à la guerre à notre place, cette fois?

– D'abord, personne ne part en guerre pour l'instant, répondit Toupin. On ne fait que la préparer en érigeant des forts sur la rivière par laquelle on entre en pays iroquois.

– Dis-moi quelles compagnies feront partie de ce prochain départ, dis-je.

– Les sept compagnies qui partent sont toutes sous les ordres du commandant Henri Chastelard de Salières. Rien d'étonnant à cela. Comme Salières est mandaté pour ériger les prochaines constructions, ce sont ses troupes qui vont l'y suivre.

– Et bien sûr, ayant accompagné le marquis de Prouville de Tracy jusqu'ici, nous ne le quitterons pas d'une semelle, enchaînai-je, furieux. Nous allons rester au chaud avec les mollassons du régiment.

– Eh oui, que veux-tu? Dans le différend qui oppose Tracy à Salières, c'est notre marquis qui a gagné. Tant et aussi longtemps qu'il dirigera son armée à partir du château Saint-Louis, nous cantonnerons à Québec.

– Je ne peux pas attendre plus longtemps de partir, j'ai dépensé tout mon argent à vous faire boire, toi et Joncas, maugréai-je.

– Dans ce cas, il faudra te décarcasser pour trouver une femme, Balan. Un pari est un pari», trancha mon ami, avec un sourire en coin.

Le cabaret de Jean Lefebvre, où nous avions nos habitudes, était situé dans la rue Sous-le-Fort, hors de vue de l'église. Le tenancier était très accommodant puisqu'il ne s'embarrassait pas des jours maigres durant lesquels il était normalement interdit de servir de l'alcool, et il faisait fi de l'heure du divin office dominical pendant laquelle sa porte devait rester fermée. Voilà pourquoi l'établissement de Jean Lefebvre était si populaire et si assidûment fréquenté par les soldats et les sous-officiers du régiment. Nous nous y retrouvions nombreux entre gens d'armes et nous y menions un train souvent assourdissant, parfois batailleur, mais toujours lucratif pour le cabaretier, malgré les bas prix qu'il pratiquait. À quinze sols le pot, sa guildive n'était pas chère; pour quatre sols, il nous versait une bonne bière de houblon fournie par son frère Louis dont la brasserie, rue Champlain, approvisionnait déjà l'hôpital et la garnison. Quant au vin, il n'était pas à la portée de notre bourse et les quelques fois où nous avions eu l'occasion d'en boire à la table des officiers, nous avions été déçus par sa qualité. Son goût était aigre, sa couleur presque noire, à moins qu'il n'ait été coupé d'eau, ce qui était bien souvent le cas.

Il faut dire que l'arrivée des vins en provenance de France ou d'Espagne laissait à désirer lorsqu'on ne traitait pas avec des négociants sûrs. Lefebvre, par souci d'économie, préférait acheter directement son vin au port, à l'arrivée des cargaisons. Bien souvent, il revenait avec des barriques qui n'avaient pas trouvé preneur chez les bourgeois de la ville à cause de la saveur douteuse de leur contenu. Durant la saison froide qui suivit, aux fêtes de la Saint-Michel, de la Saint-Rémi et de la Saint-Martin, Lefebvre proposa à sa clientèle un spécial, comme il était coutume de le faire en France : il offrit gratuitement un fort bon cidre fabriqué au monastère des jésuites, et pour quelques sols la mesure, une petite eau-de-vie à base d'érable, sucrée et douce comme du miel, qu'il avait obtenue d'un distillateur du pays.

Dans le cabaret surchauffé de Lefebvre, chacun se retrouvait un peu au sein d'une grande famille, sans égard aux titres ou aux distinctions. Dans une cohue bruyante, nous jouions interminablement aux dames, aux dés ou aux cartes, payant les gageures en pots de bière ou de guildive et réglant les inévitables conflits à coups de poing. Nous dépensions volontiers toute notre solde à mesurer, entre hommes, notre capacité à nous enivrer sans divaguer ou culbuter. À cet exercice, je devins champion. Je m'employai à saouler Toupin et Joncas tout en restant sobre, afin de leur faire acquitter la facture de ce qu'ils avaient consommé, en plus de la mienne, alors que cela aurait dû être le contraire, en vertu de notre pari. Je comptais toujours sur la connivence de Lefebvre pour ce méfait. Le cabaretier m'aimait bien en raison de mon habileté à manigancer : ses clins d'œil me le disaient bien. Il lui arrivait parfois de me demander de l'aide pour maîtriser les bagarres qui éclataient régulièrement dans son établissement. Je lui prêtais main-forte avec d'autant plus de zèle que je savais en être remercié concrètement plus tard. Au passage, j'en profitais souvent pour donner quelques bourrades à ceux que j'exécrais, des soldats qui avaient été désagréables à mon endroit. Ainsi, auprès de la garnison, j'acquis une réputation de gendarme qui ne fut pas pour me déplaire.

Enfin, inutile de préciser qu'en ce lieu masculin par excellence qu'était le cabaret de Jean Lefebvre, il n'y avait jamais de femmes. De cela aussi fallut-il m'arranger.

Chapitre v

Printemps – été 1666, La Rochelle – Québec

Tante Sarah mit tout l'hiver suivant à se remettre de sa maladie. Lorsqu'elle fut en mesure de reprendre sa besogne de lavandière, le carême venait à peine de commencer et moi, j'éprouvais une furieuse envie de sortir des caves. Sous l'impulsion de ma tante, je postulai alors à une place de servante à l'étage. Comme la saison de commerce avec les colonies reprenait à La Rochelle et que, conséquemment, l'auberge se préparait à recevoir un surcroît de clientèle, le patron acquiesça à ma demande. Mais au lieu de me remettre au troisième étage, comme à l'automne précédent, il m'affecta aux cuisines. Maître Simon, qui en était le chef, m'employa à diverses tâches qui changeaient selon son humeur ou la disponibilité du personnel sous sa gouverne.

Le cuisinier n'était pas un homme compliqué. Âgé d'une quarantaine d'années, il habitait l'île de Ré avec son épouse, à laquelle il avait confié sa petite exploitation d'eau-de-vie pour venir travailler à l'auberge où il écoulait son alcool, plus ou moins illicitement. Placide et efficace, très rond de visage et de taille, il avait des bras nus et une face qui, à force d'avoir été exposée à la chaleur des fours, était dépourvue de tout poil. Même ses sourcils avaient brûlé, ce qui lui donnait un air poupin. Le cuisinier me traitait correctement et je l'appréciais. Parce qu'il aimait bien ma présence, il ne m'envoyait pas souvent faire le service dans la grand-salle ou courir les étals du marché pour approvisionner la huche ou le saloir. Il préférait me garder à portée de vue et d'ouïe, dans un coin de son antre, me confiant le plumage des volailles, l'équeutage des fèves, l'épluchage des légumes, le raclage des pots, le lavage des chaudrons ou l'alimentation des feux de cuisson. Ma besogne était tellement variée et l'observation du cuisinier à l'œuvre, tellement intéressante, que je ne m'ennuyais jamais. Tantôt je jouais du torchon, tantôt du couteau, souvent en sa seule compagnie. Même si Simon était peu loquace, il ne m'empêchait pas de parler en travaillant. Tout au long du jour, dans les cuisines ou dans la salle adjacente, plusieurs personnes se présentaient avec lesquelles je me laissais aller à un brin de causette. Il pouvait s'agir de fournisseurs de denrées dont je rangeais les produits dans les voûtes, de clients que j'étais appelée à servir ou à desservir, ou de membres du personnel de La Pomme de Pin.

Ainsi donc, dès les premières semaines dans mes nouvelles fonctions, je réalisai à quel point le travail solitaire dans les caves humides m'avait pesé et combien le retour dans la mêlée, à l'air chaud et sec, même enfumé, me plaisait. À la fin de mes journées, je retrouvais tante Sarah autour de la table des domestiques et elle partageait avec bienveillance ma félicité. Nous montions ensuite à notre petite loge pour faire un bout de veillée, ou bien nous sortions marcher avant de nous mettre au lit. C'est souvent en ces occasions que nous avions des conversations captivantes, comme celles portant sur les fréquentations galantes, les mariages ou les amours contrariées. Pour son âge et sa religion, tante Sarah nourrissait des idées étonnamment idylliques sur les unions entre hommes et femmes. Elle réprimait le libertinage, mais croyait aux liaisons amoureuses. Elle respectait les mariages de raison qui étaient les plus communs, mais elle rêvassait aux mariages d'amour qui étaient rares en dehors des histoires présentées au théâtre ou dans les romans. Elle déplorait ma condition d'orpheline qui me privait d'une dot sans laquelle le mariage était exclu de mon avenir, mais elle caressait le rêve de me voir courtisée pour mes qualités propres par un parti intéressant. «Tu as la tête bien faite et le cœur à la bonne place, Renée. Tu es bâtie pour aimer et enfanter. Il faudrait bien qu'un honnête homme le découvre, un jour», me confiait-elle.

J'avoue que ces paroles soulevaient immanquablement de l'espoir en moi et je ne pouvais alors m'empêcher de regarder avec une légère insistance les hommes agréables que je croisais. Même si je n'étais plus une jeunette de quinze ans, que les hommes mûrs et les veufs préféraient en mariage, les propos de ma tante m'amenaient à croire que je pourrais trouver un prétendant. Ils m'incitaient aussi à repenser à mes amours avec Hélie, dont j'étais toujours sans nouvelles depuis ma rencontre avec la mère Pépin. De plus, la vue du moindre soldat me rappelait inévitablement Pierre Balan, que je m'étais pourtant forcée à chasser de mon esprit. Quand tante Sarah me voyait plongée dans mes douces illusions, cela encourageait les siennes.

C'est à l'occasion d'une promenade dans la ville, le jour de la Saint-Jean, que tante Sarah résolut de se transformer en marieuse. Il faisait un temps splendide et nous avions projeté d'assister à la kermesse sur la place du marché. Chemin faisant, ma tante me présenta à toutes les personnes de sa connaissance, des hommes et des femmes de sa génération, protestants pour la plupart. Invariablement, elle s'informait de l'état matrimonial des fils de ces couples amis. Lorsque nous fûmes fortuitement mises en présence de quatre d'entre eux, elle manœuvra pour qu'ils puissent causer avec moi, voire s'isoler de la foule pour le faire. Le manège m'amusa pour le premier garçon, mais me mit dans l'embarras pour les suivants, quand je saisis que ceux-ci considéraient mes atouts comme on évalue une marchandise, aucun d'eux ne s'intéressant vraiment à ce que je disais. J'étais loin de la complicité vécue avec Hélie ou même de l'attention pointue dont Pierre Balan m'avait entourée. Heureusement, l'opération de séduction de ma tante se termina lorsque nous atteignîmes la grand-place. Là, épuisée d'avoir marché et incommodée par la chaleur et par l'affluence, tante Sarah se retira à l'ombre de l'échoppe tenue par un protestant et, à mon grand soulagement, elle entreprit une conversation dénuée de toute allusion matrimoniale.

J'en profitai pour m'éloigner de quelques pas en direction de l'estrade dressée au milieu de la place pour le mystère qu'on y jouerait plus tard dans la journée. «Renée Biret!» entendis-je héler par deux voix connues. Les inséparables Marie Léonard et Anne Javelot m'avaient repérée dans la foule et me rejoignirent aussitôt. «Tu ne peux pas imaginer ce qui nous arrive à toutes les deux, dit Marie, d'entrée de jeu.

– Nous allons nous marier, enchaîna Anne.

– Ah! Félicitations… Et qui sont vos promis? fis-je.

– Nous l'ignorons encore, mais on nous assure que là-bas, nous aurons un vaste choix, répondit Anne avec coquetterie.

– Nous nous embarquons pour le Canada la semaine prochaine, ajouta Marie, lisant probablement l'incrédulité sur mon visage.

– Ainsi, vous avez été sélectionnées comme filles du roi, dis-je. Je croyais qu'on cherchait des filles de vingt ans et qu'on n'admettait pas les protestantes.

– L'âge n'a pas vraiment d'importance et les agents recruteurs ne sont pas obligés de savoir notre religion! Et puis, ça ne change rien pour notre départ: une fois que nous aurons effectué la traversée, nous verrons bien ce qui se passera…

Ma chère, nous voilà les pupilles du roi Louis, avec une dot de cinquante livres tournois, remises devant notaire au moment où nous contracterons mariage…

— À condition que ce soit avec un Français et pas un sauvage, poursuivit Anne en gloussant.

— Aucune chance que je m'éprenne d'un homme qui soit autre qu'un compatriote! clama Marie.

— Parce que tu penses avoir le loisir de t'énamourer là-bas? L'intendant Talon m'a raconté que les fréquentations ne sont guère longues pour les femmes qui sont envoyées et entretenues aux frais du roi. Que vous ayez le choix entre plusieurs prétendants possiblement affectueux, cela ne fait pas de doute, mais que la passion amoureuse joue le rôle décisif dans la conclusion de votre mariage, cela est moins sûr, arguai-je.

— Ne parle pas comme si tu nous enviais, dit Marie. Tu es une orpheline guère plus fortunée que nous le sommes et tes chances de te trouver un mari s'amenuisent avec le temps. Mais surtout, tu n'as pas le courage de t'inscrire comme fille du roi et d'affronter une nouvelle vie.

— C'est vrai, Renée, tu es bien sotte de rester ici à attendre le retour d'un fiancé qui s'est probablement déjà marié en Nouvelle-France, renchérit Anne.

— En tout cas, si jamais nous voyons ton Hélie, nous lui dirons que tu l'espères toujours. Si tu as trouvé l'amour à La Rochelle, je crois que nous pourrions aussi le trouver à Québec… », fit Marie, sur un ton radouci.

Je ne sus que répondre et quittai les deux femmes sur cet argument irréfutable. Je ruminai l'entretien avec elles en m'enfermant dans le silence aussitôt que j'eus rejoint ma tante. Certes, je ne prisais pas de me faire traiter de sotte ou de me faire dire que je manquais de courage, mais je n'étais pas prête non plus à croire que mon Hélie s'était marié en Nouvelle-France sans m'avoir signifié qu'il reprenait sa parole.

Contre toute attente, ma rencontre avec Marie Léonard et Anne Javelot raviva mon sentiment pour Hélie alors qu'elle aurait raisonnablement dû l'éteindre. Pourquoi la solution de ces femmes pour aller se marier ne pouvait-elle pas être la mienne afin de retrouver mon fiancé? songeai-je. Les responsables du recrutement des filles du roi pouvaient-ils admettre une candidate qui était déjà promise à un homme en Nouvelle-France? Pourquoi pas?

*

Le fort Sainte-Anne sur le lac Champlain allait être le poste français le plus avancé en territoire ennemi. Dès que sa construction fut commencée par la compagnie de La Motte en juin, Alexandre de Prouville de Tracy y dépêcha trois de ses régiments: celui de Chambellé, celui de Poitou et celui d'Orléans. J'exultai à cette annonce et je ne fus pas le seul. Après avoir passé un hiver oisif et glacial dans les voûtes enfumées sous le château Saint-Louis, tous les gars étaient prêts à quitter Québec pour gagner la fameuse rivière Richelieu.

Notre expédition n'avait aucune chance de ressembler à la campagne désastreuse que le gouverneur de Courcelles avait dirigée en janvier et en février derniers, sans les guides algonquins promis. Il en était revenu en déplorant la perte de soixante hommes, morts gelés, sur les cinq cents qu'il avait amenés pour guerroyer. Son échec pitoyable avait excité les moqueries de l'amirauté et, apparemment, fait bien des remous chez les administrateurs de la colonie. Pendant leur interminable marche dans trois pieds de neige, accablés de bagages et mal chaussés, les soldats de De Courcelles n'avaient pas tiré un seul coup, ne rencontrant que des bourgades évacuées. La cohorte avait fini par s'égarer dans les bois pour aboutir au poste hollandais de Corlaer où elle s'était à peine arrêtée avant de revenir au fort Saint-Louis, dans la première semaine de mars.

Cette triste histoire avait grandement refroidi nos ardeurs à vouloir pourfendre l'Iroquois et avait semé dans nos esprits un doute sur les compétences de nos officiers français et sur leurs connaissances du pays. Mais tout cela était maintenant chose du passé et nous étions résolus à n'y plus penser. Le temps très chaud et sec qui sévissait depuis quelques jours nous promettait une équipée plus intéressante que celle vécue par nos infortunés compagnons d'armes durant l'hiver. Mis à part le harcèlement des moustiques qui faisaient rage en cette saison, nous étions persuadés que nous goûterions pleinement le voyage en canot jusqu'au fort Sainte-Anne, les bivouacs au clair de lune et le repos sous les abris de toile bien aérés. Si les Iroquois avaient été impressionnés par l'incursion du régiment de De Courcelles sur leurs terres au point de fuir, ils avaient probablement regagné leurs huttes depuis. Pour l'heure, notre mission ne consistait qu'à construire et à pourvoir en soldats le fort Sainte-Anne qui servirait d'avant-poste en territoire iroquois, mais nous rêvions d'y affronter enfin le perfide sauvage.

Les trois compagnies occupaient cinquante-sept embarcations comptant onze paires de rameurs chacune, placées de part et d'autre des ballots de vivres. Les soldats étaient jumelés et répartis dans les canots en fonction de leur poids, et ils devaient garder le même rang pendant la durée de l'expédition. On m'assigna Joncas dit Lapierre comme compagnon de rame. Contrairement à mon ami, qui craignait l'eau et passa tout le trajet raidi de peur, je fus enchanté par la traversée du fleuve Saint-Laurent jusqu'à la rivière Richelieu. Nous mîmes huit jours pour parcourir ces cent cinquante lieues, huit journées entières où nous ramâmes contre le courant déferlant parfois en rapides, accroupis au fond des longues embarcations, les pieds et le fessier presque toujours mouillés. Encore une fois, ma haute stature m'aida dans cet exercice. Chaque fois que je plongeais la rame dans l'eau, mon corps porté en avant et l'allonge de mon bras contribuaient à donner de la force au geste tout en lui conférant une certaine aisance. Je devins si bon rameur que les guides hurons le perçurent et se le dirent entre eux, alors qu'ils étaient habituellement avares de commentaires sur les Français. En fait, ils étaient avares de commentaires tout court. Jamais je n'avais rencontré d'hommes aussi muets et peu émotifs en quelque circonstance que ce soit. Leur visage placide n'exprimait ni joie ni colère et leurs yeux semblaient toujours fixer un point lointain lorsqu'ils croisaient nos regards. Si ces manières m'indisposèrent au premier abord, je finis par les accepter, et même par les apprécier, les considérant comme des manifestations de leur pondération naturelle.

Le fort de Trois-Rivières, qu'on nous avait beaucoup vanté, me déçut par sa petite dimension et par les rations qu'on nous y servit, guère plus intéressantes que les biscuits, le lard et l'anguille séchée de notre menu coutumier. Ce fut le seul poste sur le fleuve où nous débarquâmes, car, jusqu'à l'embouchure de la rivière Richelieu, nous ne nous arrêtâmes pour le coucher que sur des grèves abordables pour nos bateaux et notre fourniment; alors que dans la portion du trajet sur la rivière Richelieu, nos haltes se firent d'un fort à l'autre : d'abord le fort Richelieu à l'embouchure de la rivière, puis le fort Saint-Louis au pied d'un rapide, puis trois lieues plus loin, à un autre rapide, le fort Sainte-Thérèse, et finalement le fort Sainte-Anne, en cours de construction. Cette dernière portion de l'expédition s'avéra la plus pénible. Les eaux tumultueuses et pleines de courants profonds nous obligèrent à faire de nombreux portages sur des sentiers à peine tracés, nous faisant souffrir de mille maux de dos et de jambes et nous transformant en bêtes de somme.

Plus nous nous enfoncions dans le pays sauvage, plus nous rencontrions les Indiens des tribus alliées entre elles et avec les Français. J'en vins à distinguer les Algonquins des Hurons et des Abénaquis. Ces hommes étonnants échangeaient brièvement dans leur langue avec nos guides, puis, comprenant que notre expédition ne visait pas la traite des fourrures, ils filaient avec leurs embarcations admirablement légères, bâties en feuilles d'écorce. Ils disparaissaient toujours rapidement de notre vue, comme s'ils s'étaient volatilisés. Leur agilité sur l'eau suscitait chaque fois mon admiration et celle de François Bacquet, qui ramait presque toujours à ma hauteur dans le canot de sa compagnie et avec lequel je parlais souvent. « Ces hommes-là sont sur le fleuve comme en leur domaine, me fit-il remarquer. Leurs bateaux glissent dans les eaux aussi bien que n'importe quel poisson. Il ne faudrait pas les provoquer sur cet élément, car nous serions perdus par avance. »

Des trois capitaines qui nous dirigeaient, le Breton Morel de La Durantaye fut celui qui s'intéressa le plus aux Indiens. D'abord à ceux qui nous servaient de guides, avec lesquels il s'était pris d'amitié en fumant à même leurs pipes ; puis avec tous les autres que nous croisâmes sur notre route. Il leur adressait la parole par le truchement de nos interprètes et examinait parfois leurs fourrures lorsqu'ils en transportaient. La familiarité de Morel de La Durantaye avec les Indiens irritait François Tapie de Monteil, le capitaine du régiment de Poitou, et Vincent de La Brisardière, mon capitaine. Je surpris entre ces derniers des bribes de conversation fort critiques à ce sujet, qui dénotaient une certaine jalousie.

Il est vrai que la personnalité de Morel de La Durantaye, en comparaison de la leur, était flamboyante et portait facilement ombrage. Toujours en avant, le verbe haut, le port altier, l'intelligence vive et la curiosité aiguisée, Morel de La Durantaye était véritablement un homme de gouvernance.

Au départ de Québec, il avait pris le contrôle de l'opération, laissant peu de place à ses deux collègues. On aurait dit qu'au moment où le Breton s'était accroupi dans un canot pour la première fois, il s'était départi de son carcan de noblesse pour se mettre au diapason des hommes de la forêt, accordant toute son attention aux guides hurons et aux coureurs des bois français qui encadraient notre expédition et dont il imitait délibérément les manières. Dès lors, les lieutenants et enseignes des trois détachements comprirent qui allait être le véritable chef et, entre soldats, nous commençâmes à désigner spontanément la compagnie de Chambellé sous le nom de La Durantaye et notre campagne, sous le sobriquet de « bretonne ».

Au débouché de la rivière Richelieu, dans l'entrée du lac Champlain, une île de moins d'une demi-lieue de large par environ une lieue de long avait été choisie pour l'érection du fort Sainte-Anne. La bonne élévation qu'offrait le site permettait d'avoir un point de vue très large sur l'étendue du lac et, par conséquent, l'île comportait un atout stratégique indéniable pour la surveillance de cette voie d'invasion par les Iroquois. Sur son promontoire, qui avait été entièrement dégagé des arbres, se dressaient déjà les assises du corps de logis et de ses dépendances, quand nous arrivâmes. Le capitaine Pierre de Saint-Paul de La Motte et ses hommes étaient à pied d'œuvre depuis une semaine et ils semblaient tous connaître par cœur le plan détaillé de la construction. Comme ils avaient participé à l'érection du fort Sainte-Thérèse, à l'automne précédent, et y avaient séjourné durant tout l'hiver, ils savaient parfaitement ce qu'ils faisaient. C'est à peine si l'accostage de notre détachement les détourna de leur labeur.

Nous nous employâmes à monter notre propre campement, en retrait du chantier. Une pluie fine avait commencé à tomber, nous forçant à nous activer afin de limiter les dégâts causés à nos denrées par l'humidité. Sitôt que nous eûmes terminé, le rassemblement fut sonné, ce qui me donna l'occasion de sortir mon tambour pour la première fois depuis notre départ de Québec. Au premier coup de baguette, le son rendu m'indiqua que mon instrument n'avait pas souffert des avaries du voyage, ce pour quoi je reçus les félicitations de De La Brisardière. En effet, dans les trois compagnies de la «campagne bretonne», mon tambour était le seul à avoir été protégé adéquatement par son utilisateur.

La harangue de nos officiers fut de très courte durée. De Saint-Paul de La Motte édicta l'horaire de la garnison. «Ici, annonça-t-il, nous ne prenons que deux repas: un à midi et l'autre au coucher du soleil. Vous ne mangerez donc que ce soir, messieurs, en même temps que mes hommes. Le lever du soleil sera aussi le vôtre. Une ration d'eau-de-vie par soldat est distribuée à ce moment-là: défense d'en constituer des réserves pour une beuverie. Nous travaillons la semaine durant sauf le dimanche, et les équipes, au nombre de six, alterneront tous les trois jours. Les deux premières besogneront dans la forêt, sur les rives du lac. Elles couperont les arbres, les équarriront et les transporteront sur l'île. Les deux suivantes érigeront le bâtiment comme tel selon les dessins du gouverneur; la cinquième creusera les trous des latrines et les tranchées pour l'enfouissement des pieux de la palissade; la dernière équipe exercera la surveillance de l'ennemi sur l'ensemble du site. Ceux qui font partie de ce groupe sont les seuls à porter le mousquet. C'est pourquoi certains dirigeants de la Nouvelle-France parlent du régiment de Carignan-Salières comme d'une confrérie de constructeurs. Les forts érigés sur la rivière Richelieu et leur occupation par des contingents français ont assurément un effet dissuasif sur nos ennemis et il se pourrait même qu'ils réussissent à éviter une confrontation armée. Comme vous le savez sans doute, la France et l'Angleterre se sont déclaré la guerre. Le conflit a de fortes chances de se transporter de ce côté-ci de l'océan et d'aviver l'hostilité des Iroquois avec lesquels les Anglais et les Hollandais se sont alliés. Aussi est-il impératif d'occuper le pays avec le plus de fortifications possible si on veut préserver et même accroître la Nouvelle-France. Sur le plan de la colonisation, les Anglais ont une bonne avance sur nous. »

Ce discours m'intéressa beaucoup, parce qu'il présentait notre mission militaire comme jamais je ne l'avais entendu d'aucun officier. Dès lors, j'estimai fort ce capitaine. Comme la plupart de mes compagnons, j'eus une préférence marquée pour le quart de travail qui s'exerçait avec le mousquet plutôt que ceux où l'on maniait la pelle, la pioche, le marteau, la scie ou la hache. Les jours de garde étaient vraiment plaisants en ce sens qu'ils nous donnaient parfois l'occasion d'accompagner à la chasse les officiers et sous-officiers qui s'étaient donné comme occupation de pourvoir en venaison le charnier de la garnison. Au cours de la dernière semaine de juin, les provisions de viandes et de poissons séchés étaient justement épuisées. Les longues marches dans les bois me ravissaient malgré le désagrément causé par les moustiques. L'aisance avec laquelle nos guides indiens évoluaient dans le décor forestier, comme s'ils déambulaient dans un simple village, me captiva et j'essayai de tirer le plus de leçons possible de mes observations. La chasse comme telle ne m'intéressa pas et, d'ailleurs, c'était la prérogative de nos officiers. Nous, soldats, n'étions là que pour tirer sur les Iroquois.

Le 18 juillet, alors que les travaux d'érection du fort étaient presque achevés, mon tour de garde revint pour la troisième fois. Malheureusement, je ne pus sortir du site, car c'était des hommes de la compagnie de Poitou qui partaient à la chasse. Leur groupe était composé du lieutenant Louis Canchy de Lerole, un cousin du marquis de Prouville de Tracy, et du neveu de ce dernier, le sieur de Chasy; il y avait trois messieurs de leurs connaissances, Chamot, Morin et De

Montigny; enfin, les deux enseignes de la compagnie, Louis Chastelain et Traversy, ainsi qu'un soldat, mon ami François Bacquet, complétaient l'escorte.

« Je sens que je vais bien m'amuser, me confia celui-ci en attendant le départ de la troupe. Il paraît que De Chasy ne sait pas tirer et qu'il a insisté auprès du général Tracy pour venir ici afin de voir les terribles Iroquois de plus près; les sieurs Chamot et Morin ne voient pas assez bien pour viser une gélinotte qui se poserait à une toise de leur mousquet; et Canchy de Lerole s'est si bien fâché contre les guides hurons qu'il n'en veut pas dans son escorte.

— J'espère qu'il connaît les alentours, sinon son expédition risque de se perdre en forêt, dis-je. Moi, je ne m'aventurerais pas en dehors de l'île sans un Indien à mes côtés.

— Mon lieutenant est sûr de ses repères, c'est du moins ce qu'il a prétendu devant Monteil et De Saint-Paul de La Motte qui lui ont fait la même remarque que toi. Pour ma part, je garde un doute. Sois certain que je vais redoubler d'attention sur la route que nous emprunterons », me confia François.

Sa prudence le sauva, car il fut le seul de l'expédition à regagner le fort, à la fin de l'après-midi. Pris dans une embuscade tendue par de jeunes Iroquois en maraude aux abords d'une rivière, les chasseurs avaient livré et perdu le combat. Je fus le premier à apercevoir François de retour sur la rive du lac. Son état de détresse me fit penser qu'il ne saurait ramer jusqu'au fort et je décidai de l'y rejoindre. Sans même donner l'alerte, je sautai dans un canot. « Que s'est-il passé, François? Où sont les autres? Par ma foi, tu es blessé… », dis-je, quand je fus à portée de voix et assez près pour remarquer le sang qui maculait ses vêtements. « Les Iroquois, balbutia-t-il. Ils étaient une dizaine et ils avaient des fusils, mais c'est au couteau qu'ils ont achevé De Chasy, Traversy, Morin et Chamot. Ils les ont scalpés, dépouillés et laissés sur place. C'est abominable!

— Et les autres? demandai-je.

« – Faits prisonniers, répondit François. Ces démons sanguinaires m'ont probablement laissé fuir pour que je rende compte de leur méfait. J'étais tellement affolé que j'aurais aussi bien pu m'égarer dans les bois. C'est le Christ qui m'a dirigé. »

Étant demeuré avec mon ami, que j'avais ramené au fort et que je continuais à soutenir tandis que le chirurgien l'examinait et que les officiers supérieurs le questionnaient, je fus témoin des démêlés de ces derniers. Passé le premier moment de stupeur où chacun se tut et écouta la voix chevrotante de François Bacquet qui relatait la tragédie, Morel de La Durantaye entra dans une colère telle que François Tapie de Monteil, De Saint-Paul de La Motte et Vincent de La Brisardière en furent interloqués. Même s'il parut peu à peu se ressaisir, le Breton exposa son plan d'action avec hargne et autorité devant un public figé. Tout à coup, l'ambiance dans la pièce ressembla à une plage mouillée par une grosse marée. Personne ne pipait mot, ne levait les yeux ou même ne respirait. « Messieurs, conclut De La Durantaye, que ce soit le fait d'un groupe isolé ou que cela vienne d'une action délibérée de provocation de la part des Iroquois, nous nous devons de riposter sur-le-champ. Je prends tous mes hommes pour courir sus à l'ennemi et nous partons dans l'heure. Chirurgien, le soldat Bacquet est-il en état d'accompagner le détachement?

– Certainement, capitaine! répondit celui-ci.

– Fort bien! Il viendra donc et nous mènera au site du carnage. Monteil, vous me prêterez une vingtaine de vos hommes pour ramener les dépouilles, puisque ce sont de vos gens qui ont été tués, ordonna De La Durantaye.

– J'irai moi-même avec toute ma compagnie et je tenterai de libérer De Lerole, Chastelain et De Montigny. Nous ne serons pas trop de cent hommes pour cette opération si nous devions affronter de nouveau l'ennemi, répondit le capitaine Tapie de Monteil.

— À votre guise! fit De La Durantaye. Messieurs de La Brisardière et de Saint-Paul de La Motte, vos troupes garderont le fort et vous vous préparerez à une riposte éventuelle des Iroquois. Veillez également à faire porter le message de l'attaque au lieutenant-général de Prouville de Tracy, à Québec. N'envoyez qu'une troupe réduite au minimum et composée des meilleurs rameurs, elle sera plus rapide, et faites-la partir dans les plus brefs délais. Allons, capitaines, c'est dit! Mettons-nous en branle avec célérité, chaque minute compte. À la grâce de Dieu et pour la gloire de notre bon sire le roi!»

Olivier Morel de La Durantaye sortit en trombe, suivi de Tapie de Monteil qui entraîna dans sa suite le pauvre Bacquet encore tout frémissant. Mon capitaine et De Saint-Paul de La Motte, qui n'avaient pas encore ouvert la bouche, se dévisagèrent, interdits, puis, avec une moue réprobatrice, De Saint-Paul prit la parole: «Avons-nous d'autre choix que celui de nous plier à cette décision, messire de La Brisardière? J'ai bien peur que non. Je demeure le responsable du fort Sainte-Anne et, à ce titre, j'organise son maintien et sa défense. Je vous laisse donc l'initiative de la communication au marquis de Prouville de Tracy. Cette mission ne doit souffrir aucun retard, De La Durantaye a raison sur ce point. Prenez donc dans votre compagnie les hommes qui porteront le message, formez une escorte légère qui puisse partir dès maintenant.

— Pensez-vous qu'un seul canot avec quatre hommes suffirait? demanda Vincent de La Brisardière, avec hésitation.

— Sans aucun doute, fit l'autre.

— Au moins un Huron devrait en être, n'est-ce pas?

— Deux, si vous voulez, répliqua De La Motte.

— Dois-je rédiger la dépêche ou préférez-vous le faire vous-même?

— Bon sang, De La Brisardière, faut-il que je vous dicte votre conduite par le menu détail?»

Mon capitaine blêmit et, sans rien ajouter, De Saint-Paul de La Motte sortit avec ses sous-officiers. J'eus peine à garder ma contenance en voyant la déroute de Vincent de La Brisardière après l'affront. Pendant un court moment, je souhaitai ardemment qu'il se reprenne et fasse preuve d'un peu d'assurance devant le lieutenant et l'enseigne qui se tenaient cois, derrière lui. Heureusement, il réagit en ce sens. S'avisant de ma présence, il me lança, sur un ton impératif: «Balan dit Lacombe, prépare tes affaires et trouve Toupin: vous allez à Québec. Vérifie quels guides indiens resteront au fort après le départ des compagnies de Chambellé et de Poitou et retiens-en deux pour vous escorter. Fais le plus vite possible!»

Chapitre VI

Automne 1667, Québec – Automne 1668, La Rochelle

Une pluie fine tombait depuis le matin et elle eut le temps de mouiller mon habit entre le moment où je quittai la caserne en haut de la côte et celui où j'entrai au cabaret de Jean Lefebvre, en bas. Toutes les places près de l'âtre étaient prises, mais, en cette fin d'août, il régnait une telle touffeur dans la salle que je préférai me tenir près de la porte ouverte. Évidemment, le seul sujet de conversation entre les buveurs portait sur la solde d'un an accordée aux soldats qui décidaient de rester en Nouvelle-France plutôt que de repartir avec leur compagnie. C'est à ce propos qu'un gars de La Durantaye m'interpella : « Hé, toi, le gendarme d'Orléans, est-ce qu'on t'a démobilisé ou bien on t'a enrôlé dans la garnison de Québec, comme ton ami Joncas dit Lapierre?

– J'ai le choix, répondis-je laconiquement.

– Voyez-vous cela? Le tambour Balan dit Lacombe s'est fait offrir un poste au fort Saint-Louis et il hésite entre ça et retourner au pays sous les ordres de son brave capitaine!

– Ha! J'hésite peut-être entre la solde de milicien ici ou les cent livres tournois pour défricher un lot, fis-je.

« – Franchement, répondit l'autre, je ne te vois pas vraiment gratter un lopin de terre qui, si Dieu le veut, te donnera ton premier blé dans deux ans…

– Moi, je sais ce que ferait Lacombe avec cent livres tournois… et ce n'est pas pour défricher », avança Toupin, qui était assis dans un coin avec Akaroé. Celui-ci était l'un des deux Hurons qui nous avaient escortés, l'été de l'année précédente, quand nous avions servi de messager entre le fort Sainte-Anne et Québec. Dès lors, il était resté attaché à notre caserne. Quelques regards intrigués convergèrent vers Toupin, puis, devant son silence, revinrent à moi. Je souris en pensant à la jalousie que Toupin nourrissait à mon endroit depuis le jour où le marquis de Prouville de Tracy m'avait distingué. Voilà maintenant un an que cela était arrivé, et Toupin boudait encore.

La chose s'était passée sans que j'y travaille, en somme, sans volonté ni intention de ma part. Toupin et moi avions effectué le voyage à Québec en trois jours et c'est moi qui avais dirigé l'opération en raison de la bonne entente que j'avais établie avec Akaroé et son compère. De ce fait, j'avais eu l'honneur de remettre en personne le pli de De La Brisardière au marquis. J'avais alors assisté à la sainte colère de cet homme imposant, ne pouvant m'empêcher de la comparer à celle que le capitaine breton avait faite à la même annonce.

Un mois plus tard, les prisonniers français étaient ramenés sains et saufs à Québec, par une délégation iroquoise désireuse de négocier. Mais le courroux du général Tracy n'était pas éteint. Ce dernier mit les Iroquois aux fers, sauf leur chef, un demi-sang hollandais du nom de Bâtard Flamand, qu'il fit garder à vue. Étrangement, le général me désigna pour surveiller et suivre partout le semi-prisonnier qui était libre d'aller et venir à sa guise dans la ville. On l'avait affublé d'un justaucorps usé offert par le général Tracy pour l'amadouer. Vivant jour et nuit dans la compagnie étroite de Bâtard

Flamand, mangeant, dormant et pissant avec lui, j'appris tout ce que l'on pouvait savoir sur sa tribu, et j'acquis même les rudiments de sa langue. Comme cet homme avait quelques notions de civilité, l'intendant Jean Talon voulut aussitôt le fréquenter et même le recevoir à sa table afin de satisfaire son inépuisable curiosité. En ma qualité de gardien de Bâtard Flamand, grâce aux repas auxquels il était convié, je devins une connaissance de l'intendant. Cela me plut beaucoup de penser que ce noble prenait un réel plaisir à discuter avec un quidam comme moi. De cela aussi, Toupin me tint rigueur, par dépit.

Mes visites régulières chez l'intendant Talon s'ajoutèrent à celles, plus nombreuses encore, au château Saint-Louis, dans les appartements du général Tracy. Durant tout l'été, c'est avec ce dernier que Bâtard Flamand tint les pourparlers de paix au nom de son peuple, me donnant autant d'occasions d'être en présence de l'illustre marquis. Lorsque, au début de septembre, les discussions tirèrent à leur fin et que le général prit la décision de battre campagne contre les Iroquois, il fit tout naturellement appel à moi pour récolter des précisions sur le fort Sainte-Anne et des informations sur la force guerrière iroquoise que Bâtard Flamand m'avait baillées. Il y en avait peu, mais il y en avait et je fus assez fier de les transmettre au général. La fréquence de mes entrevues avec ce dernier ne m'avait pas transformé en homme d'armes de sa suite, mais elle m'avait donné des entrées libres au château, me permettant de frayer avec les gardes aux tabards bleus, ceux-là mêmes qu'exécrait mon pauvre Toupin.

À la mi-septembre, le général Tracy avait levé une armée de mille trois cents hommes, dont six cents soldats, six cents Canadiens miliciens et une centaine de guerriers algonquins. Il fit rassembler une partie des troupes à Québec, les rangea en bataillon et les fit défiler devant Bâtard Flamand. Ce fut la première fois que je vis une expression de déconfiture sur le visage du chef iroquois. « Grand Capitaine, dit-il au marquis, mes yeux voient bien que nous sommes perdus, mais cette perte te coûtera cher. Notre nation, même si elle n'existera plus après ton passage, se défendra jusqu'à l'extrémité de son sang et beaucoup de ta belle jeunesse y versera le sien de même.

– Hélas, dit le général, les soldats français sont venus ici précisément pour livrer combat aux ennemis de la Nouvelle-France et ils sont prêts à mourir avec le même héroïsme que tes guerriers.

– Dans ce cas, m'accorderas-tu l'honneur de défendre les miens à leurs côtés ?

– Non pas, répondit Tracy. Je te laisse néanmoins la vie sauve et tu seras serré en geôle jusqu'à l'issue du combat. Seulement là, tu pourras retourner à ton peuple vaincu.

– Alors, je ne demande plus qu'une chose, Grand Capitaine : quand tu auras ma famille sous ton emprise, épargne-la et ramène-la à Québec avec toi. »

Je crois que la requête de Bâtard Flamand prit de court le marquis, car il haussa les sourcils et, durant un moment, il sembla chercher une réponse sur le visage des officiers les plus près de lui. Puis, en revenant à son interlocuteur iroquois, à côté duquel je me tenais, il croisa mon regard. J'esquissai un sourire d'encouragement qu'il me rendit subtilement avant de formuler sa réponse. « Soit ! fit-il. J'accepte. Des ordres seront donnés afin que ta femme et tes enfants ne soient pas décimés, si l'on peut les reconnaître dans la mêlée. Si leur survie est menacée, ils seront recueillis et reconduits à Québec. Sinon, tu les retrouveras après ta remise en liberté. »

De ce jour, on me releva de la garde de Bâtard Flamand, lequel fut effectivement enfermé. Je pensais pouvoir participer à la campagne contre les Iroquois, mais le général choisit de me prêter à l'intendant Talon afin que j'assure le relais entre Québec et l'état-major de l'armée sur la rivière Richelieu.

Encore une fois, le traitement de faveur dont j'étais l'objet enragea Toupin. Jusqu'à ce que mon ami s'en aille avec l'armée le 20 septembre, je dus subir sa mauvaise humeur, tant dans la caserne qu'à l'extérieur.

À son retour à Québec, le 5 novembre, Toupin demeura morose. Cette fois, cela tenait au fait qu'il ne pouvait rapporter aucun acte de bravoure ou événement notoire tant l'offensive que le général Tracy avait menée en territoire iroquois avait été ennuyeuse et dépourvue d'intérêt militaire. En effet, cette guerre se résuma en une longue marche durant laquelle l'armée française ne rencontra que des camps désertés à saccager. Hormis les vivres qu'elles brûlèrent après en avoir pillé pour leurs propres besoins, les troupes du roi ne jouirent d'aucun butin de guerre et finirent l'expédition avec un fort sentiment de désillusion. Seuls les officiers ergotèrent élogieusement, dans les salons, sur ce succès mitigé. Ils le firent certainement pour impressionner la noblesse de Québec qui, au demeurant, ne demandait qu'à être épatée. Mais pour le reste de la population, chez laquelle les soldats logeaient, la guerre aux Iroquois ne revêtit pas le même panache. Elle apparut plutôt dans toute sa médiocrité et son insignifiance. Par contre, personne ne douta de son efficacité dans l'anéantissement de la force iroquoise, au moins jusqu'au printemps pour les pessimistes, et bien au-delà pour les optimistes. Il s'avéra que ces derniers eurent raison puisque l'armée fut rappelée en France dès le retour des premiers navires en mai.

«Il va ouvrir un cabaret et fournir les coureurs en eau-de-vie», fit Toupin, d'un ton agressif. Un sifflement s'échappa du groupe avec lequel mes amis étaient attablés et, de nouveau, je suscitai l'attention générale. Mes affinités et mes contacts avec les nations indiennes, les Iroquois compris, n'étaient un secret pour personne et mon intérêt dans le commerce de l'alcool était tout autant connu. Mes contacts privilégiés avec messire Talon ajoutaient évidemment à mon auréole de favorisé.

Depuis l'implication des Anglais dans la traite des fourrures, ces dernières années, l'eau-de-vie était devenue le négoce privilégié avec les Indiens. Le 10 juillet dernier, la signature du traité de paix entre les nations iroquoises et le roi de France avait incité plusieurs soldats à aller grossir le nombre des coureurs des bois qui sillonnaient déjà le pays. L'approvisionnement en alcool deviendrait bientôt une affaire extrêmement lucrative, ce que François Bacquet avait presque prédit voilà deux ans, et que Toupin flairait avec justesse maintenant.

« Pourquoi n'irais-je pas moi-même aux bois troquer les peaux chez mes amis? Jean Lefebvre me fournirait en alcool. Nul besoin d'ouvrir un cabaret pour cela, répliquai-je.

– Parce que l'évêque a tous les marchands de vin à l'œil. C'est-y pas vrai qu'il est interdit aux cabaretiers de vendre de l'eau-de-vie aux coureurs pour la traite avec les sauvages? fit Toupin en interpellant Lefebvre.

– Si fait, répondit ce dernier, les mains appuyées sur son comptoir.

– Et moi, repris-je, je ne serais pas frappé du même interdit si j'ouvrais un débit d'alcool…

– Toi, tu serais assez rusé pour l'ouvrir ailleurs qu'à Québec, loin des yeux inquisiteurs et près des routes d'expédition où il n'y a pas plus de prêtres que de miliciens », argua Toupin.

L'arrivée inopinée de François Bacquet dit Lamontagne interrompit l'échange et me dispensa ainsi de révéler mes intentions. Mon ami alla directement à la table qui regroupait les gars des compagnies du général Tracy. « C'est dimanche prochain que De Prouville de Tracy s'embarque sur le *Saint-Sébastien*. Nos capitaines repartent tous avec lui: Tapie de Monteil, Berthier, De La Durantaye et De La Brisardière.

Ce qui veut dire qu'il ne nous reste plus qu'une semaine pour décider si on les suit ou non, annonça François.

– Ou bien vous retournez en France sous leur drapeau, les gars, ou bien vous devenez habitants, il n'y a pas d'autre issue», trancha le cabaretier.

Dans la salle, un murmure enfla à l'annonce de cette nouvelle. Nous savions qu'avec la signature du traité de paix, le régiment de Carignan-Salières serait rapatrié en France au cours de la prochaine année et qu'un minimum de soldats demeurerait en poste dans les trois garnisons du Canada. Nous avions également appris que l'intendant et le gouverneur de la Nouvelle-France avaient obtenu du roi la permission de retenir au pays le plus grand nombre possible de soldats démobilisés afin de les répartir sur les terres en bordure du grand fleuve. À ce propos, je connaissais bien les ambitions du sieur Jean Talon qui s'affairait à organiser le développement de la Nouvelle-France afin qu'elle devienne prospère et indépendante de la mère patrie. La culture des terres était la clef de l'autonomie alimentaire indispensable au pays. Une mesure incitative non négligeable s'ajoutait pour encourager les soldats à se faire colons : les arrivages de filles à marier. En effet, ces femmes leur étaient principalement destinées et la dot de certaines était, paraît-il, assez appréciable. Messire Talon attendait pour bientôt le contingent parti de France sur le *Saint-Louis-de-Dieppe,* se réjouissant à l'avance des ménages qui allaient en découler. J'avais été à même d'observer le débarquement des filles, le 11 août dernier, et aucune ne m'avait tenté. À vrai dire, le mariage me rebutait. Mon appétence pour les femmes s'assouvissait au contact de sauvageonnes complaisantes rencontrées au gré de mes allées et venues dans les bois en compagnie d'Akaroé. Elles n'avaient pas d'égal pour satisfaire les besoins d'un homme et leur disponibilité et liberté totales les rendaient extrêmement attirantes. Aussi, le ravissement dans lequel je tombais entre leurs bras me poussait-il davantage vers la forêt que vers les champs.

Comme la plupart des clients du cabaret étaient soldats et directement concernés par le départ des troupes, l'embarquement du premier contingent ne laissa personne insensible. Plusieurs d'entre nous avaient déjà fait leur choix; d'autres jonglaient encore avec l'offre des administrateurs de la colonie; quelques-uns aimaient mieux repousser l'heure de l'ultime décision. Chacun se tenait là, coude à coude devant une chope, indécis ou déterminé. Cependant, l'expression qui se lisait sur tous les visages traduisait le même émoi, la même fébrilité: partir ou rester... Voilà que la question se posait aujourd'hui de façon impérative pour plus de cent cinquante soldats français, mais tous les autres cherchaient la même réponse au fond de leur cœur. Nous tous, hommes déracinés d'un milieu familial qui ne nous offrait qu'un avenir impécunieux, enrôlés bon gré mal gré dans l'armée où une vie de perpétuels subalternes était le lot, il nous fallait examiner la perspective de tout quitter pour s'établir en maître sur une terre vierge ou, pour ceux qui possédaient quelque métier, l'exercer avec presque rien.

Je portai mon regard à l'extérieur et j'embrassai un pan de ciel que le vent débarrassait des nuages gris. Mon cœur se mit alors à battre fort dans ma poitrine et je sus que mon idée ne changerait pas. «Adieu, pays de mes ancêtres, murmurai-je. Entre la vieille France sans surprise et la nouvelle pleine d'inconnu, j'adopte la nouvelle sans hésiter!»

Akaroé, que je n'avais pas vu quitter la table des buveurs, s'approcha de moi et se tint coi durant un instant en examinant la rue peu achalandée. À son air, je devinai qu'il voulait m'interroger. Sachant qu'il ne le ferait que si je lui adressais d'abord la parole, je l'invitai à sortir du cabaret avec moi. C'est seulement une fois dehors que je constatai n'avoir rien consommé. Il ne pleuvait plus et je m'engageai dans la rue en direction du port. « Que feras-tu après le départ de l'armée? demandai-je à Akaroé.

— Je suis guide, je continue, répondit-il.

— Il y aura beaucoup moins d'expéditions, fis-je remarquer.

— Moins, oui. Mais elles seront plus longues et plus loin.

— Je sais à quoi tu fais allusion : la traite.

— Toi, l'ami Pierre, que feras-tu après le départ de ton capitaine?

— Ainsi, tu penses que je reste ici, dis-je, avec un sourire.

— Je le sais, oui. Tu n'aimes pas être commandé, fit Akaroé.

— Que sais-tu d'autre? demandai-je, amusé.

— Tu n'es pas fait pour gratter la terre…

— Tiens donc!

— Tu préfères les arbres debout et marcher parmi eux que de les abattre…

— Marcher avec un mousquet en bandoulière et abattre des animaux à fourrure, je suppose? » ajoutai-je.

Un sourire discret se dessina sur les lèvres de l'imperturbable Akaroé. Machinalement, nos pas nous conduisirent jusqu'au quai Champlain sur lequel nous nous arrêtâmes, silencieux. Le beau navire qui allait emporter le marquis et nombre de mes compagnons d'armes mouillait dans la rade. Ses mâts chargés de voiles ficelées oscillaient doucement sur le fleuve paisible. Rien ne bougeait sur son pont avant, quelques matelots s'affairaient sur le gaillard d'arrière. « L'ami Toupin a-t-il dit vrai? questionna soudain Akaroé.

— Au sujet de la solde de cent livres tournois? demandai-je.

— Oui. Veux-tu vendre de l'eau-de-vie comme Lefebvre?

— Franchement, Akaroé, je l'ignore encore. Par contre, ce que tous ont deviné comme toi est exact : défricher un lopin de terre ne m'attire pas du tout. Que vais-je faire à la place? Ce n'est pas encore clair… Mes projets ne sont pas bien définis, mais ils mûrissent vite et je vois déjà une chose…

– Laquelle?

– J'aimerais beaucoup qu'on besogne ensemble», répondis-je en fixant Akaroé dans les yeux. Il soutint mon regard et le franc sourire dont il me gratifia me renseigna sur ses dispositions envers moi.

*

En octobre 1668, le navire *La Nouvelle-France,* de retour dans le port de La Rochelle après sa traversée de l'Atlantique, ramena l'intendant Jean Talon. Il avait souffert de son voyage en mer et il avait décidé de prendre quelque temps de repos à l'auberge La Pomme de Pin avant de se rendre à Paris, sa destination finale. L'accostage d'un gros navire amenait invariablement un surcroît de clientèle dans la salle et, comme à l'accoutumée, j'étais alors appelée à y travailler. C'est ainsi que j'assistai à l'arrivée de messire Talon avec deux gentilshommes de sa suite. Sans trop y réfléchir, je m'enhardis à le saluer. «Bonjour, messire! C'est un réel plaisir de vous revoir, fis-je en passant près de son groupe.

– Tiens! Voilà Renée Biret! Je suis content de te revoir également, répondit-il, le plus simplement du monde.

– Aurez-vous besoin d'elle, messire? demanda aussitôt le patron, tout miel envers l'illustre voyageur.

– Assurément, aubergiste! Si vous pouviez l'affecter à mon service, comme la dernière fois, je l'apprécierais beaucoup», fit bonnement messire Talon.

Mon cœur bondit en entendant la réponse que j'espérais. Les arrangements furent pris sur-le-champ. Maître Simon fut déçu de me perdre aux cuisines au profit du service aux étages. Comme il m'appréciait bien, il me réserva des mets de choix pour mon client, ce dont je profitai aussi.

Le nouveau séjour de messire Talon à l'auberge fut bien différent du précédent. Étant donné son état souffreteux, les occasions de sorties ou de réceptions à sa chambre furent grandement limitées. Je bénéficiai alors d'entretiens avec lui, lesquels n'auraient pas eu lieu si le messire avait été plus actif. Cela me permit de découvrir une facette plus intime de la personnalité de cet homme distingué. J'avais remarqué que dans la maladie, les gens s'abandonnent davantage et confient leurs tourments plus librement. C'est ce qui arriva avec messire Talon au cours des deux semaines qu'il passa à La Rochelle, confiné en ma compagnie.

Dès la première journée, j'appris qu'il avait demandé son rappel au ministre Colbert et, l'ayant obtenu, il n'était plus l'intendant de la Nouvelle-France. J'en fus marrie. Plus tard, messire Talon m'expliqua quelques-uns des démêlés survenus au cours de la dernière année avec le puissant Colbert, démêlés qui avaient abouti à son retour en France. Lorsqu'il parlait de Colbert, je percevais souvent de l'amertume et de la frustration dans sa voix. Je sus que ces sentiments étaient vraiment fondés.

«Le recensement de la population de la Nouvelle-France ne lui a point plu, me raconta-t-il un jour. Alors qu'elle était en augmentation d'environ douze pour cent en une seule année, la population de quatre mille trois cent douze personnes, dont mille cinq cent soixante-huit portent les armes, ne l'a guère satisfait; pas plus que les mille cent soixante-quatorze arpents cultivés. Moi qui croyais que ce recensement parlerait de lui-même et ferait voir combien l'aide accrue de la métropole était nécessaire pour soutenir l'expansion de la colonie, il n'aura servi qu'à attirer les doutes sur l'exercice de mon intendance. Messire Colbert m'a reproché à mots couverts de n'avoir pas participé moi-même à l'opération, et ce, malgré le fait qu'il connaissait mes problèmes de santé…

– Vous voulez dire sillonner vous-même le pays pour compter les habitants, les bestiaux et les terres défrichées? demandai-je, incertaine de comprendre ce que signifiait "l'opération".

– En effet, Renée. Mon secrétaire a rapporté au ministre qu'il pouvait y avoir beaucoup d'omissions dans le recensement, en particulier les soldats licenciés qui, ayant pris des habitations ici et là, étaient difficiles à dénombrer. Au lieu de comprendre que le pays est ardu, même impossible à visiter de fond en comble, messire Colbert aura déduit que mes émissaires recenseurs ont bâclé le travail à ma place.

– Ce n'est pas votre faute, dis-je. Surtout pour le calcul des soldats. Le ministre doit bien connaître le nombre de ceux qui sont demeurés en Nouvelle-France puisque c'est à la demande du roi qu'ils y sont. Du moins, c'est ce qu'on dit ici.

– Tu as raison, mais tant que tous ces hommes aptes à coloniser ne sont pas installés sur un lot, on ne peut les dénombrer.

– On dit aussi qu'on donne une terre, un bœuf de travail, des outils et des vivres pour un an aux soldats qui sont restés au Canada après la guerre aux Iroquois. Est-ce à dire qu'ils dédaignent cela, messire?

– Non, plusieurs ont profité de l'offre dès le départ du régiment. Mais trop nombreux sont encore ceux qui attendent… À ce jour, les soldats qui n'ont pas été rapatriés n'ont pas encore décidé ce qu'ils feront. Parmi eux, il y en a qui ne connaissent rien aux cultures et aux soins des bêtes. Ils peuvent se mettre en apprentissage chez des habitants ou entrer comme hommes engagés chez des citadins. Certains l'ont fait. D'autres tentent leur chance dans un métier dont ils possédaient les rudiments avant de s'engager comme soldat; et d'autres encore, les plus insaisissables de tous, se sont évaporés dans les bois pour faire la traite. »

L'évocation des différentes occupations des soldats licenciés en Nouvelle-France rappela Pierre Balan à ma mémoire. L'automne dernier, quand le *Saint-Sébastien* était rentré du Canada avec à son bord le marquis de Prouville de Tracy et ses troupes, je fus attentive au moindre signe révélant la présence de Balan ou celle de son compagnon Toupin dans la cité, mais je ne vis rien. Cela ne prouvait pas que le soldat était resté en Nouvelle-France, comme c'était le cas de tant d'autres, ni même qu'il avait bel et bien participé à cette campagne après celle menée aux Antilles. Pierre Balan pouvait aussi bien avoir été tué au cours de l'une ou l'autre guerre et je n'en saurais rien. Je n'étais pas suffisamment liée à lui pour m'enquérir de son sort auprès des autorités militaires et, d'ailleurs, ma curiosité n'était pas assez vive pour que je m'engage dans une telle démarche. Simplement, comme Pierre Balan était le seul soldat que j'avais un tant soit peu connu, duquel j'avais reçu un mince hommage et auquel mon pauvre père avait été présenté, je lui accordais un certain intérêt.

Je partageai avec tante Sarah la conversation entre messire Jean Talon et moi à propos des soldats retenus en Nouvelle-France pour devenir colons. Il y avait belle lurette que j'avais dévoilé à ma tante l'existence de Pierre Balan et d'Hélie Targer et la place qu'ils avaient occupée dans mes amitiés. D'ailleurs, ma tante avait été très amusée quand je lui avais narré la rencontre avec l'audacieux soldat. C'était à l'époque où elle me cherchait un mari parmi ses connaissances. En raison de sa passion pour les affaires de cœur, tante Sarah s'était montrée vivement intéressée par le moindre détail de cette aventure. En fait, je savais si peu de choses sur Pierre Balan que j'avais dû lui forger une personnalité pour satisfaire la curiosité de ma parente. J'avoue que mes inventions d'alors m'avaient divertie autant qu'elle. En outre, le passage du marquis de Prouville de Tracy et de ses troupes, l'année précédente, nous avait captivées toutes les deux également. Par contre, l'absence constatée de Pierre Balan à La Rochelle avait manifestement plus déçu ma tante que moi.

« Je crois ferme que ton Pierre a fait campagne au Canada avec le régiment du marquis et qu'il n'est pas tombé sous la hache des sauvages, affirma tante Sarah.

– Donc, vous êtes persuadée qu'il est resté là-bas, puisqu'il n'est pas venu me voir l'an dernier, au retour des troupes, dis-je.

– Cela ne fait aucun doute, ma fille.

– Soit ! Disons qu'il est en Nouvelle-France actuellement. Qu'a-t-il choisi comme occupation, selon vous ? lançai-je.

– Vu son penchant pour le métier des armes, d'après ce que tu m'as dit, je l'imagine mal labourant la terre. Il serait plus à son aise dans la garnison de Québec, dans celle de Trois-Rivières ou dans celle de Montréal. J'opterais pour Montréal : c'est plus près des Iroquois, car il doit bien en rester quelques-uns que l'armée française n'a pas tués…

– C'est possible que Pierre Balan soit toujours soldat, ma tante. Par contre, je lui sais assez de cran pour être attiré par la belle liberté que les offres du roi laissent miroiter aux licenciés. C'est le genre d'homme à chérir l'indépendance. Par exemple, avec le bagout qu'il a, je le vois assez bien faire fortune dans quelque négoce.

– Quelle bonne idée ! Tu as tout à fait raison. Y a-t-il des auberges en Nouvelle-France ? Oui, bien sûr ! Alors ton Pierre pourrait en tenir une. Une auberge ou un cabaret. En réalité, voilà exactement le genre de commerce qui lui convient ! Ou encore, grâce à un bon réseau de contacts, il importera des étoffes, des vins, des objets d'utilité fabriqués en France…

– À moins qu'il ne se soit fait coureur des bois. Là-bas, le négoce des fourrures est le plus lucratif de tous, fis-je remarquer.

– Hum, j'espère que non, répondit ma tante avec un air soucieux. Un homme comme ton Pierre a trop de bon sens et de dignité pour frayer avec les sauvages et en faire son métier. Vivre dans les bois, loin de ses devoirs de chrétien; prendre une sauvageonne ici, une autre ailleurs; semer autant de bâtards; n'avoir ni feu ni lieu permanent: voilà un comportement bien risqué. Tout honnête homme se transforme en mécréant dans de telles conditions. Renée, il vaudrait mieux que ton Pierre ne touche pas à la traite des fourrures, crois-moi!

– Je pense, ma tante, que l'assurance d'être en face d'un homme incontestablement honnête, en Nouvelle-France, ne peut me venir que d'un seul d'entre eux.

– Hélie Targer, fit aussitôt tante Sarah. C'est indéniable, mais voilà si longtemps que tu as eu de ses nouvelles que l'on doute qu'il soit toujours vivant.

– Hélas, vous parlez avec discernement, tante Sarah! Je réfléchis de même et vous le savez. Mais parfois, il m'arrive de songer que je reverrai mon amant en ce monde. Hélie reviendra peut-être un jour à La Rochelle ou bien j'irai… »

Je suspendis le reste de ma phrase et me tus. Tante Sarah me jeta un regard intrigué, puis, après un moment de réflexion, un petit éclair d'affolement contracta les traits de son visage. Devina-t-elle ce que j'allais révéler et que je venais à peine de m'avouer? Moi, Renée, orpheline de Jean Biret et de Simone Périne, quitterais-je tout en France pour retrouver un improbable fiancé de l'autre côté de l'Atlantique? Troublée, je détournai la tête pour échapper à une éventuelle question. Il me fallait d'abord mûrir la réponse avant d'alarmer ma bonne tante et, surtout, je devais me renseigner à propos du programme des Filles du roi.

Mis à part les deux protestantes Anne Javelot et Marie Léonard, personne ne m'avait parlé de l'opération d'immigration féminine supervisée par le ministre Colbert. Pourtant, depuis plus de cinq ans, elle se déroulait presque sous mes yeux, puisque les bateaux assurant le transport des filles à marier partaient ou transitaient par le port de La Rochelle. À peine eus-je parfois connaissance du passage de filles ou de dames dans les maisons du quartier chic des armateurs, avant leur départ pour le Canada. En tout cas, aucune fille du roi ne logea jamais à La Pomme de Pin. Je pense que l'opération se voulait discrète. Du recrutement à l'embarquement, les organisateurs de ces traversées n'ébruitaient pas beaucoup leurs activités. D'ailleurs, je me suis souvent demandé pourquoi. En écoutant les récits de voyage des clients à l'auberge, je finis par élaborer ma propre réponse à cette question. Des descriptions variées du Canada, il ressortait une idée générale de nature excessive, sauvage, indomptable. En dehors de Québec, de Montréal et de Trois-Rivières, on semblait mener une vie ardue remplie de traverses où tout faisait défaut, jusqu'à la moindre pièce de vêtement ou au plus méchant chaudron. Les habitations étaient souvent des cabanes plus semblables à une étable qu'à une maison; les chemins qui les reliaient entre elles n'étaient que de vilains sentiers; et le moindre déplacement d'importance ne pouvait s'effectuer que par la mer, dans des barges qui prenaient l'eau. «Quelle femme, me dis-je, peut être attirée par un pareil sort?» Déjà, j'estimais que l'existence des hommes sur ces terres immenses à peine défrichées n'était guère séduisante, alors comment imaginer celle de leurs compagnes sans éprouver un grand apitoiement? S'il avait fallu que les filles à marier entendent la moitié de ce que j'entendais au cours de mon service, il y a fort à parier que les désistements auraient été bien nombreux et les recruteurs fort embêtés! Par ailleurs, je pouvais assez bien imaginer l'embarras dont souffraient des filles assez démunies pour que leur seul espoir de mariage réside dans une telle équipée… Pour sûr, les filles à marier ne pavoisaient pas, du moins pas toutes. Seules des sottes ou des vieilles filles négligées comme les deux femmes de la communauté de ma mère pouvaient claironner un destin si peu enviable.

Mais, grâce à la victoire des Français sur les Iroquois et au travail d'un homme aussi compétent que messire Jean Talon, se pouvait-il que la vie sur une terre en Nouvelle-France demeure aussi repoussante? Plus j'y songeais, plus j'en doutais. Or, tout cela valait pour les colons, car l'état des hommes de métier apparaissait nettement meilleur. Les récits des voyageurs étaient explicites à ce sujet. Les maîtres artisans comme mon Hélie avaient tous pignon sur rue à la ville, là où résidait leur clientèle. Ils avaient accès à des biens de nécessité plus nombreux; le confort de leur logis était moins rudimentaire que celui des paysans; leur sécurité mieux assurée par les miliciens; et leur isolement inexistant, surtout en hiver quand les routes de terre et de mer étaient fermées aux habitants de la campagne. Par contre, j'ignorais si les filles du roi étaient réservées aux soldats licenciés désireux de prendre une terre.

Ayant sous la main le meilleur informateur sur le Canada en la personne de mon pensionnaire, je résolus de le questionner à la première occasion. «Nous ne pouvons évidemment forcer personne à se marier, expliqua messire Talon. Les hommes célibataires sont légion en Nouvelle-France et les filles nées au pays sont encore trop peu nombreuses pour les satisfaire. Voilà pourquoi le programme des Filles du roi a été mis sur pied. Les femmes que nous faisons ainsi venir sont libres d'épouser ceux qu'elles veulent, qu'ils soient anciens soldats ou non. Cela dit, l'administration tient à favoriser la colonisation du pays. Aussi, le présent offert aux nouveaux ménages formés avec une fille du roi comprend-il un bœuf, une vache, deux cochons, un couple de poulets, deux tonneaux de viande salée et onze couronnes, bref, l'essentiel pour démarrer une concession.

— Si une fille du roi épouse un homme qui est établi à la ville, sa dot est-elle différente? demandai-je.

— Ce n'est malheureusement pas toujours le cas, et j'ai des recommandations à faire au ministre Colbert à ce propos. Normalement, l'administration estime qu'un citadin, qu'il soit marchand, artisan ou notable, est dans une situation qui lui permet de faire vivre une femme et des enfants sans l'apport des pécunes du roi. Et quelques mariages avec une fille du roi se concluent selon cette vue. Par contre, le roi tient aussi à procurer des demoiselles à ses lieutenants et officiers restés en poste là-bas. On recrute ces dames dans la petite noblesse et on les dote plus substantiellement à titre de filles du roi. Les nouveaux ménages que forment ces couples de qualité viennent évidemment grossir la population citadine, ce qui est en contradiction avec l'objectif du programme, en plus de coûter infiniment plus au trésor royal.

— Permettez que je devine votre recommandation au ministre Colbert, messire! dis-je, avec inspiration.

— Je t'en prie, Renée. Dis-moi ce que je m'apprête à lui suggérer, fit Jean Talon, avec un sourire amusé.

— Réduire la dot des demoiselles à la valeur de celle remise aux filles du peuple qui s'unissent à des colons.

— Encore mieux, Renée, je songe à demander qu'on n'envoie plus de jeunes filles de qualité. Le contingent de l'an dernier en contenait beaucoup trop. Je vais même aller plus loin dans mes restrictions et, en cela, j'ai l'approbation de mère Marie de l'Incarnation qui œuvre auprès des filles à marier: j'insisterai afin qu'on fasse traverser moins de filles de l'Île-de-France.

— Oh! Pourquoi donc, messire?

— Les citadines s'adaptent mal à la vie sur une terre, en plus de n'y rien connaître. Pour peupler les bords du Saint-Laurent, nous avons besoin de braves filles bien robustes qui s'y entendent avec les potagers, les travaux de la ferme et les nourrissons. Surtout, il importe que le recrutement ou la sélection des prochaines filles à marier passe par une personne instruite des besoins de la Nouvelle-France en la matière. Au moins aurai-je obtenu cette garantie avant de partir. L'été dernier, j'ai pu nommer officiellement deux nobles dames et amies personnelles, Anne Gasnier et Élizabeth Étienne, à titre de responsables de l'encadrement et de l'accompagnement des filles du roi qui viendront l'année prochaine. »

Les noms de ces deux dames promues recruteuses restèrent gravés dans ma mémoire après le départ de messire Jean Talon pour Paris. Je n'oubliai pas non plus que les paysannes avaient la cote pour s'engager comme filles à marier en Nouvelle-France et que l'émigration des citadines serait désormais mesurée. Tout cela me plongea dans de grandes réflexions que j'évitai de partager avec ma tante pour ne pas la tourmenter. Cependant, nous prîmes connaissance ensemble des premières nouvelles au sujet d'Hélie Targer.

Les giboulées d'hiver arrivèrent tôt, cette année-là. Le premier dimanche de novembre vit même la ville battue par des vents si méchants et si chargés de gel que nombre de personnes ne se rendirent pas aux offices, tant catholiques que protestants. Tante Sarah, qu'aucune intempérie n'arrêtait, jeta sur son manteau une cape de droguet, couvrit sa tête de deux bonnets et enfila des mitaines par-dessus ses gants avant de sortir pour participer au culte. Comme je savais que les pavés étaient glissants et que sa démarche avait perdu beaucoup d'aisance, j'insistai pour l'accompagner. Elle ne me refusa pas cette civilité. La communauté se réunissait non loin de l'auberge, chez un marchand bien vu des autorités portuaires. Grâce à l'estime dont il jouissait encore, alors que la plupart des protestants rochelais subissaient l'ostracisme des notables, l'assemblée dominicale des adeptes de la religion réformée était tolérée sous son toit. À vrai dire, je rencontrai là, pour la première fois, plus de protestants que j'en avais vu de toute ma vie. Malgré l'amenuisement inéluctable de la communauté et la mauvaise température qui en avait rebuté plus d'un, une vingtaine de fidèles s'étaient entassés dans la salle où allait se dérouler le culte. J'en reconnus quelques-uns, dont l'apothicaire et sa femme, ainsi que la mère Pépin et son gros mari.

Celle-ci, après avoir bien salué ma tante et échangé les propos d'usage avec elle, rapporta les dernières informations en provenance du Canada, qu'elle avait reçues par le biais de son fils Simon. Elles étaient assez atterrantes pour qui se pré-occupait de la religion réformée là-bas. «Nos pasteurs ne sont absolument pas tolérés en Nouvelle-France, dit-elle. Certains doivent se cacher pour officier; d'autres sont carré-ment expulsés. Même la pratique individuelle est devenue impossible, les livres de prières étant confisqués dès le débar-quement des passagers. Le nombre d'abjurations est, paraît-il, phénoménal. Remarquez, je ne veux pas lancer la pierre aux protestants qui se soumettent à la dictature des papistes, mon fils Simon est de ceux-là. Il faut plutôt les plaindre et prier pour eux. Quant à ceux qui fuient vers la Nouvelle-Angleterre pour demeurer de vrais croyants, ils méritent toute notre admiration. Tiens, j'y pense, Renée, je crois que Simon a mentionné le nom d'Hélie à ce propos.

– Qu'est-ce à dire? m'enquis-je, fébrile.

– Simon a parlé d'amis sympathisants de la religion ré-formée qui ont dû quitter la ville de Québec parce qu'ils étaient gênés par le clergé. Hélie Targer fait partie de ce groupe, ce me semble… Je ne saurais l'affirmer, mais il est fort pro-bable qu'il ne vit plus à Québec en ce moment. De là à dire qu'il est en Nouvelle-Angleterre, c'est moins sûr.

– Savez-vous si Hélie s'est marié?

– Pauvre Renée, comment veux-tu que j'apprenne ce genre d'information? C'est la dernière chose que Simon songerait à me raconter. Vrai qu'il a trop à dire sur son propre mariage… Imaginez que je suis déjà grand-mère de trois enfants, dont des bessons!

— Félicitations, Esther!» fit tante Sarah. Lisant le dépit sur mon visage, ma tante prit congé de la mère Pépin assez brièvement et elle m'entraîna un peu à l'écart. «Viens, ma fille, l'office va commencer et nous serons mieux dans ce coin, me glissa-t-elle.

— Vous voyez, ma tante, j'avais raison. Hélie est toujours vivant, répliquai-je.

— Sans doute, enchaîna-t-elle. C'est une bonne nouvelle. Dommage qu'elle arrive si tard. Nous nous sommes morfondues en vain durant des années. Il y a certes tout lieu de croire qu'Hélie Targer s'est fixé en Amérique. Fort bien! De là à penser qu'il va revenir te chercher un jour, c'est une autre affaire… Enfin, il est quand même permis d'espérer, n'est-ce pas?»

Le sourire discret qui accompagna son commentaire était rempli de tristesse et je compris bien pourquoi. S'il était peu probable qu'Hélie repasse en France pour m'épouser, il était possible d'envisager que j'aille, moi, le retrouver… Le coût d'une traversée pour la Nouvelle-France était fixé à soixante-quinze livres par adulte, une fortune dont bien sûr je ne disposais pas, et qui orientait définitivement mes plans vers les voyages gratuits offerts aux filles à marier. Je ne soufflai mot de tout cela et ma tante garda aussi le silence. Inutile de dire que j'écoutai la récitation des psaumes d'une seule oreille. Durant tout l'office, je ne songeai qu'à l'étonnante nouvelle. «Me faudra-t-il apprendre à parler anglais si Hélie est parti en Nouvelle-Angleterre? Et puis, comment vais-je retrouver sa trace?» me demandai-je, avec angoisse.

Chapitre VII

Été 1670, La Rochelle – Québec

Il régnait une touffeur accablante dans la petite salle où nous attendions d'être reçues. Pourtant, le mois de mai était à peine entamé. D'un geste discret, j'entrouvris mon mouchoir de poitrine, libérant mon cou mouillé de sueur, et j'examinai les quatre femmes qui attendaient, comme moi, de présenter leur candidature à madame Étienne, gouvernante des filles du roi.

À leurs habits, je décelai chez trois d'entre elles l'appartenance à un milieu aisé. Quant à la quatrième, le même indice dénotait plutôt des origines paysannes. Du bonnet défraîchi aux sabots crottés en passant par une jupe d'étamine passablement rapiécée et une chemise si usée qu'elle en était ajourée aux coudes, son accoutrement entier trahissait presque l'indigence. En outre, la femme avait un regard louchant et un nez proéminent qui ajoutaient à sa défaveur. Plus je détaillais cette personne, tout en supputant ses chances de se marier en Nouvelle-France, plus je sentais confusément un sentiment de honte me gagner. En quoi étais-je si différente d'elle? Plus jolie, probablement; mieux vêtue, sans aucun doute; bien nantie et pourvue, certainement pas...

Une voix cristalline nous parvint de derrière la porte avant que celle-ci ne s'ouvre. Accompagnée d'un homme à l'allure distinguée, madame Étienne m'apparut dans toute son élégance. Elle portait une robe de soie d'un bleu azur exquis, des manches de dentelle très fine et une coiffe de rubans posée sur un chignon d'une hauteur surprenante. Je me demandai alors si elle s'endimanchait ainsi lorsqu'elle était à Québec ou si elle réservait les atours sophistiqués pour ses rencontres en France. Elle congédia son visiteur en lui tendant la main avec grâce. Le gentilhomme lui baisa le bout des doigts avant de tourner les talons et de sortir. Puis, d'un œil sévère, madame Étienne fit le tour de la salle. Son regard s'attarda sur moi durant un instant et son froncement de sourcils m'indiqua qu'elle m'avait reconnue. Ce qui se confirma dès que mon tour d'audience vint.

«Votre situation s'est-elle modifiée par rapport à l'année dernière, Renée Biret? Si je me souviens bien, vous ne correspondiez pas à ce que nous prospections. Nos critères n'ont guère changé depuis, dit madame Étienne, d'entrée de jeu.

— Je ne peux pas prétendre être devenue subitement une paysanne, madame. Je suis toujours servante à La Pomme de Pin, répondis-je. Mais ma santé est très bonne, ma tante peut en témoigner, et les durs travaux ne me rebutent pas.

— Est-ce à dire que vous êtes maintenant disposée à accepter le mariage avec un colon?

— En effet.

— Pourquoi ce revirement? Épouser un homme de métier ne vous séduit plus?

— Je veux me marier, madame. L'endroit où je fonderai mon foyer m'importe moins que l'époux avec lequel je le ferai. S'il veut s'installer sur une terre plutôt que d'habiter la ville, je l'y suivrai. Pourvu qu'on me donne un gars honnête, solide et travailleur…

– Et bon catholique, précisa-t-elle. Nous nous devons d'insister sur ce point, désormais. Vos recherches pour retrouver un certain huguenot au Canada ont probablement nui à votre demande, l'an dernier. Sachez, Renée Biret, que cette qualité conserve de son importance. Qui plus est, j'ajouterais qu'il me faut l'avis du curé de votre paroisse et une preuve de baptême pour vous admettre dans la cohorte de filles du roi que je forme ce mois-ci. Pourrez-vous m'obtenir cela d'ici la mi-juin?

– Sans aucun doute, madame, fis-je du bout des lèvres.

– Dans ce cas, je serai disposée à reconsidérer votre candidature. À la demande du ministre Colbert, nous sélectionnons les filles sur la recommandation des curés de paroisse et le recrutement ne se fait pratiquement pas sans leur concours. D'ailleurs, je m'attends à avoir plusieurs paysannes provenant de Touraine, de Champagne et de Normandie, car nous avons plusieurs intelligences ecclésiastiques dans ces campagnes du royaume de France… »

Madame Étienne poursuivit le développement de son idée avec verve durant un moment qui me parut fort long, vu la contrariété qui m'animait. Son discours m'irrita fort en ce qu'elle semblait prendre plaisir à insister sur des détails qui excluaient ma candidature pour le groupe de filles à marier qui allait s'embarquer bientôt. Aussi me sentis-je soulagée lorsque notre entretien prit fin. Je regagnai l'auberge la mort dans l'âme, sachant qu'il me serait impossible de remplir la nouvelle condition imposée aux aspirantes filles du roi: je n'étais pas baptisée.

Ne voulant pas chagriner tante Sarah, comme je l'avais fait durant l'année 1669 en la tenant à l'écart de mes démarches, je résolus de lui raconter ma déconvenue le soir même de mon audience avec madame Étienne. Jusqu'à quel point l'acte de baptême était indispensable pour devenir fille du roi? Voilà l'objection que, étonnamment, ma tante souleva.

Elle prétendit que cette formalité était trop contraignante pour être maintenue : « Les curés ne peuvent pas tous produire leurs registres et encore moins en émettre des copies. Ce serait trop fastidieux. Je ne doute pas cependant qu'ils consentiraient à rédiger la note requise pour une ouaille de leur paroisse qui en ferait la demande…

– Surtout si cette paroisse n'est pas à La Rochelle, mais dans une campagne profonde, reconnue pour ses filles robustes, grandes catholiques, aux ongles noirs de terre, ajoutai-je.

– Je te le concède, Renée. Tu es indéniablement une citadine qui n'a jamais rien vu pousser dans un jardin. Mais réfléchis bien. Si ton intention de rejoindre la Nouvelle-France pour retrouver Hélie Targer demeure inchangée, tu te compliques les choses en promettant d'épouser un colon. Même si, là-bas, tu décidais de refuser une, deux ou trois demandes en mariage en attendant de repérer l'endroit où s'est établi Hélie, il faudra bien finir par te résoudre à en accepter une. L'administration ne t'entretiendra pas éternellement à Québec. Si ton fiancé, comme le pensent les Pépin, a déménagé ailleurs, et que tu finisses par savoir à quel endroit, auras-tu seulement les moyens d'aller le rejoindre ? »

Tante Sarah avait tout à fait raison, comme d'habitude. À son interrogation, j'en superposai une autre : Hélie Targer, où qu'il soit, était-il toujours mon fiancé ? Durant le mois suivant, cette question m'empêcha de poursuivre mon plan. Je ne sollicitai aucun entretien avec le curé de Notre-Dame-de-Cougnes, ni avec aucun prêtre de quelque autre paroisse rochelaise. Au contraire, ma fréquentation de l'église connut de nombreux ratés. Je ne retournai pas non plus à l'hôtel où logeait madame Étienne. Dans l'air enfumé des cuisines de La Pomme de Pin, je ruminais mon désappointement en solitaire.

La seule joie qui éclaira mon mois de juin 1670 fut le retour de messire Jean Talon à l'auberge. Toute la ville ne parla bientôt que de cet événement qui avait été précédé de sa rumeur, dès le mois d'avril. Apparemment, Jean Talon avait été fort regretté par l'administration de la colonie. Au terme d'une année d'absence de son poste d'intendant, on l'avait donc supplié de le réintégrer. Les conditions à son acceptation, qu'il exposa au ministre Colbert, avaient manifestement été remplies à sa satisfaction puisque messire Talon s'apprêtait à s'embarquer de nouveau vers le Canada. Pour le patron de La Pomme de Pin, cela était devenu une habitude de m'affecter au service du célèbre client et c'est avec grand plaisir que je recouvrai mes tâches dans la grande chambre du troisième étage. Tante Sarah s'excita à l'avance de tout ce que j'allais pouvoir lui raconter, le soir venu, quand nous nous retrouverions dans notre loge, sous les combles.

Le long séjour de messire Talon en France avait contribué à lui redonner la santé en même temps que sa notoriété, et je redécouvris l'homme besogneux et civil que j'avais connu à son premier arrêt à La Rochelle. Par contre, je n'eus pas à courir la ville pour ses commissions, car il y en eut peu, mais j'assistai à presque toutes les réunions qu'il tint dans sa chambre. Au moins une trentaine de personnes se présentèrent chez lui, entre son arrivée, dans les premiers jours de juin, et son embarquement sur le navire *La Nouvelle-France*, une semaine avant la Saint-Jean. Parmi les visiteurs, je m'intéressai particulièrement à des capitaines qui étaient revenus en 1668 avec le marquis de Prouville de Tracy après la guerre aux Iroquois et qui projetaient maintenant de retourner là-bas, à la demande expresse de messire Talon. Ces militaires avaient reformé une compagnie de cinquante hommes, dont je ne savais pas trop s'ils allaient servir de soldats ou d'hommes de travail, une fois arrivés sur place.

Au fil de leurs entretiens avec messire Talon, je compris que les capitaines, moyennant d'alléchants privilèges, s'étaient engagés auprès du roi à retourner en Nouvelle-France afin de protéger le commerce des fourrures que les Anglais disputaient aux Français. Deux d'entre eux m'impressionnèrent: Olivier Morel de La Durantaye et Alexandre Berthier. Le premier se distinguait par sa prestance et son verbe haut; il faut dire qu'il était breton. Le second était un fervent défenseur du pays sauvage qu'il vantait comme s'il s'était agi de son propre fief. En cela, Berthier plut infiniment à messire Talon, dont la passion pour le Canada était faite de la même étoffe.

Alors qu'un jour je vaquais au ménage de la chambre, j'assistai à l'octroi de seigneuries sur la côte sud du fleuve au profit des deux capitaines. Ceux-ci avaient apparemment beaucoup guerroyé ensemble et s'étaient liés d'amitié. Lorsque je me retrouvai seule dans la pièce, le chiffon en main, je m'attardai devant la carte que messire Talon avait déployée sur la table. C'était un dessin représentant Québec et ses environs, dont la grande île d'Orléans, serrée entre les rives du cours d'eau. Sur l'une d'elles, le découpage de terres était visible, alors que sur l'autre, il n'y avait encore rien d'apparent. Laquelle des deux rives était la côte sud où seraient allouées les seigneuries promises à messires Berthier et de La Durantaye? me demandai-je. Je rêvassai durant un moment à l'existence de domaines seigneuriaux en Nouvelle-France. On en était donc là dans le développement du pays, songeai-je. Ainsi, la forêt avait suffisamment reculé pour laisser la place à de vastes terres sur lesquelles besognaient en toute quiétude des censitaires autour du manoir de leurs seigneurs. Des seigneurs prestigieux comme ces militaires méritants qu'étaient messires de La Durantaye et Berthier. Comme cela me sembla plaisant! De ce jour, je repensai aux filles du roi destinées à vivre sur un lot avec un sentiment plus conciliant.

Le hasard voulut que je revoie madame Étienne, le jour de son embarquement avec sa cohorte de filles sur le *La Nouvelle-France,* à bord duquel montait aussi messire

Talon. Le patron m'avait autorisée à accompagner celui-ci jusqu'au quai afin de m'assurer que tous ses bagages le suivraient bien. En m'attardant au milieu de la foule, je fus témoin de la rencontre entre l'intendant et la gouvernante des filles à marier. Je pus également examiner ces candidates qui avaient réussi là où j'avais échoué en obtenant leur passage et la dot convoités.

L'entretien, dont je perçus des bribes, entre messire Talon et madame Étienne me confirma qu'ils se tenaient l'un l'autre en grande estime. Quant à l'examen des filles du roi qui caquetaient de nervosité dans les parages de leur accompagnatrice, j'en tirai des conclusions équivoques. Sur la soixantaine qui attendait là, sous le chaud soleil de midi, j'en repérai au moins une vingtaine qui semblait venir de l'Île-de-France. Les donzelles évoquaient ce qu'elles quittaient, qui une parentèle à Paris, qui une maison dans les alentours; quelques-unes faisaient étalage de leurs biens personnels et du poids de leur coffre; et même, pour certaines, le montant de la dot engagée par leur famille pour leur mariage, ajoutée à celle octroyée par le roi, était divulgué. Étaient-ce là les futures épouses de colons, si rigoureusement sélectionnées par madame Étienne par le biais des curés de campagne?

Au souvenir de mon entrevue avec cette dernière, je me rappelai la fille disgraciée que j'avais vue dans l'antichambre et qui ne provenait certes pas de Paris. En étirant le cou, je tentai de la repérer dans le groupe. Celle-là, si elle y était, ne pérorait sûrement pas à propos de volumineux bagages ou d'une dot faramineuse. Au contraire, cette pauvrette devait se taire. Plus tard, alors que je ne la cherchais plus, je l'entrevis. Au moment où les filles du roi prenaient place à bord des embarcations qui faisaient la navette entre le port et le chenal, je la reconnus. Elle portait des vêtements neufs et une coiffe immaculée, mais son visage était toujours aussi ingrat.

En le scrutant, j'y surpris un air apitoyé ou peut-être résigné. Allez savoir pourquoi, cette impression me serra le cœur.

Comme madame Étienne prenait congé de messire Talon pour rejoindre ses protégées, je m'avançai un peu, dans l'espoir de faire mes adieux à l'intendant. Elle m'aperçut alors et cessa de parler. Nos regards se croisèrent, puis elle détourna vivement la tête. La minute d'après, elle était partie et messire Talon, qui avait capté l'échange muet, m'accueillit avec affabilité : «Voilà que nos chemins se séparent encore, Renée Biret, fit-il en me tendant la main. Qui sait si nous nous reverrons prochainement, car je compte bien remplir l'entièreté de mon mandat.

— Pour cela, le roi vous a accordé ce que vous demandiez, messire. Que Dieu vous garantisse la santé et vos vœux seront exaucés! Je vais prier pour que votre traversée se passe bien, répondis-je en lui faisant la révérence.

— Je te remercie. Avec toutes ces jeunes filles à bord, le voyage sera probablement plus agréable que ceux où nous sommes entourés de soldats… Mais dis-moi, Renée, tu m'as semblé être remarquée par la gouvernante des filles du roi, dame Élizabeth Étienne, à l'instant… Me trompé-je en disant cela?

— Non pas, messire», murmurai-je, avec une mine battue qui ne lui échappa pas. Durant le moment de silence qui suivit ma réponse, je vis qu'il réfléchissait intensément, puis un air d'incrédulité se peignit sur son visage. «Ne me dis pas que tu as voulu t'engager toi aussi! s'exclama-t-il.

— Si fait, messire. L'année dernière et cette année encore…

— Et madame Étienne n'a pas retenu ta candidature… Mais pourquoi donc, pardi?

— Il en a été décidé selon vos propres instructions, messire : je suis une citadine et je ne peux pas produire mon baptistaire.

« – Qu'est cela? Ce ne sont pas des critères absolus, mais seulement des balises pour répondre aux besoins de la colonie et aux souhaits de monseigneur François de Laval. Oh! Mais enfin! Si j'avais su que l'entreprise t'intéressait, je t'aurais fait admettre : il fallait m'en toucher un mot…

– C'est trop de bontés.

– Nenni! Tu es brave et j'ai beaucoup d'affection pour toi. Voilà ce que nous allons faire : pour cette année, on ne peut rien y changer, mais pour la prochaine, tout est possible. Je ne sais si ce sera madame Étienne ou madame Gasnier qui viendra à La Rochelle, mais celle qui recrutera en 71 sera munie d'une recommandation de ma part en ta faveur. Si tu es toujours dans les mêmes dispositions, tu acceptes, sinon, tu refuses. Ma requête ne t'engage à rien. Cet arrangement te convient-il?

– Certes, messire! C'est plus que je n'espérais… Je vais me préparer pour être à la hauteur des attentes… Je ne sais pas comment je vais m'y prendre, mais je vais le faire. Messire Talon, je vous suis extrêmement reconnaissante d'accepter de me patronner. Sachez que je demeurerai en tout votre obligée! »

Monter sur les remparts et y rester avec la foule jusqu'à ce que le navire disparaisse à l'horizon fut l'affaire d'une autre grosse heure. Elle me fut évidemment reprochée à mon retour à l'auberge, mais je ne la regrettai pour rien au monde. Tout à coup, il me sembla que ma vie faisait un bond en avant. Un goût inédit de liberté et d'aventure inonda mon cœur comme une ondée fraîche détrempe un jardin desséché par le soleil. Pour la première fois depuis des années et à mon grand étonnement, l'évocation d'Hélie, de ses mains, de ses lèvres, de ses épaules, me fit frémir d'un trouble inattendu.

*

Le tonnerre cessa en même temps que la pluie. Akaroé sortit de l'abri en courbant l'échine et fit quelques pas autour de la fosse à feu qui fumait encore. Puis il leva les yeux pour interroger le ciel. Visiblement satisfait, il revint à moi avec un signe affirmatif de la tête. Nous levâmes le camp aussitôt. La dernière étape de notre équipée serait plus facile puisqu'elle se ferait essentiellement sur le fleuve, le long de sa rive sud. En quittant le lac à l'Orignal avec notre lourde cargaison, nous avions effectué un portage difficile jusqu'à la rivière des Pistoles, que nous avions descendue partiellement quand l'orage nous immobilisa durant une bonne partie de l'après-midi. Avant de replacer la courroie de transport sur mon front, je fis quelques mouvements des épaules et du cou en soupirant d'aise. Akaroé sourit, comme chaque fois que mon comportement l'intriguait. «J'ai hâte de ramer», lui dis-je pour toute explication. Il acquiesça et nous mîmes le canot à l'eau.

Au soleil couchant, le cours d'eau déboucha enfin sur l'immensité du fleuve. Nous accostâmes sur la grève de galets ronds que nous avions foulée, vingt mois plus tôt, au début de notre expédition. J'appréciai l'amas que formaient nos bagages tout en me rappelant que les sacs avaient été fort légers à notre départ de Québec. Seul le chargement d'eau-de-vie et de chaudrons de cuivre avait vraiment pesé, alors. Maintenant, les ballots représentaient un fardeau beaucoup plus accablant, mais combien plus satisfaisant à transporter. À nous deux, Akaroé et moi avions ramassé un butin extraordinaire de peaux de castor, de renard, de loutre et de martre. Je trépidais à l'idée des bénéfices que j'allais en tirer. Le territoire de la tribu des Abénaquis, que nous avions ratissé, n'avait pas encore été beaucoup parcouru par les autres coureurs des bois et nous avions su profiter de cet avantage. Partout, l'accueil avait été excellent et la collaboration entière. En revoyant l'année de traite 1669, j'étais fier de mon association avec Akaroé. Avec lui, j'avais appris un peu à chasser, beaucoup à vivre en forêt, et j'étais devenu expert en évaluation des peaux. Akaroé s'était montré d'une grande générosité dans le partage de ses connaissances et pour cela, je l'estimais plus que mes compagnons d'armes. Je doutais qu'un autre Français ait eu un associé indien plus efficace que le mien. « Bivouaquons ici, dis-je. Il va bientôt faire nuit. Avec un peu de chance, on pourra lever un ou deux lièvres en ramassant du bois. Notre provision de viande séchée est épuisée.

— Je n'en mangerai pas, c'est jour maigre aujourd'hui, dit tranquillement Akaroé en sortant sa lance du canot. Je vais pêcher.

— À ta guise », fis-je par-dessus mon épaule en m'éloignant.

« Quel homme étonnant que cet Indien! » pensai-je. Durant tout notre périple, jamais Akaroé n'avait perdu le fil du temps, annonçant le jour de la semaine chaque matin. Les mercredis, les samedis et les dimanches, il précisait qu'il était interdit de manger de la viande, ce qui avait tôt fait de me laisser indifférent. D'ailleurs, qui, au fond des bois, se souciait des prescriptions religieuses? Évidemment, lorsque nous nous arrêtions dans des forts ou que nous campions dans des lieux où un prêtre séjournait, nous agissions dans le respect des préceptes catholiques. En certaines occasions, au creux de l'hiver, je m'étais réjoui que les prêtres considèrent le castor comme un poisson, car la chair de cet animal d'eau était bien grasse et nourrissante, particulièrement sa queue qui croustillait lorsqu'on la grillait à la braise. Autrement, les rivières et les lacs étaient tellement poissonneux que manger maigre ne posait pas de problème, en quelque moment de la semaine.

La facilité à se nourrir en forêt, à la manière des Indiens, demeurait pour moi un ravissement perpétuel. Je prisais spécialement les mets que les femmes préparaient à base de blé d'Inde, tantôt avec les grains mélangés aux viandes bouillies, tantôt avec la farine des grains broyés, avec laquelle un pain dense et très riche était fabriqué. Les courges, que la plupart des tribus cultivaient autour des grands arbres, étaient vraiment succulentes et la façon de cuire les chairs de venaison dans leur graisse garantissait le repas le plus substantiel qui soit.

Souvent, assis près du feu, partageant avec appétit le repas d'une famille, il m'était arrivé de songer à mes parents qui avaient survécu aux disettes, de plus en plus nombreuses dans les campagnes de France. Mes frères et moi avions eu faim au cours de certains hivers et j'en gardais un souvenir poignant. Mais le spectacle que je contemplais chaque jour me montrait à quel point le Canada était un pays généreux pour l'homme. Devant cette constatation, une vague de gratitude montait alors en moi et c'est à Akaroé que je l'exprimais. Mon compagnon n'eut jamais l'air de bien saisir ce que je ressentais en ces moments-là. Pour lui, la nourriture, sous forme de bêtes ou de plantes, était le don des dieux ; ainsi, elle ne pouvait jamais faire défaut à celui qui fournissait l'effort de prendre le bienfait offert. En cela, le contraste était frappant avec la France où le labeur du paysan ne servait pas à le nourrir d'abord, lui et les siens, car la terre et ses fruits ne lui appartenaient pas ; il ne pouvait pas non plus chasser, car ce droit était réservé aux maîtres ; quant à la pêche, bien souvent, la rareté des cours d'eau et leur accessibilité ne lui permettaient pas de compter là-dessus comme source suffisante d'approvisionnement. J'avais tenté d'expliquer cette différence à Akaroé, mais je m'étais heurté à un raisonnement qu'il tenait de ses ancêtres : l'homme est libre et même s'il est nommé chef de son clan, personne d'autre que lui-même ne le servira, ne le nourrira ou ne le vêtira.

Le lendemain matin, alors que nous nous apprêtions à lever le camp, Akaroé aperçut un navire sur le fleuve. « Un navire de France, dit-il.

– À moins que le vent ne forcisse, nous ne le verrons pas passer devant nous. On dirait qu'il est à l'ancre tellement il me paraît immobile…

– Il n'est pas ancré, répliqua Akaroé. Il n'y a pas de point d'ancrage à cet endroit-là du fleuve. Je dis qu'il avance encore…

– Dommage que nous ne puissions l'attendre, car j'aurais aimé le voir de près. Les vaisseaux ont l'heur de m'égayer. Non seulement ils apportent de l'eau-de-vie, des couvertures de laine, des plombs, de la poudre, des couteaux et des chaudières, enfin, tout ce qu'il faut pour le troc, mais ils rapportent en France nos précieuses peaux. Ces navires-là, mon ami, ce sont notre raison de vivre, même si nous ne monterons jamais à bord… »

*

Même si je redoutais la réaction de tante Sarah à l'annonce que je quitterais la France l'été prochain, je ne voulus pas retarder indûment le moment de lui en parler. Comme les soirées étaient devenues suffocantes dans notre loge, nous reprîmes notre habitude de faire quelques pas, bras dessus bras dessous, dans les rues avoisinantes de l'auberge. Je choisis l'une de ces promenades pour lui annoncer ma décision. Contre toute attente, tante Sarah n'exprima aucune opposition au projet. Elle m'écouta attentivement sans m'interrompre, puis elle me dévisagea avec tendresse. « Tu fais bien, ma fille, dit-elle. Je savais que tu en arriverais là, tôt ou tard. Il n'y a rien à La Rochelle pour toi et ce n'est pas une vieillarde comme moi qui va te retenir plus longtemps ici.

– Vous m'approuvez donc, ma tante ?

– Bien sûr que je t'approuve! Je dirais mieux: je songe à quitter cette ville, moi aussi. Pas pour me marier, évidemment, mais pour rejoindre une communauté de protestants et pouvoir finir ma vie en pratiquant ma foi au grand jour. Plusieurs de mes amis l'ont fait déjà, et d'autres m'invitent encore à les suivre dans leur exode. En fait, j'attendais que tu partes pour me décider à en faire autant. Jamais je ne t'aurais laissée seule à La Rochelle et pour rien au monde je n'aurais accepté que tu sacrifies ton destin pour me tenir la main dans mes vieux jours.

– Comment, ma tante, vous aviez dessein de vous exiler et vous ne m'en avez pas soufflé mot?

– Les vœux de tes parents m'en ont empêchée. Ton père, avant qu'il ne meure, a bien recommandé que nous vivions ensemble: tu le sais déjà. Mais tu ignores que ta mère a pratiquement formulé le même souhait avant de trépasser…

– Ma mère? Votre sœur? C'est inouï, dis-je, abasourdie.

– Oui, Renée. J'étais à son chevet le jour où Simone est morte. Elle t'a confiée à moi, si par malheur tu n'avais pas pu rester avec ton père ou que celui-ci avait quitté la ville. Ta mère tenait à ce que tu vives à La Rochelle, dans la place forte de la religion réformée, et que tu finisses peut-être par devenir une protestante, comme elle et moi. Cela ne s'est pas fait. Tu es demeurée avec ton père et tu as pratiqué sa religion. Je ne regrette rien, va!

– Oh, ma tante, ma très chère tante… Comme je suis redevable de tout ce que vous avez fait pour moi!» laissai-je échapper dans un sanglot, soudain soulagée du poids de mon aveu. Tante Sarah me prit dans ses bras et me serra contre elle durant un long moment, puis, se raclant la gorge pour dissiper son émoi, elle se détacha et nous continuâmes notre promenade. Tandis que j'essuyais furtivement mes larmes avec un pan de ma coiffe, elle reprit la parole d'une voix douce: «Partir en Nouvelle-France est un bon projet pour une fille comme toi, Renée. Je l'ai toujours pensé. C'est là-bas que la vie a tout à offrir aux jeunes gens de petite famille et de grande vaillance. Voilà pourquoi, justement, Hélie ne revient pas. Pardonne-moi de dire cela ainsi, ma chérie. Hélie t'aime, assurément, mais il n'a aucune chance de retourner en Nouvelle-France s'il s'aventure à revenir ici. Or, la Nouvelle-France, c'est le pays de la liberté. Il a choisi de vivre de son métier dans un endroit où il peut être son propre maître. Pour un homme, cela compte énormément. Plus encore que de respecter une promesse d'épousailles, même avec la femme que son cœur a distinguée. Il en va de cette manière pour toi. Pourquoi la Nouvelle-France ne représenterait-elle pas la félicité? Pourquoi ce pays neuf ne t'offrirait-il pas autant de bonheur? Peu importe, d'ailleurs, que tu retrouves Hélie au bout du périple…

— Ne dites pas cela! m'écriai-je. Mon fiancé m'attend… il ne peut pas m'avoir oubliée. Vous avez raison de dire qu'il ne risquera pas de perdre ce qu'il a conquis là-bas en revenant à La Rochelle. J'en ai la conviction aussi. Voilà pourquoi j'y vais à la place.

— Je vois que je t'ai chagrinée, mais tu m'as mal comprise, poursuivit tante Sarah. Bien sûr, tu te dois de retrouver Hélie aussitôt que tu seras débarquée. Cependant, si votre promesse mutuelle ne tenait plus, quelle qu'en soit la raison, ton exil en Nouvelle-France ne serait pas un échec et tu ne pourrais pas considérer que cette décision n'a pas été la bonne. Jamais!

— Oh, tante Sarah, je serais si malheureuse si je me retrouvais seule là-bas!

— Seule? Une fille formidable comme toi? Impossible!

— Ne vous gaussez pas de moi, ce n'est pas charitable, ripostai-je.

— Loin de moi l'idée de te taquiner sur un tel sujet. Je suis tout à fait sincère en disant que la bonne fortune va te sourire au Canada. Pourquoi? Parce que tu as tout à gagner et rien à perdre dans cette entreprise.

— Vous faites erreur, cette fois. Je vais perdre gros en quittant La Rochelle : vous, bien-aimée tante! »

*

Au cours de la journée, il venta si peu que nous ne fûmes pas rattrapés par le vaisseau *La Nouvelle-France,* dont les voiles étaient presque mortes. Nous le perdîmes définitivement de vue à la hauteur de l'île aux Coudres et atteignîmes Québec deux jours avant lui.

Rien n'avait changé au cabaret de Lefebvre, ni les mauvais bancs, ni les tables grossièrement équarries, ni la cheminée qui enfumait l'atmosphère, ni même la clientèle. Ici, un marchand de la haute-ville que j'avais jadis côtoyé chez l'intendant; là, un ancien compagnon d'armes de la compagnie d'Orléans; au fond de la salle, un milicien de la caserne; et près de la fenêtre, un commis du comptoir de traite. Visiblement, chacun se montrait heureux de me saluer et de lever son verre à mon équipée. Quand j'eus fait le tour de la place et donné toutes les accolades, je gagnai la table où Akaroé s'était assis et je me laissai choir en face de lui. «Quel bonheur de revenir, tout de même! Ça me remue de me voir dans le seul endroit où je me sens vraiment chez moi, dis-je.

— Oui. Je vais connaître le même bonheur bientôt, répondit Akaroé.

— Tu vas à la mission de Sillery? Combien de temps comptes-tu y rester?

— Le temps qu'il faudra. Lorsque tu auras tout vendu et que tu seras prêt à repartir, tu viendras me payer la part que tu me dois. Si tu veux de moi pour la prochaine expédition, j'accepterai certainement.

« — Pas certain que tu retournes à la traite de sitôt, Balan dit Lacombe », fit Jean Lefebvre qui se tenait non loin et avait capté notre conversation. Sa remarque fut approuvée par plusieurs hochements de tête parmi les buveurs. Interdit, je dévisageai Lefebvre en attendant les explications qui tardaient à venir. C'est le commis du comptoir de traite qui prit la parole : « Bien des choses se sont passées depuis que tu t'en es allé, Balan. D'abord, l'intendant a changé. C'est Boutroue d'Aubigny qui lui a succédé et qui dirige tout avec le gouverneur de Courcelles.

— Talon est parti? fis-je, interloqué.

— Pardon, messieurs, intervint le marchand de la haute-ville, j'ai appris que Jean Talon a été reconduit dans ses fonctions et qu'il serait dans le prochain navire à jeter l'ancre à Québec…

— C'est exact, renchérit Jean Lefebvre, j'ai ouï dire la même chose.

— Je pourrais savoir pourquoi je serais empêché de repartir à la traite? demandai-je alors.

— Parce qu'un édit est passé en avril dernier ordonnant aux hommes célibataires de prendre épouse dès l'arrivée de contingents de filles à marier. Le bateau qu'on attend prochainement en amène un, paraît-il. Tu devras te trouver une femme et l'installer sur une terre si tu veux continuer à traiter, répondit calmement le commis.

— On nous ordonne de prendre épouse… Voilà une belle affaire! Jamais il n'y aura assez de filles pour contenter tous les célibataires du Canada, c'est une idée saugrenue que cette ordonnance-là, répliquai-je.

— Saugrenu ou pas, c'est un ordre, marmonna le soldat du régiment d'Orléans.

— Par quel procédé force-t-on les hommes à se marier, dites-moi? Les prive-t-on de nourriture, de logement, ou de je ne sais quoi encore? Les enferme-t-on au cachot jusqu'à ce qu'ils acceptent de convoler en justes noces?

– On leur enlève leur permis de chasse et de traite, dit le commis. Je ne suis même pas autorisé à leur vendre de la poudre.

– Mais enfin, tout cela est absurde! répliquai-je. Où veut-on en venir avec une mesure spécialement forgée pour les coureurs des bois? Qui va sortir les fourrures de la forêt si l'on suspend les permis?

– Je ne sais pas… des Indiens, comme ton ami, peut-être, dit Lefebvre en pointant le menton vers Akaroé. Il y a de plus en plus de postes où la traite peut se faire sans le concours de beaucoup de Français. Quelques-uns suffisent à tenir les comptoirs, comme à Tadoussac et à Montréal. »

La nouvelle m'ahurit tellement que je me tus. Si cela était vrai, comme ça semblait bien l'être, et que Jean Talon rentrait en Nouvelle-France pour reprendre les rênes de l'intendance, je ne voyais qu'une solution : obtenir de celui-ci la faveur de conserver mon permis de traite. Si l'homme avait gardé une certaine amitié pour moi, ma démarche avait des chances de réussir. Pas question que je me marie : j'avais infiniment mieux à faire! Je croisai le regard de mon compagnon et associé de traite. Il me fixait, imperturbable, en attendant ma réaction. J'inspirai profondément et lui chuchotai : « Ne crains rien, nous allons retourner aux bois, je trouverai une solution.

– Les Indiens peuvent avoir une femme, des enfants et continuer à chasser. Pourquoi les Français ne peuvent-ils pas en faire autant? Je ne comprends pas l'ordre qui le leur interdit, dit Akaroé.

– Moi non plus », fis-je, déconcerté.

Le surlendemain, j'assistai sans Akaroé à l'arrivée du *La Nouvelle-France,* car mon ami avait déjà regagné la mission des jésuites à Sillery où vivaient deux de ses sœurs et un oncle. Par contre, j'étais loin d'être seul à observer, avec une certaine impatience, les manœuvres d'accostage. Un grand nombre d'hommes, parmi lesquels je reconnus quelques anciens soldats, faisaient le pied de grue en arborant une mine préoccupée. Ils étaient peu loquaces et se regardaient les uns les autres avec des airs de rivaux. Ceux-là, à coup sûr, venaient à la pêche aux filles à marier. Pour ma part, je ne tenais pas à me mêler au groupe. Seule la perspective de croiser messire Jean Talon justifiait ma présence : le nouvel arrivage de filles ne m'intéressait pas. Par contre, cela ne m'empêcha point d'apprécier le spectacle de leur débarquement.

Au premier coup d'œil, je décelai que la majorité d'entre elles avaient souffert de leur traversée. Le teint gris, le visage exsangue, le pied traînant et la démarche chaloupée, ces filles du roi ne réveillèrent pas mon habituelle appétence pour la gent féminine. Le contraste que ces misérables formaient avec leurs compagnes plus saines et fraîches était remarquable. Ces dernières, malgré leurs atouts évidents, affichaient un air hautain et condescendant qui donnait l'envie irrésistible de les mater sur-le-champ. Enfin, présidant à cet étalage de marchandise inédite, se détacha une superbe créature cintrée de satin et de dentelles, visiblement l'accompagnatrice du contingent. Dès que la noble dame posa son pied délicat sur la terre ferme, elle enjoignit, d'une voix aigre et autoritaire, aux jeunes filles de rester groupées et de garder le silence. La manœuvre était apparemment destinée à décourager les hommes les plus entreprenants qui cherchaient déjà à attirer l'attention de quelques-unes. L'ordre fut respecté par les plus mal en point, mais pour les autres, il fut vain. Tandis que s'organisait le transport des donzelles et de leurs coffres, les filles les plus hardies engagèrent la conversation avec les célibataires en chasse. Ce fut un délice que d'observer le doigté se mêler à la maladresse chez ces hommes contraints à faire bonne figure le plus rapidement possible pour battre de vitesse leurs concurrents. Cela me divertit follement jusqu'au moment où la cible que j'espérais apparut. Messire Jean Talon descendit avec la grâce de celui qui n'a fait que cela dans sa vie, traverser l'océan à bord d'une flûte française. Il fut aussitôt accaparé par les dignitaires venus l'accueillir et je compris, à la distance qui me séparait de lui, que je n'aurais aucune chance de l'interpeller. D'ailleurs, je ne savais pas si ma démarche n'allait pas être considérée comme un impair. Je le laissai donc s'éloigner avec son escorte sans me manifester.

Je quittai plutôt le quai pour me diriger vers l'entrepôt en me disant qu'il valait mieux m'employer d'abord à vendre ma récolte de peaux. Le nouvel intendant, qui en l'occurrence était l'ancien, avait largement le temps de s'installer et de reprendre son affaire avant que je ne sente l'urgence de l'entretenir de la mienne. C'était bien vu, car messire Talon consacra entièrement son temps à recevoir les notables de la ville qui défilèrent à son palais durant la semaine qui suivit son débarquement.

J'obtins assez facilement une audience avec lui, la semaine d'après. Québec bruissait encore des tractations effrénées de mariage entourant les filles du roi fraîchement arrivées, qui, pour certaines, s'amusaient à signer plusieurs contrats en même temps, ce qui compliquait beaucoup les efforts de leurs entremetteuses et qui enrageait superbement leurs soupirants. Le sujet faisait l'objet de cancans si gênants qu'il était difficile d'éviter d'en parler avec un homme d'organisation comme Jean Talon. «Ce n'est pas la première fois que cela se produit, me confia-t-il. La pratique est déplorable, mais nous n'y pouvons pas grand-chose. Tant et aussi longtemps que la pénurie de femmes à marier sera aussi sévère au Canada, nous devrons nous plier aux caprices de nos recrues. Peut-on leur reprocher d'être placées devant un choix infiniment plus vaste que celui prévalant dans un contexte ordinaire?

– Pour faire descendre un peu la pression sur les malheureux éconduits, ne serait-il pas pertinent de lever l'obligation que votre prédécesseur leur a faite de se marier? suggérai-je.

– L'obligation, comme tu le dis, n'est pas l'œuvre de celui que je remplace, mais la mienne. Force est de reconnaître que les offres de terres aux licenciés du régiment n'ont pas obtenu l'effet escompté. Actuellement, les seigneuries ne peuvent pas se développer diligemment faute de censitaires, alors que nous avons encore un surplus d'hommes inemployés dont plusieurs se plaisent à causer des désordres et font métier de bandits. Certains camouflent leur fainéantise sous le couvert de courir les bois : ils n'ont ni feu ni lieu et ils échappent aisément à tout contrôle. Voilà pourquoi la présente ordonnance vise précisément ces individus.

– Vous croyez qu'en fournissant une femme à ces hommes, vous en ferez des colons accomplis? Permettez-moi d'en douter, messire Talon, fis-je.

– Je sens que tu as un intérêt personnel à défendre leur cause, Pierre Balan dit Lacombe. Est-ce que, par hasard, tu ne t'adonnes pas à la traite toi aussi?

– Si fait, messire! Je ne m'en cache pas, répondis-je. Mes négoces sont honnêtes et je ne dérange personne. Je pense, au contraire, que je suis utile à la colonie en exerçant mon métier, car il s'agit bien d'un métier. Si vous connaissiez la vie que mènent les coureurs comme moi, vous ne pourriez certainement pas les taxer de fainéantise. Ce travail coûte beaucoup de sueur, comporte une bonne dose de dangers et exige de grands talents en diplomatie. Nous servons en quelque sorte de lien entre les Français et leurs alliés indiens et, par notre intermédiaire, la mère patrie s'enrichit très substantiellement, ne l'oublions pas. Le commerce des peaux n'est-il pas la première source de revenus de la Nouvelle-France?

– Sans aucun doute, répondit sobrement Jean Talon. Cependant, la colonie a besoin d'hommes qui travaillent la terre, sans quoi elle ne pourra pas prospérer. J'estime qu'il y a trop de coureurs des bois à une heure critique pour le peuplement de la colonie.

— Limiter leur nombre en pensant augmenter celui des paysans me paraît être un mauvais calcul, soutins-je.

— Il faut tout de même le tenter, car seul l'exercice à long terme d'une telle pratique prouvera son bien-fondé ou non. »

Ce jour-là, ne voulant pas me mettre à dos l'intendant de la Nouvelle-France, je décidai de battre en retraite. À la fin de l'automne, il serait toujours temps de revenir à la charge. Pour obtenir la dispense que je voulais, le contexte serait probablement meilleur, la nouveauté de la mesure de l'intendant faisant en sorte que toutes les filles à marier auraient trouvé preneur avant l'hiver. Devant l'impossibilité d'en dénicher une, les célibataires retardataires comme moi seraient en droit de réclamer un permis pour la nouvelle saison de traite et de s'approvisionner aux comptoirs des fournisseurs.

Convaincu de la validité de mon analyse, je liquidai diligemment les produits de ma traite au comptoir de Québec, puis j'allai prudemment me réfugier chez l'oncle d'Akaroé, à l'abri d'un possible harcèlement par des administrateurs pointilleux. Là, content et tranquille, je coulai le reste de l'été et tout l'automne entre les bras de sauvagesses complaisantes, sans être le moins du monde dérangé par les pères jésuites qui dirigeaient la mission de Sillery.

Malgré la tentation que représenta durant tout ce temps le cabaret de Jean Lefebvre, je ne remis les pieds à Québec qu'à la Toussaint. Flanqué de mon fidèle Akaroé, je parcourus jusqu'au quai Champlain la ville battue par des vents glaciaux qui soufflaient du nord. Derrière leurs volets clos, les habitants avaient commencé à se garantir du mauvais temps, et toutes les cheminées témoignaient de la lutte qu'ils livraient à l'incursion du froid dans leur logis. Le port s'était vidé des vaisseaux qui ne reviendraient qu'au printemps et seules les barges de transport fluvial se balançaient au bout de leurs amarres. Au comptoir du fournisseur en matériel de traite, les affaires avaient considérablement ralenti. Le commis m'expliqua que plusieurs coureurs des bois avaient abandonné la pratique et que les plus aguerris s'approvisionnaient maintenant ailleurs qu'à Québec en raison de la suspension de leur permis. « Est-ce à dire qu'il reste des filles à marier? demandai-je.

– Si fait, elles ne sont pas nombreuses, mais elles attendent ta demande, répondit le commis avec un air goguenard.

– Ainsi, mon permis est révoqué, dis-je.

– En effet.

– Et tu ne me vendras pas de poudre, poursuivis-je.

– Ni poudre, ni plombs, ni eau-de-vie, tant que tu seras célibataire.

– L'édit s'applique-t-il aux comptoirs de Trois-Rivières et de Ville-Marie?

– C'est valable partout au Canada, sauf pour le poste de Tadoussac qui est marché libre. Ce qui se passe là-bas demeure vague, car les sources rapportent des informations parfois contradictoires. Faut voir…

– Les conditions de prêt sont probablement différentes, les taux pour la vente des pelleteries aussi. Je n'aime pas trop me rendre débiteur des traiteurs indépendants…

– Je pense que tu n'as pas d'autre choix, Balan dit Lacombe. Par contre, si tu veux savoir où trouver les filles à marier restantes, tu t'adresses à mère Marie de l'Incarnation, car il y a de fortes chances qu'elles soient encore dans son couvent. »

Akaroé lut la déception sur mon visage quand je le rejoignis dehors. Bien qu'étonné par mes explications, il les admit sans commentaire. Le reste de la journée passa à nous distraire

de notre désappointement chez Lefebvre. J'y reçus des nouvelles de mes anciens compagnons d'armes : tous avaient répondu à l'appel et s'étaient faits colons. Toupin était farinier
à Beauport, Joncas dit Lapierre avait quitté la milice pour
s'engager chez un seigneur de l'île aux Oies et François Bacquet dit Lamontagne défrichait son lot sur la côte sud. Leur
choix, je le comprenais, mais je ne me résignais pas encore à
faire le même. «Allons à Tadoussac. Cela vaut mieux que de
rester ici à dépenser notre pécune. Ensuite, nous irons en
haut du lac Piekouagami* et là, nous ramasserons du castor
gras en grande quantité», me proposa Akaroé.

Nous appareillâmes deux jours plus tard dans un canot
bien léger.

* Lac Saint-Jean.

Chapitre VIII

Printemps – été 1671, La Rochelle – Québec

La barque n'avait pas sitôt quitté le chenal que le vent forcit, au grand plaisir des matelots qui conduisaient l'embarcation. À moi qui n'avais jamais pris la mer, la hauteur des vagues et l'écume qu'elles nous crachaient au visage me causèrent une grande frayeur. Je me serrai dans ma cape et me tassai un peu plus contre maître Simon avec lequel je partageais un espace entre les caissons au fond de la barque. Le cuisinier me glissa un sourire encourageant, puis il reporta son attention sur les manœuvres de l'équipage. «Pourvu que je ne sois pas malade avant d'arriver à l'île de Ré», pensai-je.

Afin de distraire mon esprit du spectacle terrorisant de la mer et de lutter contre mes haut-le-cœur, je me concentrai sur les événements qui me chassaient de La Rochelle. Tout avait commencé par le départ de ma tante Sarah, en février, parmi un groupe de protestants qui émigraient en Hollande. Nos adieux m'avaient troublée et, dans le mois qui suivit, je me sentis abandonnée comme une orpheline. Le patron de l'auberge commença à sous-entendre que j'aurais dû quitter la France aussi, ce qui me donna à penser que la veuve Sarah avait exercé une grande influence pour mon embauche, voilà sept ans passés, et que sans sa protection, ma place n'était plus assurée à La Pomme de Pin.

Puis il y eut l'horrible altercation avec Raviau. Alors que je faisais du rangement dans le caveau à denrées, en l'absence de maître Simon, le poissonnier s'était présenté à l'auberge avec de la marchandise invendue. Au lieu de m'envoyer chercher pour m'occuper de la réception des cageots, le patron dirigea Raviau directement au caveau. Avec horreur, je vis apparaître mon ennemi dans le réduit sombre et encombré, loin des yeux et des oreilles des employés de l'auberge. Malgré tout le temps qui s'était écoulé depuis l'agression, je sus immédiatement que Raviau n'avait pas renoncé à se venger. Coincée au fond du réduit, je n'avais aucune chance de lui échapper et il le comprit aussitôt qu'il découvrit l'isolement dans lequel nous nous trouvions. Comme il voulait éviter qu'on entende mon éventuelle alarme, il referma la large trappe derrière lui, unique source de lumière en plein jour sans l'apport de torches. Nous tombâmes alors dans l'obscurité et le silence complets. Je profitai de l'avantage que j'avais de la connaissance des lieux pour me glisser du côté où des instruments rouillés étaient remisés et, à l'aveuglette, je m'emparai d'un crochet de crémaillère. Avant que Raviau ne devine que j'étais armée et pare mon assaut, je chargeai. Je frappai sans discerner clairement ma cible mais mon coup l'atteignit. Raviau poussa un cri de surprise et de douleur, puis il s'affaissa. Je me précipitai sur l'échelle, ne sachant pas si j'avais tué ou seulement blessé le poissonnier. Là-haut, mon état d'hébétude fit penser que j'avais été victime d'un accident. Mais quand on entendit les appels du poissonnier et qu'on lui porta secours, je compris que j'étais perdue.

Heureusement pour moi, mon ennemi survécut au coup qui lui avait ouvert une épaule et j'évitai ainsi l'accusation de meurtre. Cependant, personne ne crut en ma plaidoirie par laquelle j'alléguai m'être sentie menacée et avoir voulu me défendre. De fait, Raviau ne m'avait pas touchée, ni même parlé dans le caveau. Il en avait seulement fermé la trappe et, me sentant prise au piège, j'avais attaqué la première. J'avais agi sous l'effet de la panique. Deux jours après l'incident, ne voulant pas être mêlé à l'affaire, le patron me jeta à la porte de l'auberge. N'avait été l'intervention de maître Simon, je me serais retrouvée à la rue, plus misérable que la fille la plus démunie de La Rochelle ou pire, livrée à la justice qui aurait été impitoyable à mon endroit.

Enfin, le rivage approcha et nous pûmes amarrer sur l'île de Ré. Comme maître Simon l'avait prévu, son épouse l'attendait sur le quai. Assise derrière une vieille mule, dans un chariot chargé de caissons d'eau-de-vie, la femme était seule et ne semblait pas inquiète de transporter sans escorte un chargement de cette valeur. Barbe Vitard était plus jeune que son mari d'une dizaine d'années; elle était de forte taille; ses mains étaient larges et rougies par les travaux; les traits durs de son visage lui donnaient un air rébarbatif qui me fit craindre pour notre rencontre. Les présentations qui suivirent me donnèrent raison. «Barbe, dit Simon, voici Renée Biret. Elle travaillait à l'auberge sous mes ordres et elle s'embarque pour la Nouvelle-France dans le courant de l'été. Jusqu'à son départ, il vaut mieux qu'elle reste en dehors de La Rochelle. Tu vas la prendre à la ferme avec toi. Elle n'aura pas de salaire pour son travail. Tu peux l'employer à ta guise : elle est besogneuse.

— Je n'ai besoin de personne, fit Barbe en me détaillant d'un air soupçonneux.

— Alors, elle se tournera les pouces au coin du feu, enchaîna Simon sur un ton ferme.

— Hum… Qu'est-ce que t'as fait, Renée Biret, pour que mon homme décide de te cacher chez nous?

— Je me suis défendue contre un agresseur et je l'ai blessé gravement», répondis-je, résolue à m'en tenir à ma version des faits. Barbe releva la tête avec un air d'incrédulité. Elle jeta un regard noir à son mari, puis elle s'activa auprès de la cargaison sans rien répliquer.

Pour dissiper mon malaise, j'aidai le couple à transborder les caissons dans la barque et à recharger le chariot avec les bouteilles vides. Quand l'opération fut terminée, je balançai mon ballot de linge derrière le banc et je fis mes adieux au cuisinier : « Maître Simon, vous êtes un homme bon et je vous dois la vie, dis-je. Ne m'oubliez pas tout de suite, je vous prie. Quand les agents recruteurs des filles du roi viendront me réclamer à l'auberge, au nom de messire Talon, revenez me chercher ici sans tarder. » Il m'en fit la promesse et m'aida à prendre place dans le chariot que Barbe mit aussitôt en marche. Maître Simon nous salua de la main avant de se détourner vers la barque, sans plus se préoccuper de moi.

Malgré la brièveté de nos adieux, j'avais la certitude que le cuisinier tiendrait parole et je devins sereine face au séjour forcé sur l'île de Ré. Pendant tout le trajet, me tenant coite et regardant droit devant moi, je m'employai à ne pas provoquer Barbe qui était fort contrariée. La solution qu'avait trouvée maître Simon pour me réfugier dans un endroit sûr jusqu'à mon départ pour la Nouvelle-France me soulageait d'autant plus qu'elle me donnait l'occasion de m'instruire sur les travaux paysans. L'idée de me préparer à une vie de colon ne m'avait pas vraiment quittée depuis l'été précédent, mais je n'avais pas trouvé le moyen de la mettre à exécution. Aussi étais-je fermement résolue à amadouer Barbe et à accepter toutes les tâches qu'elle consentirait à me confier.

Le couple Simon-Barbe était sans enfant et exploitait une fermette isolée au bout de l'île, dans une cuvette protégée des vents dominants. Peu productif pour nourrir un cheptel, le lopin était presque entièrement planté de vignes engraissées au goémon. L'étable, attenante au logis du côté de l'âtre, ne servait qu'en partie à abriter deux vaches, quelques porcs et la mule. L'autre section servait aux cuves de décantation des raisins. En outre, la bâtisse était doublée d'une profonde et vaste cave qui bénéficiait d'un imposant foyer construit dans le prolongement de la cheminée. Des récipients de cuivre, des chauffoirs et des instruments de distillerie y étaient installés. À partir du raisin de chaudière récolté dans le vignoble, l'alambic produisait une eau-de-vie en quantité et en qualité appréciables, très facile à écouler dans un port marchand tel que celui de La Rochelle. Dans cet espace éclairé à la torche, bien aéré par deux soupiraux mais saturé de vapeurs d'alcool, Barbe trimait dur à longueur de journée. Toute sa science de distillateur, ainsi que ses outils sophistiqués, lui avaient été légués par son père, dont elle était l'unique enfant survivant. Maître Simon avait été l'homme engagé pour la vigne avant d'épouser Barbe et, pour des raisons qui ne me furent jamais expliquées, ils avaient décidé de vivre séparés après le décès du père Vitard. Ainsi, Barbe devait partager son temps entre la distillerie, le vignoble et le soin à donner aux bêtes. C'était beaucoup, certes, mais apparemment, elle y parvenait assez bien sans l'aide d'un employé. Les capacités de cette jeune femme m'impressionnèrent et je ne cherchai pas à taire mon admiration. Même si mes compliments furent d'abord accueillis avec morgue, ils réussirent peu à peu à produire l'effet que j'escomptais. Barbe finit par me traiter avec magnanimité. Grâce à mon aptitude à distraire autrui par des histoires et des mimes, talent dont j'usais lorsque nous nous retrouvions confinées dans le logis, le soir venu, Barbe perdit son austérité et devint aimable. J'eus alors tout le loisir de m'instruire. La traite des vaches, l'entretien des pieds de vigne, le processus de fermentation des raisins et même celui de distillation n'eurent bientôt plus de secret pour moi.

Qui aurait prévu qu'à mon départ de l'île, deux mois après mon arrivée, Barbe Vitard aurait versé des larmes?

Personne. En tout cas, certainement pas maître Simon qui la vit pleurer pour la première fois et qui m'en fit la remarque lorsque nous fûmes seuls, durant la traversée vers La Rochelle : «Qu'est-ce que tu lui as fait à la Barbe? Par le sang du Christ, je ne l'ai jamais vue éplorée. Je me demandais même si elle était capable de s'émouvoir…

— J'avoue que ce n'est pas facile de s'en faire une amie, répondis-je. Il faut croire que j'ai su m'y prendre. Vous devriez essayer : je suis certaine que vous pourriez toucher son cœur si vous en avez le désir. C'est une bonne femme que vous avez là. Pas commode, pas avenante, mais aussi forte en dehors que tendre en dedans. Elle s'ennuie toute seule, là-bas…»

*

Notre expédition au nord du lac Piekouagami fut un succès. Entre les mois d'octobre 1670 et juin 1671, nous sillonnâmes cette région, chasse gardée des tribus montagnaises, encore très riche en castors gras, comme l'avait prédit Akaroé. Là-bas, les peaux cousues et utilisées comme couvertures ou vêtements avaient acquis la souplesse et le lustre qui en haussaient la valeur, les portant presque au double des peaux non apprêtées, qu'on appelait le castor sec. Nous rapportions également les produits de notre propre chasse d'hiver, une petite fortune en fourrures de loutre, d'hermine et de martre.

Entrecoupé de plusieurs portages ardus, notre périple sur les rivières et les lacs du Nord nous ramena tardivement au lac Piekouagami, notre chargement extraordinaire faisant des envieux partout sur notre route, tant chez les Français que chez les Indiens. Aussi enfilâmes-nous promptement la rivière Saguenay jusqu'à Tadoussac, que nous atteignîmes le jour de la fête de Sainte-Anne. J'avais convenu avec Akaroé de vendre le moins possible au poste de traite, apparemment contrôlé par Nicolas Marsolet de Saint-Aignan, et de garder les plus belles pelleteries pour le marché de Québec où nous étions sûrs d'en tirer les meilleurs profits. Comme notre canot avait besoin de réparations avant d'entreprendre le voyage sur le fleuve, l'arrêt nécessaire à Tadoussac s'avéra plus long que ceux qui avaient parsemé notre périple jusqu'alors. Je ne me méfiai pas de la convoitise que notre précieuse cargaison allait susciter. Ce fut mon erreur.

Bien qu'on le prétende périclitant, le poste de Tadoussac était encore admirablement organisé pour accueillir un très grand nombre d'Indiens, de coureurs et de marchands européens. Le port était bien abrité. Les cabanes étaient nombreuses et équipées ainsi que le fortin logeant les traiteurs, leurs magasins et leurs entrepôts. Au moment où nous débarquâmes, la place grouillait d'une bonne quarantaine d'hommes, comme si un rassemblement les y avait amenés. L'ambiance était à la fête et, d'ailleurs, des quantités d'eau-de-vie impressionnantes circulaient du matin au soir. Les parties de cartes duraient presque toute la nuit; les chansons à boire aussi. Cependant, cette foule attirée par le commerce de la fourrure n'était pas toute sur le même pied de prospérité. Certains marchands s'arrêtaient précisément à Tadoussac pour épargner les coûts du vivre et du couvert à Québec et leur passage sur le navire de France leur avait presque tout pris, ne leur laissant qu'une somme minime pour acquérir des peaux. D'autres, plus fortunés, avaient souffert de la traversée et considéraient leur arrêt à Tadoussac comme une étape de repos et d'acclimatation au nouveau continent avant de se rendre au cœur de la Nouvelle-France. Enfin, une grande majorité d'hommes vaquaient à leur métier habituel, c'est-à-dire acheter ou vendre les produits de la traite et de la chasse.

Akaroé et moi nous rendîmes bientôt compte qu'une poignée de coureurs des bois erraient, désœuvrés, et qu'ils n'avaient rien à troquer. Certains avaient fait piètre chasse;

d'autres avaient raté leur négoce avec les Indiens; quelques-uns avaient perdu leur butin, soit par accident, soit par vol. De ceux-là il aurait fallu se garder. Ma naïveté ou mon insouciance voulurent que j'en fasse mes partenaires de jeu de cartes. Sous l'œil inquiet d'Akaroé, qui ne buvait ni ne jouait, je lançai des défis que je perdis les uns après les autres. Quand la froide raison m'arrêta enfin, le canot était réparé et notre cargaison de peaux avait diminué presque de moitié. Ne restait à peu près plus que la part d'Akaroé.

Comme convenu, nous décidâmes de nous rendre à Québec pour liquider des fourrures dans l'espoir d'en obtenir un excellent prix. Akaroé proposa de partager les recettes afin que nous puissions envisager une nouvelle saison de traite, mais l'orgueil et la honte m'empêchèrent d'accepter. Tout juste avant notre départ de Tadoussac, je m'enquis, à contrecœur, des possibilités de crédit que le comptoir offrait. «Il paraît que tu as pas mal de castor gras… Vends-le-nous et je vais voir ce que je peux t'avancer pour l'automne prochain, proposa l'agent.

— Non. Pas cette marchandise-là: elle appartient à mon associé. Mais je peux m'engager à te vendre toute la traite de la prochaine année. Je sais que Marsolet fait ce genre d'arrangement, répondis-je.

— Faisait, précisa l'agent. Nicolas Marsolet de Saint-Aignan ne vient plus à Tadoussac depuis plus de six ans et nous avons mis au point une façon différente d'accorder des avances, en particulier avec les gros joueurs…

— Par le Christ, je ne suis pas joueur! fulminai-je.

— Écoute, Balan dit Lacombe, tu t'es fait plumer aux cartes: ça, tout le monde le sait. Tu es peut-être un mauvais joueur, mais tu es un joueur tout de même. Alors prends ce que je t'offre ou passe ton chemin!»

La colère m'étrangla. Je sortis en trombe du comptoir avec l'envie de tuer. D'une voix sourde, je narrai très succinctement l'entrevue à Akaroé et nous appareillâmes aussitôt. La première heure de route s'effectua sans que nous desserrions les dents, puis Akaroé commença à me questionner. Sa voix pondérée me parvenait de derrière et je tournais légèrement la tête pour qu'il entende mes réponses. Je le bénis intérieurement de me faire parler, car je pus ainsi apaiser mon courroux et mieux réfléchir à ce qu'il convenait de faire pour sortir de ce mauvais pas. Le rythme de ma rame se régularisa et je me mis à mieux respirer.

« Pourquoi pensions-nous que Marsolet gérait toujours le poste de Tadoussac? dit-il.

— Parce qu'il détient encore des parts dans l'affaire et que sa réputation de "petit roi de Tadoussac" continue de le suivre, répondis-je.

— Alors, s'il est toujours un patron, ne pourrais-tu pas t'adresser directement à lui pour obtenir les provisions pour la course de l'automne prochain?

— C'est quelque chose à tenter, oui, tu as une bonne idée.

— Nous pourrions lui montrer la marchandise qu'il nous reste pour prouver que nous sommes sérieux et bons chasseurs.

— Il voudra l'acheter à un prix inférieur à celui que nous obtiendrons sur le marché de Québec, mais j'avoue qu'il exigera des garanties. Sur ce point, tu as certainement raison…

— Quel autre bien que nos pelleteries avons-nous en gage?

— Des biens, je n'en ai point. Par contre, je peux en obtenir…

— Comment? Pas en jouant, j'espère… »

L'insinuation me frappa de plein fouet. Je suspendis mon geste et l'eau de la rame se mit à dégouliner le long de mon poignet. Tournant les épaules, je dévisageai Akaroé : « Jamais je ne retoucherai aux cartes, grondai-je. Tu me connais mal si tu en doutes, mon ami.

– Je n'en doute pas, dit-il fermement. Maintenant, je redemande comment?

– Bien… laisse-moi te raconter le plan que je vois se dessiner », fis-je, sur un ton radouci, en reportant mon regard sur les eaux vives que la proue fendait par à-coups saccadés. Je fus heureux de développer mon idée sans lire les réactions de mon interlocuteur sur son visage, car ce que je présentai était en contradiction avec mes visées initiales, dont Akaroé n'ignorait rien.

*

Malgré son état d'épuisement, Anne Gasnier se présenta dans la sainte barbe à la première heure, le dimanche avant notre arrivée à Québec. Cette femme, aussi bonne que pieuse, n'était plus dans sa prime jeunesse. Cependant, elle portait ses cinquante-sept ans avec noblesse et autorité et savait fort bien se faire obéir par les plus frondeuses d'entre nous. Comme à son habitude, elle vint directement à moi en examinant, au passage, les couchettes le long desquelles elle se frayait difficilement un chemin à cause de l'ampleur de ses jupes. La plupart des filles étaient encore alanguies, se remettant tranquillement de la grosse mer que le navire avait essuyée avant de pénétrer dans le golfe, la veille. Certaines étaient encore si malades qu'elles ne saluèrent même pas la gouvernante, si tant est qu'elles aient pu l'entrevoir. Tout était si sombre et malodorant dans les cales où nous logions que le meilleur parti à adopter pour oublier l'abominable inconfort était d'enfouir la tête dans la moiteur d'un oreiller et d'attendre que les crampes et les étourdissements passent. La plupart d'entre nous y avaient d'ailleurs consacré la majeure partie des cinquante longs jours de navigation qui nous séparaient maintenant de la France.

Catherine Laîné et Anne Philippe, avec lesquelles je partageais le lit d'en bas, se redressèrent à l'approche de madame Gasnier, mais demeurèrent enveloppées dans la couverture de gros drap qu'elles serraient autour de leurs épaules. Elles avaient été tellement malmenées qu'elles faisaient peur à voir avec leur visage barbouillé et leurs yeux hagards. Bien que j'aie assisté mes compagnes durant la nuit, je m'étais levée sans tenir compte de ma fatigue et j'accueillis seule la visiteuse : « Bien le bonjour, madame, fis-je. Comment vous portez-vous ?

— Pas trop mal, Renée, je vous remercie, répondit-elle. Nous avons connu une des pires nuits de notre traversée, hier. Maintenant que nous croisons sur le fleuve, nous pouvons dire que notre périple tire à sa fin et que le mauvais temps est derrière nous.

— Je suis bien contente d'entendre cela. Je crois que c'est un immense soulagement pour toutes les filles du roi. Sur les quatre-vingt-six à bord, je ne sais pas s'il y en a une vingtaine qui soient encore valides, dis-je en regardant le dortoir.

— Justement, c'est à ce propos que je voulais vous entretenir, Renée. C'est aujourd'hui la fête de Sainte-Anne et j'aimerais que la messe soit dite sur le pont. Respirer l'air frais ferait le plus grand bien aux malades comme aux bien-portantes. Croyez-vous possible de faire sortir tout le monde ? Avons-nous suffisamment de filles vaillantes pour aider celles qui le sont moins ?

— L'opération me paraît un peu compliquée, répondis-je, songeuse. Je m'inquiète de l'espace : y a-t-il assez de place sur le gaillard d'avant pour asseoir autant de personnes qui ne tiennent pas sur leurs jambes, car nous ne pourrons pas les soutenir toutes ?

— Quelles filles pouvons-nous mettre à contribution ?

— Voyons… Il y a les trois Françoise de la première couchette…

— Votre consœur de La Rochelle, Françoise Favreau, la Normande Françoise Lefrançois et Françoise Grossejambe de l'Île-de-France, enchaîna machinalement madame Gasnier.

— Oui, ensuite, je nommerais Jeanne Quelvé, Anne Arinart, Louise Robin, Madeleine Auvray, Marguerite Viard et Jeanne Blondeau. Elles se sont levées tout à l'heure et elles vont bien, poursuivis-je.

— Pas étonnant, ces filles ont le cœur accroché comme celui des marins. À ma connaissance, elles n'ont pas été incommodées une seule fois durant la traversée... comme vous, chère Renée. Dire que vous pensiez être accablée du mal de mer... vous me l'aviez confié en montant à bord! Heureusement qu'il n'en a rien été et que j'ai pu m'appuyer sur votre bonne forme, sinon je ne sais pas comment je serais parvenue à m'acquitter correctement de ma tâche. Messire Talon n'a pas exagéré en vantant votre débrouillardise, dit madame Gasnier, sur un ton élogieux.

— Je vous en prie, madame. Il est normal de s'entraider entre filles du roi. Nous sommes précipitées dans la même aventure, qui ne s'arrête pas à la fin de la traversée... Au contraire, je crois que le débarquement marquera le début de notre vrai périple. N'êtes-vous pas de mon avis?

— Certes! Je sais d'expérience que les amitiés que vous avez nouées sur ce navire ne se déferont pas de sitôt et que certaines peuvent même vous sauver de grands tourments pendant votre établissement dans le pays.» En disant cela, madame Gasnier jeta un œil à Anne Philippe et elle lui sourit. Je me retournai et dévisageai mon amie avec indulgence. Ses cheveux blonds n'étaient plus qu'une tignasse hirsute de couleur indéfinie, ses pommettes hautes étaient creusées de lassitude et son teint habituellement rose virait au gris. Seul son regard clair avait gardé de sa brillance et de sa vivacité. Anne avait écouté notre conversation et voulait y participer, alors que Catherine, derrière elle, n'avait apparemment rien entendu.

«Être en position d'aider Renée Biret est certainement mon vœu le plus cher, madame Gasnier, mais mon état est tellement lamentable en ce moment que je doute beaucoup de voir ce souhait se réaliser un jour, dit Anne.

— En cet anniversaire de votre sainte patronne, vous êtes malvenue de perdre courage, demoiselle Philippe. Prenez exemple sur Renée et ravivez vos forces. Que pensez-vous de mon projet d'office en plein air? Vous sentez-vous apte à fournir cet effort? demanda la gouvernante.

— Vous avez raison! répondit Anne. Je me dois d'essayer. Si je peux y parvenir, d'autres suivront. Et si la place manque pour entendre la messe assise, répartissons-nous en deux groupes. L'aumônier acceptera-t-il d'officier deux fois?

— Assurément! Quelle bonne idée… Vous voyez bien que la force et la clairvoyance vous reviennent», fit la gouvernante avec enthousiasme.

Le *Prince Maurice* avait deux ponts et deux gaillards. Il était muni de canons, comme tous les navires de cette grosseur, et d'un château arrière pourvu d'une fenestration généreuse qui lui donnait un aspect très élégant. Cette partie du navire était réservée au logis du capitaine, de ses officiers, de l'aumônier et des passagers de qualité. Son entrée était étroitement surveillée par des matelots, comme le pont qui y donnait accès. Toutes les filles auraient bien aimé en visiter l'intérieur, surtout au début du voyage, lorsque nous avions commencé à souffrir de notre installation dans la sainte barbe. Moi aussi, j'avais été attirée par le château arrière et j'avais espéré y pénétrer en ma qualité d'assistante de madame Gasnier, mais l'occasion ne s'était pas présentée.

Ma position d'intermédiaire entre la gouvernante et ses protégées n'était pas pour me déplaire. Dès le début de la traversée, j'avais compris que la recommandation de messire

Jean Talon avait joué en ma faveur pour me distinguer auprès de la dame et je m'étais aussitôt employée à ne pas décevoir les attentes de celle-ci. L'habitude de servir était bien ancrée en moi et je me savais très efficace dans les attentions à prodiguer à des pensionnaires. Je comprenais également différents parlers des pays de France et je pouvais ainsi agir comme interprète entre madame et les quelques campagnardes qui maîtrisaient mal le français de Paris. Organiser le séjour des filles dans l'exiguïté de la sainte barbe avait été un défi facile à relever, ce qui avait rehaussé l'estime de madame pour moi et celui de mes compagnes, par ricochet. De l'aménagement des coffres de voyage entre les couchettes à la distribution des repas en passant par la vidange des bassines, tout s'était effectué selon mes instructions, avec le concours de quelques volontaires désireuses de se rendre utiles afin de mieux tuer le temps. Parmi ces dernières, la jeune Françoise Grossejambe m'avait fort impressionnée par son zèle. Fille d'un tonnelier prospère à Paris, elle jouissait d'une dot de trois cent cinquante livres tournois, en sus des habituelles cinquante livres du roi qui s'ajouteraient au moment de son mariage. Cependant, son aisance pécuniaire n'était pas accompagnée de talents pratiques. À dix-sept ans, elle n'avait jamais tenu maison, cuisiné ou même raccommodé. Encore moins biné un potager. C'est du moins ce qu'elle avait laissé entendre quand, au départ de La Rochelle, on nous avait distribué au nom du roi un coffret garni pour le démarrage de notre ménage en Nouvelle-France. Françoise Grossejambe en avait fait l'inventaire à voix haute en accompagnant l'énumération du contenu par des commentaires ingénus et révélateurs : « Grand Dieu, que vais-je donc faire de cent aiguilles et d'un millier d'épingles ? Et seulement un mouchoir de taffetas, un ruban à souliers et quatre lacets de corsage... Les ciseaux, c'est bienvenu, les deux couteaux aussi : on perd ces objets si facilement ! Quant au peigne, aux bas, aux gants et au bonnet, j'ai déjà tout cela dans mon coffre et des bien plus jolis… » Je me souviens de lui avoir alors décoché un sourire moqueur et son air ébahi en guise de réponse m'avait instantanément rendu Françoise Grossejambe sympathique. Mon opinion sur elle ne s'était pas démentie par la suite.

Encore ce matin même, pour les deux offices dits en plein vent, Françoise était l'une de celles qui s'étaient le plus démenées auprès de nos compagnes malades en les aidant à remonter des cales et à s'installer sur le pont. Pour l'heure, elle était adossée à un mât et s'intéressait davantage aux mimiques qu'un mousse lui adressait qu'à l'aumônier qui récitait sa deuxième messe. Il faut dire qu'elle était drôlement jolie, la petite Françoise, et pas farouche du tout. Les hommes d'équipage avaient, à tour de rôle, essayé d'attirer son attention au cours des rares occasions où ils pouvaient parler à une fille du roi. D'ailleurs, madame avait dû intervenir afin que la jeune recrue ne donne pas suite aux avances intempestives. « Cette fille-là possède les atouts pour attirer un époux et la difficulté va résider en ce qu'elle ne pourra accepter qu'une seule demande », me dis-je.

Madame Gasnier avait vu juste. Poussés par un vent constant, nous voguâmes dans les eaux relativement paisibles du Saint-Laurent jusqu'à Québec où nous accostâmes cinq jours plus tard. Entre-temps, mes compagnes de voyage s'étaient complètement remises de leurs malaises. Ainsi, lorsqu'elle débarqua au quai Champlain, ce jeudi 30 juillet 1671, la cohorte des filles du roi fit vraiment l'orgueil de son accompagnatrice. Notre mine rafraîchie, nos cheveux bien roulés dans nos coiffes retapées, nos mouchoirs de gorge et nos tabliers immaculés, ce parfait maintien nous donnait un aspect irréprochable qui nous remplissait de fierté et qui reléguait les tourments de notre traversée loin dans notre mémoire.

Descendirent en premier lieu avec leur bagage les filles du roi qui restaient à Québec, soit la majorité d'entre nous.

Puis vint le tour de celles qui allaient remonter à bord un peu plus tard dans la journée pour se rendre aux deux autres destinations où elles étaient attendues : Trois-Rivières et Montréal. Je faisais heureusement partie du groupe qui demeurait à Québec. Comme madame m'avait fait l'insigne privilège de me consulter dans la répartition des recrues entre les trois villes, j'avais manœuvré pour que mes plus chères amies soient placées à Québec. Mes compagnes de couchette Anne Philippe et Catherine Laîné et mes trois Françoise aides de camp, les demoiselles Favreau, Lefrançois et Grossejambe, se retrouvèrent donc avec moi pour partager le trouble exquis qui nous saisit à notre débarquement en Nouvelle-France. Grâce à mes conversations avec madame, je savais un peu à quoi m'attendre en arrivant et j'avais essayé d'y préparer mes amies, mais notre émotion fut si grande au moment venu que demeurer sereines en posant le pied sur le sol canadien s'avéra impossible.

Sous un soleil de plomb, balayée par une brise très légère, une foule compacte se pressait sur le quai et bruissait de salutations, d'appels et d'ovations à notre endroit. Ne connaissant personne dans le pays, nous ne répondions pas, nous contentant de sourire à ces étrangers qui nous faisaient si bel accueil. À mes côtés, Françoise Grossejambe me saisit le bras en observant la masse. « Dieu du ciel, que de monde ! Je ne peux pas croire que mon futur époux se trouve parmi ces gens… c'est un cauchemar rien que d'y songer », murmura-t-elle, d'une voix fébrile. En effet, ceux qui grossissaient la foule en plus grand nombre étaient indéniablement les fameux hommes célibataires auxquels nous étions destinées. Pour la plupart, ils avaient entre vingt et trente ans. Chaussés de souliers, quelques-uns en sabots, ils portaient une culotte d'étoffe, une simple chemise de toile et la cravate de ruban des paysans. Derrière le masque de tranquillité et d'assurance que les hommes arboraient, une certaine anxiété sourdait :

leurs mains noueuses triturant un bonnet ou un tricorne empoussiéré le révélaient.

Résolue à n'accepter la demande en mariage d'aucun d'entre eux, je fixai mon regard sur les autres personnes formant cet aimable rassemblement. Je remarquai une délégation de notables vêtus de soie et portant perruques et chapeaux à plumes. Espérant y reconnaître messire Jean Talon, je les détaillai, mais ne voyant point mon protecteur, je reportai mon attention sur les femmes dans l'affluence. Plusieurs tenaient des enfants par la main ou des nourrissons dans leurs bras. Mis à part deux ou trois d'entre elles qui faisaient exception, les femmes et les filles étaient habillées de façon très complète bien qu'assez sobrement et elles avaient l'air ravies et même comblées. Dans quelque direction qu'on tende l'oreille, la langue française bruissait joyeusement. Ce premier examen de la population de Québec me réconforta sans que je sache trop pourquoi et, inopinément, j'eus très envie d'en faire partie.

*

Bien qu'il soit normalement plus difficile pour un Indien de décrocher un bon prix pour les pelleteries que ça ne l'était pour un Blanc, Akaroé négocia seul au comptoir de traite de Québec et il obtint un peu moins de deux cents sols la peau de castor gras. Le récent débarquement de quatre-vingt-six filles à marier, que nous apprîmes dès notre arrivée à Québec, au milieu d'août, rendait ma situation de coureur sans permis plus précaire, du moins le pensions-nous. Akaroé et moi avions convenu qu'il était préférable que je me fasse aussi discret que possible dans le milieu de la traite et que je ne me présente pas au comptoir de pelleteries. Je l'attendis donc au cabaret de Jean Lefebvre où je lui avais donné rendez-vous.

Me fondre dans le lot de buveurs et à la fois être reconnu par nombre d'entre eux me transporta de joie, comme cela s'était produit lors de mon premier retour des bois. Je réussis assez habilement à esquiver les questions que les indiscrets me posèrent concernant ma saison de traite et, durant l'heure qu'Akaroé consacra à son négoce, je me mis au parfum des nouvelles du Canada. On m'instruisit de la présence en ville de personnalités influentes; des nouveaux édits ou ordonnances touchant le commerce; des commérages sur tout un chacun; et, bien sûr, on me parla du contingent de filles du roi fraîchement débarquées. Ce sujet, plus que tous les autres, ne laissait insensible aucun homme autour de moi. Apparemment, la ronde des contrats de mariage signés, puis révoqués la même journée, avait repris et les ragots sur les malheureux ainsi floués allaient bon train.

Cette fois, au lieu de m'amuser, la désinvolture des filles à marier m'inquiéta. Mon plan pour recouvrer un permis de traite reposait maintenant sur mes chances d'obtenir une terre et sur la dot de la femme que je pourrais accointer. Me morfondre avec ce dernier problème ne servait à rien. Tant et aussi longtemps que je ne devenais pas colon, du moins sur le papier, aucune donzelle ne serait à ma portée. Pour œuvrer comme censitaire, il me fallait d'abord trouver un seigneur, et, si possible, celui dont le pouvoir et les activités servaient des intérêts autres que le labour. En fait, me lier à un homme qui me comprendrait et fermerait les yeux sur mon subterfuge. À travers le fouillis d'informations récoltées en attendant Akaroé, je dénichai le renseignement que je cherchais: le lieu de résidence de Nicolas Marsolet de Saint-Aignan, ancien «petit roi de Tadoussac», grand maître de traite, célèbre interprète en langue montagnaise, marchand réputé à Québec et seigneur à l'anse Bellechasse depuis trente-quatre ans.

*

Par la porte entrebâillée du salon me parvint une rumeur ténue. Les rencontres orchestrées par madame Gasnier pour Anne et la jeune Françoise avec leurs galants n'étaient donc pas terminées. Cette maison où nous logions, que notre tutrice avait héritée de son défunt époux, le sieur Jean Bourdon, me rappelait l'auberge La Pomme de Pin par sa grandeur, par le nombre de ses occupants et l'importance de sa domesticité. Voilà pourquoi je m'y sentis rapidement à l'aise. Comme je m'éloignais de la porte, j'entendis madame prendre congé des visiteurs et je m'empressai de gagner les cuisines. Le domestique responsable des nappes et des couverts achevait son rangement et il m'accueillit avec raillerie. «Vous ne semblez pas pressée de vous marier, Renée Biret, dit-il.

– Pourquoi dis-tu cela? m'enquis-je.

– Ce n'est jamais vous qui êtes convoquée au salon et ça n'a pas l'air de vous contrarier.

– Ah, mon tour viendra! Pour le moment, j'essaie de me rendre utile. J'aime assez le travail dans une grande maison, c'est ce que je connais le mieux.

– Remarquez que je ne vous critique pas, poursuivit l'homme. Les prétendants qui veulent s'attacher une fille du roi n'ont pas tous quelque chose d'intéressant à offrir... Je pense même qu'ils sont pauvres pour la plupart. Je préfère besogner ici au chaud dans la maison de bourgeois que de me retrouver dans une cabane dépourvue de tout.» Je ne relevai pas la pertinence de cette remarque. Satisfait de son opinion, le domestique reprit ses occupations et je ressortis des cuisines. «Bon, allons voir ce que les filles pensent de leurs soupirants», songeai-je en gravissant l'escalier menant aux chambres.

Sur le palier, je tombai sur madame. «Renée! J'allais vous chercher. Laissons vos compagnes discuter entre elles: je crois qu'il y a beaucoup à dire sur les hommes qui se sont présentés aujourd'hui. Venez plutôt avec moi… Je souhaite que vous m'accompagniez chez l'intendant. Il est temps de faire cette visite qui ne peut plus souffrir de délai sans que nous paraissions inciviles… »

Dès la deuxième semaine après notre arrivée à Québec, mes amies Catherine, Anne et Françoise s'étaient prêtées de bonne grâce à une série de rendez-vous avec les hommes, jeunes et moins jeunes, qui se présentaient chez notre tutrice pour faire leur connaissance. Anne Gasnier présidait à ce défilé singulier dans son salon en affichant l'air paisible de celle qui croit dans le succès de son entreprise. Je m'étais doutée qu'elle devait représenter la marieuse la plus efficace de la ville et si j'avais pu éviter de loger chez elle, je l'aurais fait. Mais cela aurait été incongru que je refuse son offre, compte tenu de l'amitié dans laquelle elle me tenait. Maintenant, j'enviais les filles qu'on avait placées dans d'autres maisons ou au couvent des ursulines, m'imaginant que leur liberté était plus grande, leurs rencontres avec des hommes moins organisées, leur promotion en tant que futures épouses moins soutenue.

Jusqu'à ce jour, dans l'espoir de me soustraire aux entrevues matrimoniales, je m'étais ingéniée à me fondre dans la domesticité de madame, sans pourtant y parvenir vraiment. Si j'avais une chance de sortir de ces murs sans chaperon et de vaquer à mon enquête sur Hélie Targer, c'était par ce biais qu'il fallait essayer. Je comptais aussi sur des occasions potentielles d'accompagner mon hôtesse chez l'intendant, car je savais qu'ils se fréquentaient. En outre, j'étais persuadée que messire Jean Talon ne m'avait pas oubliée et qu'il pourrait peut-être m'aider dans mes recherches, à son insu, au fil de conversations anodines. Enfin, voilà que cette espérance allait être récompensée!

*

Après que j'eus gravi la côte de la Montagne, un vent montant du fleuve m'effleura et rafraîchit mon corps emprisonné depuis le matin dans la veste de daim. Akaroé avait refusé de me suivre, car il n'aimait pas circuler dans la haute-ville, et nous avions convenu de nous retrouver plus tard en soirée chez Jean Lefebvre. D'ailleurs, je n'étais pas mécontent de rencontrer seul le seigneur de Bellechasse. Je craignais que mon association avec le Huron enlève du crédit à ma requête pour l'obtention d'une terre à défricher.

Passant sans ralentir devant le fort Saint-Louis, encombré de l'habituel achalandage, j'enfilai la rue Saint-Louis vers l'ouest. Nicolas Marsolet habitait au bout de celle-ci et devait, d'après mes renseignements, être chez lui ce jour-là, à cette heure-là. Plusieurs personnes venaient en sens contraire, certaines seules, d'autres par groupes de deux ou de trois. Le temps était splendide et les passants se saluaient fort aimablement, les hommes soulevant leur tricorne. Comme j'avais roulé mon bonnet sous ma ceinture, je me contentai d'incliner légèrement la tête en disant la formule de politesse.

Deux femmes, l'une âgée et élégante et l'autre plus jeune et modeste, me croisèrent sans me regarder et je n'eus pas le temps de les saluer qu'elles étaient déjà passées. Soudain, je me figeai sur place avec la nette impression que je les connaissais, du moins l'une d'elles. Je me retournai et fixai la plus jeune dont la démarche sautillante me rappela quelqu'un. «Renée Biret!» laissai-je échapper. La jeune femme m'entendit-elle? Je crois que oui, car elle tourna la tête et jeta un bref regard par-dessus son épaule avant de reporter son attention sur sa compagne. Si elle me vit, elle ne m'avait certainement pas reconnu, mais moi, si. Cette fille pimpante au minois frondeur était bien la Rochelaise que j'avais courtisée voilà sept ans passés! Mon cœur bondit et je m'en étonnai. Comment diable Renée Biret avait-elle réussi à laisser dans mon souvenir une trace aussi profonde?

Chapitre ix

Été 1671, Québec

« Nous voici arrivées, Renée. Voilà le château Saint-Louis derrière le mur d'enceinte. Je trouve au fort un air moins sinistre que les habituels édifices militaires », fit madame Gasnier. Une étrange impression d'avoir été appelée m'avait fait jeter un coup d'œil par-dessus mon épaule, mais le commentaire de ma compagne me ramena à elle et je ne ralentis pas pour voir ce qu'il en était derrière moi. La rue s'ouvrait sur une place vaste et animée, semblable à celle du marché de La Rochelle. Alors que la promenade depuis le domaine de madame jusqu'au fort Saint-Louis avait été détendue, je sentis soudain la nervosité me gagner peu à peu. Je décuplai d'attention : mon enquête sur Hélie Targer commençait avec cette visite et je ne voulais rater aucun détail.

Madame Anne Gasnier avait ses entrées dans la place. Elle ne se faisait jamais annoncer et elle demeurait rarement dans l'antichambre de messire Talon, laquelle ne désemplissait pourtant pas de visiteurs. C'est du moins ce qu'elle m'apprit lorsque nous pénétrâmes dans le château. Le domestique rondelet qui surveillait l'entrée la salua cordialement et s'empressa de nous conduire aux appartements de son maître. Ce faisant, il s'informa du voyage de la gouvernante sur le *Prince Maurice,* de son séjour estival à La Rochelle et de l'installation des filles du roi réparties dans les différentes maisons de Québec. Comme madame répondait de bonne grâce à toutes ces questions, je notai que la familiarité dont faisait preuve le serviteur avec une amie de l'intendant était bien tolérée. Cela me fit sourire. N'avais-je pas moi aussi bavardé librement avec les visiteurs de messire Talon quand j'étais à son service à La Rochelle?

L'intérieur du château était assez spacieux. Des plafonds hauts tout en bois; des fenêtres grandes et lumineuses; quelques tapis magnifiques assourdissant les pas; un mobilier à la fois raffiné et approprié: tout concordait à donner aux pièces de fonction de l'intendant une ambiance de confort. Je me surpris à soupirer d'envie. Combien aurais-je donné pour redevenir la servante de mon bon messire Talon! L'accueil de ce dernier me fit fondre d'émotion et ébahit madame. L'intendant de la Nouvelle-France me reconnut sur le coup et à peine eut-il salué son amie qu'il se porta à ma rencontre. Pour peu, il m'aurait embrassée. Il se limita à me tendre la main, que je serrai en faisant la révérence. «Renée Biret, tu t'es finalement embarquée! s'exclama-t-il.

— Bonjour, messire, je suis enchantée d'être arrivée et de vous revoir, répondis-je.

— Renée Biret a été mon assistante, Jean, s'empressa de dire madame. Impossible d'avoir mieux pour me seconder. Tout le bien que vous m'en aviez dit s'est avéré fondé et je vous remercie. Évidemment, je ne pouvais pas vous faire ma première visite sans l'amener avec moi.

— Chère Anne, c'est charmant de votre part. Dois-je comprendre que Renée loge chez vous? fit messire Talon.

— Oui, avec trois de ses compagnes. Comment aurais-je pu m'en séparer?

– Il faudra bien, pourtant, rétorqua-t-il en souriant malicieusement. (Puis, s'adressant à moi.) Est-ce que, jusqu'à maintenant, tu as reçu quelque demande en mariage, Renée?

– Pas encore, mais je sais que cela viendra, répondis-je prudemment. Madame Gasnier est très dévouée et possède un grand savoir-faire pour diriger les rencontres. Mes amies et moi sommes certainement entre les meilleures mains de la ville avec elle. »

Messire Talon me gratifia d'un sourire encourageant, nous offrit un siège à toutes deux, puis il soutint une conversation animée avec madame, à laquelle je ne fus pas appelée à participer. Par contre, les propos ne furent pas dénués d'intérêt pour moi. J'appris beaucoup de choses pendant l'heure que dura l'entretien, tant sur les personnes importantes qui frayaient avec l'intendant ou le gouverneur que sur celles qui auraient aimé le faire et ne le pouvaient. La plupart des noms m'étaient totalement inconnus, mais lorsqu'ils étaient accompagnés du titre ou des fonctions occupées, je les enregistrais consciencieusement. De temps à autre, quand il écoutait parler son amie, messire Talon me jetait un regard plein de bienveillance, me montrant qu'il ne négligeait pas ma présence.

À la fin, nous sortîmes très satisfaites de la rencontre. Anne Gasnier, parce qu'elle avait renoué avec son ami prestigieux, et moi, parce que j'avais retrouvé l'homme par lequel mon rêve se matérialiserait. C'est du moins le sentiment qui m'habitait sur le chemin du retour. J'avais la garantie que je reverrais messire Talon puisqu'il m'avait expressément invitée à revenir le saluer et j'étais persuadée qu'il détenait les informations que je cherchais. Tout n'était désormais qu'une question de semaines ou peut-être de mois. Il me fallait tenir sans accepter de demande en mariage aussi longtemps que mon enquête progresserait. « Hélie Targer, je suis enfin arrivée au Canada; je commence à fouiller Québec, attention, je te tiens… presque!»

*

Contrairement à son comptoir de Tadoussac, la seigneurie de Marsolet à l'anse Bellechasse n'était pas exploitée. C'est ce qui m'apparut dès les premiers instants de mon entrevue avec le vieux seigneur. «Peu de colons se sont installés là-bas, m'avoua-t-il. Comme je n'ai jamais utilisé la concession autrement qu'en territoire de chasse, je n'y ai attiré moi-même aucun habitant. Des téméraires ont néanmoins commencé à défricher des lots; un ou deux peut-être ont produit du blé l'an dernier et ont dû faire moudre à l'île d'Orléans, ce qui n'est pas commode pour eux. On ne me laissera pas conserver ces terres, j'en ai peur. Je compte vendre au capitaine Berthier qui se montre vivement intéressé et qui, à ma connaissance, a déjà invité quelques-uns de ses hommes à s'établir dans l'anse.

— Je connais Alexandre Berthier, dis-je. J'ai combattu avec ses soldats dans les troupes du général Tracy.

— Berthier est un militaire fort estimé. On le dit assez obéissant aux administrateurs de la colonie. Il va certainement exiger un rendement des terres et ce sera difficile de sacrifier le labour de ton lot au profit de la course des bois.

— Peu importe ce qu'il adviendra après la vente de votre domaine, messire: j'en fais mon affaire, rétorquai-je. Je ne vous demande qu'une chose: confiez-moi dès maintenant un lot dans votre seigneurie. Votre billet de concession permettra que je m'équipe pour la traite, car je pourrai me marier, étant réputé habitant.

— Tu oublies qu'avant de prendre une épouse, il faut bâtir au moins une cabane et couper le bois pour l'hiver.

— Je ne l'oublie pas, je ne pense même qu'à ça! Voilà pourquoi je dois me presser. En me dégotant une fille à marier, je peux réclamer la paire de bœufs et les instruments aratoires accordés aux couples de colons. En ajoutant la dot que la fille recevra le jour du mariage, je devrais pouvoir me débrouiller on ne peut mieux.

– Écoute, Balan dit Lacombe, je n'ai pas d'objection à t'accorder ce que tu brigues. Je pourrais même faire mieux. Il y avait une cabane abandonnée la dernière fois que je suis allé à l'anse Bellechasse. Ça pourrait te faire gagner du temps.

– Merci, messire Marsolet! Je savais qu'un homme tel que vous pourrait admettre un arrangement comme celui que je vous propose. Êtes-vous en mesure de signer un billet céans?

– Tu ne veux pas aller voir avant?» fit Marsolet en s'esclaffant.

Mon empressement semblait beaucoup l'amuser et je me contentai de lui sourire en guise de réponse. Toujours hilare, le seigneur de Bellechasse se leva tranquillement, se dirigea vers un cabinet de bois noir et en ouvrit quelques tiroirs avant de mettre la main sur ce qu'il cherchait : du papier et de l'encre.

« Balan, je pense tout de même que tu devras te rendre là-bas avant d'utiliser ce billet comme preuve que tu es un habitant. Les marieuses des filles du roi sont assez pointilleuses sur l'état des friches et de la maison des maris postulants. Elles demandent force précisions sur ces aspects et gare à ceux qui tentent de les flouer!

– Oui, je sais, admis-je. Les donzelles n'hésitent pas à renier leur contrat pour en signer un autre qui leur paraît plus avantageux. Si on n'a pas grand-chose à offrir, il faut user de séduction.

– Hé, hé! Que voilà une ambition hardie, Balan! Je te souhaite bonne chance! s'exclama Marsolet. Enfin, empressons-nous de te concéder par écrit cette terre que tu ne veux pas voir... » Le vieux seigneur reprit place derrière sa table et commença la rédaction du billet que je sollicitais. Je profitai du moment pour examiner la pièce. Elle reflétait la qualité de marchand prospère de son hôte. Beaucoup de boiseries lustrées, un tapis de laine, des armoiries aux murs, des meubles bourrés de crin, un grand miroir, des fauteuils et des guéridons de différentes formes et dimensions et un tableau plus large que haut, présentant une scène religieuse. « Quel plaisir, pensai-je, de relever d'un seigneur pourvu d'autant de richesses! »

Messire Marsolet souffla sur l'encre fraîche avant de plier la feuille, puis me la tendit en souriant d'un air narquois: « En sortant d'ici, tu pourras déjà pratiquer ton charme chez mon deuxième voisin à l'ouest: la veuve Bourdon, madame Anne Gasnier, est accompagnatrice de filles du roi dans les traversées La Rochelle-Québec et elle en héberge quelques-unes chez elle: les plus belles et les plus capricieuses du contingent, à ce qu'on dit…

— Je n'y manquerai pas, messire, frondai-je.

— Quant à moi, il ne me reste plus qu'à aviser Berthier de ton prochain établissement à l'anse Bellechasse. Ça va l'enchanter. Il recrute activement des colons depuis des mois et il a même débauché un métayer à l'île d'Orléans pour le représenter sur la seigneurie. Le bonhomme s'appelle Quelvé: adresse-toi à lui pour la cabane abandonnée. »

Marsolet prit congé de moi avec bonne humeur. La minute d'après, le cœur léger, je passais le seuil de sa porte en glissant le précieux pli dans ma gibecière. La première étape de mon plan était couronnée de succès!

*

Le soleil avait commencé à descendre et ses rayons pénétraient à profusion par la fenêtre de la vaste chambre. Comme de coutume, nous attendions ensemble d'être appelées pour le repas du soir tout en devisant sur les événements de la journée. Mes amies m'avaient pressée de raconter ma visite chez l'intendant avant de rapporter leurs entrevues avec les hommes célibataires. Anne Philippe s'était assise sur le lit tout près de moi; Catherine Laîné, sur le sien, refaisait l'inventaire de son coffret pour la énième fois; et Françoise Grossejambe se tenait à la fenêtre, son poste d'observation favori. J'avais presque fini mon récit, quand Françoise s'écria tout à coup: «Venez voir: un Indien aux cheveux blonds dans l'allée!» D'un même mouvement, nous nous transportâmes à ses côtés et regardâmes par la fenêtre grande ouverte. Parlant avec un domestique de madame, un individu tout habillé de cuir frangé portait un mousquet et une gibecière en bandoulière et était chaussé de bottes mocassins bordées de perles. Il était décoiffé et une longue natte blonde pendait dans son cou puissant à la peau cuivrée. Imitant son interlocuteur qui pointait la fenêtre, l'homme leva la tête dans notre direction et nous aperçut. Ahurie, je reconnus Pierre Balan. «Dieu du ciel, laissai-je échapper, tante Sarah avait tort: il s'est fait coureur des bois!» Mes amies me dévisagèrent avec un regard médusé. Avant de commenter ma réaction, je pris soin de m'éloigner de la fenêtre. Catherine et Anne me suivirent, mais Françoise demeura sur place, contemplant à loisir mon galant de La Rochelle.

«Cet homme n'est pas un Indien, malgré son apparence, dis-je. Je le connais. En fait, c'est tellement inouï de le revoir ici… Il s'appelle Pierre Balan. Je l'ai croisé à La Rochelle il y a des années, alors qu'il s'embarquait pour les Antilles comme soldat sous les ordres du général Tracy. Dans les années qui ont suivi, tante Sarah et moi avons tenté d'imaginer ce qu'il était advenu de lui…

— Est-ce l'homme que tu recherches en Nouvelle-France? demanda alors Anne.

— Comment, s'exclama Catherine, tu es venue retrouver un homme ici?»

Françoise quitta la fenêtre et nous rejoignit aussitôt. Muettes de stupéfaction, mes amies me dévisageaient, mille questions en tête dans l'attente d'une plus ample explication de ma part. Je jetai un regard lourd de reproches à Anne, à laquelle j'avais confié une partie de mon projet secret. Elle eut une moue de repentir et détourna les yeux. Désormais, je n'avais guère d'autre choix que de révéler les intentions qui avaient motivé mon inscription au programme des Filles du roi. Mon talent de conteuse vint à la rescousse pour leur dévoiler mon embarrassante situation de fiancée délaissée et mon sentiment amoureux tenace. Mes amies se passionnèrent tellement pour mon histoire avec Hélie Targer qu'il ne fut plus question que de lui dans la chambre, Pierre Balan perdant derechef tout intérêt. Mes trois compagnes promirent de rester muettes devant madame au sujet de mon fiancé rochelais si je leur permettais de participer à mes recherches. Nous scellâmes le pacte en nous baisant les joues, puis descendîmes à la salle pour le repas du soir.

À table, madame Gasnier fut de très belle humeur. Elle épilogua sur les entretiens qui avaient eu lieu entre Anne, Catherine, Françoise et leurs visiteurs, incitant mes amies à partager leurs impressions. J'écoutais d'une seule oreille les questions et les réponses en me demandant avec une certaine inquiétude si Pierre Balan était venu voir quelqu'un de la maison ou Anne Gasnier, dans quel but et, le cas échéant, si cette dernière l'avait reçu. Je n'étais pas convaincue d'avoir été reconnue par l'ancien soldat et je ne souhaitais surtout pas que notre familiarité soit découverte par notre hôtesse. Heureusement, celle-ci ne parla pas de lui, ce qui laissait croire qu'elle n'avait pas eu connaissance de sa venue. Dès lors, je mangeai avec plus d'appétit et me mêlai à la conversation.

«Vous avez raison, Catherine, dit madame. Monsieur Mesny ne surestime pas la qualité des terres de l'île d'Orléans.

D'ailleurs, elles sont les plus avancées en culture dans toute la Nouvelle-France; trois chapelles et deux moulins sont bâtis et le service religieux est dispensé chaque semaine. C'est un endroit idéal pour fonder un foyer, l'un des meilleurs non loin de Québec.

– Mais, argua Anne, c'est une île coupée des rives par les glaces en hiver, madame. N'est-ce pas un peu trop isolé?

– Pas tant que cela, répondit notre hôtesse. Il faut savoir que l'île d'Orléans est assez peuplée. Elle compte les premières seigneuries du pays, et les plus productives. Les familles de censitaires n'ont pas le temps de chômer, quelle que soit la saison. Les habitants qui quittent occasionnellement l'île pour venir à la ville vendre leurs denrées sont, dans les faits, peu nombreux. Cela dit, je comprends votre commentaire, Anne. J'ajouterais même que Catherine, si elle accepte monsieur Étienne Mesny, aura la chance de côtoyer des voisins plus proches que ceux de Françoise, par exemple.

– Pourquoi dites-vous cela? s'enquit Françoise.

– Si vous acceptez la proposition de monsieur Boissy dit Lagrillade, Françoise, vous irez vivre sur la côte sud, là où il y a très peu de lots concédés. D'après monsieur Boissy, ses voisins sont éloignés de plusieurs arpents et la plus proche chapelle est située à trois lieues de là…

– Peu importe! coupa Françoise. Monsieur Boissy est fort bel homme, il possède une grande barque et il va et vient comme ça lui plaît. En plus, il est pâtissier et il se rend à Québec plusieurs fois par mois. Des gâteaux, des galettes, des pains de miel, une odeur de pâte chaude qui flotte dans la maison à longueur de jour… Quel besoin aurais-je d'une grande société ou d'une chapelle quand je jouis d'une ambiance aussi charmante chez moi? »

Je vis que madame se retenait de rire. Catherine me glissa un regard amusé, mais ne dit mot. Anne, que la question de l'isolement sur une terre préoccupait, ne sembla pas relever la cocasserie. «Je présume que le fait d'être ancien soldat est un avantage pour un homme qui travaille sur un lot entouré de forêts. Il saurait mieux qu'un autre se défendre contre une attaque, poursuivit-elle.

– Évidemment, un célibataire qui était soldat avant d'être habitant, comme c'est le cas pour bon nombre d'hommes ici, connaît bien le maniement des armes. Cependant, cela ne veut pas dire qu'il aura à s'en servir contre des Indiens sur sa terre, si c'est à cela que vous pensez. En fait, il va utiliser son mousquet pour des exercices de milice, sans plus. Quant aux anciens soldats qui se sont faits coureurs des bois au lieu de prendre une terre, ils ne peuvent pas épouser une fille du roi, précisa madame.

– Donc, si je comprends bien, madame Gasnier, un ancien soldat doit se faire habitant pour demander une fille du roi en mariage, avançai-je.

– Voilà! Bien que les anciens soldats soient particulièrement visés par l'administration pour s'établir sur une terre et fonder un foyer en épousant une pupille du roi, les autres célibataires dans la colonie sont invités à en faire autant. On le voit avec monsieur Boissy qui exerce un métier tout en étant titulaire d'un lot, et le prétendant d'Anne, monsieur Desbaupins, qui est dans une situation similaire. Les gens de métier ne sont pas du tout écartés, surtout s'ils défrichent une concession», dit madame.

Je souris d'aise en entendant cette merveilleuse précision. Ainsi, mon statut de fille du roi permettait à Hélie de m'épouser tout en l'interdisant à Balan, si ce dernier était bien coureur des bois, comme son accoutrement le laissait supposer. À force d'entendre parler des habitants autour de moi, mon désir d'épouser un maître artisan s'affermissait. Même si une petite voix me disait que mes recherches pour retrouver Hélie en Nouvelle-France pourraient s'avérer vaines, je me gardais d'envisager un autre destin que celui d'épouse d'artisan. Étrangement, le souvenir de Barbe besognant seule sur son exploitation et l'idée que je subirais le même sort commencèrent à me hanter ce jour-là.

Consciente que mes compagnes de traversée avaient un esprit plus ouvert que le mien face à leur vie future en Nouvelle-France, je me forçai à m'intéresser à leurs propos. Madame Gasnier s'adressait toujours à Anne qui n'était pas bien rassurée : « Anne, ma chère, il n'y a pas lieu de s'inquiéter au sujet des lots que les célibataires exploitent. D'abord, leur situation : chaque censive a front sur le fleuve. Ensuite, tous les habitants possèdent au moins un canot pour se déplacer. Avec monsieur Desbaupins, vous ne craignez rien. Comme tous les Nantais, il a l'habitude de naviguer sur les cours d'eau...

– Monsieur Desbaupins est peut-être bon navigateur, coupa Françoise, mais il est néanmoins outrageusement rouquin et très trapu. Anne pourrait espérer beaucoup mieux que ce Breton, à mon avis. » Encore une fois, le commentaire saugrenu de la jeune Françoise fit sourire Catherine et moi-même, suscita un mouvement d'impatience chez notre hôtesse et plongea ma pauvre Anne dans l'embarras.

Au moment du coucher, comme nous partagions le même lit, je questionnai Anne sur l'allure du dénommé Desbaupins que je n'avais pas vu et que Françoise trouvait disgracieux. « Il n'est pas si vilain : pas aussi joli que Pierre Balan et peut-être beaucoup moins que ton Hélie, mais je n'ai rencontré que lui. Il y a d'autres célibataires. Rappelle-toi leur nombre sur le quai, à notre sortie du bateau. Ne sommes-nous pas censées avoir le choix entre plusieurs partis ? Dois-je attendre que monsieur Desbaupins fasse une demande et que je la refuse pour pouvoir fréquenter quelqu'un d'autre ? À vrai dire, je le trouve un peu trop vieux et austère et j'ai parfois du mal à comprendre son accent.

– Toi, tu as distingué un jeune homme sur le quai pour parler ainsi, insinuai-je.

– Il se peut… J'ai eu le temps d'observer un gars là-bas et nos regards se sont croisés à plusieurs reprises. Je lui ai trouvé un air de sincérité, pas du tout comme ce Boissy dit Lagrillade qui jette de la poudre aux yeux avec son beau tricorne, ses souliers à rubans et sa cravate de soie. Ces hommes-là ont trop fière allure pour ne pas cacher un ou deux défauts dont une femme a du mal à s'accommoder. »

Ne pouvant juger de l'apparence de Boissy parce que je ne l'avais pas plus vu que Desbaupins, je n'ajoutai rien au commentaire d'Anne. Cependant, je notai avec intérêt que mon amie voulait se donner la chance de retrouver un homme qu'elle avait remarqué. « Tu as raison en ce qui concerne le choix d'un mari : nous l'avons toutes. Tu as certainement le droit de voir plusieurs prétendants et je t'encourage à en parler à madame. Elle est là pour faciliter les rencontres souhaitées et pour repousser les indésirables. Cela dit, il n'est pas sûr que tu seras courtisée par celui que tu as vu au débarquement, si madame congédie monsieur Desbaupins », dis-je. Anne n'ajouta rien et devint songeuse. « Tu trouves Pierre Balan bel homme ? demandai-je, pour relancer la conversation.

– Oh, je l'ai à peine entrevu ! Ses vêtements, aussi bizarres qu'ils soient, lui allaient bien, ils soulignaient avantageusement sa stature. Et puis, des yeux et des cheveux aussi pâles avec un teint aussi hâlé, c'est un contraste agréable à regarder. Il devait avoir fière allure dans l'habit militaire…

– En effet, répondis-je. J'avoue qu'il ne m'a pas laissée indifférente, mais tu ne l'aimerais pas si tu le connaissais : c'est le genre d'homme comme le prétendant de Françoise, beau parleur, très entreprenant et sûrement frivole. »

*

Un petit vent frais se leva dès que le soleil tomba à l'horizon et il me fit apprécier ma veste de daim. Malgré l'à-propos du domestique de la veuve Bourdon concernant ma tenue négligée, je me sentais bien dans les vêtements montagnais. Aurais-je vraiment à les changer contre un justaucorps de drap à la seule fin de courtiser Renée Biret? Cela me semblait superflu tant j'étais certain de mon charme sur la belle Rochelaise, car c'était bien elle que j'avais aperçue à la fenêtre de la gouvernante des filles du roi. J'en étais d'autant plus persuadé que cette apparition venait confirmer l'autre, survenue un peu plus tôt, dans la rue Saint-Louis. Cependant, ma conversation avec le domestique m'avait montré l'importance des manières pour obtenir une audience avec une fille à marier. Sur ce point, il avait raison et je décidai de mieux préparer le terrain, car le billet de Marsolet n'était certes pas l'élément le plus attrayant de mon opération de séduction.

Impatient de fourbir mes armes pour un premier assaut galant, je redescendis presque au pas de course à la basse-ville. Les échoppes fermaient les unes après les autres dans la rue Sous-le-Fort et, en arrivant devant le cabaret de Jean Lefebvre, je décidai de remettre au lendemain l'achat d'un tricorne et de souliers français. Mon entrée dans l'établissement fut accueillie bruyamment par une tablée d'anciens compagnons d'armes que je n'avais pas revus depuis longtemps, dont Pierre Joncas dit Lapierre et François Bacquet dit Lamontagne, qui m'invitèrent à boire avec eux. «Tu viens tout juste de manquer Akaroé, dit François. Il te fait dire qu'il va à la mission de Sillery pour quelques jours. Alors te voilà devenu coureur des bois, à ce qu'il paraît!

– Puisque vous savez tout, je ne le nierai point, répondis-je en faisant l'accolade à mes amis.

– On dit aussi que tu te cherches une terre et une femme, renchérit Joncas.

– J'ai déjà trouvé la terre… et je pense bien avoir déniché la femme aussi. Et vous qui êtes habitants, êtes-vous mariés? »

Cette épineuse question ne sembla pas troubler les gars autant que je l'avais cru. Joncas souhaitait épouser une élève des ursulines dont le père, Robert Boullay, exploitait une terre à l'île d'Orléans. L'assurance avec laquelle mon ami en parlait signifiait qu'il fondait des espoirs raisonnables sur la conclusion de l'affaire. François Bacquet, quant à lui, voulait solliciter une entrevue avec une fille du roi et il était moins certain d'aboutir avec elle que Joncas l'était avec sa promise. « Je savais qu'il fallait faire une demande le plus tôt possible, expliqua-t-il. Les filles s'envolent dès leur descente de bateau. J'étais sur le quai Champlain, moi aussi, et j'en ai repéré une… merveilleuse: c'est un ange aux yeux bleus. Je ne pouvais détourner mon regard d'elle et je crois qu'elle m'a remarqué. Plus tard, quand j'ai su qu'elle logeait chez madame Anne Gasnier et qu'elle était déjà courtisée, j'ai compris qu'elle m'échapperait si je ne me présentais pas au plus vite.

– Madame Gasnier, tu veux dire la veuve Bourdon, la gouvernante des filles du roi? m'enquis-je.

– Si fait! Son domaine jouxte celui de Pinguet, rue Saint-Louis…

– Je le sais, j'en viens! Par ma foi, François, nous butinons dans le même jardin! m'esclaffai-je.

– Toi, Pierre Balan dit Lacombe, tu sollicites l'attention d'une fille chez madame Gasnier? Je ne peux concevoir une telle chose, avança François.

– Pourquoi pas? Suis-je si disgracié que je ne puisse plaire à ces mignonnettes? Dis-moi vite comment on s'y prend pour entrer dans les bonnes grâces de leur redoutable gardienne », lui répondis-je.

Le plus sérieusement du monde, François dévoila le plan d'attaque échafaudé pour mettre toutes les chances de son côté afin de décrocher l'entrevue avec son ange. Je saisis que ce plan reposait sur trois éléments, dont deux auxquels il œuvrait depuis un bout de temps : la construction d'une maison digne de ce nom et la mise en valeur rapide d'un premier arpent de terre. Le troisième élément était plus récent et semblait l'emporter sur les deux autres : l'intervention de son futur seigneur, Morel de La Durantaye. Cette information me dégoûta un peu. Qu'un capitaine retourné en France en laissant ici nombre de ses soldats revienne tout bonnement au pays et brigue une des plus grandes seigneuries de la côte sud, passe toujours. Mais qu'un brave gars comme François s'échine sur une terre durant l'absence dudit seigneur et doive recourir à lui pour trouver une épouse qu'il mérite par ailleurs, voilà qui m'apparut bien ingrat.

Pierre Joncas voulut savoir comment j'arriverais à obtenir la permission de courtiser une fille chez la veuve Bourdon et je lui expliquai que je comptais pousser mon affaire seul, sans l'intercession de la marieuse. « Impossible ! lâcha François. Ce sont les filles les mieux gardées qui soient. On ne peut pas faire leur connaissance sans y avoir été invité… Je dirais même sans avoir au préalable été "sélectionné".

– Et si je connais déjà la fille ? dis-je. Pas seulement son nom, mais sa figure, son âge, sa paroisse d'origine, et même son père, ne puis-je pas manœuvrer de mon propre chef ?

– Écoute, Balan, on connaît bien tes frasques. Tu nous roules dans la farine avec tes sempiternelles histoires galantes, soupira Pierre Joncas.

– Pas du tout ! fis-je. Je vais épouser quelqu'un dont tu devrais te souvenir, Joncas, puisqu'il s'agit de Renée Biret, fille de Jean Biret, de la paroisse Notre-Dame-de-Cougnes, la plus jolie brunette aux yeux noirs de La Rochelle. Si tu ne me

crois pas, je suis prêt à mettre cinq livres tournois en gage!»
Cette fois, un tollé s'éleva dans la salle. Je regardai l'assemblée des buveurs et leur présentai un sourire narquois qui
relança le chahut. Le gendarme d'Orléans était de retour
chez Jean Lefebvre!

Le lendemain, sur les conseils de François, qui attendait
l'occasion de solliciter une entrevue avec son ange, je décidai
d'aller examiner mon lot de plus près. Je m'imaginais déjà
bombardé de questions par une Renée Biret enquiquineuse à
souhait parce que courtisée par des gars «sélectionnés»,
moins fringants mais plus besogneux que moi. Dans le salon
de la gouvernante des filles du roi, il ne fallait surtout pas
avoir l'air d'un ignorant qui ne pouvait rien décrire de son
fief parce qu'il n'y avait jamais mis les pieds. Je remis donc à
plus tard l'achat d'une tenue de courtisan et je descendis le
canot à l'eau, au bout du quai Champlain. Sans Akaroé, je
manœuvrais l'embarcation moins efficacement, aussi atteignis-
je l'anse Bellechasse assez tard.

Le père Quelvé, qui était à la pêche, m'accueillit sur la
grève. Quand il sut de quelle commune en France je venais,
il se mit à me parler en patois. «On est des gars du même
pays, me dit-il. J'ai pas souvent la chance d'en rencontrer ici,
alors, causons.» Mathurin Quelvé accepta volontiers de me
montrer le lopin de terre où une cabane était vacante. Les
pieds enfoncés dans le sable vaseux, le nez pointé vers la côte
et le bras balayant l'air nonchalamment, il indiqua les limites
de la concession de Marsolet, laquelle couvrait un quart de
lieue sur front de fleuve. Parmi les quatre toits qui émer-
geaient du coteau, il me pointa celui de la cabane abandonnée: «Vas-y seul, me dit-il. Moi, je ne monte pas jusque-là.
Tu reviendras après ton inspection et, si tu veux, tu passeras
la nuit ici. Les enfants ont chassé la tourte au filet et la récolte
est excellente: on va se régaler ce soir. La tourte au pot avec
des herbes, c'est imbattable!»

« – Je ne dis pas non à l'invitation, répondis-je. J'amarre le canot plus loin pour que la marée de nuit ne l'emporte pas et je vais faire ma visite tout de suite. »

Mis à part le chaume de la toiture qui était entièrement à refaire, la cabane était habitable. Les murs faits de pieux horizontaux imbriqués semblaient solides, la cheminée de terre était un peu vilaine, mais l'âtre dallé de pierres plates offrait une belle profondeur. Les intempéries avaient creusé des rigoles et des trous dans le sol de terre battue dénudé de tout mobilier. Aucune paillasse, aucune huche ou aucun tabouret, même cassé, n'occupait la place. J'entendais déjà Renée Biret regretter son charpentier de fiancé qui lui aurait fabriqué une panoplie de meubles en moins de temps qu'il n'en faut pour crier lapin. « Elle devra se contenter d'une installation réduite pour commencer notre ménage », me dis-je. Du coup, je revis le mouvement de recul de la belle quand elle m'avait reconnu dans l'allée de la veuve Bourdon et je me demandai si Hélie Targer avait refait surface et s'il régnait toujours sur son cœur. « Ils ont pu utiliser ce moyen détourné du programme des Filles du roi pour faire venir Renée en Nouvelle-France sans défrayer le passage, songeai-je. Mais pourquoi diable ne l'auraient-ils pas fait avant ? Au moins huit ans de fiançailles se sont écoulés, c'est un peu long, non ? Si tel est le cas, Hélie Targer possède une persévérance que je n'ai pas et Renée Biret est une femme étonnamment patiente. »

Abandonnant cette énigme, je ressortis de la cabane. Je promenai un regard désabusé sur la terre en jachère et j'évaluai sommairement l'ouvrage. À quelques toises se dressaient les ruines de ce qui avait dû être l'étable : ce n'était plus qu'un amas de mauvaises planches à moitié pourries. Un méchant puits s'élevait sur le côté de l'habitation, dépourvu de toit, de corde et de seau. Au loin, la ligne des arbres debout marquait la fin du champ et le début de la réserve de bois de chauffage. Je détournai les yeux de ce spectacle désolant. Avec morosité, j'estimai à six mois le travail à fournir par un homme seul afin de mettre la ferme en état de fonctionner. Puis, d'un pas nettement moins leste, je rejoignis la famille Quelvé. L'air était doux et embaumé par l'odeur des conifères. Les oiseaux de mer avaient cessé leur vacarme et ils se rassemblaient sur les rochers noirs avec lesquels leur plumage blanc faisait contraste. À l'ouest, les feux du soleil couchant auréolaient de rose les eaux miroitantes du fleuve; au nord se découpait la chaîne des monts bleutés plongés dans l'ombre. Je contemplai tout cela, presque amorphe. En une autre occasion, je me serais émerveillé devant tant de beautés, mais l'humeur n'y était pas. Insidieusement, je me mis à douter de la valeur de mon lot pour obtenir une des filles à marier avant l'hiver. Quant à la conquête précise de l'une d'elles, cela me parut de plus en plus improbable: Renée Biret n'était certainement pas femme à s'arranger de si peu et, surtout, j'en avais le pressentiment, elle s'était embarquée pour la Nouvelle-France dans le but de retrouver son fiancé. Il m'apparut judicieux de me renseigner soigneusement avant de poursuivre l'idée de la courtiser.

En soirée, le père Quelvé m'instruisit de tout ce qu'il savait de l'exploitation d'un lot: le moment des labours et celui des moissons; la quantité de bois requise pour les feux de cuisson et le chauffage; la force de travail des animaux en proportion de leur consommation de fourrage; l'acquisition des outils indispensables à l'ouvrage et l'emprunt de ceux qui ne servent qu'occasionnellement. En écoutant le brave homme, je mesurai à quel point la tâche serait lourde avant de transformer le lopin en une terre qui soit suffisante pour fonder un foyer. Il était hors de question que je sollicite l'aide d'Akaroé pour ce fardeau, car je savais par avance qu'il ne voudrait pas. Gratter la terre, comme il disait, était encore moins dans sa nature que dans la mienne. Ainsi, j'écartai définitivement la possibilité d'un mariage avant l'hiver et je m'endormis sur cette pensée navrante : me résigner à ce que la deuxième étape de mon plan ne puisse être mise à exécution dans l'immédiat.

CHAPITRE X

Automne 1671, Québec

Madame Gasnier déplaça un vase sur le guéridon, fit quelques pas jusqu'à la fenêtre dont les carreaux dégoulinaient de pluie, puis, toujours silencieuse, revint s'asseoir devant moi en m'opposant un air fâché. J'inspirai profondément pour calmer mon anxiété tout en cherchant une réponse qui ne la contrarie pas davantage. Une bûche bascula dans l'âtre et je profitai du moment où mon hôtesse regardait la gerbe d'étincelles pour parler. «Je sais que vous ne comprenez pas mon hésitation, madame, et vous avez raison. C'est absurde, mais je préférerais attendre que mes amies soient mariées pour commencer les rencontres avec les célibataires que vous sélectionnez à mon intention. Je vois que cela vous déçoit et j'en suis consternée.

– Si les engagements de Catherine, d'Anne et de Françoise vous préoccupent au point de vous dérober aux entrevues que je veux organiser pour vous, nous avons alors un problème tout à fait passager, ce qui me soulage beaucoup, répondit madame.

– Qu'entendez-vous par là? fis-je.

– Françoise convole à la fin du mois; Catherine a décidé de revenir à son premier prétendant pour un second entretien, on sait ce que cela signifie; et votre chère amie Anne est sur le point de signer un contrat, mais elle tergiverse. Monsieur Desbaupins est si déterminé qu'il a manœuvré pour être son seul prétendant et s'il réussit, les noces vont suivre promptement.

– Je vois, admis-je. Pour Françoise, je le savais, bien sûr. Comment ignorer ce qu'elle claironne depuis deux semaines? Mais Catherine a vu tellement d'hommes depuis septembre que je n'en tiens plus le compte. Elle est d'ailleurs discrète et ne se confie qu'à vous.

– Il n'en va pas de même avec Anne, n'est-ce pas? Vous êtes très proches l'une de l'autre. Vous pourriez sans doute m'éclairer sur ses hésitations, Renée.

– Au moment de notre débarquement à Québec, Anne a aperçu un homme qui lui a beaucoup plu et je pense qu'elle souhaiterait le revoir. Par contre, elle ne sait pas comment s'y prendre. Elle croit que vous tenez beaucoup à ce qu'elle accepte monsieur Desbaupins.

– Il est vrai que ce Breton est un excellent parti. Mais si Anne pense avoir une inclination pour quelqu'un d'autre, et que ce quelqu'un d'autre se manifeste pour la voir, je pourrais certainement les faire se rencontrer», soupira madame. Heureuse qu'il ne soit plus question de moi, je poursuivis: «Anne trouve monsieur Desbaupins trop vieux et trop rigide. Elle fait confiance aux premières impressions pour juger d'un homme et l'individu sur le quai Champlain a gagné sa faveur au premier coup d'œil.

– Oh, les coups d'œil, les œillades! Il faut s'en méfier plus que tout le reste, lança madame. Ce n'est pas avec cela qu'on forme un bon ménage. Cependant, j'avoue qu'éprouver de l'affection et même de l'attirance pour son mari peut adoucir et enjoliver le quotidien.

– C'est aussi mon avis. Puisque nous parlons de cela, permettez-moi de vous avouer combien j'aimerais être amoureuse de celui que je vais épouser. Ce souhait, que nous avons toutes, d'ailleurs, n'entre pas souvent en considération dans les mariages conclus avec les filles du roi…

– Puisque nous parlons à cœur ouvert, laissez-moi vous poser une question», dit madame, sur un ton si léger qu'il me mit en alerte. À la façon dont elle me dévisagea, j'eus le pressentiment qu'elle en savait beaucoup plus qu'il n'y paraissait. J'inclinai la tête pour cacher mon émoi et pour signifier mon intention de me soumettre à l'interrogatoire.

Mon hôtesse se leva et recommença à arpenter la pièce d'un pas élégant et décontracté. Tendue, je me concentrai sur l'ondulation de ses jupes accentuée par l'ample vertugadin qui leur faisait frôler chaque meuble. Madame ne me questionna pas immédiatement, mais elle prit soin d'énoncer ce qu'elle avait découvert çà et là à mon sujet. Chez sa bonne amie Élizabeth Étienne, elle avait appris l'existence du fiancé huguenot en Nouvelle-France; chez messire Jean Talon, elle avait glané les informations sur lesquelles portaient mes recherches auprès de lui, à savoir l'endroit où se trouvaient les charpentiers trente-six mois arrivés à Québec en 1659; enfin, par une indiscrétion de notre chère Françoise Grossejambe, Anne Gasnier connaissait le nom d'Hélie Targer. Au bout de sa course et de son exposé, elle me fit de nouveau face. «Venons-en maintenant à ma question, poursuivit-elle, d'une voix cassante. Renée Biret, tentez-vous de gagner du temps avec moi en vous soustrayant à mes efforts pour, ainsi, pouvoir retrouver ce protestant à Québec?»

Mon incapacité à répondre fit planer un lourd silence. Plus il se prolongeait, plus il indisposait mon interlocutrice et plus il me paralysait. Lorsqu'il fut bien installé, madame, en s'assoyant, le rompit. Au lieu de m'abreuver de reproches, elle discourut sur les mises en garde de monseigneur de Laval, l'année précédente, à propos des protestants qui se rassemblent, tiennent des discours séduisants et font circuler des livres proscrits. «Vous devez vous en douter, Renée Biret, il est absolument hors de question qu'une fille du roi épouse un protestant qui refuse d'abjurer sa religion. Si telle est néanmoins votre intention, comme votre silence le laisse présager, vous serez retirée du programme, vous ne bénéficierez plus des largesses de notre bon sire le roi et je ne pourrai pas vous garder sous mon toit. Comprenez-vous bien ce que cela implique?

– Oui, madame, dis-je.

– Êtes-vous déterminée à continuer de repousser quelque demande en mariage obtenue par moi avec un célibataire de ma sélection?

– Oui, madame.

– Je ne vous cache pas que je suis extrêmement déçue par la mascarade à laquelle vous vous êtes prêtée depuis La Rochelle et je suis convaincue que messire Talon la réprouvera également.

– Bien sûr, madame. Je suppose qu'il est inutile de dire combien je suis désolée. Cela n'arrange rien. Cependant, sachez que je suis sincèrement mortifiée de perdre votre amitié et celle de messire Talon de cette manière. J'ai agi sans intention de nuire ou de vous abuser et j'espère n'avoir causé aucun autre désagrément que celui d'avoir bénéficié d'un passage pour la Nouvelle-France qui aurait pu aller à une autre. Je vais vous rendre le coffret, naturellement…

– Ah, le coffret! Pourquoi me parlez-vous de coffret? Voyez plutôt le mauvais pas qui vous fait tomber en disgrâce. Grand Dieu, quel projet insensé et déloyal que le vôtre! Êtes-vous absolument certaine de vouloir poursuivre dans cette veine, Renée? Réfléchissez-y bien. Où irez-vous en quittant ma maison?

– Je n'en sais rien, madame. À part vous, messire Talon et mes compagnes de traversée, je ne connais personne à

Québec. Si j'osais, je vous demanderais une faveur… que je suis grandement consciente de ne pas mériter.

– Laquelle?

– Voudriez-vous attendre que mes amies soient mariées avant de me chasser de chez vous? Tout à l'heure, vous sembliez tellement sûre que leurs épousailles ne tarderaient point. Ainsi, j'aurais le temps de me retourner… »

Madame Gasnier ne répondit pas tout de suite, mais elle se leva et marcha jusqu'à la fenêtre en réfléchissant. Cette fois, je fermai les yeux en priant tous les saints pour obtenir une réponse positive. Mon enquête piétinait et il ne me restait guère plus que la piste de Simon Pépin à explorer. Hélas, ce dernier avait apparemment quitté Québec après son mariage à l'église Notre-Dame et on ne savait trop s'il s'était établi à Neuville, à Beaupré ou à l'île d'Orléans.

Lorsque la voix de madame s'éleva, une giclée de pluie s'abattit sur la vitre de la fenêtre devant laquelle elle demeura et je dus tendre l'oreille pour ouïr ses paroles : « Votre cran est admirable, Renée Biret. Si, si, je vous assure, j'apprécie les gens qui font preuve de persévérance et d'audace pour réaliser leurs désirs. S'énamourer est une chose instantanée qui est assez banale, mais maintenir un degré d'attachement assez fort pour poursuivre un fiancé au-delà de l'océan, voilà qui est tout à fait exceptionnel. Quel dommage que l'objet d'une constance aussi prodigieuse soit un huguenot! Quel gaspillage d'énergie!

– Vous trouvez vraiment, madame?» fis-je, avec sincérité.

Anne Gasnier se retourna et me dévisagea longuement, puis un sourire discret se dessina sur ses lèvres. «Vous pouvez rester ici jusqu'à ce que vos amies soient parties… et gardez le coffret. Il vous sera utile, car je suis certaine que vous finirez par fonder un foyer, Renée Biret, avec votre fiancé protestant ou avec quelqu'un d'autre. Peut-être avec cet ancien soldat qui insiste tant pour obtenir une entrevue avec vous en dépit du peu qu'il offre et de sa réputation exécrable.

– Un ancien soldat qui me demande? fis-je, médusée.

– Si fait! Le plus curieux, c'est que le gaillard prétend avoir fait votre connaissance et celle de votre défunt père à La Rochelle et qu'il vous aurait même courtisée là-bas. Lorsqu'il a soutenu avoir la recommandation personnelle de messire Jean Talon, j'ai immédiatement soupçonné une tromperie et cela a suffi pour le congédier. Voilà pourquoi je n'ai pas cru bon de vous en parler. Par contre, vous pourrez toujours vous tourner vers ce bonimenteur si votre projet échoue. Il s'appelle Pierre Balan dit Lacombe et je le crois assez toqué pour revenir à la charge si, d'aventure, il apprend que vous êtes libre… »

*

L'arbre craqua plus haut que l'entaille. Je désengageai aussitôt le fer de la hache coincé dans la chair et je fis un bond de côté, juste à temps. L'écorce se fendit sur la longueur d'une toise et l'arbre s'ébranla doucement avant de casser net. Au lieu de tomber dans l'espace libre que j'avais prévu, il bascula sur le côté opposé et fut retenu dans sa chute par un bouquet de bouleaux qui en maintint le faîte hors de portée de mon outil. «Mauvais calcul… encore une fois», songeai-je avec dépit. Pour ajouter à ma morosité, une pluie froide commença à goutter. Je ramassai mes affaires et allai m'abriter sous un pin pour ronger mon frein.

Sur ce lot abandonné qui était maintenant mien, tout concordait à me rendre la tâche ardue. La coupe du bois s'avérait plus pénible que je l'avais imaginé et la réparation du toit de la cabane n'avait pas été un succès. Plusieurs manques dans le chaume laissaient passer l'eau, qu'en adviendrait-il sous la neige? Au-delà de ces ennuis, le travail en solitaire me pesait cruellement. La défection d'Akaroé, bien que j'en comprenne les raisons, m'affligeait plus que tout. Lors de ma dernière sortie à Québec, j'avais assisté à son départ pour Montréal avec un groupe qui s'apprêtait à faire une expédition vers les Pays d'en haut. Mon ami n'avait pas été très loquace, comme à son habitude, mais j'avais néanmoins décelé de la tristesse dans son regard quand nous nous étions salués. Pour ma part, je n'avais pas cherché à dissimuler ma peine et, n'avait été la présence de témoins gênants sur le quai, j'aurais sûrement versé quelques larmes.

Ce qui me restait de notre association se résumait à peu de choses : cinq pièges à castor, un à ours, un abri de peaux, une marmite et le canot. Avec la vente de mes dernières pelleteries s'ajoutèrent à mes possessions un coffre ferré, une couverture, un châlit avec son sac de toile bourré pour paillasse, deux jattes et une chaudière à eau. Ce fatras gisait maintenant dans le seul coin sec de la cabane. Avec les planchettes résultant de l'équarrissage des arbres, je comptais bâtir un banc, une huche pour mettre le lard et une boîte assez haute pour ranger les outils, les pièges et le fusil et, éventuellement, me servir de table. Pour l'heure, ces fabrications étaient en suspens, car je me consacrais entièrement à la coupe du bois pour l'hiver.

Tout en regardant la pluie tomber d'un œil morne, je repensai à ma rencontre avec messire Talon qui m'avait reçu au palais sans tergiverser. Mieux que mes compagnons d'armes devenus habitants et mieux encore que le bavard domestique de la veuve Bourdon, l'intendant de la Nouvelle-France me brossa un portrait austère de ma vie à l'anse Bellechasse. En sortant de cette entrevue, je mis en veilleuse mon ambition de me marier. Ce jourd'hui, devant l'ennuyante et fastidieuse besogne qui m'incombait, je réalisai combien ces hommes avisés avaient eu raison de me parler aussi franchement. Bien que le labeur de la terre ne m'enthousiasme pas beaucoup, il alimentait moins de regrets que la perspective de passer l'hiver sans compagnie féminine. À ce chapitre, ma déception touchait au désespoir. Aux mains de sa marieuse impitoyable, Renée Biret allait manifestement m'échapper et cette idée me mortifiait. Et pourquoi diable? me demandais-je. J'avais beau me répéter qu'il y aurait d'autres filles à marier l'été prochain, rien n'y faisait : la belle Rochelaise était entrée dans ma tête et je ne savais comment l'en chasser.

Quand la pluie cessa enfin, Nicolas, l'aîné de Quelvé, déboucha sur le sentier en me cherchant du regard. Je me levai, sortis de mon abri et lui fis signe. Il me rendit la salutation et entra dans la cabane pour y déposer le panier habituel dont sa mère le chargeait pour me livrer le pain, le beurre et l'eau-de-vie, provisions résultant d'une entente entre son père et moi. Je m'étais engagé à fournir à ce dernier le gibier pendant l'hiver et à enseigner la chasse à Nicolas. À cause de son âge ou de son incompétence dans les bois, Quelvé ne prenait plus le fusil. Comme lui et son épouse prisaient la viande de venaison au point de ne pouvoir s'en passer, ils avaient misé sur mes talents de chasseur. L'arrangement faisait mon affaire, car le souci de me nourrir quotidiennement aurait freiné mon labeur de colon, lequel n'était déjà pas très diligent. Et puis, j'aimais bien le garçon Nicolas. Âgé d'une quinzaine d'années, il était curieux, assez agile, plutôt vaillant et, surtout, il m'admirait sans réserve. Entre ma tenue de coureur des bois, mon mousquet ou mes pièges, je ne savais dire ce qui l'impressionnait le plus. À mon arrivée à la seigneurie de Bellechasse, Nicolas m'avait aidé à remplacer le chaume de la toiture de la cabane. Je l'aurais volontiers retenu pour d'autres tâches, mais son père le garda à son service. Comme les travaux de moissonnage s'achevaient en ce début d'automne, je me pris à penser que Nicolas pourrait se libérer et devenir le compagnon de travail qui me faisait tant défaut.

Avant les premières neiges, les réparations sur le toit deviendraient urgentes et l'érection d'une nouvelle étable devrait être commencée. J'avais déjà rassemblé le bois nécessaire pour la charpente de celle-ci, mais je ne pouvais l'échafauder seul. Bien que le père Quelvé m'ait assuré de son concours et de celui des trois voisins pour l'opération, aucune main-d'œuvre ne s'était encore présentée. Or, Nicolas était assez fort pour me seconder dans cette construction. Avec son aide, j'étais persuadé d'y arriver. Je résolus de la lui demander quand il vint me rejoindre en bordure de la forêt. « Je ne peux pas vous donner une réponse, monsieur Pierre, répondit-il. Il faut voir avec mon père. Moi, j'aime bien besogner avec vous et je viendrais tous les jours si j'en avais la permission.

– De toute façon, la saison de la chasse commence bientôt. Ton père va certainement te laisser aller avec moi. Nous pourrons prendre quelques jours ensemble et finir l'ouvrage ici avant de partir aux bois, dis-je.

– Oh, ça me plairait bien! Pas autant que chasser, bien sûr, mais quand même... Venez parler à mon père demain si vous voulez, il se peut que le seigneur Marsolet vienne avec un visiteur important, répondit Nicolas avec enthousiasme.

– Je pense que je sais lequel, avançai-je. Ne s'agit-il pas d'un capitaine qui veut acquérir la seigneurie?

– Si fait, monsieur Pierre! Messire Alexandre Berthier s'intéresse à la seigneurie de Bellechasse et il veut l'inspecter... Moi, j'aimerais bien avoir un capitaine de régiment comme seigneur.

– Moi aussi », mentis-je en supposant que le joug d'un militaire devait être plus rude que celui d'un négociant en fourrures.

Le matin du lendemain se leva sous l'ardeur inattendue du soleil d'octobre. Je m'extirpai de la paillasse en massant mes reins douloureux. J'enfilai mes sabots, aspergeai mon visage à l'eau froide de la chaudière et sortis pour me soulager. Une petite brise froissait les herbes jaunies dans les champs, le toit n'avait pas goutté de la nuit, et je me sentais de la meilleure humeur. Comme les braises étaient éteintes dans l'âtre, je décidai de m'asseoir sur le pas de la porte pour manger mon quignon de pain trempé dans l'eau-de-vie. Là où j'étais placé, la vue couvrait l'anse au complet, fermée à l'ouest par une pointe qui avançait dans le fleuve. Au bout de cette pointe, les courants étaient souvent forts et rendaient l'entrée dans l'anse ardue pour les barges à voile. Je ne savais pas quel type de bateau le seigneur Marsolet possédait, mais sa fortune personnelle suggérait l'utilisation d'un navire qui ait quelque panache, comme un esquif à grand mât. Je ne m'étais pas trompé. Messires Marsolet et Berthier arrivèrent au milieu de la matinée à bord d'un joli navire à deux voiles. J'attendis que ces messieurs soient montés chez Quelvé avant de me mettre en route à mon tour. Pendant qu'ils s'entretenaient avec Quelvé et son épouse à l'intérieur de la maison, les enfants restèrent dehors, groupés sur le seuil de la porte ouverte, pour mieux épier ce qui se passait entre les adultes. Je me plaçai derrière eux et observai Marsolet et Berthier à loisir.

Ce dernier n'avait pas beaucoup changé depuis son départ pour la France, la dernière fois où je l'avais croisé, voilà trois ans passés. L'homme conservait l'air dégagé et les manières directes qui l'avaient caractérisé quand il militait sous les ordres du général Tracy. Par contre, messire Marsolet, qui m'avait impressionné à sa résidence de Québec, faisait maintenant figure de vieux bouc aux côtés du capitaine. En effet, Alexandre Berthier dégageait l'énergie et la capacité à développer une affaire, ce qui, concédai-je, manquait à son homologue. Un coup d'œil en direction de Nicolas me renseigna sur l'impression que les hommes suscitaient chez lui. À n'en pas douter, son admiration allait à Berthier.

La venue du seigneur Marsolet attira les trois habitants de l'anse : Michel Gautron dit Larochelle, Pouliot et mon voisin immédiat, Antoine Drapeau. Nous nous saluâmes, puis nous épiloguâmes sur la présence d'Alexandre Berthier et la rumeur voulant que celui-ci devienne le nouveau seigneur de Bellechasse. « Ce serait une bonne chose, dit Gautron. Il va sûrement construire un moulin.

— Dommage que Chalifour soit parti à Montréal : il aurait été notre meunier, commenta Antoine Drapeau.

— Et puis, avec Berthier, il ne se serait pas fait déranger dans ses dévotions. Il paraît que le capitaine est un ancien huguenot, lui aussi, et qu'il s'appelait Isaac avant d'abjurer sa foi, ajouta Pouliot.

— C'est juste, fis-je. Je connais Alexandre Berthier, car j'ai guerroyé aux côtés de ses hommes dans les Antilles avant de venir au Canada… Ainsi, il y a des adeptes de la religion réformée ici ?

— Bah, tu connais la chanson, Lacombe, reprit Pouliot. Il y en a, il y en a pas : difficile à dire. Les huguenots qui refusent de se convertir ou même ceux qui le font mollement ne parlent pas très fort de leurs pratiques. Comment prient-ils et quelles litanies chantent-ils au fond de leur chaumière ? Bien malin qui saurait le dire. Tant qu'il n'y a pas de chapelle dans les environs, un protestant est relativement tranquille. Mais s'il vient à se sentir trop isolé ou pourchassé par les missionnaires de monseigneur l'évêque, il s'en ira plus loin. Le pays est assez vaste pour y prospérer partout à sa guise.

— Comme le charpentier qui n'a pas fait deux ans sur la côte sud, c'était quoi son nom déjà ? Hélie… Hélie…, avança Gautron.

— Targer. Hélie Targer, précisa Antoine Drapeau.

— Qu'est-il advenu de lui ? demandai-je, avec un intérêt soudain.

« — On dit qu'il est passé du côté des Anglais. Pour sûr, il a quitté le pays, me répondit Drapeau.

— Comme plusieurs, d'ailleurs, renchérit Pouliot. Ils font tous ça, ceux qui tiennent mordicus à Calvin. Il paraît qu'on accueille les protestants à bras ouverts sur les côtes de la Nouvelle-Angleterre.

— Il faut avoir de la traîtrise dans le nez pour faire pareille chose », rétorqua Gautron.

Je me sentis renaître en apprenant cette nouvelle inédite. Ainsi, celui que je me plaisais parfois à appeler mon rival s'était volatilisé. Cette chère Renée Biret n'avait donc aucune chance de retrouver son fiancé, si tel avait été son idée en débarquant à Québec. Et moi, par le fait même, je venais d'éliminer l'obstacle majeur à lui faire la cour. Dire que je jubilais serait en dessous de la vérité : j'étais littéralement transporté de bonheur. Pourtant, rien n'avait changé face à ma situation désavantageuse sur le lot, et rien ne laissait présager qu'elle s'améliorerait bientôt. Même si j'obtenais les services de Nicolas pour la réparation du toit de la cabane, je demeurais encore loin de la concession prospère ou seulement prometteuse. Je ne pouvais pas décemment songer à installer une femme ici pour passer l'hiver. En dépit de ce raisonnement lucide, je m'accrochai à une espérance vive et radieuse portant le nom de Renée Biret. Dieu le pouvoir que la belle avait sur moi ! Combien vulnérable se retrouvait mon cœur sous son emprise ! Dès lors, je nourris le projet de me rendre à Québec le plus tôt possible.

La journée se termina par la confirmation de la nouvelle sur laquelle nous glosions depuis le matin : Marsolet cédait sa seigneurie à Berthier. Après le départ de ces messieurs, je m'entretins avec le père Quelvé. Il ne fit pas de difficultés à me prêter les services de Nicolas pour finir mes travaux pressants, m'assurant de sa présence chez moi dès le lendemain. Comme je ne pouvais décliner une offre qui améliorerait indéniablement mon habitation et la rendrait plus attrayante, je différai ma sortie à Québec. Grâce au concours du garçon, je terminai les préparatifs en vue de l'hiver : le remplacement du chaume de la toiture par des planches et du bardeau, l'empilage du bois de chauffage sous l'abri de peaux dressé contre le côté sud-est de la maison et le recouvrement du puits. Maintenant, il fallait m'approvisionner en vue de la chasse prochaine et acheter la quantité de poudre et de plombs indispensables, et peut-être un peu plus. Je ne voyais que la boutique de traite gérée par Marsolet pour effectuer les achats, car lui seul était en mesure d'accepter un arrangement en guise de paiement. Cette démarche devait se faire pendant qu'il était encore officiellement seigneur à l'anse Bellechasse.

Je me présentai à Québec à la mi-novembre. Dès que j'entrai au cabaret de Lefebvre, je m'inquiétai d'arriver trop tard en ville. Le bruit de la prochaine vente de la concession s'était répandu et on ne parlait plus maintenant du fief à l'anse Bellechasse que sous le nom de seigneurie Berthier-Bellechasse. Le cabaretier, auprès de qui je m'informai, ne put rien confirmer. Nicolas Marsolet était toujours un gros commerçant à Québec, mais était-il encore mon seigneur à l'anse ? Pour en avoir le cœur net, je résolus de faire une visite rapide à sa demeure, car sans son intercession, je ne pourrais pas m'approvisionner en matériel de traite, puisque je restais, hélas, célibataire. J'attendis assez longtemps avant d'avoir mon entrevue avec Marsolet, mais je fus récompensé : le commerçant m'assura que, le moment venu, il ferait en sorte que je puisse acheter ce qu'il me fallait à son comptoir.

*

L'automne à Québec ressemblait à l'hiver à La Rochelle : mêmes vents cinglants apportés par la mer; mêmes pluies froides qui mouillent les capes et les souliers; même soleil pâlot qui ne réchauffe rien. Après notre dernier entretien, Anne Gasnier prit ses distances avec moi. Sachant que je me languissais en pure perte dans sa grande maison, elle m'envoya très souvent faire des commissions un peu partout dans la cité, à la place de ses domestiques. Tantôt, je courais les étals de la basse-ville pour les victuailles; tantôt, j'allais chez le chapelier, l'apothicaire ou le tailleur, rues Sainte-Anne et Sainte-Geneviève. Madame s'abstint de me confier un pli pour messire Jean Talon qui, selon ses dires, m'avait désavouée. Cela me dépita. Non seulement c'était au château Saint-Louis que j'avais le plus de chance de trouver les informations que je continuais désespérément à chercher, mais c'était aussi là que j'avais envisagé d'offrir mes services après avoir quitté le toit de ma protectrice.

Comme convenu, Françoise Grossejambe épousa Julien Boissy dit Lagrillade, le 26 octobre. Même si son départ apportait un certain calme dans la maison, la jeune fille nous manqua immédiatement, à Catherine, à Anne et à moi. Mais plus que mes deux amies, qui n'avaient d'intérêt que pour leur propre affaire, je regrettai la gaieté et l'insouciance de la petite Françoise. Dieu, qu'elle nous avait diverties avec ses commentaires saugrenus! Au début du mois de novembre, l'annonce des épousailles de Catherine pour le 23 fut faite. Anne, que madame avait abandonnée à monsieur Desbaupins, consentit finalement à signer le contrat de mariage proposé depuis plusieurs semaines. Vraisemblablement, elle se marierait, elle aussi, avant décembre. Je me morfondis dans la solitude en laissant mes amies parler ménage et dot ensemble. Elles ne s'intéressèrent plus à mon enquête sur Hélie et elles m'exclurent pratiquement de leurs conciliabules de futures mariées. Leur félicité gagna tout le personnel de la maison alors que moi, tenue à l'écart par madame, je devins de jour en jour plus triste et oppressée par l'échéance fixée pour mon propre départ.

Au cours des deux semaines qui suivirent, il m'arriva souvent de me réveiller en nage, les tempes mouillées et les pieds gelés, les yeux grands ouverts sur l'obscurité de la chambre. En cauchemar, je voyais le spectre de ma précarité revêtir l'image d'une mendiante pétrifiée de froid et de faim. En ces instants, je voulais abandonner Hélie et revenir sur ma décision. Accepter l'aide d'Anne Gasnier pour en épouser un autre m'aurait-il calmée? J'en doutais. Mais, d'autre part, n'était-ce pas illusoire de poursuivre une quête après tant de vaines recherches? L'insuccès de mon entreprise me commandait d'être raisonnable et de revenir à mon engagement de fille du roi. Voilà à quoi aboutissaient mes nuits d'insomnie. Hélas, au matin, dès que les tâches de la journée étaient assignées et m'amenaient à sortir, l'espoir m'étreignait de nouveau: «Ce jourd'hui, me disais-je alors, un renseignement va surgir et me remettre sur la piste d'Hélie!»

Cette obsession m'habitait quand je descendis la côte de la Montagne pour acheter du poisson, des oignons et du chou à la basse-ville. Mon panier battait mes jupes sous la cape que madame m'avait forcée à revêtir et il gênait mes mouvements autant que la chaussée couverte de trous boueux qui m'obligeait à redoubler d'attention. Aussi avais-je les yeux baissés quand je fus apostrophée par mon ineffable galant, Pierre Balan. «Tiens, tiens, qui va là? Demoiselle Renée Biret en personne, sans chaperon! Êtes-vous déjà mariée pour aller ainsi toute seule? Quoi qu'il en soit, je vous présente bien bas mes hommages», fit-il en s'inclinant avec une grâce exagérée.

Je l'examinai de la tête aux pieds et ne pus réprimer un sourire. Balan n'était plus habillé comme un sauvage et son charme naturel n'avait rien perdu de son efficacité. Je fus malgré moi captivée, mais il ne fallait pas le laisser voir. «Pierre Balan, fis-je sèchement, je ne pensais jamais vous revoir... Quelle coïncidence, après tant d'années!

– Que oui! Vous pouvez croire à un hasard si cela vous chante, Renée, mais pour ma part, je préfère appeler cela un coup du destin. Nous voici tous les deux en Nouvelle-France pour nous y établir : je sais que votre aimable père est décédé, Dieu ait son âme; je sais que vous êtes arrivée avec un contingent de filles du roi au cours de l'été dernier; que vous êtes entre les mains expertes de madame Anne Gasnier pour trouver un mari et que l'une de vos compagnes va probablement épouser prochainement un bon ami à moi. Selon lui, vous-même n'auriez pas trouvé preneur. J'espère que cela est toujours vrai, car je suis justement en quête d'une femme et…

– Cessez votre baratin, Pierre Balan! l'interrompis-je. Je connais vos prétentions, vous en avez suffisamment fait état chez ma logeuse. Les raisons pour lesquelles vous n'avez pas obtenu d'entrevue avec moi sont que vous êtes déclassé comme mari potentiel. Vous n'êtes pas un parti recommandable. Et même si cela était, je ne vous accepterais pas. Si je n'ai pas trouvé preneur, comme vous dites avec ironie, c'est que je n'en veux pas. Sur cette question, j'ai repris ma liberté. Madame Gasnier n'intervient plus dans mon affaire.

– Ah, très bien! fit-il. Vous refusez de vous marier contre votre gré. Je vous reconnais bien là! Ou bien vous souhaitez ne pas vous marier du tout ou bien vous comptez choisir vous-même votre époux. Laissez-moi deviner… Êtes-vous venue au Canada pour retrouver votre fiancé huguenot de jadis, ce brave charpentier d'Hélie Targer?

– Toujours aussi obtus, présomptueux et indiscret, à ce que je vois. L'armée n'a pas maté votre caractère désagréable et c'est grand dommage! Maintenant, Pierre Balan, cessez de m'importuner! » tranchai-je, avec irritation.

Je me détournai et fonçai droit devant sans regarder où je posais le pied. Malencontreusement, je glissai dans une ornière. Alors que je cherchais à rétablir mon équilibre, Balan attrapa mon bras et retint ma chute. Puis, avec un air contrit, il me libéra et s'empara du panier en sollicitant la permission de m'accompagner. Pendant un court instant, nous nous dévisageâmes, aussi déconcertés l'un que l'autre. Mon premier mouvement fut de l'éconduire de nouveau, mais une lueur de détresse dans son regard m'en empêcha. Où étaient donc passées sa superbe et la colère qu'elle avait allumée en moi, à l'instant précédent? Envolées toutes les deux. «Merci, oui, répondis-je. Accompagnez-moi si vous y tenez et si vous pouvez garder le silence…

– J'y tiens, certes, mais je ne sais pas si je peux m'abstenir de parler, Renée. Je vais néanmoins essayer, puisque vous ne souffrez pas d'entendre ma voix», fit Balan. Son ton volontairement humble démentait l'impertinence de sa réponse, mais je décidai de l'ignorer, car il m'amusait.

Nous descendîmes jusqu'à la rue Saint-Pierre et parcourûmes les étals sans échanger une seule parole. J'effectuai les emplettes pour lesquelles madame m'avait mandatée, sans m'adonner au bavardage habituel avec les marchands. Balan n'ouvrit pas la bouche non plus, se contentant de m'observer avec une attention fervente chaque fois que je déposais quelque chose dans le panier. J'évitai de croiser son regard le plus possible, mais après quelque temps à supporter ce curieux manège, je rompis la consigne du silence. Comme mes achats étaient finis, nous retournions à la haute-ville et avions entrepris l'ascension de la côte de la Montagne. Il me fallait songer à prendre bientôt congé de Balan, aussi m'enhardis-je à lui poser des questions. «À quoi vous êtes-vous employé durant les années qui ont suivi votre démobilisation? À la traite de la fourrure, je pense, non?

– J'en ai fait, oui. Pour mon compte, avec un associé.

– Et cela vous a rapporté?

– Pas autant que je l'espérais.

– Est-ce pour cela que vous avez pris une terre? De soldat, vous êtes devenu coureur des bois, puis maintenant, habitant… »

Balan ne pipa mot. Pendant un moment assez long pour rendre la poursuite de la conversation laborieuse, il se tut. Je le sentis embarrassé et m'en étonnai. Balan reprit finalement la parole sur un ton presque douloureux tout en scrutant mon visage: « Renée, j'aimerais connaître les raisons qui me rabaissent à vos yeux. Pourquoi suis-je considéré comme un mauvais parti? » Cette fois, c'est moi qui fus confuse. Que savais-je de Pierre Balan, en réalité? Pouvais-je le disqualifier sur la foi de mes préjugés ou sur les potins glanés par madame? « Ce que j'ai appris n'est peut-être pas vrai, mais je veux bien vous donner l'occasion de le démentir, fis-je, au bout d'un moment.

– Merci, Renée. Que savez-vous sur mon compte, alors?

– Vous fréquentez très assidûment un débit de boissons où vous vous enivrez et provoquez des bagarres; vous courez les bois avec un sauvage et vous vous livrez à la débauche avec des sauvagesses; vous êtes joueur et avez récemment perdu vos biens au jeu, ce qui vous a forcé à prendre une terre abandonnée dont les champs en jachère occupent une infime partie du lot, la plus grande étant encore en forêt. Il n'est même pas certain que le logis que vous possédez soit habitable. Qu'avez-vous à répliquer pour votre défense, Pierre Balan? Le portrait que je viens d'esquisser correspond-il à votre situation ou bien est-il erroné?

– Il y a du vrai et du faux dans ce que vous avez dit. Ce n'est pas comme ça que je me vois, mais j'avoue que je peux projeter cette image peu flatteuse chez ceux et celles qui aiment juger autrui. Avant d'entreprendre ma plaidoirie, je me pose une question.

– Laquelle? demandai-je.

« – Êtes-vous réellement désireuse de m'entendre? Votre opinion pourrait-elle se trouver changée ou êtes-vous déterminée à me rejeter, quoi que je dise? »

J'aurais aimé soutenir son regard intense, mais j'en fus incapable et je fixai le chemin en me taisant. L'entretien, bien qu'initié par moi, tournait à la confidence et cela me mettait au supplice. Je devinais que Balan n'était pas aussi noir qu'on le présentait et, surtout, je me sentais troublée par sa présence à mes côtés. « Pierre, vous avez vu juste, admis-je. Les explications que vous vous apprêtez à me fournir n'ont pas la moindre chance de modifier mon appréciation de votre personne.

– Au risque de provoquer de nouveau votre courroux, je dois vous demander si vous vous réservez pour Hélie Targer, car alors, j'ai toutes les raisons de croire que vos espérances sont vaines et les miennes, bonnes, dit-il.

– Qu'est-ce à dire? lançai-je.

– Votre fiancé a exercé son métier durant quelques années sur la côte sud, mais il a fini par émigrer en Nouvelle-Angleterre pour pratiquer sa religion librement.

– Vous mentez! fis-je.

– Renée, j'ai nombre de défauts, mais pas celui de menteur. Je tiens cette information d'habitants qui ont côtoyé Hélie Targer à l'anse Bellechasse. »

Je fus tellement atterrée que je faillis m'effondrer. Avant que Balan n'aperçoive les larmes mouiller mon visage, je lui arrachai mon panier des mains et m'enfuis à toutes jambes. Il ne tenta pas de me suivre. Je parcourus le reste du chemin comme dans un brouillard. Mon beau rêve était désormais anéanti; le château de cartes si longuement et patiemment échafaudé au cours de mes années d'attente venait de s'affaisser sous une simple chiquenaude : celle de Balan! Dans mon désarroi, je n'étais pas prête à lui pardonner d'avoir joué le messager de malheur. Plus tard, dans le secret de ma chambre, je réalisai que Balan représentait peut-être ma seule planche de salut pour survivre en Nouvelle-France, car comment trouver maintenant un autre mari dans des délais aussi courts? Cette pensée me bourra de remords: pourquoi ne l'avais-je pas laissé parler pour rétablir sa réputation?

Le repas du soir de madame fut servi dans le salon où elle recevait nombre de convives. Aussi mes amies et moi mangeâmes-nous à la cuisine, avant la tablée des domestiques. Dans l'intimité inhabituelle où nous nous retrouvâmes toutes les trois, mon trouble ne passa pas inaperçu. Anne s'en inquiéta la première: «Tu es bien pâle, Renée. Es-tu malade?

— Non point, je vais bien mais une nouvelle m'afflige...

— Tu as retrouvé la trace d'Hélie Targer et il n'est pas libre! coupa Catherine.

— Je ne sais pas s'il est marié, mais il n'est plus au Canada, dis-je.

— Où vit-il, alors?

— Apparemment, Hélie est parti s'établir en Nouvelle-Angleterre, je ne sais pas précisément où. Je ne peux plus poursuivre mes recherches, désormais. C'est fini, répondis-je.

— Ma chère Renée, dit aussitôt Anne, nous nous attendions à cette issue, Catherine et moi, et nous avons trouvé une solution de rechange. Dis-lui, Catherine...

— Étienne Mesny a agrandi sa maison et il accepte de t'héberger durant tout l'hiver, si tu n'as pas d'endroit où aller, annonça celle-ci. Ne serait-ce pas merveilleux de continuer notre amitié en vivant sous le même toit? Souviens-toi de ce que madame a dit au sujet de l'île d'Orléans: des censives prospères et pleines d'habitants. Tu vas voir que je vais réussir à te marier là-bas avant même l'arrivée du printemps!» Cette offre me réchauffa le cœur et je témoignai à Catherine mon immense gratitude. Que mes amies se soient ainsi penchées sur mon sort et aient échafaudé un plan dans l'éventualité de l'échec de mon enquête me toucha profondément. Je me reprochai d'avoir méjugé de leur compassion en les pensant uniquement occupées de leurs épousailles. «J'ai aussi une nouvelle, dit Anne, soudainement. C'est une bonne nouvelle, mais il ne faut pas l'ébruiter. Renée, cela ne va peut-être pas te surprendre…

— Tu annules ton contrat de mariage avec le Breton! m'exclamai-je.

— Pas si fort!

— Tu as retrouvé le bel inconnu du quai Champlain, chuchotai-je.

— Juste! Il s'appelle François Bacquet dit Lamontagne et c'est un ancien soldat», annonça Anne, plus radieuse que jamais. En entendant cela, je réalisai que ce François Bacquet devait être l'ami dont Balan venait de me parler et auquel je n'avais prêté aucune attention.

Nous passâmes ensemble une bonne partie de la veillée dans notre chambre, à entendre le récit captivant de la rencontre entre Anne et son cher François, éperdu d'amour pour elle. C'était rocambolesque à souhait. Le gars l'avait épiée à l'église et suivie jusqu'au manoir avant de se montrer. Sitôt reconnus, sitôt promis l'un à l'autre. Ils poussèrent l'engagement jusqu'à avancer une date pour leur mariage, soit le lendemain de celui de Catherine avec monsieur Mesny. L'audace d'Anne me surprit. Jamais je n'aurais pensé qu'elle était capable de résilier un contrat notarié, tant elle me paraissait douce et soumise. Cependant, je me réjouis très sincèrement pour elle et saluai sa foi en l'amour qui triomphe de tout. Catherine voulut ensuite savoir de qui je tenais la nouvelle concernant Hélie Targer et je dus leur apprendre mon entrevue avec Balan. Pour rire, je déployai mes talents de conteuse en montrant les mimiques et en déclamant les réparties qui avaient composé notre étrange entretien. Mes amies se divertirent beaucoup de mon rapport, dans lequel je tus mes impressions. Elles ne soupçonnèrent donc pas que j'avais envisagé, l'espace d'un instant, d'encourager Balan et d'accepter sa demande en mariage. «Demande qu'il n'a pas formellement faite», me rappelai-je, avec beaucoup d'à-propos.

CHAPITRE XI

1672, Île d'Orléans

La maison d'Étienne Mesny à Saint-Jean n'était point aussi grande que Catherine l'avait prévu et je ne discernai pas précisément ce qui avait été agrandi quand j'y entrai la première fois. Comme dans les chaumières en France, une seule pièce tenait lieu de chambre et d'aire commune. Au mur opposé à la porte, une fenêtre étroite était obstruée par du papier huilé et elle était fermée à l'extérieur par des contre-vents. Le plancher de bois équarri était muni d'une trappe de caveau au centre; là-dessus, un mobilier solide réduit au minimum. Bien que le foyer soit large et bien garni, les activités dans son voisinage se concentraient dans un espace restreint où la promiscuité faisait loi. Pour bénéficier de l'unique source de chaleur et de lumière que le feu produisait, Catherine et moi travaillions continuellement devant, nous gênant parfois l'une l'autre dans nos mouvements. La grande quantité de bois qu'on y brûlait et l'exiguïté du logis concordaient à maintenir dans l'air une fumée qui nous piquait les yeux.

Après Noël, la température devint si glaciale dehors que nous dûmes consacrer une énergie folle à fournir le brasier afin d'être au chaud. Heureusement, Étienne avait constitué une provision abondante de combustible. Au moment du coucher, il fallait tirer les paillasses devant l'âtre, car le froid du mur où elles étaient adossées pendant la journée les gelait de part en part. À l'heure du souper, Étienne faisait une flambée de grosses bûches de sorte que les braises incandescentes durent une bonne partie de la nuit. Nous dormions tous les trois face à l'âtre, les pieds devant, et, pour ainsi dire, presque dans le même lit tellement nos corps étaient rapprochés. Les ébats nocturnes auxquels mes hôtes se livraient me donnaient souvent l'étrange impression d'y participer. Malgré mon embarras, je ne pouvais pas m'écarter d'eux et je demeurais le plus immobile possible, me concentrant sur le souvenir des caresses échangées avec Hélie. Hélas, cet épisode de ma vie était maintenant si lointain que je parvenais très difficilement à me distraire en y ayant recours. Parfois, l'attente de me rendormir était fort longue et il m'arrivait même de sombrer dans le sommeil longtemps après le couple.

À la mi-janvier, la vie sous leur toit devint franchement incommodante, tant pour moi que pour eux. Non pas que Catherine et son mari me fassent sentir l'encombrement causé par ma présence, car ils demeuraient aussi bienveillants à mon endroit que lors de leur mariage, mais ils souffraient manifestement du manque d'intimité dont jouit habituellement un couple en début de ménage. J'en étais consciente et je commençai à déplorer ce fait et celui d'être à leur charge. Aussi me mis-je à chercher une maison où je pourrais m'employer comme domestique et y occuper un espace sans avoir le sentiment de m'imposer à ses habitants.

À l'occasion de Noël et de la nouvelle année, Catherine et son mari m'entraînèrent chez leurs voisins d'origine normande : les Boullay. Dans cette grosse famille, j'eus la surprise de tomber sur Pierre Joncas, le fiancé de l'aînée Boullay et ancien soldat que j'avais croisé à La Rochelle, de la même compagnie que Balan. Nous nous reconnûmes dès les présentations, avec stupéfaction. Joncas me raconta son histoire en quelques mots: lui et Balan avaient fait campagne ensemble depuis La Rochelle jusqu'au Canada en passant par les Antilles et, après leur démobilisation, ils s'étaient revus à quelques reprises à Québec. La curiosité me taraudant, je voulus savoir ce que Joncas pensait de son ami et je posai, mine de rien, quelques questions en ce sens. Les réponses raffermirent mon jugement sur Balan. Apprendre que celui-ci avait juré, devant ses camarades de gobelet, d'obtenir ma main coûte que coûte ne me surprit guère; qu'il en ait fait l'objet d'une gageure m'irrita davantage; qu'il me prétende entichée de lui m'agaça prodigieusement. Durant l'entretien, Joncas ne fit pas allusion à Hélie, ce qui me laissa croire qu'il ignorait tout des buts que je poursuivais en Nouvelle-France. Enfin, les propos qu'il tint spontanément sur Balan confirmèrent le penchant de celui-ci pour la bouteille, pour les jeux de cartes et pour la vie en forêt au sein de tribus indiennes. Dès lors, j'admis le portrait de Balan brossé par madame Gasnier et je reléguai définitivement le soupirant aux oubliettes.

Chez les Boullay, je fis la rencontre d'un autre couple originaire de Normandie, les Pépin. À la seule évocation de leur nom, je nourris l'espoir de glaner des renseignements sur Simon Pépin, l'ami d'Hélie, pensant qu'ils avaient peut-être une parentèle commune. Mais Antoine Pépin dit Lachance m'affirma ne pas connaître le trente-six mois charpentier. Devinant qu'il ne convenait pas d'associer ces Pépin-là à la famille huguenote rochelaise, je n'insistai pas. Faute d'avoir matière à la contredire, j'adoptai la version de Balan sur le départ d'Hélie pour la Nouvelle-Angleterre. Je crois que cette option ferma la porte à tout espoir de revoir mon fiancé. Ainsi, à partir de cette visite aux voisins de mes amis, je cessai de penser à Hélie Targer.

La coupure, que j'aurais dû vivre douloureusement, ne modifia guère mon humeur. Je ne m'en étonnai pas, car il n'était pas dans ma nature de me complaire dans l'abattement et les regrets. Ma capacité à espérer et à nourrir une constance dans mes sentiments était heureusement contrebalancée par un goût vif d'améliorer mon sort par mes propres ressources. Je tenais de ma mère et de tante Sarah la détermination des protestants à maîtriser leur destin en s'appuyant sur leurs talents. Ma décision prise, mon cœur changea de camp. Finies les recherches infructueuses et place à l'engagement concret! La première étape étant de quitter la maison de Catherine, j'entrepris de trouver un nouveau foyer, mon troisième en Nouvelle-France.

Le lot exploité par les Pépin depuis douze ans était parmi les plus productifs de la paroisse Sainte-Famille, sur le versant nord de l'île. Leur bonne maison et ses dépendances le prouvaient. Une demi-douzaine de bêtes à cornes remplissait leur étable et plus de vingt arpents de terre étaient déjà cultivés. Le couple de quadragénaires embauchait trois hommes de travail et avait même eu un trente-six mois tisserand-tailleur à son service. Apparemment, l'apprenti avait fait du bel ouvrage, car les Pépin passaient pour les habitants les mieux habillés de l'île. Marie Testu, l'épouse d'Antoine Pépin, élevait cinq enfants âgés entre deux et onze ans et en avait un sixième en route, attendu pour le mois de mars. J'avais remarqué que ses traits étaient tirés et qu'elle se déplaçait avec difficulté à cause de ses jambes enflées. S'il y avait un endroit où mes services pouvaient être accueillis, c'était sûrement chez les Pépin.

Je m'en ouvris à Catherine qui, après l'effet de surprise, eut la bienveillance d'approuver mon choix. «Ne t'inquiète pas, me dit-elle, je continue à te chercher un mari. Et puis, beaucoup de gens passent à Sainte-Famille… davantage qu'à Saint-Jean. Antoine Pépin est l'un des censitaires les plus actifs et il connaît tout le monde. Tu es dans la meilleure maison pour voir défiler des célibataires, Renée. Je regretterai ta compagnie, mais je me console en pensant que tu restes dans l'île. »

*

À mon retour à l'anse Bellechasse, le père Quelvé avait changé d'idée concernant l'entraînement de son aîné à la chasse. Avait-il soudainement eu peur que le garçon s'éprenne de la forêt, comme cela arrivait à tant de jeunes hommes dans la colonie? Possible… « Je veux bien que tu l'emmènes pour de courtes sorties jusqu'au moment des grandes gelées, mais après, je le garde ici », concéda Quelvé. Mes expéditions avec Nicolas se limitèrent donc à la pose de pièges et de collets dans les bois de la seigneurie. Nous les visitâmes régulièrement jusqu'à Noël, puis mon jeune compagnon rentra chez son père. Les prises de notre courte saison se réduisirent à une vingtaine de lièvres et à trois castors, mais pour ces derniers, ce fut un exploit, car il y en avait très peu dans les environs. J'aurais dû être déçu, mais je ne l'étais point. En compagnie de mon apprenti chasseur, les innombrables heures de marche silencieuse m'avaient plongé dans des réflexions dont j'avais souvent émergé transformé et surpris de moi-même.

Alors que je voulais oublier Renée Biret, celle-ci revenait interminablement occuper le devant de mes pensées. D'autres idées se disputaient l'arrière-plan. D'abord, le penchant que je croyais grand pour la chasse faisait place à un intérêt nouveau pour l'avancement des terres sur les bois. Des traits de ma nature s'altéraient, comme l'insouciance de l'opinion d'autrui qui se muait en un souci d'acquérir une réputation d'honnête homme. Sur le plan de la société, qui me plaisait quand elle était restreinte et que je pouvais y briller, je remarquai un autre changement: depuis ma séparation d'avec Akaroé, je tendais vers des amitiés pleines de réserve avec les habitants de la seigneurie, type de compagnonnage que

223

j'aurais peu goûté auparavant. Toutes les occasions de les voir réunis en quelque endroit me voyaient accourir parmi eux. J'y retrouvais un peu de la solidarité masculine qui avait jadis fait mon quotidien de soldat. La période des fêtes me combla d'aise. De Noël à l'Épiphanie, je ne fus pas une seule journée chez moi, et, sur l'invitation d'Antoine Drapeau, je passai toutes mes nuits chez lui.

Sa maison était petite et son épouse, Charlotte Joly, l'avait rendue très accueillante et commode. Marié depuis l'été 1669, le couple avait un bébé d'un an et en attendait un deuxième pour le mois d'avril. J'appréciais leur compagnie simple et aimable et je m'en fis de véritables amis. Le fait que Drapeau ait grandi et appris son métier de tisserand-tailleur à La Rochelle, une ville qui m'avait irrémédiablement conquis, me le rendit tout de suite sympathique. Du même âge que le mien, de stature assez semblable à la mienne, quoique d'allure plus dégingandée, Antoine avait les traits fins, des yeux foncés et des cheveux pâles et clairsemés. Ses doigts étaient étonnamment longs et propres pour un habitant. Quant à Charlotte, une fille du roi née à Blois, son humeur agréable, sa débrouillardise dans l'organisation de la maisonnée, son joli visage encadré de mèches blondes et sa poitrine opulente suscitaient ma plus vive admiration. La petite Louise était une enfançonne si paisible qu'il fallait se pencher dix fois par jour au-dessus du ber pour s'assurer qu'elle respirait encore.

À mon grand étonnement, Charlotte me tendait parfois le nourrisson après la tétée car, déclarait-elle, j'avais des manières plaisantes et propres à l'endormir. Je m'acquittais de cette tâche charmante avec gêne, sous l'œil moqueur du père de la petite fille. «Je parie que tu tiens mieux le mousquet qu'un enfant en maillot, Pierre, dit-il, une fois, pour railler ma gaucherie.

– Certes. Il y a quantité de choses auxquelles mes mains sont plus habiles. Par contre, je trouve une certaine ressemblance entre le fait de prendre un bébé dans les bras et d'y serrer une femme… Voilà pourquoi je ne m'en tire pas trop mal avec ta petite Louise. Tu devrais essayer, Antoine. N'est-ce pas, Charlotte?

– Oh, je ne pousse pas trop fort pour cela, répondit-elle. Si mon Antoine s'avise d'étreindre le bébé comme il le fait avec moi, il va me l'étouffer!

– Dans ce cas, lui répondis-je, enjôleur, je pourrais donner des leçons d'enlacement à Antoine, si tu veux bien servir de modèle…

– Trouve-toi une autre femme pour tes démonstrations et je m'engage à suivre tes classes assidûment», protesta Antoine, hilare.

Il en allait ainsi constamment. Tout finissait par tourner à la rigolade. La générosité du couple à mon endroit n'avait de cesse de me surprendre. Nous nous entendîmes tant et si bien ensemble qu'Antoine me proposa de demeurer sous son toit jusqu'à la fin de l'hiver. J'acceptai l'offre avec empressement et presque soulagement, car la perspective d'habiter seul ma cabane après la période des festivités m'accablait.

Tandis que je m'adonnais à la chasse, Antoine coupait le bois et, les journées étant bien courtes, nous travaillions peu. Par contre, nous passions de longues heures en soirée au coin du feu, à deviser de mille sujets puisés dans nos expériences. Ainsi, je m'intéressai au métier de tisserand quand Antoine s'intéressa à celui des armes; j'appris la vie menée dans la grande ville portuaire et Antoine découvrit celle, bien calme, d'un hameau périgourdin ou celle, plus trépidante, d'un coureur des bois. Charlotte nous coulait des regards inquiets quand je tenais des propos enflammés sur la chasse et le commerce des pelleteries, car elle appréhendait qu'Antoine ne soit tenté par l'aventure. À vrai dire, je sentais un intérêt trop mitigé chez mon ami pour craindre qu'il ne prenne le fusil au lieu de la hache ou de la houe. D'ailleurs, Antoine conservait méticuleusement ses ciseaux, ses aiguilles et du fil dans un coffre qu'il se promettait d'ouvrir quand il aurait la liberté de se consacrer à son art. Non, vraiment, Charlotte n'avait rien à redouter du côté de la traite et pouvait continuer à se bercer à l'idée d'être, sur la côte sud, la femme la mieux pourvue en chemises de basin, en jupes de serge et en toiles de lit.

«Trouver une femme libre avant le débarquement d'un nouveau contingent de filles du roi, je ne vois qu'un endroit: l'île d'Orléans», me confia Antoine, un jour que nous parlions de mon installation.

— Pourquoi? N'y en a-t-il pas de ce côté-ci du fleuve? demandai-je.

— Vois par toi-même combien nous sommes peu nombreux dans la seigneurie. Ce n'est guère plus populeux ailleurs sur la côte, jusqu'à Pointe-de-Lévis, et encore... Tous ceux qui prennent lot ici ont pris femme à Québec, à Beauport ou à l'île d'Orléans avant. Moi, c'est à l'île que j'ai rencontré Charlotte. Dès que mon mandat de trente-six mois s'est achevé chez Antoine Pépin, j'ai obtenu cette terre. On s'est marié à Sainte-Famille et je t'assure que ce n'était pas le premier mariage qu'on célébrait dans l'église: je pense que c'est la paroisse la plus peuplée de l'île. Maintenant que les filles nées au pays deviennent en âge d'être mariées, il faut prospecter dans les familles établies depuis longtemps au Canada. Voilà pourquoi je te conseille l'île d'Orléans si tu veux avoir des chances de trouver une épouse avant l'arrivée des navires de France.

— Tu as raison, admis-je. Un de mes compagnons d'armes courtise une très jeune fille de Saint-Jean. Elle y est probablement née. Ça pourrait assez me convenir à moi aussi... À quel moment peut-on traverser? On dit que les glaces s'ouvrent complètement en avril...

— Quelvé prétend que des passages en canot s'effectuent parfois dès la fin de janvier, quand un pont d'eau gelée est bien formé. Il faut certainement savoir manœuvrer entre les glaces, car le fleuve a quelques trouées, et choisir une avancée de la côte où le canal entre elle et l'île est le plus étroit. Pour ma part, je n'ai jamais observé de traversées d'hiver depuis l'anse Bellechasse.

– Alors, d'où partent les canots dont parle Quelvé?

– Je n'en sais rien. Pourquoi cette question? Ne me dis pas que tu formes le projet de faire le périple!»

Évidemment, c'était de la folie, seulement que d'y penser. Après un moment de silence, voyant mes amis suspendus à mes lèvres, je leur fis la confidence que je retenais depuis longtemps: «Il y a plusieurs années, j'ai rencontré une fille à La Rochelle. Je n'ai pas eu le temps de la courtiser, car je me suis presque aussitôt embarqué avec ma compagnie. Or, je l'ai revue ici l'été dernier. J'ai de nouveau tenté ma chance, mais, comme elle est éprise d'un autre, elle m'a dédaigné. J'étais résolu à l'oublier, mais son souvenir me taraude sans arrêt. Aussi ne vois-je qu'une façon de m'en libérer: la remplacer. Je veux me marier le plus rapidement possible...

– D'accord, je t'entends bien là-dessus, tu es pressé, dit Antoine. Au point de risquer ta vie dans une traversée périlleuse: c'est de la déraison! Tu peux patienter jusqu'au printemps, Pierre, tout de même... Ou encore à l'été, alors que ta terre produira son premier blé et qu'un nouveau contingent de filles à marier débarquera à Québec.

– Pierre, je ne fonderais pas trop d'espoir sur les filles du roi si j'étais toi, objecta Charlotte. Il paraît qu'à l'automne dernier, messire Talon a demandé à la France de cesser les arrivages. Se pourrait-il qu'il ne vienne aucune fille du roi cette année? Si oui, les célibataires comme toi vont se retrouver Gros-Jean comme devant...

– Qui t'a rapporté ce bruit? fit Antoine.

– La mère Quelvé. C'est inouï ce qu'une femme n'ayant jamais mis les pieds à Québec peut apprendre! Si ce n'est pas par le seigneur, c'est par ses avoués ou encore par les prêtres missionnaires, et si ce n'est pas par eux, il y a toujours un marchand qui a les oreilles plus ouvertes qu'un autre et qui répète les ragots à un censitaire qui les rapporte à l'anse Belle-chasse. Pour colporter, il faut écouter tout un chacun, pardi!

— Bah, fit Antoine en se tournant vers moi, aussi bien croire que la jument du gouverneur a mis au monde une truie…

— Pour ma part, j'aime mieux penser qu'il n'y a pas de fumée sans feu et que les filles du roi peuvent faire défaut prochainement: voilà tout de même une dizaine d'années que le programme dure, répondis-je.

— J'en conviens: cela se peut. Cependant, je te conjure d'attendre le printemps. Nous irons à l'île tous ensemble, chez mon ancien maître, Antoine Pépin dit Lachance. Il or-ganise chaque année une grande fête le premier jour de mai. Des quatre coins de l'île, on accourt en grand nombre pour y participer. Après l'hiver, on dirait que tout le monde est pris de la folle envie de sortir de chez soi. Je me rappelle qu'en 66, une trentaine d'habitants sont venus, avec leur vin, leur galette et leurs œufs. On a mangé, chanté et dansé jusqu'à la nuit tombée. Pépin avait dressé un mât, comme si sa terre était domaine seigneurial, et les hommes lui ont fait les honneurs à coups de mousquet. C'était fameux!

— Antoine a raison, Pierre: monsieur Pépin est pratique-ment un seigneur à Sainte-Famille tant il est influent et son jour du Mai attire bien des gens. S'il y a des jeunes filles à marier sur l'île, c'est probablement à cette fête qu'elles se re-trouveront toutes. D'ailleurs, j'ai rencontré Antoine là-bas», renchérit Charlotte, avec un sourire d'une douceur irrésis-tible.

Les promesses les plus suaves étaient contenues dans ce sourire qui, à lui seul, me fit rêvasser et retint mon envie de me précipiter sur le fleuve glacé. Attendre d'aller à l'île pour participer à cette fête populaire devint parfaitement envisageable pour moi, d'autant plus que c'était la voix de la raison qui m'y poussait.

*

Le ciel était sans nuages, ce matin-là, mais il avait plu la veille et les chemins étaient creusés d'ornières mouillées. Monsieur Pépin avait fait étendre la paille de l'étable sur le pourtour de la maison de façon à garder les pieds des convives au sec. Déjà, les tréteaux des tables étaient montés en vue du repas pris en plein air et ils donnaient à la cour un air de kermesse qui m'émoustilla.

Catherine et Étienne m'avaient tant rebattu les oreilles avec cette journée du Mai que je trépidais d'impatience de la voir enfin se dérouler. Sous ma surveillance, les enfants Pépin, particulièrement sensibles aux changements d'humeur des adultes, s'excitaient entre eux. Ils se donnèrent le mot pour me damner, dès le lever du jour. Les garçons redoublèrent de malice en inventant des jeux tapageurs qui accaparèrent tellement mon attention qu'ils me firent manquer l'arrivée des premières familles. J'eus bientôt une dizaine d'enfants autour de moi et j'abandonnai l'idée de maintenir la discipline dans le groupe. D'ailleurs, Marie Testu me rappela à l'intérieur de la maison pour superviser le travail en cuisine et garder un œil sur le nourrisson, afin qu'elle puisse jouer son rôle d'hôtesse. Je fus bien aise de m'acquitter de ces tâches paisibles.

Durant un moment, je m'attardai devant la fenêtre de la salle. Par petits groupes, hommes, femmes et enfants descendaient à pied la route bordée de clôtures; d'autres venaient dans une charrette à bœufs; tous apportaient des provisions, qui des paniers de pains ou de pommes, qui un fût de bière ou des cruchons de vin. Je saisis avec étonnement que même si leurs caveaux étaient pratiquement vides au sortir de l'hiver, les habitants de l'île avaient réservé quelque chose pour les agapes du printemps chez Antoine Pépin. Ce dernier ne fut pas en reste et sa contribution égala certainement celle d'un seigneur: il offrit deux jambons que j'avais cuits avec des herbes salées, selon la recette de maître Simon.

Tout dans la cuisine des Pépin me rappelait mon précieux ami de l'auberge La Pomme de Pin. Par la pensée, je le rejoignais et répétais les gestes efficaces que je l'avais tant de fois vu exécuter. Mes capacités étaient assez appréciées par Marie Testu et cela m'encourageait à faire preuve d'invention dans l'assortiment des denrées, afin que les menus paraissent variés. Ainsi, je fabriquais des pâtés et des tourtes avec le porc et la volaille; je cuisais le poisson dans le lait et je tournais les plus grosses pièces à la broche, arrosées de lard. L'alimentation mesurée du feu, le brassage de la soupe, l'ajustement précis du crochet de la crémaillère et le pétrissage de la pâte à pain demeuraient les tâches qui avaient ma préférence, avant le soin des enfants, lequel me plaisait pourtant bien.

«Renée, ma fille, je crois que le feu n'est pas assez vif pour finir la cuisson du ragoût. Peux-tu y veiller? demanda Marie Testu, avant de sortir.

– Oui, bien sûr», fis-je en me détournant du spectacle du chemin. Je pris le tisonnier et rassemblai les braises. Une étincelle jaillit hors du foyer et voleta durant un instant en direction des pans de ma coiffe, me faisant faire un bond en arrière. Une soudaine odeur de roussi m'alarma. Pensant que le feu était pris à ma chevelure, j'arrachai ma coiffe et me précipitai sur la chaudière d'eau dont je déversai le contenu sur ma tête. En un instant, je fus trempée jusqu'à la jupe. «Quelle idiote je suis! C'est malin, me voilà bien mouillée», fis-je, dépitée. Afin que mes cheveux sèchent mieux, je les dénouai et ne remis pas ma coiffe. L'air chaud du foyer aurait tôt fait d'arranger les choses, si je ne m'en éloignais pas trop.

À son arrivée chez les Pépin, Catherine me surprit dans cette tenue quelque peu négligée. «Oh, Renée! Que s'est-il passé? On dirait que tu t'es fait prendre par l'orage», dit-elle en m'embrassant. Nous nous étreignîmes, puis, reculant de quelques pas, Catherine me considéra avec un sourire espiègle: «Quelle jolie chevelure bouclée tu as quand elle est mouillée! On dirait une nymphe sortie de l'océan, fit-elle.

– Je t'en prie, tais-toi, dis-je. Ma patronne n'appréciera pas de me voir décoiffée comme une fillette.

– Elle est trop occupée en ce moment pour s'en apercevoir. Par contre, d'autres personnes pourraient être ravies d'admirer ton allure d'ingénue. Plusieurs célibataires sont déjà en quête d'épouses.

– Lesquels?

– Les deux frères Dallaire, Louis Prémont, Jean Cotté et le gros Baillargeon.

– Bah! Ceux-là sont toujours en chasse et le seront longtemps encore. Et les donzelles, comme la fille de Firmin Dorval et celles de Jean-Baptiste Gaulin? Sont-elles arrivées avec leur famille?

– Pas encore, répondit Catherine. Mais ça ne saurait tarder. Dépêche-toi de nous rejoindre dans la cour, Renée. C'est la journée toute désignée pour faire une conquête!

– Puisque tu me trouves irrésistible avec mes cheveux défaits et que je dois rester hors de la vue de Marie Testu, tu serais bien avisée de m'envoyer ici les hommes que tu juges dignes d'intérêt, répliquai-je, sur le ton de la plaisanterie.

– Je n'y manquerai pas», s'écria joyeusement Catherine en s'esquivant.

*

Comme Charlotte venait d'accoucher, elle ne fut pas du voyage à l'île d'Orléans pour la fête du 1er mai chez les Pépin, où je me rendis seul avec Antoine. Un petit vent frais avait accompagné notre route sur l'île depuis le quai Saint-Jean, sur le versant sud, jusqu'à la paroisse Sainte-Famille, sur le versant nord. Pour ce trajet, nous bénéficiâmes de la charrette d'un habitant qui se rendait à la fête des Pépin, et le pas rapide de son bouvillon nous fit gagner du temps, car nous arrivâmes alors que le soleil n'avait pas encore atteint sa pleine hauteur dans un ciel parfaitement bleu.

Quand nous y entrâmes, la cour de l'ancien patron d'Antoine grouillait déjà de gens. Au premier coup d'œil, je repérai deux ou trois des jeunes filles à marier promises par Drapeau et je les trouvai assez séduisantes. En sautant de la charrette, je remis de l'ordre à mon habillement qui, selon l'avis de Charlotte, me seyait à ravir. Conscient que ma tenue jouerait en ma faveur, Antoine m'avait prêté une veste et une culotte d'étoffe bleue presque neuves. Avec mes souliers français, ma cravate rouge et mon tricorne pour compléter l'ensemble, je me sentais au meilleur de mon apparence. Antoine me présenta au maître des lieux et à son épouse. Cette dernière m'accueillit élogieusement alors que son mari me salua avec circonspection. Lui trouvant un air rêche et désagréable, je m'éloignai du couple. Je fus rapidement abordé par Joncas dit Lapierre, au bras duquel s'accrochait une délicieuse donzelle qui devait être sa fiancée. Je me joignis à eux. « Quelle surprise de te voir ici, Balan! Je te présente Jacqueline Boullay. Nous avons publié les bans et nous nous marions le mois prochain, fit-il en me serrant la main.

— Mes hommages, demoiselle, fis-je en soulevant mon chapeau.

— Ah, monsieur, je ne suis pas demoiselle! Seulement fille d'habitant, dit-elle en me faisant néanmoins une petite révérence. Habitez-vous l'île?

— Non pas, répondis-je. J'accompagne Antoine Drapeau de l'anse Bellechasse. Mon ami a vécu à Sainte-Famille et il a rencontré son épouse Charlotte ici même, un premier jour de mai. Ils y reviennent chaque année, à la fête des Pépin. Charlotte n'est pas ici car elle vient tout juste d'accoucher d'un fils. Ils ont déjà une petite fille.

– Que c'est charmant!» fit Jacqueline, avec ravissement.

Tout en nous promenant, Joncas et moi devisâmes. Je l'informai de mes difficultés dans le défrichement de mon lot et il raconta qu'il avait commencé sa cabane sur un lopin concédé à l'Île-aux-Grues. «Tu imagines, Balan, nous serons pratiquement voisins, un sur la terre ferme et un autre sur l'île en face. Nous avons un autre ami non loin de l'anse Belle-chasse: François Bacquet. Je l'ai croisé à Saint-Jean où il vient faire moudre. Il semble se tirer d'affaire assez bien. Pareillement pour Toupin que j'ai vu à Québec en mars dernier: deux ans après l'acquisition de son lot à Beauport, il a déjà seize arpents mis en valeur et quatre bêtes à cornes dans son étable. Avoue que c'est impressionnant! Mais de la part de Toupin, peut-on vraiment s'en étonner?» J'en convins. Ce vieux compagnon d'armes était doué d'une détermination et d'une vaillance inébranlables. Son habileté dans les travaux des champs me fit dire que quelques leçons de lui me seraient bénéfiques, comme du temps où il était mon maître d'escrime.

Plus tard, quand j'eus fait le tour, je regagnai la compagnie de Drapeau qui semblait dans la place comme chez lui. Du reste, il m'invita à entrer dans la grande maison d'Antoine Pépin: «Viens, je vais te montrer les lieux. Tu vas voir, c'est assez spacieux. J'avais même aménagé un atelier dans un petit coin, mais la famille grandissant, il a fallu céder l'espace. Par ailleurs, à cette époque-là, tout ce dont la famille Pépin avait besoin était déjà confectionné et mon mandat de trente-six mois, fini.»

Contrairement à la plupart des maisons d'habitants, où la cheminée occupait le côté du pignon nord, celle des Pépin était érigée au milieu et ouvrait sur deux pièces. Des bruits de chaudrons provenant de la salle invisible depuis la porte m'indiquèrent que l'âtre servant à la cuisson était dans l'autre moitié de la maison. Je suivis tranquillement Antoine qui prenait un plaisir évident à me montrer toute chose, comme s'il en eût été le propriétaire. Ici, les châlits ; là, les armoires ; là encore, un coffre ou une huche. Lorsque nous contournâmes la cheminée pour entrer dans l'espace réservé à la cuisine, je découvris, ahuri, Renée Biret. Elle portait les cheveux épars sur les épaules que l'absence de foulard de poitrine dégageait audacieusement. À la main, elle tenait une louche qui gouttait sur le sol de pierre. Sur le coup, Renée sembla aussi stupéfaite que moi. Interdits, nous nous dévisageâmes sans prononcer une parole. Antoine brisa ce silence embarrassant en déclinant son nom et ses liens avec la famille Pépin. Il n'eut pas le temps de me présenter que Renée retrouva la voix : « Je connais Pierre Balan, monsieur Drapeau, lui dit-elle. Je m'appelle Renée Biret, je viens de La Rochelle. Je suis servante ici depuis trois mois.

– Bonjour, Renée », fis-je, incapable d'en dire plus. Subjugué et paralysé, je restai muet, mes yeux ne pouvant se détacher d'elle et les siens, de moi. Antoine comprit sûrement notre trouble, car il choisit de battre en retraite et sortit sans émettre de commentaire.

Nous fûmes alors seuls, l'un face à l'autre. Renée se ressaisit la première. Elle suspendit la louche à un clou et y enleva sa coiffe et son foulard qui, apparemment, y séchaient. Ce fut alors plus fort que moi : j'avançai vers elle et empêchai son geste : « Je t'en prie, ne les remets pas. Pas tout de suite… Tu es si belle à contempler ainsi », bredouillai-je en lui effleurant le bras. Renée me fixa avec un air à la fois gêné et captivé. Retenant mon souffle, je me prêtai à son examen de ma personne. Je profitai du moment pour en faire autant avec elle. Au fur et à mesure que mon exploration progressait, chaque détail me ravissait: le noir de ses yeux vifs; le plein de ses joues roses; le dessin de sa bouche vermeille; la petitesse de son nez et de son menton fier; la blancheur de sa gorge dévoilée; le galbe charmant de ses seins moulés dans le corsage humide; et enfin, la saillie prometteuse de ses hanches.

*

Quand la main de Balan toucha mon bras, un frisson me parcourut et je n'osai pas me recoiffer, comme il le demandait. Son compliment, murmuré avec émotion, était indéniablement intrépide. Je savais qu'il fallait me secouer et réagir promptement, mais, pour l'heure, scruter Balan devint la seule action dont j'étais capable. Aussi n'eus-je d'autre choix que de détailler l'homme aux abois devant moi. La couleur limpide de ses yeux, la forme de ses arcades sourcilières, le plat de son front haut et la carrure de sa mâchoire me séduisirent d'abord. Puis, baissant le regard, je m'attardai aux épaules, larges et bien dessinées dans une veste impeccable. Le torse dénotait la même puissance que les membres. Les mains, que je contemplais pour la première fois, se révélèrent fort belles et propres. Je ne m'aventurai pas à poursuivre plus bas mon inspection, de peur de me montrer effrontée ou trop hardie. Revenant au visage de Balan, je cherchai l'amorce d'une conversation, mais il m'en dispensa en prenant les devants.

«Antoine Drapeau est mon voisin, dit-il très vite. Son épouse Charlotte est plaisante. C'est une fille du roi, elle aussi. Ils ont un nouveau-né et une petite Louise très jolie. Leur maison est confortable. Leur lot est encore peu développé, mais bien profond. Ils ont un bœuf de travail. Ils me le prêtent. On va partager le fourrage à l'automne. Antoine veut...

– Pourquoi me parles-tu d'eux? l'interrompis-je, étonnée par le tutoiement que j'employais en réponse à celui de Balan.

– Parce qu'ils vont nous aider.

– Nous aider?

– Oui.

– Mais à quoi donc?

– À notre installation à l'anse Bellechasse. Au démarrage de notre terre...»

L'entrée impromptue de Marie Testu réclamant le ragoût m'évita de répondre à Balan. Au fait, qu'aurais-je dit? Interloquée, je me couvris la tête et la gorge à toute vitesse en annonçant que le mets était prêt. Balan offrit aussitôt à ma maîtresse de décrocher le chaudron et de le porter dehors, ce qu'elle accepta. Je reculai. Balan prit ma place devant l'âtre: s'aidant d'un torchon, il ramena à lui la crémaillère, saisit l'anse du récipient et le déposa sur les dalles de pierre, sans avoir l'air de fournir le moindre effort. Puis, le reprenant avec la même aisance, il suivit Marie Testu dehors. Juste avant de quitter la pièce, Balan me jeta un regard pénétrant. Quand ils furent sortis, je poussai un soupir de soulagement, comme si j'avais frôlé un danger. Ensuite, je remis hâtivement de l'ordre à ma tenue, repris la louche et leur emboîtai le pas. «Doux Jésus, que se passe-t-il? Pierre Balan est déterminé à m'épouser, et moi, je n'ose l'en dissuader. Est-ce à dire que je suis mieux disposée envers lui?» pensai-je, toute désemparée.

Le reste de la journée se déroula bien étrangement. J'accomplis mes tâches mollement, la tête ailleurs. Je n'avais d'attention que pour Pierre Balan qui se tenait non loin de moi, mais jamais suffisamment proche pour me parler. Constamment, nos regards se croisaient. Je détournais toujours le mien la première. Peu après, je recherchais le sien qui ne se dérobait pas, et ainsi de suite jusqu'à l'heure des divertissements. On fit cercle autour d'un joueur de biniou auquel se joignit un joueur de flûtiau et, ensemble, ils menèrent la danse. Comme mon service me réclamait à l'intérieur, je rentrai au même moment. Les échos de la musique et des rires me parvinrent depuis la fenêtre ouverte et il me tarda de terminer mon travail pour regagner la fête. Aussi m'activai-je avec plus de célérité que pendant l'heure du repas et je retournai bientôt dans la cour.

Pierre dansait allégrement. Je remarquai que ses partenaires étaient tour à tour les sœurs Gaulin, Suzanne et Jeannette, deux donzelles de quinze et dix-sept ans qui semblaient enchantées d'être distinguées par un homme bien fait. Mon amie Catherine, que je n'avais pas vue venir, me chuchota en désignant Balan du menton: «En voilà un qui s'avère fort tenace.

— En effet, dis-je. Où que j'aille en Nouvelle-France, il s'y présente.

— Il accourt, devrait-on dire…

— On s'est croisés tout à l'heure. Il veut toujours m'épouser, ajoutai-je.

— Sait-il que tu n'as plus de dot?

— J'imagine que non… Enfin, il l'a peut-être deviné lors de notre rencontre à Québec, dis-je, avec plus de dépit dans la voix que je ne voulais le laisser paraître.

— Je ne sais pas ce que tu as l'intention de faire avec ce soupirant, Renée, mais si j'étais à ta place, je ne balancerais pas tant. Il est bel homme, il a une terre et il est célibataire. En plus, à la façon dont il t'a lorgnée durant toute la journée, il serait surprenant qu'il chipote à cause de la dot. Va, mon amie, montre-lui que tu n'es pas indifférente.»

Ce que je fis. Aussitôt qu'il me vit seule, Balan se libéra de la ronde et m'invita à danser. Nous virevoltâmes ensemble assez longtemps, les yeux dans les yeux, ne nous lâchant la main que pour exécuter une figure. Puis ce que j'espérais arriva enfin: nous nous retirâmes discrètement du groupe et nous isolâmes pour parler. Le soleil plombait les planches du côté sud de la maison et nous nous y adossâmes tout naturellement, confiants tous deux dans l'heure de vérité qui nous était offerte. «Renée, tout à l'heure, je t'ai fait part de mon plan, mais je suis conscient que je mets la charrue devant les bœufs. Je suis plus que jamais décidé à t'épouser, alors que tu me méconnais. Je pense que ton opinion sur moi est le principal obstacle et j'aimerais que tu me donnes la chance de l'abattre, dit-il, calmement.

– D'accord, Pierre. Je ne demande pas mieux que de t'écouter», répondis-je.

Le sérieux avec lequel Pierre Balan se dévoila m'émut. Fini le fanfaron, fini le crâneur. J'eus devant moi l'image de l'authenticité avec quelque chose en plus: la ferveur amoureuse. Oui, Pierre Balan avait fréquenté le cabaret, mais pas plus qu'un autre soldat; il avait participé à des échauffourées, mais c'était pour y mettre un terme; oui, il avait connu des déboires au jeu, mais n'avait pas tout perdu; oui, encore, il s'était associé à un Huron et il avait vécu à l'indienne avec la part de libertinage que cela comportait; oui, enfin, son exploitation à l'anse Bellechasse était modeste. En réalité, rien dans son discours plein de franchise ne le déprécia à mes yeux. J'admis tout, lucidement. La vérité que Pierre Balan me présenta aussi honnêtement eut l'heur de me plaire. «Tu n'es pas un mauvais parti, Pierre, comme on s'est ingénié à me le faire croire. Il y a probablement mieux que toi, et certainement bien pire, parmi les célibataires de la Nouvelle-France. Tu me conviens, tel quel. Quant à moi, je n'ai ni bien ni argent. Si tu comptais sur la dot du roi, tu devras y renoncer. Je l'ai perdue par entêtement… tu as compris lequel et je ne veux pas y revenir.

– Eh bien, dans ce cas, je ferai contre mauvaise fortune bon cœur! Si tu n'as rien à me donner que ton amitié, je m'en contenterai, et si elle est grande, je serai le plus comblé des hommes…»

Il n'y avait rien à ajouter et nous n'avions d'ailleurs plus envie de parler. Nos lèvres se cherchèrent frénétiquement;

nos bouches s'unirent avec avidité; nos mains s'égarèrent dans le cou, les cheveux et les vêtements de l'autre avec une sorte d'urgence aussi surprenante que spontanée. Puis, à bout de souffle, je repoussai Pierre très doucement. Il se redressa et me sourit si impudemment que je faillis le gifler. Il dut lire l'intention dans mon air furibond, car il éclata de rire et me prit contre lui. «Allons, Renée, ne t'offusque pas de succomber à mon charme et de m'en voir réjoui. Combien de gars peuvent se targuer d'avoir une fiancée aussi ardente et jolie que celle que j'ai?

— Attention, Pierre Balan! Méfie-toi de ton pouvoir sur moi. Il n'est pas aussi étendu que tu le crois, répliquai-je en me dégageant.

— Fort bien, je n'insiste pas. Sur la propriété de tes patrons, tu veux me tenir en respect et je saurai garder mes distances. Par contre, ailleurs, je ne réponds pas de moi et des exigences de mon inclination. Au fait, penses-tu que le sévère Antoine Pépin te laisserait faire une visite à l'anse Bellechasse, pour voir mon lot?»

À la fin du jour, avant que l'équipage de Pierre ne reparte, Marie Testu me donna mon congé. Elle le fit manifestement à regret, sans avoir eu à consulter son mari: «À ton âge, Renée Biret, tu dois savoir ce que tu fais. Tes services me sont très précieux, mais, comme nous ne pouvons pas te payer de gages, je ne peux pas te retenir contre ton gré. Sache pourtant que notre maison demeure ouverte et que tu y auras toujours une place de servante, quoi qu'il advienne à l'anse Bellechasse. Si tu as le moindre doute concernant la valeur de ce Pierre Balan dit Lacombe, ne l'épouse pas et reviens-nous!»

Pour la troisième fois en moins d'un an, je rassemblai mes affaires. Avant d'enfouir mon coffret dans le sac, je l'ouvris et en contemplai le contenu. Mis à part un peu de fil et une aiguille pour effectuer un reprisage, je n'avais presque rien touché. Tout y était intact et rangé dans l'ordre où il m'avait été remis, à La Rochelle. «Voilà le seul bien qui me vient du roi de France», me dis-je en songeant que Pierre Balan ne semblait guère plus riche que moi. Sur cet aspect, nous partions vraisemblablement du même pied. Il me tardait de voir enfin ce qu'il mettait dans le panier de noces. Pour l'indispensable qui nous ferait défaut, je comptais faire appel à messire Talon. J'étais persuadée qu'il serait touché par ma volonté d'épouser un habitant et qu'il me pardonnerait d'avoir menti sur les motifs de mon engagement initial.

Chapitre XII

Printemps 1672, Anse Bellechasse

Le soir de notre retour à l'anse Bellechasse, après la fête du Mai à l'île d'Orléans, il faisait trop sombre pour une visite de ma cabane. Comme convenu avec Antoine, je laissai Renée à sa maison pour la nuit et rentrai seul chez moi. Trop agité pour me coucher, je m'activai afin de rendre les lieux le plus attrayants possible. D'abord, faire une bonne flambée pour chasser la moiteur qu'une journée complète sans feu avait installée; puis ranger dans les coins tout ce qui gisait sur le sol; racler ce dernier pour le rendre lisse; et, enfin, disposer le châlit devant le foyer de manière à réchauffer la paillasse et les draps humides. Quand tout cela fut terminé, je me déchaussai, me dévêtis et m'étendis.

Aux premières lueurs, le lendemain, je m'éveillai mû par un enthousiasme débordant. Je me lavai les mains et le visage avec l'eau tiède de la chaudière, ranimai le feu dans l'âtre, pris une rasade d'eau-de-vie et ouvris la porte et le contrevent de la fenêtre. En pénétrant dans la cabane, la lumière dévoila le décor que je pensais impeccable, la veille, sous les reflets du foyer et de la lampe. La saleté régnait en maître, tant sur le sol que sur les murs. L'étoupe de calfeutrage entre les planches pendait çà et là, ce que je remarquais pour la première fois.

Fixés aux traverses du plafond, de longs fils d'araignée ondulaient avec leur chargement de poussière et de brins de paille. Le foyer exhalait un panache gris dont une partie s'échappait dans l'air ambiant à cause de l'obstruction de la cheminée, un problème que j'avais négligé de régler parce qu'il ne m'incommodait pas. Mais ce matin-là, la gaze de fumée flottant au niveau des yeux m'exaspéra. Jugeant que je n'avais pas le temps de corriger ces défauts avant l'inspection de Renée, je décidai de les oublier. En mon for intérieur, je priai ardemment pour qu'elle fasse de même. Après un dernier survol de l'endroit et de ma tenue vestimentaire, je sortis et fermai la porte derrière moi. Le grincement qu'elle émit, et que j'entendais également pour la première fois, me parut désagréable.

Quelques minutes plus tard, je revenais en tenant Renée par la main. Je poussai la porte avec anxiété et guettai le visage de ma fiancée pour y déceler sa réaction. Renée entra et parcourut lentement la pièce en l'examinant d'un air impassible, dans lequel ni plaisir ni déception ne transparaissaient. L'attente de ses commentaires me mit sur des charbons ardents. Quand elle eut achevé son tour des lieux, Renée vint se planter devant moi : « Voilà qui est fort rudimentaire, en effet, conclut-elle. Où manges-tu, habituellement : je ne vois ni tréteaux ni table ?

– Comme partout ailleurs : je me sers du coffre.

– Et ce caisson, dans le coin, qu'y a-t-il dedans ? N'est-il pas assez haut pour pouvoir manger dessus commodément ?

– J'y avais pensé, mais comme il contient mes pièges, mon mousquet et la poudre à fusil, il dégage une odeur désagréable. Mais si tu le souhaites, je peux fabriquer des tréteaux et un plateau en bois de pin. Avec la pinède au fond de la terre, je ne manque pas de cette essence facile à travailler », répondis-je. Renée fit une moue d'indifférence, se retourna et s'approcha du foyer. Je retins ma respiration, car je savais que la marmite et la chaudière à eau qui s'y trouvaient ne plaidaient pas en leur faveur. Renée remarqua effectivement leur mauvais état : « Ces récipients sont bien méchants : si la marmite n'est pas percée, ça ne tardera pas à venir. Le seau doit fuir, lui aussi. As-tu l'argent pour en acheter d'autres ? dit-elle.

– Je n'ai pas grand-chose dans mon escarcelle en ce moment, mis à part la lettre de concession du seigneur Marsolet. Je comptais un peu sur ta dot pour obtenir les ustensiles dont tu vas te servir…

– Je vois… quoique, pas très bien : ta cheminée tire mal, on se croirait dans un fumoir, ici… », fit sèchement Renée. Puis elle considéra le lit. Mon cœur s'emporta de nouveau, mais cette fois, à cause de la hâte que j'avais de posséder ma fiancée. « J'ai rarement vu draps aussi sales, dit-elle. Et pourtant, j'en ai vu des draps dans ma vie… et j'en ai lavé. Avec quoi est bourrée la paillasse, de la plume ou de la paille ?

– De la paille, répondis-je. Elle est bien tapée, c'est confortable. Veux-tu t'y étendre pour l'éprouver ?

– Là, maintenant ?

– Pourquoi pas ? »

*

Dès le début de la visite, je sentis le regard inquiet de Pierre sur moi et cela m'émut de penser qu'il appréhendait mon appréciation des lieux. Évidemment, je n'avais rien pour m'extasier devant ce décor misérable. Tout était tellement à l'abandon et de piètre qualité, depuis la cheminée bouchée jusqu'aux murs ajourés en passant par la boue compactée du sol, sans compter les instruments cabossés et le pauvre mobilier. Mais n'avais-je pas été prévenue contre ce qui m'attendait ici ? Pierre avait eu l'honnêteté de me décrire sa cabane sans ménagement et je me devais de l'accueillir dans son état.

Cependant, je passai des remarques sur ce qui était raisonnablement améliorable : si Pierre s'était habitué au confort des cahutes indiennes, il ne pouvait pas me demander d'en faire autant.

Je parcourus donc l'endroit en adoptant un air pondéré et un ton austère pour commenter ce que je voyais. Bien que je sente Pierre soucieux de mon opinion, il répondit à mes questions avec un assez bel aplomb. Lorsqu'il m'invita tout bonnement à me coucher pour essayer la paillasse, son culot me stupéfia. « Là, maintenant ? dis-je.

— Pourquoi pas ? fit-il.

— Mais enfin, Pierre Balan, pour qui me prends-tu ? Une fille de petite vertu ou une idiote ?

— Ni l'une ni l'autre. Qu'est-ce qui te dérange ? La couleur des draps ou le fait de te retrouver seule avec ton futur mari ?

— Ni l'un ni l'autre : c'est ta proposition qui me dérange. Je ne suis pas encore ta femme ; nous avons mille choses à nous dire avant que j'accepte de le devenir et toi, tu crois qu'il suffit de me montrer ton lit pour que je saute dedans…

— Mille choses à nous dire ? Autant que cela ? Fort bien, commençons dès maintenant. Nous nous embrasserons après ! »

Je dus pincer les lèvres pour ne pas rire de cette répartie frondeuse. Pierre m'offrit l'unique banc de la pièce et s'assit à même une bûche, devant le foyer. Je m'installai face au feu qui crépitait joyeusement en tentant d'ignorer le vilain chaudron qui m'obstruait la vue des flammes. « Vas-y, Renée, de quoi veux-tu qu'on cause ? fit Pierre.

— De nous, de ce que nous possédons et de ce que nous pouvons acquérir pour nous faire une bonne vie ensemble, ici.

— D'accord ! Tout ce que j'ai est devant tes yeux, Renée. Je peux t'ouvrir la boîte pour te montrer mes pièges et mon mousquet, mais je doute que cela t'intéresse. Quant aux objets qui manquent à ton bonheur, je pourrai les acheter quand j'aurai gagné l'argent nécessaire ou que j'aurai accumulé des biens de troc équivalents.

— De quels biens de troc parles-tu? m'enquis-je.

— Les produits de notre terre, du blé, des raves, des œufs, de l'anguille et…

— Et?

— Des pelleteries. Tu dois savoir tout de suite que je n'ai pas l'intention de renoncer aux expéditions. J'estime que cette activité est indispensable à notre survie, car je n'ai pas beaucoup d'aptitude pour le travail des sols. Je ne t'ai pas fait de mystère au sujet de la cabane et je ne t'en ferai pas pour le reste», dit Pierre, avec une telle intensité dans le regard que j'en restai interdite.

Je savais précisément ce que cette annonce de courir les bois comportait de difficultés pour l'épouse de celui qui s'y adonnait. N'ayant pas d'argument pour lui interdire les longues absences, je choisis de taire mon dégoût pour une vie solitaire, comme celle de Barbe Vitard à l'île de Ré. Ce fut ensuite mon tour d'exposer à Pierre ce que j'apportais dans l'union. «Je ne possède à peu près rien, dis-je. On m'a laissé le coffret du roi, mais il contient si peu de choses qu'il est inutile d'en parler. De La Rochelle, j'apporte seulement mes hardes. Par contre, j'y ai acquis une richesse qui pourrait s'avérer très précieuse: la sympathie d'un monsieur très influent en Nouvelle-France.»

Pierre ouvrit de grands yeux et me fixa avec stupéfaction, sans rien dire. Prenant un malin plaisir à l'épater, j'usai de ma verve de conteuse pour narrer ma rencontre avec l'intendant Talon et le rôle qu'il m'avait été donné de jouer en étant à son service exclusif: «C'est d'ailleurs grâce à messire Talon que j'ai obtenu un passage pour la Nouvelle-France et sa recommandation auprès de madame Anne Gasnier m'a permis d'agir comme assistante à bord du navire. Depuis mon arrivée à Québec, j'ai été reçue au château Saint-Louis à quelques reprises, parfois avec ma tutrice, parfois sans. Très sincèrement, je pense que l'intendant de la Nouvelle-France pourrait me venir en aide pour me restituer la dot du roi. Avec cinquante livres tournois, on peut convenablement équiper la cabane. Après tout, en te prenant comme époux, je me plie aux conditions de l'engagement, à savoir : fonder un foyer avec un habitant, même si ce n'est pas celui qu'on m'a sélectionné, précisai-je.

– À la bonne heure! Je suis tout prêt à croire au succès de ton entreprise auprès de Talon, d'autant plus que je le connais moi aussi. Nous pourrons aller le voir ensemble, si tu veux », fit Pierre.

Je fus ébahie d'apprendre cela. Tandis qu'il épiloguait sur ses relations avec l'intendant, je me souvins que madame avait qualifié de mensongère la prétention de Pierre à ce sujet. Un autre discrédit jeté sur sa réputation tombait avec la révélation de ce fait et mon âme s'en allégea d'autant. Une question en entraînant une autre, Pierre me narra la campagne contre les Iroquois et les missions que lui avait confiées le général Tracy. Les contacts de Pierre avec Bâtard Flamand, dont il avait eu la garde et qui l'avait initié aux langues indiennes, m'intriguèrent beaucoup. Pierre aborda ensuite les années qui avaient suivi sa démobilisation et son association avec le Huron Akaroé, avec lequel il avait tissé un lien d'amitié surprenant. Pierre prit soin de glisser sur les passages scabreux de sa vie dans les tribus et il insista sur ceux relatifs à la chasse et à la traite des fourrures, lesquels me captivèrent beaucoup moins. Cependant, quoi qu'il raconte, j'écoutai Pierre avec un intérêt très vif et, même, admiratif. Au fil des précisions que je demandais ou des questions que je posais, je découvris en Pierre Balan un homme intelligent et fascinant, et, je dois l'avouer, fort attirant.

Naturellement, son récit appela le mien et je racontai quelques épisodes vécus à La Rochelle: un peu de mon enfance avec mes parents; un peu sur mon métier à La Pomme de Pin; des détails sur le compagnonnage de ma chère tante Sarah et le patronage de maître Simon; je livrai quelques réflexions sur la communauté protestante; je touchai un mot à propos de mes déboires avec Raviau. Évidemment, je tus le sujet épineux de mes fiançailles déçues et Pierre eut le flair de ne pas le soulever. Fort choqué par les brutalités de Raviau, qu'il vilipenda copieusement, Pierre souligna très justement que l'aboutissement de mes démêlés à l'île de Ré avait eu le bienfait de me permettre une familiarisation avec les travaux de la ferme. Le rapport de mon court séjour chez Barbe Vitard l'enthousiasma, surtout en raison des connaissances en distillation que j'y avais acquises. «Crois-tu que l'on puisse cultiver la vigne ici? demandai-je en notant son grand intérêt pour le sujet.

– Il paraît que non. Les pères s'y sont essayés dans des jardins clos de Québec, de même que des habitants dans la région de Montréal. Mais l'hiver saccage les plants de vigne et la chaude saison n'est pas assez longue pour les régénérer. Jean Talon aurait bien aimé rendre la colonie indépendante de la mère patrie en produisant du vin. Du moins a-t-il réussi à fabriquer de la bière dans sa brasserie.» À propos de la boisson, Pierre fut pratiquement intarissable. J'appris par le menu ce qui se buvait au Canada: la provenance de l'eau-de-vie et des vins; la qualité et la quantité de l'un et de l'autre; le nom des importateurs français et espagnols et, même, l'approvisionnement de certains marchands de Québec par la filière clandestine des Antilles. Pierre tenait ses renseignements du fameux cabaretier dont il s'était apparemment fait un grand ami. Ici encore, un pan de la vie de Pierre s'éclairait en nuançant des agissements qui l'avaient discrédité, autrefois.

Le soleil était presque à son zénith quand nous réalisâmes combien notre tête-à-tête avait été long et passionnant. Pour ma part, j'étais rassasiée d'informations et satisfaite de ce que Pierre avait révélé sur lui-même. Je mesurais aussi à quel point je l'avais méjugé et j'en ressentis un peu de remords. Bien que nous ayons dû, à ce moment-là, rejoindre Antoine et Charlotte pour le repas de midi, Pierre n'y fit pas allusion. En un accord tacite, nous souhaitions prolonger notre entretien plein de charme. Ce que nous fîmes.

*

Plus j'avançai dans la connaissance de Renée, mieux je compris l'attrait qu'elle n'avait jamais cessé d'exercer sur moi, depuis La Rochelle. Elle se dévoila aussi désirable et fine qu'il est possible à une femme de l'être. J'exultais : rien de ce que je lui racontai sur mon compte ne lui déplut ; au contraire, elle prisa mon discours, comme je prisai le sien. Renée était véritablement la femme qu'il me fallait, et, par le ciel, je la gagnais !

« Tu avais raison, nous avions mille choses à nous dire », glissai-je, lorsque l'heure du repas avec les Drapeau vint et que la conversation connut un creux. Renée se leva et marcha jusqu'à la porte restée ouverte. Sur le seuil, elle se retourna et me sourit : « Tu as faim, toi ? Crois-tu que tes amis s'offusqueront si nous n'allons pas manger avec eux ?

– Nullement. Nous avons du pain, ici », répondis-je. Je me levai et m'approchai tranquillement d'elle, les yeux rivés aux siens. Mon cœur battait la chamade et ma dextre trembla quand je touchai Renée. D'abord du bout des doigts, sur la joue, le menton, puis le cou. Elle frémit à ce contact mais ne bougea point, laissant ma main poursuivre la caresse. Je m'enhardis à la glisser sous le mouchoir de poitrine et à la faire descendre dans le corsage. Je palpai prudemment un sein, doux comme une pêche, tandis que mon bras gauche enserrait délicatement sa taille. Renée se pressa alors contre moi en enfermant ma tête entre ses mains. Sans plus attendre, elle offrit sa bouche à mes baisers.

Nous nous embrassâmes amplement, tout comme je l'avais annoncé au début de notre causerie. Puis nous nous employâmes à faire davantage. Pour mon plus grand bonheur, les espérances que j'avais mises dans le lit se concrétisèrent. Renée s'y laissa allonger sans hésitation et elle n'opposa aucune résistance à ce que je relève ses jupes. Au contraire, pour les ébats qui s'ensuivirent, elle s'avéra si active que je me demandai, durant un instant, si Hélie Targer n'était pas passé par là avant moi. Que Renée ait été vierge ou non fut bientôt le cadet de mes soucis, tant ma fougue à la posséder empêchait quelque raisonnement de ma part. Cependant, j'eus soin de ne pas bousculer la belle afin qu'elle prenne son plaisir avant que je succombe au mien : pour moi, c'était une règle absolue pour conquérir une femme. Dans l'ultime exaltation de nos transports, les soupirs et les gémissements de Renée prouvèrent que mes précautions n'avaient pas été vaines : mon ardeur contenue avait permis d'assouvir son désir.

Alors que, sur le dos, je récupérais tranquillement en lui baisant la main qu'elle avait abandonnée au creux de la mienne, j'écoutai nos respirations harmonisées et une joie indicible m'envahit. «Décidément, Pierre, il faut vraiment laver ces draps, de même que mon jupon. Le voilà maintenant souillé du sang de ma défloration, dit Renée, d'un air désinvolte.

— Content de l'apprendre, répondis-je, sur le même ton. Je me demandais tout à l'heure si ton fiancé t'avait déjà prise… Si tel avait été le cas, ça n'aurait rien changé : Hélie Targer ou Jean Talon, ou un autre, d'ailleurs, je suis compréhensif. Je ne m'attends pas à ce qu'une servante dans une auberge reste vierge toute sa vie.

– Goujat! s'écria Renée en me retirant sa main. Tu es odieux, Pierre Balan; comment oses-tu dire que je suis une fille de rien?

– Ai-je dit cela? Voyons, ma mie, ne t'emporte pas», tentai-je pour l'amadouer. Renée se redressa et me jeta un regard indigné tout en replaçant ses vêtements défaits. Puis, les larmes aux yeux et la voix chevrotante, elle m'accabla de reproches: «Crois-tu que toutes les femmes sont comme celles qui se sont prêtées à tes débauches, Balan, des filles sans morale ni pudeur? Des filles à soldats, des catins ou des sauvagesses! Figure-toi qu'il y a encore des femmes honnêtes en ce monde; il y a des filles de petite condition qui ne sont pas de petite vertu; des femmes qui méritent le respect de leur amant même si elles acceptent de se donner à lui avant la bénédiction nuptiale, car pour elles, ce n'est pas une offense d'être amoureuses. Puisque tu sembles l'ignorer, je t'avise que je suis de ces femmes-là.

– Mais, je le sais bien…

– Je n'ai pas de nom prestigieux, ni de famille titrée, poursuivit-elle en martelant chaque mot. Je ne suis pas une demoiselle, comme certaines filles du roi qui exhibaient un coffre bien garni et qui sont insupportables à force de se montrer supérieures; je ne possède ni bijoux ni argent. Sache, Balan, que ma valeur est pourtant fort louable. Je n'ai jamais failli et je ne tolère pas d'être insultée à propos de mon honneur, surtout par toi!

– Je ne voulais pas t'offenser, ma douce…

– Oh, Balan! S'il y a une chose que je regrette amèrement d'Hélie Targer en ce moment même, c'est l'affection et l'estime dont il faisait preuve envers moi. J'ai cru en son attachement de toutes mes forces. J'étais décidée à l'oublier et à chérir un autre homme… mais je vois maintenant que l'objet de ma nouvelle amitié n'en est pas digne!»

La tirade de Renée me laissa pantois. Avant que j'aie le temps de remonter ma culotte, de la reboutonner et de sortir du lit, Renée l'avait quitté. Elle partit et fila droit au fleuve, ce qui me soulagea, car je ne voulais pas que Charlotte et Antoine soient témoins de notre brouille, comme cela aurait été le cas si Renée s'était allée réfugier dans leur maison. Pour éviter que ces derniers soupçonnent quelque chose, j'adoptai un air souriant et dégagé pour talonner Renée. En quelques bonnes enjambées, je la rejoignis au bas de la côte, sur la grève. Là, j'ajustai mon pas au sien, de façon à donner l'impression que nous nous promenions gentiment. Quiconque nous aurait minutieusement observés aurait décelé notre froid. Renée marchait rageusement, évitait tout contact avec moi, ne fût-ce que le frôlement d'une main ou d'une épaule, et, surtout, elle regardait droit devant elle en camouflant le mieux possible son visage avec les pans de sa coiffe rabattus sur ses joues.

Les différents obstacles dressés par les rochers eurent raison de sa progression et elle finit par s'arrêter. «Vas-tu me laisser, à la fin. Je veux être seule», réclama-t-elle en me faisant face. Je vis alors son visage baigné de larmes et son air de détresse. Cela me tordit le cœur. L'argumentation et les excuses que j'avais préparées durant notre marche silencieuse, et que je me proposais de dire quand elle daignerait m'adresser la parole, restèrent bloquées au fond de ma gorge. Impossible d'avouer à Renée que la comparaison entre l'amitié d'Hélie Targer et la mienne me poignardait; d'expliquer que je n'accordais pas d'importance à la virginité d'une femme et que je ne dénigrais pas celles qui disposaient de leurs atouts à leur guise; inutile aussi de préciser à Renée que je n'avais forcé aucune femme, crimes malheureusement fréquents chez les militaires et dont je m'étais toujours gardé, malgré la tentation d'y céder. Devant la mine dure et fermée de Renée, je sentis que tout essai pour me rétracter ou me justifier ne pourrait l'atteindre. Il me fallait trouver autre chose.

«Je ne peux pas te laisser seule, pas après ce qui s'est passé entre nous. Renée, ma mie, je t'en prie, ne me chasse pas… » Renée se détourna et marcha jusqu'à une pierre plate peu élevée sur laquelle elle se laissa choir. Puis elle éclata en sanglots. Cela me prit complètement au dépourvu et je balançai durant un instant entre approcher Renée ou rester en retrait. Je choisis de m'asseoir non loin d'elle et d'attendre que son chagrin s'épuise. J'examinai les alentours, plus pour me donner une contenance que pour vérifier si nous étions épiés. Les hommes étaient aux champs, les femmes à leurs feux et les enfants, aux basques de celles-ci. À cette heure, en cette saison, j'étais le seul habitant de Bellechasse à flâner sur la rive. Je remarquai bientôt que les pleurs de Renée diminuaient sensiblement. Reportant mon regard sur l'eau, je notai machinalement que la mer était étale. Un vent léger soulevait une vaguelette qui venait rouler sur les cailloux vaseux et les touffes de foin de mer. Ceux-ci chuintaient au contact de l'eau qui les baignait et s'en retirait, dans un inlassable mouvement de va-et-vient qui m'en rappelait un autre, autrement plus exquis…

La faim commença à me titiller et j'eus une pensée fugace pour le brouet de Charlotte. Je songeai aussi à mes poules qui devaient s'impatienter au fond de leur cage; à mes collets à lièvre qui pourraient recevoir la visite de prédateurs avant la mienne; au boisseau de grains que je n'avais pas encore semés parce que les sillons n'étaient pas tous tracés… Enfin, je réfléchis à toutes ces activités quotidiennes qui ne souffraient pas de retard et que je négligeai pourtant, ce jour-là. Jusqu'à maintenant, je m'étais dépensé à posséder une femme et, là, j'étais peut-être en train de la perdre. Cette pensée chavira mon cœur et je ne pus le supporter.

Les épaules de Renée n'étaient plus secouées de sanglots. En une attitude accablée, elle enfouissait son visage dans ses mains. Plus un son ne sortait de sa bouche. L'affliction était passée. Je vins doucement m'accroupir derrière elle et l'enlaçai. Le corps tendu de Renée ne voulait pas s'abandonner à mon étreinte, mais il ne chercha pas non plus à s'en défaire. Je l'enserrai alors plus étroitement.

*

L'explosion de mon courroux me fit le plus grand bien, la marche qui s'ensuivit aussi. Par contre, le silence de Pierre à mes côtés et le soin qu'il prenait à rendre son attitude désinvolte me déçurent. «Chassez le naturel et il revient au galop : le suffisant est de retour», pensai-je. Au lieu d'attiser ma colère, cette constatation m'affligea. Les larmes que je ne pouvais retenir, et que je me gardais d'essuyer, se mirent à couler si abondamment qu'elles brouillèrent ma vue. Au bout d'un moment, je dus m'arrêter de marcher pour ne pas trébucher sur les cailloux de la grève. Afin que Pierre ne mesure pas ma peine, je le chassai, mais il ne broncha pas. Comme je ne supportais pas qu'il scrute mon visage et y lise son avantage, je lui fis dos. Non loin, un rocher plat m'offrait une retraite à laquelle je ne résistai pas. Là, ma peine me submergea et des sanglots, aussi inattendus qu'intarissables, me secouèrent durant un long moment.

«Pourquoi tant pleurer?» pensai-je, comme le dit la chanson. Désemparée, je finis par comprendre combien mon tourment allait au-delà de l'affront de Balan. En réalité, je m'apitoyais sur tous les chagrins accumulés au cours des dernières années et qui n'avaient pas été apaisés parce qu'il fallait faire front : la mort de mon père; la séparation d'avec ma tante; la violence de Raviau; l'abandon de mon fiancé; la perte de ma dot et de la sécurité reliée au statut de fille du roi; et, pour compléter le tableau, la déconsidération de Balan. Ici, la mortification atteignait son comble.

Mon bon père et tante Sarah, par leur affection sincère, m'avaient communiqué une haute estime de moi. Ce sentiment m'avait toujours soutenue et portée en avant sans que je songe à en sonder l'exactitude. Cependant, ce jourd'hui, l'opinion de Balan, exprimée par une simple remarque dénuée de malveillance, ruinait cette image de ma personne que je tenais jusqu'alors pour véridique: c'est-à-dire celle d'une femme intègre et remarquable dans sa condition modeste. «Serais-je donc une fille de rien, puisque je me suis donnée si volontiers à Balan?» me demandai-je, en séchant mes pleurs.

Je perçus que Pierre se positionnait derrière moi. Silencieusement, il se plaça de façon à m'entourer de ses bras. Comme je ne réagissais pas, il resserra son étreinte doucement, ce qui fit fondre ma tristesse. J'abandonnai alors ma tête contre son épaule en soupirant. «Renée, ma mie, il faut pardonner ma gaucherie, murmura Pierre.

– …

– Je me rends compte que je t'ai affligée en paroles après t'avoir donné du plaisir en caresses…»

Il n'y avait rien à redire à cet énoncé. Pierre Balan m'avait procuré ma première jouissance de femme. Entre ses bras, j'avais goûté des délices insoupçonnées. C'était aussi indéniable que l'était mon souhait de connaître à nouveau cette félicité. Par contre, mon allégresse avait peu duré après l'acte, mon cœur ayant aussitôt été navré. Je fermai les yeux et sondai mon âme: je sentis la chaleur du corps de Pierre sur lequel mon dos appuyait; je respirai l'odeur de son cou où mon front se nichait; j'éprouvai la pression de ses mains qui tenaient ma taille. Brusquement, une bouffée de désir m'assaillit et m'ébahit. Je la savourai dans un silence recueilli. Pierre poursuivit son discours, comme s'il avait perçu mon changement d'humeur, et je me délectai de sa voix grave.

«Tu m'as conquis il y a longtemps, mais je ne l'avais pas encore saisi. Je ne suis pas un amoureux hébété et transi et je fais visiblement mal ma cour. Depuis notre rencontre à La Rochelle, je me suis repu d'amourettes fugitives qui m'ont poussé à fanfaronner. Le crédit que j'en ai tiré m'a convaincu de mon charme, de son efficacité et que celui-ci me garantirait la main d'une femme, n'importe laquelle, quand l'idée de me marier se manifesterait. Jamais je ne m'étais imaginé qu'un jour, une femme capturerait mon cœur avant mon corps, aussi fermement. Tu es cette femme-là, Renée. Bien que tu m'aies rejeté plusieurs fois et que j'étais résolu à t'oublier, le destin m'a remis sur ton chemin. Maintenant, je ne peux plus feindre d'ignorer la place que tu occupes dans mon cœur. Je veux te le prouver, de la manière qui te plaira : commande et j'obéirai. »

Cela allait bien à Balan de se transformer subitement en chevalier servant après avoir joué l'impertinent. Sur le plan du discours amoureux, je dus avouer qu'il faisait des progrès. Cependant, quelle part de sincérité devais-je accorder à ses déclarations ? Mon silence réfléchi ne le découragea point de continuer : « Tu as dit, tout à l'heure, que des femmes chastes pouvaient se donner à leur fiancé par amour et que tu étais ce genre de femme. Est-ce à dire que tu éprouves un peu d'affection pour moi ?

– Pierre, je ne sais plus ce que j'éprouve pour toi », répondis-je, sur un ton las. En effet, quelle amitié nourrissais-je pour ce séducteur qui m'avait culbutée avec une pratique éprouvée de la fornication ? L'attirance que l'on ressent lorsqu'elle est provoquée par des caresses peut-elle porter le nom d'amour ? Avais-je un penchant pour Pierre Balan parce que je le désirais ? Une petite voix en moi me chuchotait d'être prudente. Impatienté par mon mutisme, Pierre prit mon visage, le tourna vers le sien et me fixa dans les yeux. « Si je m'applique à ne pas te froisser, arriveras-tu à m'aimer autant que tu as aimé Hélie Targer ? » demanda-t-il.

La question m'attendrit. « Voilà bien comment sont les hommes, me dis-je : lancez-leur un défi, présentez-leur un adversaire, donnez-leur l'occasion d'affirmer leur supériorité et de faire étalage de leurs prouesses, et ils sont prêts à se jeter dans la mêlée!» Balan ne visait plus qu'un but, désormais: remplacer Hélie dans mon cœur. L'objectif de mon amant était méritoire et je lus dans son regard qu'il comptait l'atteindre. Pour toute réponse, je l'embrassai. Moi aussi, je voulais ardemment croire à une union des corps et des cœurs dans ce mariage.

Puisque Pierre s'en remettait à moi pour dicter notre conduite durant nos fiançailles, je décrétai qu'une séparation d'un mois serait convenable. Cela nous amenait au début de juin pour les noces et nous convînmes que je retournerais vivre chez les Pépin entre-temps. Nous décidâmes aussi qu'avant de repartir pour l'île d'Orléans, nous irions ensemble à Québec dans le but d'obtenir une audience avec l'intendant et de tenter de recouvrer ma dot, en tout ou en partie.

En soirée, nous exposâmes notre plan à nos hôtes. Charlotte me proposa aussitôt de jumeler le baptême de son fils avec notre mariage. «Dans la première semaine de juin, le prêtre itinérant devrait s'arrêter dans l'anse en s'en allant jusqu'à la rivière du Loup. C'est à ce moment-là que nous ferons baptiser notre fils. Antoine pourrait être le témoin de Pierre au mariage et toi, la marraine de notre petit Jean. Qu'en dis-tu?» Pierre et moi nous regardâmes et acquiesçâmes à cette idée. Durant la veillée qui s'ensuivit, la perspective des deux événements combinés ne cessa de nous émerveiller et nous en eûmes autant de plaisir que si cela eût été Noël. À la nuit tombée, Antoine et Charlotte exprimèrent leur désappointement de laisser partir Pierre chez lui et moi, c'est à grand-peine que je m'y résignai. Dehors, à l'abri des regards, sur le seuil de la porte et sous le dôme étoilé, Pierre me caressa et m'embrassa longuement. Je répondis à sa ferveur par la mienne et mon excitation était à son comble quand il me laissa. Le corps fiévreux, mais le cœur apaisé, je rentrai passer ma dernière nuit sous le toit du couple Drapeau. Pierre et moi étions parfaitement réconciliés et, je dirais, passionnément amoureux.

Le lendemain, je fis mes adieux à Charlotte et à Antoine, à la petite Louise qui me gratifia d'un sourire exquis, et au nourrisson qui n'ouvrit pas l'œil. J'avais déjà hâte de retrouver ces aimables voisins, à mon retour dans l'anse. Je m'embarquai avec Pierre dans son canot d'écorce. Celui-ci me parut beaucoup moins sûr que la barque d'Antoine, dans laquelle nous avions fait la traversée en revenant de l'île. Pierre n'insista pas pour me montrer comment ramer quand je lui eus avoué ma terreur des eaux. Lui laissant le fardeau des manœuvres, auxquelles il semblait rompu, je me recroquevillai au fond de l'embarcation en m'accrochant à mon sac. Comme je sentais contre mes côtes les coins durs de mon coffret, le souvenir de madame Gasnier resurgit. « Quelle tête ferait ma tutrice en apprenant mon mariage prochain avec Pierre Balan dit Lacombe ? Ne l'avait-elle pas prédit lorsqu'elle m'a raconté les assiduités de ce galant jugé indésirable ? » me dis-je.

*

Comme nous avions convenu de demander audience à Jean Talon par le biais de Renée au lieu du mien, je restai en retrait d'elle au moment où nous fûmes introduits dans le fort Saint-Louis et je la laissai parler la première dans les appartements de l'intendant. Celui-ci reconnut Renée aussitôt que nous pénétrâmes dans la pièce, alors que son regard interrogateur dans ma direction me fit penser qu'il ne me replaçait pas. Je dois dire, pour l'excuser, que je n'avais plus du tout l'apparence qu'il m'avait déjà connue, soit en tenue militaire, soit en tenue de coureur des bois. Par ailleurs, je trouvai à l'intendant une mine grise et un manque général d'allant qui ne correspondaient pas à sa nature. Je soupçonnai qu'il devait être malade, comme on le prétendait autour de lui.

« Bonjour, Renée Biret! C'est un plaisir de t'accueillir ici de nouveau. Je ne pensais pas te revoir après tes démêlés avec mon amie Anne Gasnier, dit Talon, d'entrée de jeu.

— Le plaisir est également le mien, répondit Renée en faisant la révérence. Ce n'est pas le manque d'envie qui m'a retenue de vous rendre visite avant de quitter Québec, messire, mais la crainte que vous m'en vouliez des libertés que j'ai prises par rapport à ma tutrice. Madame Gasnier m'a d'ailleurs assurée que je vous avais fort mécontenté dans cette histoire.

— Bah, ce qui est fait est fait! Tu n'es pas la seule fille à ne pas combler les espoirs que la France et la Nouvelle-France fondent sur elle. Une des pupilles du roi s'est faite religieuse; une autre a exigé son rapatriement et sa famille a payé son repassage en France; une certaine fille nous est arrivée grosse et a été retournée d'où elle venait; quelques-unes se sont déclarées bréhaignes et ont été embauchées comme domestiques… Enfin, cet exercice fastidieux de faire venir des filles à marier a connu des ratés. L'an dernier, les tutrices de recrues à Montréal ont eu beaucoup à se plaindre de leur effronterie. En outre, les pécunes de Sa Majesté se font plus rares dans le soutien du pays: voilà pourquoi j'ai cru bon de demander une interruption du programme… »

« Ouf, je l'ai échappé belle! » pensai-je en entendant cela. Charlotte disait donc vrai à ce propos. Renée sembla s'étonner de l'information et saisit l'occasion pour me présenter, ce dont j'avais hâte. « Messire, ne soyez plus déçu à mon sujet, dit-elle. Je viens précisément ici pour vous annoncer que je vais me marier à un habitant, conformément à mon engagement envers la colonie. Voici mon futur mari, Pierre Balan dit Lacombe. Vous le connaissez, il a servi sous les ordres du marquis de Prouville de Tracy…

– Ah, Balan! Où donc ai-je la tête?… Je me disais depuis tout à l'heure que tu ne m'étais pas étranger, coupa Talon en me tendant la main.

– Bonjour, messire Talon, fis-je, heureux de vous revoir!

– J'ai appris par Berthier que tu as pris un lot à l'anse Bellechasse. La concession n'a pas été arpentée et peu de terres sont défrichées là-bas. As-tu seulement des voisins? Comment te débrouilles-tu?» Ce disant, Talon nous fit signe de nous asseoir et il retourna au fauteuil derrière sa table. Je remarquai alors qu'il se déplaçait avec une certaine raideur. Deux chaises droites lui faisaient face et Renée et moi y prîmes place, comme il nous y avait invités.

«Eh bien, fis-je en m'assoyant, les travaux sont plus faciles quand la terre a déjà été défrichée, mais il me manque encore la science, les outils et les bêtes pour arriver à un succès. J'ai peu de voisins, c'est vrai, mais ils sont excellents! Et puis, je vais me marier. Vous savez comment c'est, messire, il n'est pas tout de trouver une épouse et une maison pour l'y installer, encore faut-il nourrir cette charmante créature, la chauffer, l'habiller et la déshabiller…» Renée me coula un regard outré et m'interrompit: «En effet, messire Talon, là-bas, tout nous fait défaut, dit-elle. Nous n'avons ni bœuf, ni houe, pas de porcs dans l'enclos, pas d'oies non plus; rien qui vaille pour cuisiner et encore moins pour nous meubler. Pierre a dépensé sa prime de soldat à s'équiper pour la chasse et moi, j'ai perdu ma dot par opiniâtreté, comme vous l'avez su. Donc voilà ce qu'il en est: une fille du roi désillusionnée et un licencié du régiment, qui a touché à la traite des fourrures, s'épouseront et s'installeront sur un lot, sans pourtant rien recevoir de ce que les autres dans la même condition ont obtenu de l'administration. Certes, Pierre et moi n'avons pas mené notre affaire de la manière souhaitée, mais nous arriverons au même résultat que les autres habitants avec un peu de retard sur eux. Quelle importance cela a-t-il pour la colonie, messire?

— Aucune, fit Talon.

— Dans ce cas, et ceci est notre requête, pouvez-vous nous octroyer ce sur quoi nous comptions pour devenir colons?»

À ce moment-là, un serviteur annonça la venue d'un dénommé Byssot de La Rivière que Talon demanda de faire entrer. Nous ne vîmes le visage du visiteur qu'à l'instant où il laissa choir à ses pieds l'énorme ballot qu'il transportait. Le teint rubicond et le cheveu rare, Byssot était petit de taille et large d'épaules. Se dégageait de lui une forte odeur de tanin qui nous prit à la gorge dès les premières minutes de son arrivée. «Voici les échantillons que vous avez commandés, mon seigneur, dit-il. Ils sont conformes à vos exigences, comme vous pourrez le constater.

— Bien! Nous allons examiner cela. Balan, viens voir ce que donne la tannerie de Pointe-de-Lévis. Je veux connaître ton opinion sur la qualité des cuirs», fit Jean Talon en se levant.

J'avais entendu parler de cette fabrique récemment mise sur pied avec l'aide de l'intendant, mais je n'avais jamais palpé quelque pièce de sa production. Que Talon me convie à une inspection, moi qui ne connaissais rien au domaine des cuirs, me flatta, mais, devant le regard soupçonneux du tanneur, j'adoptai un air réfléchi en approchant du ballot. Sans intervenir, je laissai Talon manipuler les différents morceaux et en apprécier la souplesse, la couleur, l'épaisseur, selon l'usage auquel ils étaient destinés: tantôt des gants, tantôt des souliers ou des bottes, tantôt des ceintures ou des courroies. Byssot n'insistait sur rien, comme si l'étalage de la marchandise ne le concernait pas. Il se contentait d'exposer son ouvrage et de répondre aux questions. De temps à autre, il jetait en direction de Renée un bref coup d'œil dans lequel je perçus de la convoitise. Celle-ci s'était levée et le halo de lumière jeté par la haute fenêtre découpait sa jolie silhouette en soulignant la forme généreuse de sa poitrine. Tournée vers notre groupe, Renée souriait d'une manière que je jugeai quelque peu aguichante. Aussi me mis-je à surveiller l'attitude du tanneur pour voir s'il sollicitait l'attention de Renée par des œillades.

«Balan, toi qui fais certainement la différence entre la peau d'un bœuf et celle d'un élan ou d'un chevreuil, dis-moi sur quel animal a été prise celle-ci», fit soudain Talon tout en me tendant une longue bande de cuir brun foncé. Sans même attendre ma réponse, il se lança dans un discours sur les nombreuses productions locales de biens usuels qu'il avait encouragées au cours de son mandat, dont la tannerie de Byssot. Talon mentionna un atelier de fabrique de chapeaux; un autre pour des chaussures militaires; un autre pour le drap de chanvre cultivé sur la côte de Beaupré; la distribution de métiers à tisser dans des familles de Neuville qui élevaient des moutons et qui avaient réussi à confectionner du droguet, de l'étamine, de la serge de seigneur et du bouraguan avec la laine de leur cheptel. «Tel que vous me voyez, conclut Jean Talon, je suis vêtu de pied en cap grâce au matériel confectionné au pays! N'est-ce pas étonnant? Les sujets de Sa Majesté en Nouvelle-France produisent maintenant tout le nécessaire à leur habillement et ils ne désirent plus rien de l'ancienne France dans cette catégorie. Il en va de même pour d'autres biens, comme la bière faite avec les grains de nos champs; les bateaux construits sur la rivière Saint-Charles avec le bois de nos forêts; le minerai de fer des sables découvert à Trois-Rivières avec lequel il sera envisageable de fondre des canons. On trouvera peut-être du cuivre au lac Supérieur: un prospecteur s'y emploie depuis l'année dernière. Sur moult plans, la Nouvelle-France se suffit à elle-même. Si la mère patrie ne lui retire pas son soutien, elle deviendra un pays extrêmement prospère.»

Surpris par l'envolée oratoire de l'intendant, nous nous regardâmes les uns les autres sans réagir. Byssot brisa le silence en s'adressant à Talon : «Alors, mon seigneur, que pensez-vous de mes échantillons de cuir?

— C'est du chevreuil, dis-je en replaçant la bande de cuir sur le dessus du ballot.

— Ah oui, vraiment? Fort bien…, fit Talon, légèrement embarrassé. Merci Byssot, remballe le tout et porte-le à mon magasinier. Ton cuir est excellent et je vais passer la commande dont nous avions convenu.» Tandis que le tanneur reprenait son ballot et sortait, Jean Talon retourna à son fauteuil et moi, à ma chaise. Renée resta debout, les mains posées sur son tablier blanc, dans une attitude d'aimable attente.

«Maintenant, revenons à votre affaire à tous deux, dit Talon.

— Messire, avança alors Renée, je crois vous bien comprendre. Les avancées dans la production du pays que vous mentionniez tout à l'heure sont vraiment louables, et si je peux le prétendre, elles sont votre œuvre. Vous avez su stimuler des initiatives dans la population afin que voient le jour ces fabrications et constructions si utiles à la vie dans la colonie. Ceux qui ont accepté les défis que vous avez lancés peuvent vous remercier, car vous les avez révélés à eux-mêmes : des habitants sont devenus tisserands et d'autres sont devenus brasseurs. Pierre Balan et moi sommes désireux de participer à votre projet. Si ce n'est qu'en fondant un foyer et en fournissant le blé essentiel au pain, ce sera notre travail. Si nous pouvons faire plus, nous n'hésiterons pas. Nous permettrez-vous d'accomplir notre devoir envers la colonie en nous facilitant le démarrage de notre concession à l'anse Bellechasse?

— Quelle éloquence, Renée Biret! Impossible de refuser une requête aussi joliment exprimée. Mais avant d'y accéder, j'aimerais savoir dans quel type d'entreprise, en sus du travail de votre lot, vous aimeriez vous investir», demanda Talon.

Si les propos de Renée m'avaient enchanté, la question de Talon piqua ma curiosité. Je me demandai ce que Renée avait en tête avec ce curieux «si nous pouvons faire plus» et j'attendis sa réponse avec un intérêt croissant. Mais, malheureusement, le silence qui s'ensuivit marqua son hésitation à dévoiler un plan précis. Talon enchaîna: «Nous n'avons encore rien essayé sur les censives de la côte sud, faute d'avoir la collaboration des seigneurs en place, mais ça pourrait changer avec l'attribution prochaine de nouvelles seigneuries, dont celle de Bellechasse qui s'agrandit. Que dirais-tu de la culture du lin? Son épi pousse bien dans les terres pentues et drainées… ou encore celle de l'orge?

— Ou bien la vigne, peut-être? J'ai acquis quelque intelligence là-dessus dans une exploitation à l'île de Ré. Vous le savez, celle-ci n'est pas reconnue pour la fertilité de ses sols, ni pour son climat doux. Les plants qui y croissent pousseraient-ils ici? Si cela était, nous ajouterions un petit peu à l'autonomie de la colonie en matière de vins», suggéra Renée. Talon eut la complaisance de laisser à Renée ses illusions et revint à notre équipement de base. Il signa un billet afin que j'acquière une bête à cornes, une paire de pourceaux, une houe, une pioche, une faucille et une binette. Il octroya à Renée trente-cinq livres tournois pour les ustensiles et meubles de maison. Puis l'intendant nous félicita pour nos épousailles, nous souhaita la meilleure des chances et nous congédia.

Quand on n'est assuré de rien dans une sollicitation, ce qu'on obtient est toujours un trésor. C'est bien ce que nous ressentîmes, Renée et moi, en sortant du fort Saint-Louis. Bras dessus bras dessous, nous redescendîmes tranquillement au quai Champlain où nous retrouvâmes mon canot. Prenant tout mon temps pour conduire l'embarcation, je ramenai Renée au quai de Sainte-Famille sur les coups de midi. «Ne m'accompagne pas, Pierre. Je connais le chemin, me dit Renée.

– Pourquoi? Je porterai ton bagage… Nous ne pouvons pas nous quitter froidement, comme ça, protestai-je.

– Il vaut mieux, crois-moi. Je n'ai pas plus confiance en ta retenue qu'en la mienne pour nous contenter d'adieux modérés. Comme le chemin jusque chez les Pépin est semé de bosquets invitants, je ne veux pas prendre de risque…

– Raison de plus, ma mie! Je t'en prie… », fis-je en l'enlaçant. Renée m'abandonna sa bouche, mais pas le reste. En se dégageant, elle me fit promettre de revenir la chercher chez les Pépin le 1er juin, sans faute. Je promis. Sur un dernier baiser, Renée prit son sac et s'en alla d'un pas déterminé.

Après l'avoir regardée s'éloigner durant un moment, le cœur palpitant, je remis mon canot à l'eau. Je lui fis contourner lentement l'île le long des berges, puis le lançai à l'assaut des eaux vives du fleuve. En accostant dans l'anse Bellechasse, j'étais apaisé et je respirais le parfait bonheur.

CHAPITRE XIII

Été 1672, Anse Bellechasse

Une chaleur étouffante régnait dans la cuisine. Je m'épongeai le front et m'éloignai de l'âtre en tentant de dominer la nausée qui m'affadissait le cœur, depuis mon réveil. Marie Testu leva les yeux dans ma direction et me fixa. « Sors, Renée. Si tu recommences à vomir comme hier, tu seras plus à ton aise dehors », dit-elle. J'acquiesçai à son conseil, fourrai le mouchoir dans ma poche et me précipitai vers la porte. À peine eus-je le temps de me rendre sur le côté de la maison que je régurgitai de la bile : je n'avais encore rien avalé de la journée.

Désormais, impossible d'ignorer le fait, ni pour elle ni pour moi : j'étais enceinte. Cela me mortifiait au lieu de me réjouir. Non pas que je craigne le jugement de mes patrons, car ils étaient pleins d'indulgence envers moi. Cependant, la première semaine de juin venait de passer et Pierre ne s'était toujours pas présenté. Plus le temps s'écoulait, plus ma situation chez mes patrons devenait précaire. Voilà maintenant huit jours que j'aurais dû être partie et j'étais encore là, pâlotte, chancelante et désespérément sans nouvelles de mon « galant », terme que les Pépin employaient pour désigner Pierre. Marie Testu ne semblait pas s'alarmer outre mesure de ce retard, mais Antoine Pépin commençait à montrer des signes d'impatience. La veille, ses remarques acerbes sur le compte de Pierre m'avaient plongée dans l'embarras et m'avaient indiqué que sa tolérance atteindrait bientôt sa limite.

Quelques minutes plus tard, en entrant dans la maison, mon appréhension se confirma. Antoine Pépin m'apostropha : «Renée, fais ton bagage, je te reconduis à l'anse Bellechasse ce jourd'hui. Nous nous embarquerons à Saint-Jean, j'ai une affaire à régler avec Robert Boullay.» Marie Testu me fit un sourire contraint tout en haussant les épaules en signe d'impuissance. Je compris qu'elle avait essayé d'obtenir un sursis auprès de son mari et qu'elle n'avait pas réussi. Je lui en fus néanmoins reconnaissante.

En somme, la décision me soulageait. Il fallait impérativement que je me marie. Si Pierre tardait à venir me chercher parce qu'il ignorait l'urgence du mariage, les Pépin, eux, en étaient conscients. Je savais également qu'ils redoutaient que Pierre ait renoncé à son engagement : que feraient-ils alors d'une Renée Biret engrossée et abandonnée? Moi-même, je repoussais cette idée angoissante quand elle s'insinuait dans mon esprit : Pierre ne pouvait pas me délaisser…

Lorsque nous arrivâmes à Saint-Jean, après une marche de quelques heures, il était temps. De lourds nuages s'étaient accumulés dans le ciel et menaçaient de crever. Antoine Pépin dit Lachance accéléra le pas et nous atteignîmes la maison des Boullay au moment où les premières gouttes se mirent à tomber. À l'intérieur, nous eûmes la surprise d'entrer dans une fête : on venait tout juste de célébrer le mariage de la fille aînée avec Pierre Joncas dit Lapierre. La salle était remplie de gens joyeux et légèrement éméchés qui trinquaient en l'honneur des nouveaux épousés. Robert Boullay nous accueillit avec gaieté. Quand mon patron le mit au courant de la raison de ma présence, l'homme sourcilla. «Vous tombez bien, nous dit Boullay, l'abbé Morel est encore ici. Avec l'orage, il ne traversera pas le fleuve aujourd'hui, mais probablement demain. Il est en route pour la rivière du Loup et, comme chaque année, il est venu faire son tour à l'île. Avant qu'il soit transféré sur la côte sud, l'île d'Orléans faisait partie de sa mission.

– Il me semble que les bans ont été publiés à Sainte-Famille, pourquoi ce n'est pas l'abbé Duplein qui marie ta fille? demanda Antoine Pépin.

– Cela aurait pu se passer ainsi, mais j'ai préféré profiter du passage de Thomas Morel chez nous pour marier Jacqueline. Un abbé ou l'autre, ça n'a pas d'importance. L'acte de mariage va être enregistré à la paroisse Sainte-Famille quand même», répondit Robert Boullay. Puis, s'adressant à moi, il ajouta: «Tu vas voir, Renée, l'abbé n'est pas compliqué et il va te marier sans faire de difficultés, dès demain si possible. C'est monsieur Chénier qui le transporte d'un lieu à l'autre dans son bateau. Tu embarqueras avec eux pour te rendre à l'anse Bellechasse. Viens que je te présente…»

Antoine Pépin me laissa aux bons soins de son ami et se joignit à un groupe d'habitants qui discutaient fort. Je le gardai à l'œil, craignant qu'il ne reparte sans recevoir mes remerciements. Maintenant que l'arrangement pour ma traversée était fait, rien ne l'obligeait à rester. Je saluai au passage les nouveaux mariés et félicitai Pierre Joncas en mon nom et en celui de Pierre. Puis Boullay me désigna l'abbé Thomas Morel. L'homme était grand, d'âge mûr, son faciès était avenant et ses manières simples. Les premiers échanges firent fondre ma gêne. Je n'avais pas souvent été en contact avec des prêtres et je gardais une certaine défiance à leur endroit. Par sa bienveillance, l'abbé Morel m'apaisa aussitôt. Il accueillit ma demande favorablement et répondit très simplement à la question qui me tracassait: la publication des trois bans de mariage prescrits par l'Église. «Vous n'aurez pas à attendre, dit-il. Je bénirai votre union sur place en présence de témoins;

j'inscrirai les informations dans mon carnet de mission et puis, de retour à Québec, je transcrirai l'acte de mariage au registre paroissial. C'est à ce moment-là que je demanderai et obtiendrai une dispense de publication des bans en votre nom à tous deux.

— Notre mariage sera tout aussi valable que s'il avait eu lieu à l'église Notre-Dame, alors?

— Parfaitement, oui.

— En quelque sorte, je pourrais dire que je me suis mariée à Québec, comme mes compagnes de traversée, n'est-ce pas?

— Si vous voulez… Êtes-vous une pupille du roi, Renée Biret?

— Oui et non. Je me suis retirée du contingent des filles du roi quelques mois après mon débarquement. Pour cette raison, je n'ai pas de dot ni de contrat de mariage.

— Qui est votre promis?

— Pierre Balan dit Lacombe. Il était soldat, dans la même compagnie que le marié d'aujourd'hui, Pierre Joncas.

— Je comprends », fit Thomas Morel en hochant la tête. Il fit quelques commentaires sur l'insouciance de certains gens d'armes dans leurs amours et il avança que, parfois, des filles se trouvaient engrossées et abandonnées par eux. Manifestement, il était arrivé à l'abbé Morel de bénir le mariage précipité de quelques soldats en usant de dispenses et de dérogations. À mon grand soulagement, il n'alla pas au-delà de ces éclaircissements et ne chercha pas à fouiller ma situation avec Pierre. S'il m'avait interrogée sur mon état de grâce ou l'état de mon giron, je n'aurais pu lui cacher que Pierre et moi avions fauté.

Entre-temps, l'orage avait cessé et les invités à la noce s'éclipsèrent. Ne restèrent plus bientôt que la famille Boullay; les nouveaux mariés, qui avaient hâte de s'isoler; l'abbé Morel et son accompagnateur, qui étaient hébergés pour la nuit; Antoine Pépin et moi. Ce dernier avait le temps de rentrer chez lui avant le soir, mais il hésitait à partir. Après s'être entretenu durant quelques minutes avec Robert Boullay et l'abbé Morel, il me fit part de sa décision : « J'ai dit que j'étais ton témoin et que je t'accompagnais jusqu'à l'anse Bellechasse demain. Boullay me prête sa barque.

– Pourquoi? Ce n'est pas nécessaire. Vous m'avez déjà beaucoup aidée en m'amenant ici, et vous avez tellement d'ouvrage. Je vous en prie, ne vous attardez pas davantage pour moi, protestai-je.

– Je veux m'assurer que Balan t'épouse, c'est tout.

– Qu'est cela? Vous en doutez?

– J'ai mes raisons.

– Lesquelles? Parce que Pierre a une semaine de retard? Parce que c'est un ancien soldat? Quoi? Je veux savoir, insistai-je.

– Parce que tu es grosse et que tu vis sous mon toit. On sait tous que Balan est le responsable. Alors, si son intention est de t'oublier chez moi, je vais le contraindre à t'épouser. Si ce n'est pas son intention et qu'il justifie le retard qu'il met à venir te reprendre, il sera heureux que je te serve de témoin. Écoute, Renée, tu aurais été ma fille que je n'aurais pas agi différemment. » Je ne dis mot, sinon pour le remercier. Après le repas, je me retirai dans un coin et me fis aussi discrète que possible, car je n'étais pas d'humeur à converser avec quiconque. Une question oppressante sourdait en moi : « Que fera-t-on demain si Pierre ne se trouve pas à l'anse Bellechasse? »

*

Au bruit ténu d'accessoires de cuisine que l'on entrechoque, je m'éveillai, assommé. Ma tête semblait vouloir éclater et j'eus peine à ouvrir les yeux. La bouille de François Bacquet apparut soudain dans mon champ de vision. Je me levai sur un coude. « Qu'est-ce que tu fais là? bredouillai-je.

– Eh bien, j'assiste à ton pénible réveil, Balan!

– Mais où suis-je donc?

– Chez moi. » Tout me revint en mémoire, d'un coup : ma sortie à Québec la veille du 1er juin pour me procurer des alliances; ma rencontre avec Akaroé au cabaret; mon séjour à la mission de Sillery, que j'aurais dû raisonnablement écourter et qui dura une semaine; mon retour à Québec pour récupérer mon canot; une dernière visite si arrosée au cabaret qu'elle me fit oublier jusqu'à Renée qui m'attendait à l'île; la périlleuse traversée du fleuve sous un torrent de pluie; l'aboutissement de mon embarcation à une lieue de l'anse Bellechasse; et enfin, les secours de François qui me recueillit sur la grève au bout de sa terre. Me voyant transi et hébété, il m'avait achevé en me faisant boire quantité d'eau-de-vie pour me redonner des couleurs. Or, ce matin du 9 juin, de couleurs je n'avais point : mon teint blafard devait rivaliser avec la noirceur de mon âme.

Ne voulant pas parler devant sa femme, François m'entraîna dehors. Après quelques pas faits en silence le long de la grange, il commença à me poser des questions qui me surprirent par leur innocence. Les propos que j'avais tenus la veille avaient sûrement été très confus, car François semblait n'avoir rien compris à mon récit. « Que pense Renée Biret de ton projet d'expédition avec Akaroé cet été?

– Je ne pars pas en expédition avant l'automne prochain…

– Qui va faire tes semailles, ton sarclage, tes moissons?

– Moi-même, avec les outils que je vais acheter…

– Pourquoi te marier à Sainte-Famille?

– C'est Renée qui est là en ce moment, chez les Pépin : on a l'intention de se marier à Berthier-Bellechasse… » Et, pour finir, la question fâcheuse qui avait tendance à me tourmenter : «Pourquoi te saoules-tu? Veux-tu devenir un ivrogne?

– Que dire? J'ai peur de ne pas... Ah, je ne sais plus, bafouillai-je.

– Écoute, Pierre, je crois que tu ne désires pas vraiment cultiver la terre, pas plus que tu n'as envie de te marier. Tu bois pour repousser les échéances», avança François.

Je dévisageai mon ami avec étonnement. Comment en effet expliquer mon inconduite sans revenir à mes aspirations sincères? «C'est bien possible, fis-je, songeur... Parfois, quand je regarde ma cabane, mon champ devant, qui est encore tout encombré de souches, et la forêt derrière que je m'épuise à faire reculer, je sens l'exaspération me gagner. Les choses semblent s'être arrêtées et ne plus vouloir avancer à moins d'y investir une énergie démesurée. À ces moments-là, les expéditions de traite me manquent douloureusement; la caserne sous le fort Saint-Louis aussi; même la vie à bord du *Brézé* m'apparaît sous une lumière distrayante.

– Pas le *Brézé* et ses cales puantes!

– Non, pas les cales, mais le halo d'aventure qui pimentait notre quotidien de soldats en guerre... Ton ancienne vie ne te manque jamais, François?

– Mon ancienne vie, celle d'avant mon engagement dans l'armée, c'est ma vie sur les terres fertiles autour du château de Nérac. Je l'ai retrouvée ici, en plus grand. Vois-tu un château aux alentours? Non, et c'est tant mieux. Pourquoi?

– Parce que tu besognes pour ton propre compte au lieu de t'échiner à engraisser un duc ou un comte, répondis-je.

– Voilà! Pas de taxe pour l'utilisation du four à pain; pas de restriction pour la coupe de toute autre essence de bois que le chêne; pas de limites à pêcher dans la rivière ou dans le fleuve; pas plus d'interdiction pour la chasse des animaux à fourrure ou des volatiles, sauf les perdrix; un prix ridicule pour l'exploitation de la terre ou pour faire moudre; l'usage exclusif d'une maison bâtie de mes mains, avec mon bois et les pierres de mon champ et qui m'appartient en sus, et que je pourrai céder à mes enfants; et, par-dessus tout ça, la chance inouïe de pouvoir me marier sans permission à quémander au curé, aux parents, au capitaine de milice ou au seigneur dont je dépends. Et tu me demandes si je regrette quoi que ce soit de ma vie passée? »

Nous discutâmes longuement, François et moi. De temps à autre, je jetais un regard sur la maison proprette, les dépendances, les sillons bien droits qui dévalaient le champ pentu jusqu'au fleuve et je me demandais si François n'avait pas fait le bon choix. N'avais-je pas moi aussi une petite expérience de la terre pour y avoir trimé avec mes parents avant de m'enrôler? Pourquoi l'avais-je prise en grippe au lieu d'y trouver ma fortune comme François? Je me sentis égaré au milieu de tous ces raisonnements. Mon ami le saisit : « Écoute, Pierre, retourne chez toi et réfléchis. Si tu ne veux pas de cette vie-là, il est encore temps de réagir. Quoi que tu décides pour le mariage, va en aviser Renée à l'île. Tu n'as pas le droit de la laisser sans explication. Tu n'es pas un vaurien, juste un gars dépaysé. »

Ces paroles me secouèrent. Je choisis de partir sur-le-champ, sans manger ni boire. Anne Philippe avait mis à sécher ma veste près du foyer et elle me la tendit avec une mimique avenante. En la saluant, je me souvins qu'elle était très liée avec Renée et qu'elle s'était réjouie de savoir son amie bientôt mariée avec moi. Si elle avait deviné les sombres doutes qui m'assaillaient, Anne se serait désolée au lieu de me sourire.

Une désagréable surprise m'attendait sur la grève : mon canot était sévèrement abîmé. Les eaux tumultueuses de la veille l'avaient probablement projeté sur des récifs, je ne gardais cependant aucun souvenir du périple. Après inspection, l'embarcation m'apparut inutilisable. « Comment diable ai-je fait pour naviguer là-dedans, hier?» me dis-je, déconcerté. Il fallut donc me résigner à laisser le canot sur place et à gagner Berthier-Bellechasse par le sentier indien qui longeait le fleuve. Le temps était splendide et la marche eut tôt fait de dissiper les dernières vapeurs d'alcool et de me raviver. Je progressai si gaillardement qu'aux alentours de midi, je sortis de la seigneurie du capitaine Morel de La Durantaye et atteignis l'embouchure de la rivière qui la délimitait. Le cours d'eau se déversait dans l'anse Bellechasse après de multiples méandres et il se traversait à gué, à marée basse. Je le franchis, les souliers à la main.

Quelques minutes plus tard, les toits de la seigneurie Berthier-Bellechasse apparurent. Au fond de la baie, je distinguai deux nouvelles embarcations et un groupe de personnes que je ne pus identifier. Malgré la curiosité qui me poussait à les rejoindre, je choisis de quitter le rivage pour rentrer directement chez moi. En gravissant la pente broussailleuse pour regagner ma cabane au milieu du champ, j'aperçus la deuxième surprise désagréable de la journée : Antoine Pépin venant à ma rencontre.

*

Depuis la maison du couple Drapeau-Joly, on pouvait voir, au-dessus des champs, le long pin dressé devant la maison de Quelvé. L'abbé Thomas Morel avait pris cette direction après le baptême du petit Jean Drapeau ; il reviendrait par le même chemin lorsque sa visite au père Quelvé serait finie, bifurquerait vers le fleuve et s'embarquerait avec son pilote en me laissant là, penaude, marraine et pas mariée. Je fixai le faîte de l'arbre avec angoisse en repensant aux paroles de l'abbé : «Ne vous en faites pas, Renée Biret, je vous marierai en repassant à l'anse Bellechasse. Le temps de me rendre à la rivière du Loup et de revenir ; en tout, une soixantaine de lieues aller-retour; je dirais dans une vingtaine de jours… Par voie de mer, c'est plus rapide qu'à pied. Ma tournée d'hiver est beaucoup plus lente.» Je lui avais souri en tentant de masquer mon dépit. «Et si Pierre n'est toujours pas là dans vingt jours, avais-je pensé, qu'est-ce que je vais devenir? Qu'est-ce que l'abbé va dire? Qu'est-ce qu'Antoine Pépin va tenter?»

J'étais toujours en observation sur le seuil de la porte lorsque je vis revenir l'abbé et monsieur Chénier. Celui-ci souleva son tricorne pour me saluer et les deux hommes s'engagèrent sur le sentier qui descendait au fleuve. Au détour de la butte, ils disparurent et je sentis les larmes me monter aux yeux. Ne voulant pas montrer mon désespoir à Antoine et à Charlotte, je n'entrai pas tout de suite. Je fis quelques pas le long de la maison. C'est alors que mon regard embrassa une vue de la grève en contrebas. J'y aperçus Antoine Pépin faisant de grands signes de la main en direction du prêtre et de son accompagnateur. Se tenait à ses côtés un homme que je reconnus immédiatement: Pierre! Mon cœur bondit et mes larmes s'asséchèrent. «Ah, te voilà enfin, Balan! Ce n'est pas trop tôt», me dis-je, palpitante.

Tandis que le groupe remontait la côte, j'entrai pour aviser Antoine et Charlotte que le mariage aurait lieu. Depuis qu'il m'avait raconté, avec un trouble évident, le départ de Pierre, Antoine était soucieux. Il avait évité mon regard et tenté de paraître désinvolte, mais j'avais deviné son embarras face à l'absence prolongée de son ami. Maintenant qu'il savait ce dernier de retour, un immense soulagement se lisait sur son visage. Quant à Charlotte, l'annonce lui tira un hourra bien senti qui réveilla les petits enfants dans leur ber.

L'heure n'étant pas aux explications entre Pierre et moi, nous échangeâmes de banales salutations en nous voyant, puis l'abbé Morel procéda au mariage sans plus tarder. Le prêtre s'était déjà entretenu avec moi et avait visiblement eu le temps de le faire avec Pierre en s'en venant. Pour lui, il ne restait plus qu'à recueillir le consentement des époux et à leur accorder la bénédiction nuptiale. Ce qu'il fit assez promptement. Je prononçai plutôt sèchement les vœux traditionnels de prendre l'autre en épousailles et de le chérir jusqu'à la mort. Pierre mit un peu plus de chaleur dans son énoncé. Ensuite, Thomas Morel sortit de sa besace des feuilles de papier et de l'encre et commença l'interrogatoire coutumier des mariés en écrivant les réponses au fur et à mesure, à savoir : leur nom et prénom, ceux de leurs parents, la paroisse d'origine et le métier de l'époux. J'eus un petit pincement au cœur en mentionnant mon père et je pensai à tante Sarah en nommant ma mère. Finalement, l'abbé enregistra les témoins : Antoine Pépin pour le mien; Antoine Drapeau pour celui de Pierre. Avec un sourire satisfait, il souffla sur sa feuille, referma sa corne d'encre, rangea le tout dans sa besace et nous félicita. C'était terminé! Tout le monde se dit de nouveau adieu et nous abandonnâmes la famille Drapeau à la paix de leur logis. Dehors, le groupe se scinda sans tarder : l'abbé Morel, son accompagnateur et Antoine Pépin partirent d'un côté, Pierre et moi de l'autre.

Nous regagnâmes la cabane en silence. Je me sentais absolument abattue, comme si toute la tension accumulée tombait subitement. L'irritation et le soulagement se mêlaient en moi à parts égales et m'empêchaient d'exprimer clairement mes sentiments. M'étant torturée durant tout le jour avec la défection de Pierre, je n'avais maintenant plus la force de lui demander des justifications. Je pressentais que celles-ci, quand elles seraient révélées, me causeraient une grande déception. Je ne lui adressai donc pas la parole et c'est Pierre qui dut ouvrir la bouche le premier, une fois que la porte se fut refermée sur nous. «Ma mie, dit-il doucement, il ne faut pas faire la tête le jour de notre mariage. Si j'avais su que tu étais grosse, je serais allé directement à Sainte-Famille.

— ...

– J'espère que tu n'as pas imaginé que je t'abandonnais et renonçais au mariage… C'est du moins ce que Pépin a cru. Drapeau a dû te dire que j'étais allé à Québec…

– Si fait! Pour acheter des anneaux. Tu as mis une semaine à en trouver et tu reviens bredouille! sifflai-je. Qu'as-tu fabriqué durant tout ce temps?

– J'ai rencontré un ami; j'ai fait un saut à la mission jésuite de Sillery avec lui et je m'y suis un peu attardé… pour affaires. Je suis passé par le cabaret de Lefebvre en revenant et on a bu à ma santé et à la tienne… Pour l'achat des anneaux…

– Il ne te restait plus assez d'argent, enchaînai-je, sarcastique.

– J'ai pensé que ce n'était pas indispensable pour se marier et que la dépense pouvait être évitée, compléta Pierre.

– Toutes mes amies portent une bague au doigt, Balan! Même Anne Philippe qui a épousé un simple colon comme toi, ton ami François Bacquet.

– Je te signale que François a deux arpents en labour de pioche et quatre en abattis, ce qui équivaut aux années d'avance qu'il a sur moi dans le travail de la terre. En outre, ton amie Anne Philippe a apporté la valeur de trois cents livres tournois en biens propres, en plus des cinquante livres de la dot du roi qu'elle n'a pas bêtement perdue comme tu l'as fait. »

La gifle ne se fit pas attendre, accompagnée d'un «je te déteste» qui m'échappa. Pierre porta machinalement la main à sa joue et me jeta un regard rempli de stupeur qui se mua aussitôt en colère. Je regrettai mon geste et reculai devant la menace d'être frappée. Pierre ne me toucha point, mais cela lui coûta des efforts. Il se détourna brusquement et sortit de la cabane en claquant la porte derrière lui. Je demeurai là, pétrifiée, ne sachant comment réagir. La frustration, la révolte, la déception, tout cela m'avait portée à répliquer violemment, mais j'aurais dû me contenir: il ne convenait pas que nous entreprenions notre ménage de cette manière. Je m'approchai doucement de la porte en tendant l'oreille. Je perçus le souffle de Pierre à travers les planches. «Pierre, murmurai-je en appuyant le front sur le bois rugueux, ne nous disputons pas. Nous sommes mariés pour partager les heures de joie et les heures de peine. Ne commençons pas par la peine.

— Tu ne me méprises pas, alors? dit-il.

— Comment le pourrais-je? Tu es le père du petit qui grandit en moi. »

La porte s'ouvrit et Pierre entra. Il avança lentement la main et me caressa la joue en constatant que j'avais pleuré, puis il me serra contre lui. «Chez les Pépin, as-tu présumé que je t'abandonnais quand le 1er juin est passé sans que je sois venu te chercher? demanda-t-il.

— Jusqu'à ce que l'abbé Morel me parle, j'ai pensé que tu étais empêché contre ton gré de tenir ta promesse. J'étais prête à imaginer n'importe quel contretemps, sauf, bien sûr, celui d'une beuverie, répondis-je hargneusement en m'écartant de lui.

— Que t'a dit le prêtre?

— Il m'a laissé entendre que certains soldats séduisaient les filles sans se préoccuper des conséquences.

— Si les prêtres s'y mettent pour faire de tels renoms aux militaires, on n'a plus qu'à retourner dans les bois et à s'accommoder des sauvagesses! J'en ai plus qu'assez des sornettes qu'on colporte sur mon compte et que tu t'empresses d'admettre comme une idiote! éclata Pierre.

— Holà, Balan! C'est toi-même qui rapportes ta conduite et selon tes dires, elle est loin d'être irréprochable. Je n'aurai besoin d'écouter personne d'autre pour juger de toi, arguai-je, ulcérée.

— Très bien, très bien! coupa Pierre. Je ne suis pas fier de mon comportement, mais ce n'est pas un crime de différer le moment de ses noces. Où est le drame? Ne sommes-nous pas mariés comme nous l'avions planifié? Si tu veux vraiment avoir une bague, je te l'achèterai plus tard. Pour le moment, tu devras te contenter d'un baiser…

– Si tu le permets, je vais m'en passer ce jourd'hui », répliquai-je, froissée par sa maudite désinvolture. Au moment où je me laissais choir sur le banc, on frappa à la porte. C'était la fillette du père Quelvé qui nous transmettait une invitation pour un souper de noces. Pierre et moi nous regardâmes, interloqués. «Dis à ton père que nous viendrons», répondis-je.

Là, nous eûmes la surprise d'être accueillis par les quatre familles établies à l'anse Bellechasse. Sur le terrain en face de chez Quelvé, à l'ombre du majestueux pin, nos voisins avaient dressé des tables couvertes de victuailles provenant vraisemblablement de leur terre: là, une volaille; ici, des pains, un fromage, des reinettes, des morceaux de courge bouillie, de l'anguille séchée, des tourtes et des laitages. Pour les hommes, il y avait aussi du vin fourni par Alexandre Berthier qui avait eu vent, je ne sais comment, de nos futures épousailles. Le père Quelvé s'affaira à le servir dans les gobelets d'étain qu'il avait disposés sur le dessus du fût. Il en fit la distribution en commençant par Pierre et s'assura, par la suite, que celui-ci n'en manquait point.

Je me dirigeai naturellement du côté des femmes, que Charlotte me présenta. Mes voisines étaient assez jeunes et novices dans le travail de la terre. Cependant, elles suppléaient à leur incompétence en partageant les expériences que chacune faisait sur son lot. Ainsi, elles ne tarirent pas de conseils sur la façon d'obtenir une récolte hâtive de raves, sur l'alignement à donner aux semis de haricots, sur le moment propice au rechaussement des plants, sur l'élevage des poules pondeuses. Bref, en leur compagnie, j'eus l'impression de suivre en accéléré une petite leçon d'agriculture.

En empruntant la piste tracée entre les maisons, le petit groupe formé des femmes et des enfants me fit visiter les installations de Berthier-Bellechasse : les cabanes, leur potager, leur grange et leur poulailler. Au bout du lot de Michel Gautron, jouxtant celui des Drapeau, notre petit cortège s'arrêta devant le four à pain collectif dont on m'expliqua le fonctionnement et la répartition de son emploi entre les familles. Puis, le temps rafraîchissant, nous retournâmes chez Quelvé.

Je découvris Pierre rond comme un œuf, couché dans l'herbe, le tricorne enfoncé sur la tête et les pieds juchés sur le fût renversé. Tandis que les femmes ramassaient le reste des agapes et que leurs maris démontaient les tables, je demandai le concours d'Antoine pour ramener Pierre à la cabane. Nous ne fûmes pas trop de deux pour le mettre debout et le soutenir jusque-là. La promenade dessoûla un peu Pierre qui tint à franchir le seuil de la porte sans aide. D'une voix pâteuse, il remercia et congédia Antoine, puis il alla s'affaler sur la paillasse. Antoine Drapeau me gratifia d'un sourire désolé et s'en retourna chez lui.

Je jetai un regard désabusé à l'intérieur du logis. Des détritus jonchaient le sol et des amas de sable s'entassaient dans tous les coins, sauf dans celui où j'avais déposé mon sac. Avant de défaire celui-ci, tandis que Pierre roupillait, je m'employai à allumer un feu et à faire le nettoyage des lieux. Voulant le réquisitionner pour mes propres affaires, je vidai le caisson qui contenait les accessoires de chasse. Je suspendis le mousquet à une poutre; sortis les pièges et collets dehors; fourrai la poudre et les plombs dans un vieux seau. Mis à part mon coffret que je retirai, je rangeai mon sac sans le défaire dans le caisson. Avisant un espace libre sur le dessus de la poutre principale, j'y glissai le coffret du roi : soudain, en le regardant, il me parut être le seul objet propre et décent de la demeure. Une grande lassitude s'empara alors de moi et je m'affaissai sur les pierres devant le foyer. «Te voilà mariée, Renée Biret, me dis-je, avec un air abattu. Tu as un petit en route; ton homme abuse de la bouteille et ton logis est tout à fait minable… Que ne donnerais-je pas pour avoir le secours de ma bonne tante Sarah, ce soir!»

Ma réflexion à haute voix dérangea Pierre dans son sommeil. Il se retourna sur lui-même en grognant, n'ouvrit pas l'œil et replongea dans sa léthargie. Je l'observai durant un moment en me demandant s'il avait de l'eau-de-vie dans ses provisions. En inspectant tous les pots, je mis la main sur celui qui en contenait et j'en mesurai la quantité. Elle était minime, mais je décidai de soustraire le récipient à la vue et l'enfouis dans le caisson. Ensuite, je marchai jusqu'à la porte, contemplai le jour qui déclinait à l'horizon, écoutai le chant des oiseaux qui s'appelaient pour la nuit, humai un grand coup d'air saturé d'odeur de terreau et refermai. La porte émit un grincement déplaisant qui me tira un nouveau soupir de mécontentement. «Il faut te secouer, ma fille! Ne laisse pas le découragement avoir raison de toi», pensai-je.

Comme je me décidais à préparer le ragoût pour le lendemain, je vis que la vieille marmite avait été remplacée par une autre, presque neuve, qu'un poêlon s'était rajouté à la batterie de cuisine et qu'on avait installé un crochet de crémaillère dans l'âtre. Ces découvertes me stimulèrent et c'est avec un regain d'énergie que je me mis au travail. Je prélevai une part du lard conservé dans la huche à sel, choisis un petit navet et un morceau de chou dans le panier à légumes et versai l'eau de la chaudière dans la marmite. Après avoir obtenu une bonne flambée à l'aide du bois entassé près du foyer, je suspendis enfin mon chaudron au crochet. Ne restait plus qu'à attendre. N'ayant pas trouvé de chandelle et ne sachant pas comment actionner la lampe de suif, je n'allumai pas et demeurai tapie en face du feu. Une chaleur bienfaisante s'empara de moi et me plongea dans une agréable torpeur. Si j'avais eu un appui pour ma tête, je suis certaine que je me serais endormie, tellement je m'abandonnai en cette dernière heure d'une journée qui avait été particulièrement éprouvante.

*

L'envie de me soulager me réveilla en pleine nuit. À la lueur des braises rougissantes, je me dirigeai vers la porte et sortis. La lune éclairait les champs d'un faisceau lumineux blanchâtre qui en accentuait les sillons. En prêtant une attention accrue, je découvris qu'on avait travaillé à mon pré pendant mon absence, car je l'avais laissé aux deux tiers labouré et il était maintenant fini. Je soupçonnai immédiatement que ce prodige était l'œuvre de Drapeau. Ne m'avait-il pas annoncé un cadeau de mariage spécial? Mon premier réflexe pour l'en remercier fut de vider un cruchon d'eau-de-vie avec lui, puis je me ressaisis et songeai à ce que François m'avait dit à propos de mes habitudes. Me revint également en mémoire sa suggestion de réfléchir avant de m'engager envers Renée et la terre. Avec l'intervention de Pépin la veille, je n'avais pas eu le loisir de mettre en application le conseil judicieux.

En repensant à la confrontation avec Pépin, j'émis un juron. Par ses reproches et ses sommations, le bonhomme s'était comporté comme s'il avait été mon père ou celui de Renée et qu'il avait quelque autorité sur moi. Or, il n'en avait aucune. Mais cette présomption déplaisante ne fut rien en regard de l'opinion révoltante qu'il se faisait de moi : il m'accusa d'être un libertin sans foi ni honneur qui engrosse la première venue et fuit tout de suite après. Il s'en fallut de peu que j'en vienne aux poings avec lui tellement il m'avait insupporté, mais un restant de dignité freina mon ardeur. «Laisse-moi tranquille, Pépin, et mêle-toi de tes affaires, lui avais-je dit. Ne t'imagine pas que tu me traînes à l'autel.

J'épouse Renée de mon plein gré, et ce n'est pas parce que je lui ai fait un enfant. Contente-toi d'être son témoin, n'en fais pas plus!»

L'accueil avait été étonnamment plus chaleureux du côté de Thomas Morel. Voilà un curé comme je les aimais! Si le prêtre avait été prévenu de mes atermoiements par Pépin, il n'en laissa rien paraître en m'abordant : aucune inquisition; aucune sévérité dans les avis et recommandations; pas l'ombre d'une réprimande. Que de la générosité et de la compréhension. Il avait émis, juste avant d'arriver chez Antoine, un commentaire amusant à propos de Renée, qui m'avait ravi : «Une femme qui a une tête bien faite apporte beaucoup dans un foyer et exige en retour que son homme en fasse autant. Je crois, Pierre Balan, que vous allez être fort occupé dans les prochaines années.»

Je laissai la lune à son ciel et entrai dans la cabane. L'obscurité m'empêchait de bien distinguer Renée, allongée sur la paillasse, mais l'envie de la contempler dans son sommeil était trop forte pour que je ne cherche pas à la satisfaire. J'attisai les braises et y jetai une bûche, puis je cherchai la lampe. Sans faire de bruit, je l'allumai et l'approchai du lit sur lequel je m'accroupis. Pendant près d'une heure, je me délectai du spectacle de ma mie, endormie, et là seulement, je songeai à l'enfant à naître. Je me surpris à en éprouver une grande joie. «Non, je ne t'ai pas épousée de force, Renée Biret. Je te veux bel et bien comme compagne. Je t'ai choisie. Par contre, je ne puis pas encore en dire autant de la terre…», pensai-je.

Depuis que nous nous étions querellés à propos de l'eau-de-vie, le lendemain des noces, je m'efforçais de m'en passer. Une semaine avant la Saint-Jean, nous étions retournés ensemble à Québec pour effectuer les emplettes avec l'argent baillé par Jean Talon, et Renée m'interdit alors de faire provision d'alcool chez le marchand. Cependant, elle m'autorisa à prendre un pot au cabaret de Lefebvre. Tandis qu'elle faisait le tour des boutiques, j'eus le temps d'étancher ma soif en avalant cinq gobelets de guildive. Même si, par la suite, j'eus le pied peu sûr en m'embarquant dans mon nouveau canot, et que j'exécutai les manœuvres avec quelque mollesse, Renée feignit de ne pas s'en apercevoir. Je crois que ses achats lui avaient procuré beaucoup de plaisir et qu'elle avait évité de ternir sa joie en fermant les yeux sur ce qui aurait alimenté une nouvelle dispute entre nous. Hélas, celles-ci étaient coutumières. Quoi que je dise, quoi que je fasse, je contrariais invariablement Renée. Elle gardait vif dans sa mémoire le souvenir du jour de notre mariage, où son désenchantement avait connu son apogée. Bien que ce même épisode me remplisse de honte, j'avais décidé de ne plus me morfondre à ce propos. Renée ne voulant pas tourner si facilement la page, elle attendait toujours des excuses pour s'y résoudre. Mon désir de faire montre d'autorité à son endroit m'interdisait de me complaire en contrition et en quête de pardons. Aussi n'avais-je accordé à Renée qu'une seule concession : plus d'eau-de-vie chez nous.

Voilà donc deux mois que je me contentais de lard et de pain pour démarrer ma journée de labeur. Aujourd'hui, je fauchais le foin et Renée avait annoncé qu'elle m'accompagnerait pour le mettre en meules. J'appréciai cette offre inespérée, car jusqu'à maintenant, Renée n'était pas allée plus loin que la grange ou le potager. Chaque matin, les nausées la jetaient au-dessus du seau dans lequel elle remettait son repas en entier. Par la suite, elle s'alimentait peu et semblait même maigrir. Je trouvais curieux de penser à elle en termes de « femme grosse », quand je la voyais, frêle et besogneuse, biner son carré de jardin, sans coiffe, sans mouchoir de poitrine, les manches retroussées, le bas de la jupe relevé sous la ceinture de son tablier et les pieds nus. Ainsi, en pleine lumière, Renée se révélait plus désirable que jamais. Je n'avais de cesse de l'admirer lorsque je la surprenais en plein travail en revenant des champs ou du bois. Apparemment, la vue de mon corps ne suscitait pas les mêmes appétences chez elle. Les précautions que je prenais à me dévêtir sous l'éclairage direct de la lampe tous les soirs n'avaient occasionné que des regards indifférents de sa part. Évidemment, au lit, les récompenses étaient rares. Était-ce dû à son état? Je n'aurais su le dire. Renée s'y précipitait aussitôt le repas du soir englouti et elle s'endormait avant que je l'y rejoigne. Malgré son manque de tendresse, je ne pouvais m'empêcher de la prendre dans mes bras en me glissant sous la couverture et j'étais infiniment heureux qu'elle ne me repousse point.

« Nous aurons une chaude journée, affirma Renée en regardant par la fenêtre. Il ne faudra pas oublier d'apporter de l'eau et de mettre nos chapeaux de paille.

– Je pars devant, dis-je. La faucille n'est pas affûtée et je dois me trouver une pierre. Tu viendras me retrouver quand tu seras prête.

– Je te suis! Je pars avec toi maintenant », lança-t-elle. Avant de sortir, je vis Renée s'affairer à remplir le panier avec notre collation et le cruchon d'eau, puis à enfiler chapeau et sabots. Une envie irrésistible de l'embrasser m'empoigna. Quand elle franchit le seuil de la porte, je l'enserrai vivement et la baisai à la naissance du cou. Elle poussa un cri de surprise et frémit en se dégageant. « Allons, Balan, fit-elle, garde tes forces pour couper les foins!

– Je n'use jamais de force pour te chérir, ma bien-aimée, au contraire, le simple fait de te toucher décuple ma vigueur, répliquai-je en souriant.

– Ne fais pas le coquin, je sais où tu veux en venir. Nous avons un pré à faucher et à rouler en meules et c'est exactement ce que j'ai l'intention de faire avec toi aujourd'hui. Vu? »

Je ne répondis rien et filai à la grange prendre mon outil. J'adorais le timbre de voix autoritaire qu'elle utilisait souvent pour m'annoncer l'emploi de sa journée, comme si le fait de hausser le ton lui conférait le statut de gérant sur notre fief. Un autre mari que moi aurait trouvé cette manière exaspérante chez sa femme. La manie qu'avait Renée de tout ranger et de balayer le sol chaque jour était également un défaut que nombre d'hommes auraient classé parmi les attributs de la parfaite harpie, alors que moi, je lui trouvais du charme. De même, la propension de Renée à faire régulièrement la lessive, alors qu'ailleurs, on se contentait de laver draps et hardes deux fois l'an, m'avait d'abord étonné, surtout à cause de la dépense en savon, mais, comprenant que cela était un relent de son ancien métier, je n'eus rien à y redire.

En fait, Renée ne se comportait pas comme les maîtresses de maison que j'avais connues jusqu'alors. Elle agissait différemment, presque avec art. Elle semblait mue par un dynamisme singulier, fait de débrouillardise et d'imagination. Chaque objet sur lequel portait son attention revêtait, je ne sais comment ni pourquoi, un cachet inédit. Ainsi, la cuisson d'une chaudronnée de poisson devenait l'élaboration d'un mets princier sous ses coups de louche; la cueillette sélective des haricots, une opération d'expert jardinier entre ses doigts agiles; le reprisage d'un accroc dans un vêtement, la retouche délicate d'un maître tailleur avec la précision de l'aiguille de son fameux coffret. Quand nous avions la visite d'amis, la conversation pétillante de Renée les extasiait aussi bien que si cela eût été la fable d'un diseur. De toutes ces choses, je m'émerveillais en silence. Et, même si Renée me battait froid régulièrement, je l'aimais et ne regrettais pas de l'avoir choisie.

Quand le soleil fut à son zénith, je m'arrêtai de travailler. Renée m'imita. Nous reprîmes notre souffle en contemplant, depuis la hauteur où nous nous trouvions, les eaux miroitantes du fleuve, la pointe de l'île d'Orléans et les monts de la côte de Beaupré qui disparaissaient dans une gaze de brume. Je ruisselais de sueur et ma chemise était si trempée que je l'enlevai pour la faire sécher durant notre repas. Nous nous assîmes à l'ombre de la première meule que Renée avait formée, auprès de laquelle elle avait déposé le panier. Je bus goulûment au cruchon d'eau et je l'aurais vidé d'un trait si Renée ne me l'avait pas enlevé. «Laisse-m'en, dit-elle. Moi aussi, j'ai soif et j'ai chaud.» Elle but à son tour et j'examinai sa gorge mouillée, quand elle renversa la tête, ce qui m'assécha la bouche de nouveau. «Pourquoi ne délacerais-tu pas ton corsage, tu aurais moins chaud. Fais comme moi, il n'y a personne pour nous voir, suggérai-je.

— Moi je te vois et toi tu me vois aussi. C'est indécent.

— Vain dieu, ma mie, nous sommes mari et femme!

— Ne blasphème pas!»

Découragé, je me retournai vers le contenu du panier. C'est alors que Renée vit mon dos nu. «Que sont ces marques-là? fit-elle.

— Quelles marques?

— Là, là et là», répondit-elle en posant un doigt hésitant à quelques endroits. Le contact délicat de sa main hérissa délicieusement la peau de mon cou. N'osant bouger, je lui répondis qu'il s'agissait probablement du fouet qu'on m'avait administré durant la campagne aux Antilles. Évidemment, Renée ne voulut pas en rester là et elle me pressa de raconter l'événement qui avait mérité cette correction. Même si je ne tirais aucune gloire de mon escapade avec Bacquet dit Lamontagne, je la narrai néanmoins, telle que dans mon souvenir.

Renée écouta attentivement sans me quitter des yeux. Je ne lus dans ceux-ci ni indignation ni condamnation. Le récit terminé, elle eut un geste qui me désarçonna: elle releva ses jupes et s'installa à califourchon sur mes cuisses. Après un moment d'immobilité durant lequel elle me dévisagea intensément, elle commença à me baiser le visage et à me caresser le torse. Mes mains fouillèrent sous ses vêtements, saisirent ses fesses et les pétrirent énergiquement. Soumises à une joute fougueuse et insatiable, nos bouches se cherchèrent, se mordirent, s'esquivèrent et se reprirent. Enfin, nous nous possédâmes dans cette position aussi incongrue qu'exaltante. Je me jurai alors de répéter l'expérience dès que je sentirais Renée dans la même humeur. J'eus ensuite beaucoup de mal à me remettre à la faucille, mais je n'en terminai pas moins le champ avant la fin du jour. N'avais-je pas prétendu que mes forces augmentaient au contact de ma bien-aimée?

Chapitre XIV

Hiver – printemps 1673, Berthier-Bellechasse

Pierre entra d'abord. Une neige collante le couvrait depuis la toque de renard jusqu'aux mocassins. J'allais me précipiter dans ses bras, mais la vue du sauvage qui le suivait juste derrière coupa mon élan. Médusée, je reculai de quelques pas. «Voici mon ami Akaroé dont je t'ai déjà parlé, dit Pierre. Je l'ai rencontré au comptoir de traite à Québec et je l'ai ramené pour préparer l'expédition qu'on va faire ensemble. Nous ne serons ici que quelques jours.

– Tu pars quand même, murmurai-je. Pour combien de temps?»

Pierre détourna les yeux et fit signe à l'Indien d'entrer plus avant. Sans tenir compte de ma présence, ils déposèrent leurs besaces dans un coin et se dévêtirent. La simultanéité de leurs gestes me frappa et je compris que leur amitié allait au-delà de l'association entre un traiteur français et son guide indien. Ils s'appréciaient vraiment beaucoup. Cela ne se voyait pas dans leurs propos, car ils parlaient très peu ensemble, mais l'attention mutuelle qu'ils se portaient continuellement démontrait leur attachement.

J'étais sidérée. Même si Pierre m'avait dit, à Noël, qu'il irait en forêt au cours de l'hiver, je m'étais imaginé qu'il ne partirait pas avant la naissance de notre petit. Or, il m'annonçait qu'il s'en allait avec cet homme dans quelques jours. Nous étions le lendemain des Rois et j'attendais ma délivrance pour le début du mois suivant. Je ne pouvais concevoir que Pierre ne retarde pas son départ, même s'il ne m'avait jamais rien promis en ce sens. «Quand, Balan? Tu pars quand? dis-je, avec anxiété.

— Je ne sais pas, dans deux ou trois jours, ça dépend de la température et du temps qu'il faudra pour compléter la réserve de bois de chauffage, répondit-il.

— Parce que tu penses que je vais accoucher dans cette cabane toute seule?

— Charlotte ou une autre va venir t'aider. C'est ce que font les femmes ici. Il y en a toujours une qui s'offre pour les relevailles ou bien deux qui viennent à tour de rôle pendant une semaine. Tout est prêt: le ber, les langes; le saloir est plein; le bœuf a tout son fourrage dans la grange… Que veux-tu de plus?

— Toi, Balan. Je veux que tu sois présent quand je vais mettre au monde notre enfant. Est-ce trop demander?

— Pour quoi faire? Les hommes sont inutiles dans ces moments-là, tu le sais bien, protesta Pierre.

— En effet, ils sont d'un apport léger quand il s'agit de procréer. C'est l'affaire de quelques minutes, d'une demi-heure, tout au plus. Ensuite, aux femmes de faire tout le travail!» Pierre haussa les épaules et soupira comme si ma répartie l'ennuyait. Il jeta un bref coup d'œil à l'Indien et lui dit quelques mots dans sa langue. Celui-ci lui répondit par un hochement de tête sobre. Il n'en fallait pas plus pour provoquer ma colère. «Et si j'allais mourir en couches, Pierre Balan? Tu y as pensé, à ça?

— Si cela devait survenir, ma présence à tes côtés n'y changerait rien.

— Ainsi, cela ne te fait ni chaud ni froid de me perdre ou de perdre l'enfant.

— Tu me prêtes encore des pensées qui ne sont pas miennes. J'aurais beaucoup de peine si tu trépassais, ou bien notre enfant. Assez de peine pour ne pas vouloir me remarier, Renée.

— La belle consolation que voilà, assurément! Pierre Balan dit Lacombe resterait veuf de Renée Biret jusqu'à la fin de ses jours… Eh bien, sache, monsieur le traiteur, que si par malheur tu périssais au cours de ta merveilleuse expédition, je me remarierais le lendemain de l'enterrement!»

Trois jours plus tard, Pierre et Akaroé avaient quitté la cabane. Ce furent trois jours de mutisme enragé contre Pierre, suivis de vingt-deux jours d'inquiétude face à l'enfantement et de pleurs amers parce que je n'avais pas trouvé le moyen de me réconcilier avec mon mari avant son départ. L'incertitude quant au moment de son retour me pesa cruellement et me fit regretter l'attitude acrimonieuse que j'avais adoptée avec lui et son ami indien. Au lieu d'être remplie de bonheur, l'attente de la délivrance s'écoula en remords.

Le jour de la Purification, le 2 février, après quelques heures d'un travail laborieux, mais sans défaillance, ma petite fille naquit. Dès cet instant, la dispute avec Pierre fut effacée. La mère Quelvé, qui avait été prévenue, fut mon accoucheuse et m'envoya, dès le lendemain, Thomas Morel qui était justement de passage dans la seigneurie. Il ondoya le bébé que je prénommai Marie, en l'honneur de la Vierge. Comme Pierre l'avait prédit, j'eus l'assistance de Charlotte Joly. Du jour de la naissance jusqu'à deux semaines après, elle m'entoura de soins empressés et veilla à ce que tout aille bien avec le nourrisson. Comme la petite était vigoureuse et buvait bien, mes premières expériences de mère furent faciles et heureuses. Durant mes relevailles, où seul l'allaitement m'occupait, j'eus le loisir de beaucoup penser aux femmes marquantes dans ma vie et la force que je leur attribuais s'insinua en moi et me renforça. L'évocation de tante Sarah, celle de mon amie Anne Philippe et de ma patronne Marie Testu, celle, plus diffuse, de Barbe et même le souvenir de madame Gasnier, me soutinrent pour traverser sereinement un épisode que j'avais appréhendé à cause de l'absence de Pierre.

Grâce à la générosité d'Antoine Drapeau, je disposais d'un manteau de drap et grâce à l'adresse de Pierre dans le travail des peaux, j'étrennai un capuchon et des moufles en fourrure et une paire de bottes de bœuf, qu'il m'avait confectionnés à l'automne. Ainsi vêtue, je pus sortir aux plus beaux jours de cet hiver-là et cela me fut salutaire. J'emmaillotais Marie dans une couverture de laine et l'installais dans un large sac de peau de castor que je portais en bandoulière sous mon manteau. Je pouvais vaquer à l'étable, rentrer du bois, ramasser la neige au seau pour l'eau ou aller rendre visite à Charlotte par le sentier que l'on gardait ouvert entre les deux chaumières; tout cela sans me séparer de ma petite que je gardais bien au chaud contre moi. Je crois que j'aurais péri d'ennui si j'étais restée confinée à l'intérieur de la cabane.

Mars passa et la moitié d'avril avant que les familles à l'anse Bellechasse sortent de leur isolement et que je voie de nouveaux visages. À l'automne précédent, le capitaine Alexandre Berthier était devenu le nouveau seigneur quand, quelques jours après son mariage, il avait reçu officiellement la concession de la seigneurie de Bellechasse. Il était venu avec son épouse et des ouvriers pour édifier une maison. Il avait alors rencontré les habitants, et, à leur grande déception, car ils espéraient son installation immédiate dans la seigneurie, il était reparti à Québec.

Au cours de la deuxième semaine après Pâques, en voyant débarquer le capitaine Berthier avec coffres et mobilier, nous devinâmes qu'il utiliserait la nouvelle maison comme manoir seigneurial. Berthier entreprendrait-il la construction du moulin? Personne n'ignorait cette obligation à laquelle les détenteurs de titres dans une seigneurie étaient tenus et à laquelle Nicolas Marsolet avait failli. Que le nouveau seigneur soit un militaire semblait rassurant, même si mes voisins n'avaient pas beaucoup subi la menace iroquoise par le passé. Par contre, on ne savait pas comment se comporterait Alexandre Berthier avec ses gens : serait-il traitable dans le paiement des redevances; remplirait-il ses devoirs, dont l'érection d'un moulin; attirerait-il d'autres colons?

Sachant que Pierre avait fait partie du même régiment que le capitaine et qu'il était, de ce fait, le seul censitaire à le connaître personnellement, on me posa quelques questions. Malheureusement, je n'avais pas les réponses, car j'avais appris bien peu de choses sur Alexandre Berthier au gré de mes conversations avec Pierre. Quelques détails me revenaient, mais ils concernaient l'abjuration de la religion protestante, ce qui ne donnait guère d'indications sur les dispositions du nouveau seigneur envers ses avoués.

Au milieu du jour, je me joignis au petit cortège des habitants de l'anse Bellechasse qui montait à la rencontre d'Alexandre Berthier. Le temps doux, le vent très léger, le soleil bien chaud et bien haut dans le ciel, l'odeur pénétrante de la terre imbibée de neige fondue : tout cela nous mit le cœur en fête. C'est la mère Quelvé qui nous accueillit sur le pas de la porte et nous fit entrer un à un. Elle me retint par la manche pour admirer la petite Marie dans mes bras. À sa demande, je la lui laissai un moment, le temps de me fondre dans le groupe des femmes et des enfants qui attendaient en retrait la fin de la réunion du seigneur avec les hommes. J'observai ainsi de loin le capitaine Berthier et son épouse, Marie Legardeur de Tilly. Celle-ci se tenait au centre de la pièce et, aussitôt qu'elle m'aperçut, vint à moi.

C'était une femme longue au teint pâle. Son sourire était tiède, mais ses yeux vifs. Sa tenue était sobre, mais ses manières élégantes. «Bonjour, Renée Biret, dit-elle. C'est bien cela? Nous nous sommes vues en novembre dernier…

– Oui, madame. Bonjour à vous, répondis-je.

– J'ai un message de ton mari… Nous l'avons croisé à Québec hier. Heu… est-ce que la petite Marie va bien?

– Si fait! Comment avez-vous appris que nous avons une fille et qu'elle s'appelle Marie? dis-je, au comble de l'étonnement.

– Mon époux a eu une entrevue avec le curé mission-naire de la côte sud, monsieur Morel. Il nous a dit que le baptême de ton enfant, le 8 février, a été inscrit au registre de Notre-Dame de Québec.

– Ah, je vois… Mon bébé est à côté, dans les bras de la mère Quelvé. Oh, ne me faites pas languir, madame! Dites-moi vite ce que Pierre vous a confié… et depuis quand il est de retour d'expédition», fis-je avec impatience. Marie Legardeur de Tilly me sourit un peu tristement et m'annonça que Pierre reportait son retour dans l'anse encore d'une semaine. Elle ne m'en donna pas la raison mais avança que, selon son époux, les labours de nos champs souffriraient grandement de ce retard. «Ton mari est revenu de Montréal avant Pâques et il séjourne à la mission de Sillery depuis. Il dit avoir réussi une excellente traite et nous le croyons. Manifestement, lui et son ami indien sont en très bonne santé», conclut-elle. Désarçonnée, je remerciai Marie Legardeur du bout des lèvres et elle retourna auprès de son mari.

Les quatre censitaires du capitaine Berthier discutèrent longuement de la construction du moulin banal, de son em-placement, du temps de corvée que chacun devrait fournir pour sa réalisation. Plus dépitée que jamais, sans saluer per-sonne, je retournai chez moi avec ma petite Marie. Jusque tard dans la nuit, je me tourmentai à la nouvelle du retour de Pierre en me demandant pourquoi il ne s'était pas précipité à l'anse Bellechasse plus tôt. Au réveil, le lendemain, je ne sus dire si j'éprouvais plus de dépit que de ressentiment envers mon mari.

*

L'expédition avec Akaroé avait été bonne, mais extrêmement dure. Nous étions descendus jusqu'à Montréal et de là, nous avions ratissé le territoire du Nord passablement occupé par les jeunes coureurs français qui, pour la plupart, étaient les engagés des gros marchands. Nous aurions dû pousser la route plus loin pour ramasser une plus grande provision de peaux. Comme j'avais fixé mon retour au début d'avril, nous manquâmes de temps. Akaroé avait bien essayé de me convaincre de traiter jusqu'à la fin de mai, afin de profiter de la foire annuelle aux pelleteries de Montréal. Celle-ci florissait déjà depuis une dizaine d'années et elle était véritablement devenue la plaque tournante pour le commerce des fourrures. J'avais eu du mal à faire comprendre à mon ami que je ne pouvais pas encore me permettre de ne pas rentrer pour les labours. «Pas cette année, mon ami, lui avais-je dit. J'ai une famille maintenant à l'anse Bellechasse et un lot à travailler. Les champs n'attendent pas et je suis seul à tenir la houe. Ma femme ne peut pas faire l'ouvrage d'un homme. Quand mon affaire sera plus avancée, que j'aurai un engagé ou un fils capable de m'aider, je traiterai jusqu'à la fin du printemps et j'irai vendre mes fourrures à la foire de Montréal.

— Quand ton fils sera assez vieux pour labourer, il sera assez vieux pour courir les bois. S'il possède la même passion que son père, il prendra le chemin de la forêt plutôt que celui des champs, me répondit Akaroé.

— Tu as raison. J'ai peut-être fait une erreur en sollicitant Marsolet pour une concession. Pourquoi diable me suis-je compliqué la vie en prenant ce maudit lot qui m'empêche de

294

faire ce qui me captive? Quelle misère! J'ai parfois l'impression que la terre me dégoûte…

— Ne serait-il pas plus juste de dire que le mariage te prive parce qu'il t'emprisonne là-bas?

— Je ne crois pas, dis-je. Malgré son caractère ardent, Renée me contente assez; l'idée de fonder un foyer me plaît aussi; le fait de ne devoir à personne d'autre qu'à moi-même le fruit de mon travail est exaltant; adhérer à un groupe de colons français me sourit davantage que de vivre au milieu d'Indiens, toi mis à part. Que je sois heureux dans les bois est une chose, y passer ma vie en est une autre. Par contre, défricher et cultiver dans une seigneurie est monotone et ardu. L'idéal serait de pouvoir faire un peu des deux… »

Nous touchâmes le quai Champlain dans l'après-midi du Vendredi saint. Comme le comptoir de traite et le cabaret de Jean Lefebvre étaient fermés jusqu'au mardi de la Pentecôte, nous choisîmes de ne pas rester à Québec avec notre chargement et d'aller à la mission de Sillery le soir même, chez l'oncle d'Akaroé. Avec l'aide de ce dernier, nous comptions retoucher certaines peaux dont l'apprêt avait été négligé. Cependant, avant de repartir, nous grimpâmes jusqu'à l'église Notre-Dame pour entendre l'office religieux. Tout ce que comptait la cité de nobles et de bourgeois s'y était pressé. Dans le premier rang, j'aperçus un personnage à l'allure magnifique qu'on me dit être le fameux gouverneur Frontenac. Il me fit aussitôt penser au marquis de Prouville de Tracy par la prestance. Puis, dans la rangée derrière, je reconnus plusieurs visages familiers dont Marsolet, la veuve Bourdon, Morel de La Durantaye et Alexandre Berthier. Ce dernier m'aborda au sortir de l'église, alors qu'Akaroé et moi nous étions mêlés aux gens du commun.

Me prenant à part et sur un ton de commandement, Berthier me questionna sur mes allées et venues. Il réserva un accueil plutôt froid au récit de mon expédition, me faisant bien comprendre que je ne pourrais pas compter sur sa magnanimité dans ce domaine. Il savait que je n'étais pas muni du permis requis pour faire la traite, mais il n'avait pas l'autorité légale pour m'en empêcher. De but en blanc, il me félicita pour la naissance de ma fille. Cette nouvelle émanait du curé Morel qui avait fait sa tournée printanière sur la côte sud. Berthier m'apprit la chose froidement en soulignant mon ignorance inadmissible à ce propos. «Je m'établis à l'anse Bellechasse après les fêtes de Pâques, dit-il. Y a-t-il un message à faire à ta femme?

— Eh bien, fis-je, pris au dépourvu, dites-lui que je serai de retour bientôt, dans une semaine ou deux. Je séjourne à la mission de Sillery entre-temps.

— Tes labours sont en retard…

— Je sais.

— Écoute, Balan, je ne m'intéresse pas au négoce de la fourrure, contrairement à mon voisin de seigneurie, Morel de La Durantaye, et je n'ai pas beaucoup de sympathie pour les colons qui s'adonnent à la traite au lieu de faire leur ouvrage. Alors, ne néglige pas ton lot, car je pourrais t'évincer. Ce n'est pas tout de tenir feu et lieu pour occuper le terrain, il faut aussi produire son boisseau de blé. »

Ma rencontre avec Alexandre Berthier, bien qu'elle ait été déplaisante, me donna à réfléchir. Une information, entre autres, suscita mon intérêt: le capitaine breton Morel de La Durantaye touchait au commerce des pelleteries. Cela m'étonna à peine de la part de cet homme entreprenant. Il avait reçu sa seigneurie en même temps que Berthier, à l'occasion de la vaste distribution de fiefs que Jean Talon avait faite juste avant son départ pour la France. On disait que Morel de La Durantaye avait épousé une femme riche; qu'il s'endettait allégrement pour tenir son rang; qu'il entretenait à Québec une maison remplie de coutellerie, de verrerie et de domestiques; et, surtout, qu'il avait confié l'exploitation de son domaine seigneurial à deux métayers.

« Quelle injustice! pensai-je. Alors que mon brave François Bacquet, qui ne goûte que la terre, hérite d'un négociant en fourrures comme seigneur, moi, qui n'ai d'appétit que pour les bois, j'obtiens un huguenot converti et zélé qui n'entend rien d'autre que labours et récoltes. Le premier dirige sa seigneurie depuis Québec par personnes interposées, l'autre s'installe à demeure sur son fief pour avoir ses censitaires à l'œil. » Je commençai dès lors à former le projet de changer de seigneurie. Pour ce faire, je devais renouer avec le Breton et m'attirer sa sympathie. Je supputai que cela allait être relativement facile, vu nos intérêts communs.

Une semaine plus tard, je terminai mon opération de troc au comptoir de fourrures de Québec et récoltai de quoi acheter une vache, une truie, trois poules, un plat d'étain, une baratte, un coffre, une sciotte, deux aunes de serge du pays et un quart de semences diverses. Puis les adieux se firent au quai Champlain : Akaroé mit à l'eau son canot pour aller rejoindre un groupe de trappeurs à Montréal, et moi je m'embarquai dans le mien, avec tous mes achats, sauf les bêtes que j'envisageais d'acquérir chez un éleveur à l'île d'Orléans. Les dernières paroles échangées entre mon ami et moi scellèrent la promesse de nous rejoindre à la Toussaint pour une nouvelle expédition d'hiver.

Je dus faire trois voyages pour apporter tout mon fourbi depuis la grève jusqu'à la cabane, un arpent plus haut. Renée me regarda faire sans rien dire, examinant les objets que je déposais à ses pieds. L'accueil était certes froid. M'étais-je attendu à ce qu'elle saute à mon cou? Il aurait fallu être bien naïf pour l'espérer, mais j'aurais tout de même apprécié que ma femme m'embrasse. Son visage fermé me prouvait qu'elle me gardait rancune de mon départ dans les bois. Cependant, dès qu'elle m'adressa la parole, je découvris qu'elle me reprochait mon retour!

«Voilà trois semaines que tu es sorti des bois, Balan. Qu'avais-tu de plus urgent à faire que de rentrer immédiatement voir ta femme et ton enfant?» Le silence avec Renée était la meilleure tactique pour éviter une dispute. Je me tus donc, me dirigeai doucement vers le ber et me penchai au-dessus. La vue de l'enfançonne endormie me ravit. Tout était si menu, rose et rond: joues, front, bouche, menton et menottes. Je me mis à roucouler, comme j'avais vu les mères indiennes le faire pour communiquer avec leur nourrisson. La petite ouvrit les yeux et me fixa, imperturbable, puis elle agita les mains. J'en saisis une entre mes doigts et la chaleur de la peau me surprit. «Comme elle est belle, dis-je. C'est bien de commencer notre famille par une fille: elle va pouvoir t'aider dans la maison.

– Qu'as-tu fabriqué à Québec au lieu de venir passer Pâques ici? Gageons que tu t'es accroché les pieds au cabaret et que tu y as bu les profits de l'expédition, fit Renée.

– Ma mie, tu prends plaisir à m'accabler sans raison! dis-je.

– Explique-toi…

– D'abord, le cabaret de Lefebvre était fermé; le comptoir de traite aussi. Deuxièmement, je suis allé à la mission des jésuites avec Akaroé pour finir le travail sur certaines peaux en attendant que le comptoir ouvre. Troisièmement, il me reste de l'argent de la vente de mes fourrures pour acheter les animaux dont on avait parlé. Finalement, je n'ai absolument rien bu. Si tu m'embrassais, tu le saurais…» Là, je venais de marquer un point.

Renée tenta de réprimer un sourire, puis, n'y tenant plus, elle s'abattit contre ma poitrine. Je la reçus dans mes bras et l'enserrai si fort qu'elle poussa un cri ténu. Elle me tendit ses lèvres, que je baisai avidement, encore et encore.

Les protestations de la petite Marie nous forcèrent à nous séparer et je laissai Renée à regret. Elle démaillota l'enfant, la souleva tendrement et la cala au creux de son bras replié. Je l'observais, pétrifié par une joie insolite. Comme je trouvai Renée désirable à l'instant où elle découvrit un sein et en rapprocha le visage du nourrisson! Elle alla s'asseoir sur le coin du châlit et s'adossa au mur pour donner la tétée plus commodément. Le spectacle était des plus charmant, mais je m'en détachai et entrepris de défaire mes bagages.

«Regarde ce que je t'ai apporté», dis-je à Renée en sortant de mon sac un porte-bébé en peau de cerf monté sur un cadre de saule. Je lui montrai comment l'objet était fait et comment il se portait sur le dos de la mère. «Les enfants tiennent là-dedans jusqu'à l'âge de huit mois. Tu vas pouvoir aller aux champs avec la petite», ajoutai-je. Renée n'émit aucun commentaire sur le cadeau, mais parut néanmoins intéressée. Je déballai les autres objets que j'avais rapportés de mon passage dans les tribus indiennes: un couteau à manche de corne et son étui brodé avec des écailles de tortue, deux écuelles taillées dans un nœud d'arbre, une peau de martre blanche et une peau de renard argenté, et deux pipes en os sculpté. Comme s'il s'agissait d'un butin, je disposai ces choses dans un endroit bien en vue afin de les admirer à satiété. Voyant le soin que je mettais à la présentation et à l'exposition de chaque chose, Renée sourit discrètement. J'interprétai ce signe furtif comme une marque d'acceptation de mon séjour de traite chez les Indiens et je m'en réjouis intérieurement. J'allais pouvoir repartir à l'automne prochain sans qu'elle fasse de difficultés.

Je gardai au fond de ma sacoche l'anneau que j'avais acheté à Montréal. Le cœur battant de désir, j'attendis que la nuit soit tombée pour l'offrir à Renée. Elle ne déçut pas mes espoirs. L'ayant longuement examinée avec bonheur, elle enfila la bague lentement, comme pour savourer l'instant.

Puis, sans rien dire, elle me fit allonger sur la paillasse et m'enjoignit de rester immobile. Ce qu'elle fit ensuite me combla au-delà de toute espérance.

*

Le grincement de la porte me réveilla. Je me dressai sur les coudes et scrutai la pénombre en direction du ber. Marie semblait encore endormie. Pierre était sorti du lit si silencieusement que je n'en avais pas eu connaissance. Avant de partir aux champs, il avait probablement pris, sans bruit, une part de pain dans la huche, comme il le faisait chaque matin, depuis son retour. Pour mettre les bouchées doubles afin de rattraper le retard dans les travaux, Pierre se levait avant l'aube, s'habillait dans l'obscurité, emportait sa pitance dehors, se lavait sommairement au puits et filait à l'étable pour atteler le bœuf. À midi, je le rejoignais au milieu des prés en lui portant son dîner. Habituellement, le mouvement de balancier de la marche dans les champs avait endormi Marie dans le sac à dos. Je profitais du répit pour assister au repas de Pierre et deviser avec lui. Ce moment de la journée était mon préféré. L'air était chaud et lumineux, l'ambiance était à la détente, et nous étions tous les trois ensemble. Dans le secret de mon cœur, je retrouvais intacte l'attirance pour l'homme qui m'avait séduite et auquel je m'étais attachée, parfois sans trop le rechercher.

Plus tard, lorsque Pierre revenait des champs et rentrait le bœuf, nous étions de nouveau réunis. Mais nous étions si épuisés, l'un comme l'autre, que nous ne fournissions même pas l'effort de parler. Je nourrissais la petite, la langeais et la couchais ; je ravitaillais ensuite Pierre qui restait affaissé sur son banc et je mangeais quand il avait fini. Pierre se levait alors et rabattait le châlit, se dévêtait et se couchait. Lorsque j'avais terminé le rangement de la cabane pour la nuit, Pierre ronflait déjà.

J'allumais alors la lampe et j'inspectais ses bas, sa chemise et son pantalon. Si je découvrais un accroc ou une déchirure, je les raccommodais sur-le-champ, car je savais qu'un vêtement abîmé pouvait se détériorer rapidement. Si je jugeais les habits trop souillés, je les mettais de côté pour les laver et je sortais du coffre l'ensemble de rechange propre. Pierre trouvait ma prévenance excessive sur cet aspect de l'entretien, mais je tenais à ce que mon homme n'ait pas l'air d'un gueux, même s'il passait toutes ses heures à marcher derrière un bœuf. La lessive était une tâche que je n'exécrais pas. Au contraire, j'aimais bien avoir les mains dans l'eau tiède et savonneuse; j'affectionnais en particulier l'étendage des vêtements sur la corde par ordre de grandeur et selon leur couleur; et je prisais aussi l'opération de pliage en lissant d'une main ferme les surfaces raides et sèches.

Comme la petite Marie ne demandait plus à boire la nuit, je profitais mieux de mon sommeil. Le corps de Pierre allongé à mes côtés me troublait quelquefois et cela pouvait me garder éveillée assez longtemps. Depuis le début des longs travaux, il ne m'avait prise qu'une fois. C'était au premier dimanche et, comme les autres censitaires, il n'était pas allé aux champs. Il pleuvait par intermittence, le toit gouttait et la cheminée fumait. Nous étions donc restés à l'intérieur et Pierre voulut m'apprendre à pétuner avec l'une des pipes qu'il avait rapportées. Dès le premier essai, je toussais déjà beaucoup; au deuxième, la tête me tournait violemment. Il n'y eut pas de troisième tentative. Pierre rabattit le châlit, m'y fit étendre et se coucha à mes côtés. Il n'attendit pas que mon teint redevienne rose. Mû par une furieuse envie de me prendre, il me caressa fort rapidement avant de me posséder avec une ardeur que je ne lui avais jamais connue.

Je ne goûtai plus à la même félicité, les dimanches suivants. Pierre, encore accablé par le surcroît d'ouvrage, décida de travailler durant le jour du Seigneur. D'ailleurs, il ne fut pas le seul à le faire dans la seigneurie au cours de ce printemps pluvieux. L'abbé Morel ne venait qu'une fois le mois et il n'était pas très tatillon sur le respect des jours fériés. Comme le seigneur Berthier besognait souvent à son affaire le dimanche, les censitaires de Berthier-Bellechasse, maintenant au nombre de huit, agissaient de même. Pierre ne fit pas exception.

Dans la dernière semaine de mai, je terminai mon jardin. Le premier tertre était tracé de cinq alignements de semences : les choux d'abord, les navets, les carottes au centre, les oignons et les citrouilles. Le second tertre, plus petit, était prêt à recevoir les graines de haricots et de pois. Assez fière de moi, je relevai la tête et vit Pierre s'entretenir avec Alexandre Berthier au bout du champ. J'entrai dans la cabane pour voir si Marie était réveillée et Pierre m'y rejoignit quelques minutes après. Il alla droit au mousquet qu'il décrocha et il entreprit de l'astiquer en souriant. «Ma mie, je suis appelé aux armes, fit-il avec enthousiasme.

– Qu'est-ce à dire?

– Tous les officiers ont reçu ordre de Frontenac de s'enrôler pour une équipée contre les Iroquois dans les Pays d'en haut. Ceux qui ont une seigneurie doivent lever des hommes sur leur concession, de préférence d'anciens soldats. Comme je suis le seul à répondre à ce statut ici, Alexandre Berthier n'aura que moi pour l'accompagner.

– Les Iroquois attaquent de nouveau? demandai-je, inquiète.

– Oh, non! C'est uniquement une question de stratégie commerciale. Apparemment, ils vendent aux Hollandais les peaux soutirées aux tribus des abords du lac Ontario, c'est-à-dire des fourrures prises sur les terres de la couronne française. Le gouverneur Frontenac a eu le mandat du ministre

Colbert de mettre fin à ce troc en érigeant un gros poste de traite qui puisse le bloquer.

— Donc vous n'allez pas livrer bataille, mais construire un fort, si je comprends bien. Pourquoi le fusil?

— Renée, on ne va jamais dans les Pays d'en haut sans être armé et une négociation avec les Indiens est toujours une opération militaire. J'avoue que la présente mobilisation semble excessive par son ampleur, mais avec le nouveau gouverneur, rien ne se fait en petit... »

Au cours des jours suivants, dans les seigneuries de la côte sud, il ne fut plus question que de cette opération. Malgré la grogne qu'elle souleva, en pleine saison des travaux des champs, le gouverneur fut intraitable et aucune défection ne fut tolérée. Pierre était, quant à lui, béat. Non seulement les labours l'ennuyaient, mais il brûlait de sauter dans un canot et de ramer des lieues et des lieues durant. Que l'expédition soit pour faire la traite, la chasse ou la guerre, il n'en avait cure. Partir était sa félicité, alors que pour moi, c'était un supplice. À peine avais-je commencé à goûter la présence de Pierre à mes côtés et à apprécier notre quotidien de labeur et de plaisirs communs qu'il devait déjà s'en aller.

Le dernier jour de mai, quand Pierre s'embarqua avec Alexandre Berthier, je descendis sur la grève avec Marie pour assister à leur départ. Le père Quelvé, son fils aîné et Antoine Drapeau nous y rejoignirent et leur présence fit en sorte de couper court aux adieux. La joie avec laquelle Pierre nous confia, notre petite Marie et moi, à son ami Antoine me brisa le cœur. Je ne versai aucune larme devant le groupe, réservant l'expression de mon chagrin pour plus tard, dans l'isolement de la cabane. Là, je pleurai tout mon saoul, mais quand l'orage fut passé, je jurai de ne plus jamais m'effondrer ainsi. Ne serait-ce que pour la petite, je me devais de composer avec l'amour considérable de Pierre pour l'évasion, quelle qu'elle soit. En contrepartie, il fallait trouver le moyen d'agrémenter moi aussi le quotidien tout en gardant le logis et en veillant sur notre fief.

*

J'accueillis la campagne du gouverneur dans les Pays d'en haut comme une distraction bienvenue. Les plants commençaient à sortir de terre et demanderaient un peu de sarclage, ce dont Renée pouvait s'occuper. Des barrières auraient pu être dressées autour de mon champ afin de le protéger des bêtes de mes voisins, mais je comptais sur l'efficacité des enclos d'Antoine pour le fermer d'un côté. Il y aurait eu des fossés à creuser pour prévenir les engorgements d'eau de pluie, mais ce travail abrutissant pouvait attendre. Bref, je me délectais à l'avance de l'aventure dans laquelle j'étais lancé, loin de mon lot. En outre, cette équipée allait vraisemblablement me donner l'occasion de côtoyer Morel de La Durantaye, ce que j'espérais depuis déjà un moment.

C'était bien vu de ma part : tout ce que la Nouvelle-France comptait d'officiers, de capitaines et de soldats mouillait devant Québec, qui dans des barges, qui dans des canots d'habitant. Parmi eux se trouvaient évidemment le capitaine breton, mais aussi d'anciens compagnons d'armes qu'on avait extirpés de leur champ comme moi. Si l'équipée de guerre était une pénitence pour certains, dont François Bacquet, elle revêtait des allures de récréation pour d'autres, tel Pierre Joncas. Quel que fût l'état d'esprit de mes amis, nous nous revîmes avec une grande joie et renouâmes fort rapidement les liens de solidarité militaire.

Le gouverneur Frontenac, qui attachait plus d'importance à l'image de puissance d'un contingent qu'à sa force elle-même, avait fait construire deux barques merveilleuses pour prendre la tête du cortège. Peintes de couleurs éclatantes et munies de pièces de canons légers, les embarcations gagnaient en panache ce qu'elles perdaient en efficacité, car, jusqu'à Montréal, nous dûmes freiner l'allure des canots pour ne pas les dépasser. La flotte comptant près de soixante-dix canots au départ de Québec, le 8 juin, s'en vit adjoindre une cinquantaine de plus à Montréal. Tous les habitants de l'île qui étaient sous les armes firent un grand tonnerre de canon et de mousqueterie pour saluer l'arrivée de Frontenac dans le port, ce qui en remua plusieurs parmi nous. «Si nous parvenons à faire moitié moins de tapage avec notre artillerie au lac Ontario, commenta Alexandre Berthier, nous créerons un effet extraordinaire, mais hélas, je doute que celle-ci se rende jusque-là.»

En effet, comment faire franchir aux vaisseaux armés les bouillons du fleuve à cet endroit de l'île de Montréal ou comment les porter à dos d'homme? Le gouverneur ne devrait-il pas réviser son plan face aux exigences du trajet? Voilà les questions que tous ceux qui connaissaient le pays se posaient. Mais pour le marquis, aucun effort n'était trop lourd pour impressionner majestueusement, il fallait oser «quelque chose de nouveau qui inspirât le respect et la crainte de la part des sauvages», comme il l'avait dit aux officiers pour justifier le travail titanesque qui s'ensuivit.

Durant plus d'une semaine, nous fûmes de corvée pour ouvrir et battre un chemin le long des rapides, afin d'y faire circuler les charrettes à bœufs qui transporteraient l'encombrant équipement. Cette partie du périple me fit presque regretter le travail à la bêche sur mon lot. Le reste du voyage ne me donna guère d'autres plaisirs que celui de ramer pendant un mois et demi, de concert avec quatre cents gars, en direction des plus beaux territoires de chasse de la Nouvelle-France. Tous ne partageaient pas nécessairement mon engouement pour la destination, mais je découvris vite qu'il suffisait d'une seule personne avec qui en parler pour donner libre cours à mes rêveries: Morel de La Durantaye fut cet interlocuteur inespéré.

Pour étoffer ses propres connaissances sur les Pays d'en haut, le Breton avait questionné les uns et les autres afin de repérer lesquels, parmi les hommes, avaient une expérience de traite sur ce terrain. Sans y être allé moi-même, je disposais des renseignements qu'Akaroé possédait sur la région, en plus de connaître les rudiments de la langue iroquoise; aussi me proposai-je pour aider De La Durantaye. Nos premiers échanges nous révélèrent l'un à l'autre : je saisis que le commerce de la fourrure était bel et bien l'objectif du capitaine, et celui-ci comprit que j'avais les mêmes vues.

L'expédition aboutit enfin à l'embouchure de la rivière Cataracoui, là où attendaient depuis déjà quelques jours les représentants des nations indiennes que le gouverneur avait convoqués par le biais de ses éclaireurs. Affirmant que l'endroit s'avérait idéal pour l'établissement du futur fort, De La Durantaye suggéra à Frontenac une tournée de reconnaissance des lieux. Avec sept autres gars, je fus invité à former l'escorte pour cette sortie qui dura deux heures. J'évitai ainsi les travaux d'érection du cantonnement et pus observer de près le pompeux gouverneur qui craignait de mouiller son soulier à l'approche des cours d'eau et qui ne dormait que d'un œil lorsqu'il pleuvait, parce qu'il redoutait que le biscuit de voyage ne se gâte. Lorsque nous revînmes au campement, la grande tente de Frontenac avait été érigée sur une butte qui dominait le site. Le lendemain, je compris les raisons de ce choix incongru. Le marquis de Frontenac avait conçu une véritable mise en scène pour recevoir les chefs indiens. Dès l'aube, il fit battre au tambour le rassemblement des troupes. Nous nous présentâmes en armes et nous nous disposâmes, comme il l'ordonnait, en deux longues rangées qui partaient des côtés de sa tente, en haut de la butte, jusqu'au bas, dans le campement indien établi sur les abords de la rivière. Puis il signifia aux chefs de monter à sa rencontre en passant entre cette haie d'honneur.

Il les fit asseoir sur des toiles à même le sol et le chef des Onontagués, qui avait été désigné comme porte-parole du groupe, prononça le discours d'hommage au gouverneur. Vint ensuite la présentation des cadeaux par les différents clans, chacun offrant un collier de porcelaine au «Grand Onontio», nom que les Indiens donnaient aux gouverneurs français. Le marquis de Frontenac les remercia par le truchement de Charles Le Moyne de Longueuil qui servait d'interprète. Comme j'étais assez près des officiers à ce moment-là, j'entendis distinctement les échanges et pus apprécier le travail de ce dernier. La partie suivante de la rencontre fut un peu plus ardue pour lui, car il fallut traduire le long discours du gouverneur, sans cesse entrecoupé par l'offrande de présents aux chefs indiens: tantôt on distribua des brasses de tabac; tantôt des pruneaux, des raisins, de l'eau-de-vie, des biscuits de voyage et, pour finir, on donna un fusil avec ses munitions à chaque nation indienne représentée.

«Balan, me souffla De La Durantaye entre deux palabres, comment se débrouille Le Moyne de Longueuil? Sa traduction est-elle exacte?

– Elle est plus fidèle quand il rapporte ce que Garakontié dit que lorsqu'il transmet la parole du gouverneur, ce me semble, répondis-je.

– Comment cela?

– Heu… Le Moyne abrège un peu. Disons que le ton et le contenu sont moins ampoulés que le verbe de Frontenac.

– Bah, ça, il vaut mieux! Les Indiens commencent à être habitués au style paternaliste des dirigeants français et je ne suis pas certain qu'ils l'apprécient», commenta De La Durantaye. Quoi qu'il en soit, la harangue du gouverneur atteint son but: les chefs indiens réitérèrent leur confiance et approuvèrent l'érection du poste de traite. Dès l'après-midi, nous nous employâmes à creuser des rigoles devant ceinturer la palissade.

La construction du fort se poursuivit durant une semaine sans pour autant interrompre les entretiens entre les délégués indiens et Frontenac, dans la pénombre de la tente de ce dernier. Comme la plupart de mes compagnons, qui ne prisaient guère les travaux de bâtisseurs, je souhaitais ardemment voir finir la construction et entendre sonner l'heure du départ. Cela arriva dans les derniers jours de juillet. Frontenac nous fit transporter tout le matériel de traite et de défense dans le magasin du nouvel établissement, confia la garde de celui-ci à un dénommé Cavelier de La Salle et ordonna la levée du camp. Au début de septembre, nous étions revenus à Québec.

Je quittai mes amis avec une certaine tristesse et repris la mer avec Alexandre Berthier. Jusqu'à la rivière Boyer, où se trouvait le manoir seigneurial de La Durantaye, la barque de ce dernier navigua de front avec la nôtre, puis nous nous séparâmes. Je saluai le capitaine et ses conscrits, dont François Bacquet, qui semblait impatient de rentrer chez lui. Avec Alexandre Berthier, la dernière portion du voyage jusqu'à l'anse Bellechasse fut accomplie dans un silence morne. Je crois que mon seigneur me faisait la tête parce qu'il réprouvait la complicité qui s'était établie entre De La Durantaye et moi. Cela ne me déplut point.

Chapitre XV

1674 – 1675, Berthier-Bellechasse

Rien n'est plus attendrissant qu'un enfant qui fait ses premiers pas. La petite Marie fit les siens vers les bras tendus de ma chère Anne. « Renée, s'écria celle-ci, viens voir : Marie marche ! » Je déposai la binette et entrai dans la cabane en m'essuyant les mains à mon tablier. Je souris devant le spectacle : Anne Philippe assise par terre, les jambes écartées et les mains grandes ouvertes, attirait ma grosse fille debout face à elle. L'enfant se dandina dans sa direction en partant de son point d'appui, trois pieds plus loin. Les pas furent étonnamment nets jusqu'à ce que Marie tombe dans les bras d'Anne, au comble du ravissement. « Bravo, ma chérie ! m'exclamai-je en me penchant sur ma fille. Tu es une championne…

– C'est fantastique ! enchaîna Anne. Voilà presque un an que je te rends visite régulièrement, Renée, et jamais je n'aurais cru que Marie grandirait aussi vite et réussirait à marcher aussi tôt.

– Voilà ce que c'est que de desserrer les langes dès après les premiers mois. Marie a des jambes bien solides grâce à cela.

– D'où t'est venue cette idée ?

– Je l'ai vu faire chez les protestants de La Rochelle. Il paraît que c'est une pratique courante chez les Anglais. Leurs enfançons ne sont plus en maillot à l'âge de cinq mois et, d'ailleurs, on remarque moins de jambes tordues chez eux, une fois adultes. Je vais faire la même chose avec mon prochain…

– Oh, Renée, tu es grosse! laissa échapper Anne.

– Si fait, dis-je. J'attends un deuxième enfant pour décembre…»

Un voile de tristesse assombrit le beau visage de mon amie: «Comme je vous envie, toi et Françoise Grossejambe. T'ai-je dit qu'elle a déjà deux enfants avec Julien Boissy? Oui, je crois… J'évite d'aller trop chez elle, même si nous sommes voisines. Notre pauvre petite Françoise… vivre avec un mari aussi revêche! N'empêche, la venue de bébés, c'est une consolation pour une femme qui veut enfanter…» Je m'accroupis à côté d'Anne qui tenait Marie assise sur elle et je les serrai toutes deux de mes bras. Puis, tendrement, je posai ma tête contre celle de mon amie: «Ne t'en fais pas, murmurai-je, ce sera bientôt ton tour. J'en suis persuadée…

– …

– François est tellement amoureux, et puis il est toujours là, avec toi, poursuivis-je en me redressant. Ce n'est pas comme Pierre… Figure-toi que j'ai chiffré le nombre de jours où il a été présent dans la seigneurie l'an dernier: c'était plus vite calculé que les jours d'absence.

– Tu es impossible, Renée Biret! Tenir le compte de la durée des expéditions de ton mari, vraiment, tu n'as rien de mieux à faire?

– On voit que ton homme ne court pas les bois», dis-je. Anne fit une moue de désapprobation. Pour ne pas lui laisser croire que je reprochais à Pierre son choix de négliger notre lot pour s'adonner à la traite, j'enchaînai sur un ton léger: «Peu importe que Pierre soit ici ou non, je ne me plains pas: j'ai toi, une amie dévouée qui vient me voir assidûment; j'ai des voisins complaisants qui me coupent le bois; leurs commères prévenantes qui partagent le contenu de leur caveau et de leur saloir avec moi; je jouis d'un toit épais et de murs étanches; et j'ai la vache la plus productive de la côte sud. Que demander de plus?» Le rire d'Anne chassa sa morosité et le reste de la journée se déroula dans la gaieté.

À l'automne précédent, grâce à leur feuillage rouge foncé, j'avais découvert huit pieds de vigne sur le versant sud du coteau qui bordait notre terre. Les raisins étaient abondants, noirs, petits et déjà secs, mais je les avais cueillis tout de même, avec l'idée d'en tirer quelque chose. Ayant sous la main une écuelle de cuivre profonde, il ne m'en coûtait rien de faire un essai de fermentation. Même si les fruits s'étaient gâtés avant la fin du processus, j'avais trouvé l'expérience prometteuse en raison de la quantité de raisins produits par les plants. «Si je peux les traiter dans leur fraîcheur, avec un récipient couvert, les résultats seront probants», m'étais-je dit. Aussi avais-je résolu de tailler et d'entretenir les pieds de vigne dès la fonte des neiges. Vivement intéressé par mon projet, Pierre s'était engagé à me procurer un bassin propre à la fermentation.

À la fin de l'été, alors qu'il était parti à l'île d'Orléans pour faire réparer un outil, il en revint avec un fourbi pour la fabrication du vin : il y avait un fût, un bac de cuivre avec son couvercle, un pressoir et un tamis. «Où as-tu trouvé tout ça? m'étonnai-je.

– Chez un habitant: il l'a obtenu en paiement d'une dette, mais il ne sait qu'en faire. Je l'ai eu pour une bouchée de pain...

– Combien?

– Moitié du prix demandé chez n'importe quel marchand de Québec ou de Montréal.

– Combien? répétai-je.

– Vingt-deux livres. Il paraît que ça provient du naufrage d'un navire espagnol dans le coin de Terre-Neuve. Je trouve l'ensemble en assez bon état. Qu'en penses-tu?

— J'en pense que c'est trop cher, Pierre Balan! Sais-tu ce qu'on aurait pu acheter avec une telle somme? D'ailleurs, où as-tu pris l'argent?

— Je n'ai rien payé encore… J'ai engagé une partie des profits de ma prochaine traite plus deux veltes d'eau-de-vie qu'on va faire avec ton vin. Je doute que ce dernier soit buvable autrement que distillé.

— Pierre, il faut tout un équipement pour distiller. Ne t'imagine pas que tu vas le dénicher dans une cave de l'île d'Orléans, sans compter le fourneau… Et puis, il faut deux fois plus de liquide fermenté pour obtenir une mesure d'eau-de-vie.

— Ne t'inquiète pas pour cette étape-là. J'ai mon plan», argua Pierre en souriant. Manifestement, tout était réglé à l'avance. J'eus beau questionner Pierre sur son supposé plan, je n'appris rien. Par contre, après avoir bien examiné le matériel acquis, je reconnus qu'il était bon et que je pourrais très bien m'en arranger.

Avec cet attirail, après une vendange modeste, au début d'octobre, je réussis à transformer un boisseau de raisins en vin. Au même moment, Anne Philippe, qui profitait de la morte-saison pour faire ses visites, m'assista dans l'opération. Heureusement, car j'étais à un mois de mon terme et mon gros ventre m'encombrait beaucoup. Bien qu'il soit fort noir et âcre, mon premier vin répandit une odeur suave dans la cabane lorsque je le transvidai. Ce début de production vinicole m'enchanta. Pierre ne put l'apprécier qu'à son retour des bois, une semaine après ma délivrance. La veille de son arrivée, l'abbé Morel était passé dans la seigneurie et avait baptisé l'enfant du nom de Jean-Baptiste. Entre notre petit garçon, né le 13 décembre, et le vin «de Bellechasse» mis en tonneau le 1er, Pierre ne sut duquel se réjouir le plus.

*

Une neige fine comme de la farine poudrait le ciel depuis mon départ de la seigneurie de La Durantaye. Je ne voyais pas à trois perches devant moi, mais j'avançais rapidement. Quelqu'un avait dû me précéder sur le sentier sauvage, car mes raquettes s'enfonçaient à peine dans la neige. Au détour d'un bouquet de sapins, j'entraperçus un passant venant en sens inverse. Au premier coup d'œil, je crus à une femme, la silhouette portant un long manteau ou des jupes, mais c'était un prêtre. Je reconnus bientôt le curé itinérant de la côte sud. Nous nous saluâmes et fîmes un brin de causette. Thomas Morel m'annonça que j'avais un fils depuis une semaine et qu'il venait d'être oint. Je lui appris que je traitais pour le compte d'Olivier Morel de La Durantaye et que j'arrivais tout juste de son manoir seigneurial. «Le seigneur de La Durantaye se sert d'une pièce de son manoir comme entrepôt pour la marchandise, expliquai-je. Il paraît que sa femme ne veut pas voir de peaux dans sa maison de Québec… Moi, ça fait mon affaire de transporter les fourrures là. Je peux aussi y laisser mon fatras et ainsi, je n'encombre pas ma propre maison.

– D'autant plus que ta femme utilise une partie de votre logis pour sa petite fabrique de vin, souligna le curé. Que comptez-vous faire avec la production?

– Y avez-vous goûté, mon père? Avons-nous là un vin de messe acceptable pour vous et vos confrères du séminaire? demandai-je, sur le ton de la plaisanterie.

– Non, je n'ai rien goûté: ta femme t'attend pour déboucher. Cependant, elle m'a dit que si la qualité du vin est médiocre, comme elle le prévoit, tu en feras de l'eau-de-vie. Probablement pour servir dans le trafic avec les Indiens. Tu sais que c'est prohibé, Pierre…

– Courir les bois sans congé de traite l'est également, mon père. Bien des choses sont réglementées dans cette colonie, et bien des délits sont tolérés, aussi. Pourquoi? Parce que le premier mandat des colons est le peuplement et leur première qualité est la débrouillardise. Le pays est rude et vaste. Le gouverneur, l'intendant et le Conseil souverain peuvent s'ingénier à rédiger des lois, ni les uns ni les autres n'ont les moyens de les faire appliquer en dehors de Québec, de Trois-Rivières et de Montréal. Que feriez-vous à notre place, monsieur, sur un lopin de terre qui n'a que cinq mois dans l'an pour donner son grain?

– Écoute, Pierre, plusieurs y parviennent. Je dirais même que c'est le cas de la plupart des censitaires. Dans ce pays neuf, tous se peuvent bien nourrir et prospérer, à condition d'avoir la santé et d'y mettre les efforts requis.

– Je ne suis pas paresseux! m'insurgeai-je.

– Je n'ai rien dit de tel, soutint Thomas Morel. N'aie pas de crainte, je ne parcours pas la côte en inspecteur ou en dénonciateur. Je suis un ministre du culte et c'est l'œuvre de Dieu que je sers. Je me soucie principalement de ce que tu n'enfreignes pas son commandement. Par contre, cela ne m'empêche pas de te conseiller dans les autres domaines. Ne mets pas en péril ta famille, Pierre Balan, car si tu étais poursuivi et reconnu coupable de quelque infraction, c'est elle qui pâtirait de ton absence ou de ta perte. Garde toujours à l'esprit Renée, Marie et le petit Jean-Baptiste avant de te lancer dans un commerce. Pour ma part, c'est à eux que je penserai quand j'entendrai parler de toi. »

Nous nous quittâmes amicalement. La neige nous avait doucement transformés en masses blanches et il était temps de se remettre en mouvement. Avant d'atteindre ma cabane, j'eus largement le loisir de méditer sur ma rencontre avec le prêtre et, sur plusieurs points, je lui donnai raison. Je me surpris à l'admirer pour le zèle avec lequel il s'acquittait de son ministère : il voyageait à pied et léger; il dormait et mangeait là où il officiait; il était toujours en route. «Thomas Morel, me dis-je, est un véritable coureur, non pas des bois, mais de la côte fluviale. Il mérite mon respect pour ses bons avis. » Cependant, je dus reconnaître que, dans tout son verbiage, l'information sur le fût de vin de Renée avait suscité un plus grand intérêt chez moi que la naissance de mon fils. Je me tançai un peu pour cette pensée ingrate tout en accélérant le pas. J'eus soudain très hâte de goûter au vin de Renée.

Le liquide s'avéra aussi mauvais que prévu, mon fils aussi rougeaud et fripé qu'un nouveau-né l'est d'ordinaire, ma fille aussi joliette qu'avant mon départ et ma mie aussi heureuse que si je l'avais laissée la veille. D'entrée de jeu, je lui narrai ma rencontre avec le curé Morel et je rapportai les recommandations de ce dernier concernant la production d'eau-de-vie. Comme moi, Renée ne sembla pas se soucier de la loi : « Que faudrait-il faire de ce vin, alors ? Ne dit-on pas : *Quand le vin est tiré, il faut le boire* ? D'ailleurs, l'eau-de-vie elle-même n'est pas une boisson interdite : on en sert à tout le monde, jusqu'aux malades de l'Hôtel-Dieu. Quant au vin, on ne peut pas nous reprocher d'en fabriquer. Avec quoi les prêtres diraient-ils la messe si des gens ne cultivaient pas la vigne ?

— Justement, j'ai proposé ton vin pour le séminaire, dis-je.

— Ah, qu'a répondu monsieur Morel ?

— Que tu ne le croyais pas propre au cruchon et que tu le réservais pour sa transformation en eau-de-vie.

— Fort bien ! Ne te reste plus qu'à le tester, Pierre, lança Renée, sur un ton de défi. Je suis bien curieuse de connaître la suite de ton plan, c'est-à-dire comment tu vas distiller le vin, poursuivit-elle.

— Est-ce à dire que tu l'as déjà goûté pour me parler déjà de distillation ?

— Je n'ai pas eu besoin d'y tremper les lèvres : la couleur et l'odeur de la boisson m'ont convaincue qu'il ne sera pas bon pour la table. Tu oublies que je connais la science de Barbe Vitard. »

La suite de mon plan était encore une ébauche d'association avec l'un des deux métayers du seigneur de La Durantaye, Jean Brias dit Latreille. L'habitant qui m'avait vendu le fourbi de vigneron à l'île d'Orléans avait également eu en sa possession un alambic de cuivre qu'il avait cédé à Jean Brias, deux ans plus tôt. Jusqu'à ce que je passe par le manoir seigneurial de La Durantaye, je ne savais pas si une petite distillerie était en fonction là-bas. Maintenant que j'avais rencontré Brias dit Latreille et causé avec lui, mes soupçons étaient confirmés : il utilisait l'alambic dans une dépendance attenante au manoir. Comme le métayer n'avait rien pour la fermentation, il se servait de bière invendue, sur le point de devenir aigre, qu'il se procurait au cabaret de l'île d'Orléans. « J'avais d'abord pensé au mauvais vin soldé au port de Québec à la fin de la saison de navigation, mais il est encore trop cher. La bière rance, je l'ai pour presque rien à Sainte-Famille, m'avait expliqué Brias.

— Olivier Morel est-il au courant de ton activité ? avais-je demandé.

— Il s'en doute peut-être, mais il ne dira rien. Du moment que je m'occupe correctement de la métairie avec Molleur, le reste lui est indifférent. Viendra sûrement un jour où il ne dédaignera pas ma production. Avec son comptoir de traite à la foire des fourrures de Montréal, il brasse de grosses affaires, à ce qu'on dit. Or, l'eau-de-vie, c'est une monnaie d'échange fort utile dans ce commerce. »

Au lendemain des Rois, j'étais de nouveau dans la seigneurie de La Durantaye. Sur un petit traîneau emprunté à Drapeau, j'avais sanglé le tonnelet de vin « de Bellechasse » avec mes autres bagages. Officiellement, j'allais rendre visite à François et à Anne. J'avais mission de revenir avec celle-ci, si son mari l'autorisait à faire un séjour à Berthier-Bellechasse, où Renée la réclamait. Mais avant d'aller chez eux, six arpents à l'ouest du domaine seigneurial, je fis un arrêt à la maison des métayers. Pierre Molleur m'ouvrit et me dit que Brias se trouvait dans la dépendance, ce dont je me doutais, car j'avais vu un panache de fumée s'échapper de la cheminée, indication que l'alambic fonctionnait. À la porte, une grande quantité de bûches de pin fendues témoignait que le fourneau devait être rouge.

Jean Brias m'accueillit affablement en jetant un regard intrigué au tonnelet. Il était en plein travail de distillation et je pus admirer son installation tout en causant. À peine plus âgé que moi, Brias était célibataire. Pas trop vilain de sa personne, il se dégageait néanmoins une rigidité dans son allure qui le faisait paraître bourru. Pour je ne sais quelle raison, il semblait vouloir se lier d'amitié avec moi et il ne ménagea ni son temps ni les prévenances pour m'être agréable. J'en profitai. «Cela t'intéresserait-il de faire un essai avec mon vin? Ce n'est pas une grosse quantité, mais il est fort, proposai-je.

– J'ai pas mal de bière à distiller, mais juste après la mise en futaille, je pourrais traiter ce que tu apportes. Je ne garantis rien quant à ce qui va en ressortir, mais c'est sûr que je vais obtenir quelque chose. Repasse à la fin du mois avec des flacons: on embouteillera ensemble.» Je quittai Jean Brias d'un pas guilleret et poursuivis mon chemin jusque chez François.

C'était bien mon jour de chance: mon ami me reçut avec excitation et empressement. «Pierre, tu tombes bien, fit-il. Mon voisin est parti la veille de Noël. Sa terre est libre et ne le restera pas longtemps. Morel de La Durantaye est prompt sur cet aspect: il se fait un devoir de remplir sa concession le plus rapidement possible. On dirait qu'il rivalise avec Berthier là-dessus.

– Ces deux-là se tiraient déjà la bourre dans les rangs de Tracy, ce n'est pas étonnant que ça continue, admis-je.

– Avant que le Breton cède la censive pas mal défrichée à un nouveau venu, tu devrais la réclamer. Je t'assure, c'est un excellent lot, en tout cas meilleur que celui sur lequel tu t'échines, poursuivit François, avec verve.

– En fait, je ne m'échine pas beaucoup… pas autant que je le devrais. Ce qui agace Berthier. Maintenant, je cours les bois durant presque la moitié de l'année pour le compte de De La Durantaye.

– Je le sais. Raison de plus pour venir t'établir dans sa seigneurie!

– Qu'entends-je? fit soudain Anne, dans notre dos. Avoir ma chère Renée comme voisine? Oh oui! Il le faut absolument… Renée, Françoise et moi réunies de nouveau. Ne manquera plus que Catherine…» Je souris à Anne en pensant à la vigne de Renée. Serait-elle transplantable ici?

«Pourquoi ton voisin est-il parti? demandai-je à François.

– Il n'est pas parti, répondit Anne, il est mort. C'était un célibataire sans personne à qui transmettre son bien. La terre redevient tout simplement disponible.

– Avait-il une maison?

– Une maison excellente avec cheminée de pierre, une grange aussi. Son champ est court, mais sans souche ni cran rocheux. Sa manie à lui, c'était la cognée. Je n'ai pas vu beaucoup d'hommes jouer de la hache avec autant d'acharnement, dit François, admiratif.

– J'espère qu'il a laissé quelques arbres dans la forêt pour le bois de chauffage, fis-je en plaisantant.

– Écoute, Pierre, c'est une chance inespérée qui s'offre à toi. Je suis persuadé que tu es en si bons termes avec De La Durantaye qu'il ne pourra pas te refuser cette censive.»

Voyant que sa femme continuerait probablement sa plaidoirie auprès de la mienne, François encouragea Anne à rentrer à l'anse Bellechasse avec moi. Anne n'avait qu'une idée en tête: voir le nourrisson et la petite Marie au plus vite. Elle ne se fit pas prier pour boucler son sac. Quant à moi, je me dis que la présence d'Anne à la maison allait favoriser une nouvelle escapade de mon côté. D'abord, aller à Québec, chez Olivier Morel de La Durantaye et chez Jean Lefebvre; puis retourner à la distillerie de Brias. Ma décision prit forme si simplement qu'elle me parut juste et naturelle: au printemps, je déplacerais ma famille de seigneurie. Si les conditions le permettaient, j'exploiterais le talent de Renée pour la culture de la vigne et la fabrication du vin et je renforcerais mon association avec Jean Brias dit Latreille. Dans le voisinage immédiat de ses amies de traversée, Renée ne souffrirait plus de solitude et endurerait mieux mes absences. Ainsi, je pourrais m'adonner à la traite, et même être engagé comme chef de canot dans les expéditions automnales d'Olivier Morel de La Durantaye.

Ce jour-là, en cheminant à côté d'Anne Philippe et en écoutant le chuintement du petit traîneau dans notre sillage, j'eus une espèce de vision que l'abbé Thomas Morel n'aurait pas totalement approuvée. J'imaginai Pierre Balan dit Lacombe, père de famille nombreuse, commis de traite et premier cabaretier sur la côte sud.

*

Je me souviendrai toujours de l'année 1675 avec une vive émotion, car elle demeure pour moi une année bénie qui m'apporta bonheur et quiétude. Et pourtant, que de travail elle me donna!

D'abord, ce fut le déménagement, au printemps, pour la seigneurie de La Durantaye. Le transport de nos meubles, des poêles, chaudrons, chaudières, de tous les ustensiles, de la literie et des vêtements, ainsi que le transfert de nos animaux demandèrent plusieurs allers-retours dans la barque de Pierre, avec l'aide de François Bacquet. Puis il y eut l'aménagement de la nouvelle maison, facilité par le concours d'Anne qui prit les enfants chez elle durant quelques jours, ce qui précipita le sevrage de Jean-Baptiste. Ensuite, je dus faire la préparation rapide du potager et la transplantation des pieds de vigne que j'avais réussi à arracher au coteau de Bellechasse. Dans l'urgence du moment, je crus avoir commis quelques erreurs lors de cette opération, mais les plants reprirent vigoureusement. Quant à la terre elle-même, comme pour l'état de la maison, nous nous rendîmes vite compte que François n'avait pas menti. Non seulement les champs étaient plus avancés en culture que ceux sur lesquels Pierre avait peiné, à l'anse Bellechasse, mais le lot profitait d'un terrain assez plat par rapport à l'autre, parsemé de vallons et de parois rocheuses. La pente vers le fleuve était plus douce et les champs étaient mieux drainés. La maison était surélevée sur une base de roches cimentées; avait deux fenêtres à carreaux; possédait un plancher de bois, des murs de planches et un toit de bardeaux, ainsi qu'un foyer de pierre de bonne dimension. Bref, je ne vivais plus dans une cabane avec mes petits enfants… Ce n'était pas la grande maison de Marie Testu et encore moins celle de madame, mais le logis était comparable en qualité à celui de Catherine Laîné à l'île d'Orléans.

En outre, la concession de La Durantaye bénéficiait d'une plus grande attention de son seigneur; les familles y étaient un peu plus nombreuses et un moulin à vent était déjà en érection à la pointe du domaine seigneurial, quand nous arrivâmes. Celui-ci était fort grand et situé au centre de la seigneurie. Morel de La Durantaye l'avait confié en métairie à deux fermiers accommodants qui prêtaient volontiers leurs équipements aux censitaires, en saison de récolte. L'un d'eux, Jean Brias, se montra très prévenant durant les jours de notre installation, particulièrement à mon endroit, quand je m'employai à replanter la vigne, et, plus tard dans l'année, après le départ de Pierre vers les Pays d'en haut, en garnissant la réserve de bois de chauffage.

L'automne de notre arrivée me reste gravé en mémoire comme l'un des plus beaux que j'aie vécus au Canada. Jamais je ne contemplai de spectacle quotidien plus merveilleux que celui des couleurs flamboyantes qui habillèrent la forêt de la côte sud, l'île d'Orléans en face et les montagnes de la côte nord. Bien que le potager et la terre aient produit une récolte satisfaisante, les plants de vigne ne donnèrent presque rien. Je ne m'en alarmai pas, car c'était normal qu'ils soient au repos au cours de l'année de leur transplantation. Cela déçut Pierre, mais il reporta ses espérances sur son expédition de traite. Selon ses dires, les ententes conclues avec le seigneur Morel de La Durantaye étaient fort avantageuses pour nous. À la fin de l'été, Pierre eut véritablement l'âme en fête rien qu'à fourbir ses armes en vue du voyage.

J'accueillis avec sérénité la hâte de Pierre à quitter la maison. J'avais compris que son zèle à regagner la forêt n'était pas une fuite de sa vie avec les enfants et moi. Au contraire, l'impératif de la course des bois était assujetti au bien-être de sa famille. C'était sa façon à lui de se dépenser au mieux de ses compétences et d'assurer ainsi le pain et le confort sur notre lot. Pierre était-il sobre au loin ? Peut-être pas, mais il l'était sous notre toit et c'est ce qui comptait pour moi. Avec ce qu'il rapportait de ses expéditions, nous ne manquions de rien. S'il faisait de longs arrêts au cabaret de Jean Lefebvre, lors de ses fréquents passages à Québec, et y dépensait une partie de sa paye, je ne pouvais lui en tenir rigueur. Pierre était bon père et bon mari : cela seul m'importait.

Le regain de ferveur amoureuse dont Pierre fit preuve, quelques jours avant de partir, me remplit de félicité. Dans l'alcôve du lit, nous nous possédâmes avec une flamme et une tendresse mêlées en assouvissant notre soif de caresses durant de longs ébats nocturnes. Pour une troisième fois, je conçus, et pour une troisième fois, l'attente de ma délivrance se fit pendant l'absence de mon mari. Mais je n'étais plus seule, désormais : j'avais une fille et un fils, et mes chères Anne et Françoise qui me comblèrent de leur amitié.

Comme il me l'avait dit, Pierre ne rentra pas pour Noël. Cependant, j'eus tant de visites qu'il ne me manqua point. Je découvris que la petite société des censitaires de La Durantaye était loin d'être isolée. Le désir que les gens avaient de se réunir était plus fort que l'inconvénient de battre les chemins de neige entre leurs maisons. Quand ils eurent apprécié une première fois la conteuse exaltée que j'étais, ils ne choisirent pas d'autre endroit pour veiller que chez moi.

*

Je me souviendrai toujours de l'an 1675 avec grande satisfaction. Entre le moment où je pris la décision de quitter mon lot à l'anse Bellechasse, au début de l'année, et celui où je partis pour les Pays d'en haut, à l'automne, tout concourut à me faciliter la vie.

D'abord, Morel de La Durantaye. Non seulement il s'empressa de me concéder le lot voisin de celui de François Bacquet, mais il retint également mes services et ceux d'Akaroé pour prendre la tête de l'expédition qu'il commanditait aux Grands Lacs. Ensuite, l'appui précieux de mes amis. Sans Antoine Drapeau, François Bacquet et Jean Brias, le déménagement de nos pénates et de nos bêtes ne se serait jamais passé aussi bien. Tout ce branle-bas fut également l'occasion pour moi de voir la solidarité féminine à l'œuvre. Charlotte Joly et les amies de Renée dans la seigneurie de La Durantaye papillonnèrent autour de notre ménage et des enfants avec une telle efficacité qu'en un rien de temps, nous étions confortablement installés dans un logis très supérieur à celui que nous avions abandonné. Renée jubilait et je me délectais de son allégresse.

Tout ce beau monde à notre service faisait plaisir à voir et me remplit d'aise. Jusqu'aux plantes qui donnèrent leur pleine mesure! En effet, les pieds de vigne ne moururent pas. Ils ne produisirent pas grand fruits, mais leur feuillage fut très prometteur pour la prochaine saison. En plus, la terre de mes champs, ameublie par l'ancien censitaire, donna un excellent rendement en blé et en orge, sans que moi ou mon bœuf de travail y mettions de lourds efforts. L'achèvement du moulin arriva à point nommé pour que je puisse faire moudre sans traverser le fleuve avec mes sacs de grains. Même les légumes du jardin, pourtant semés un peu tard, sortirent du tertre en belles rangées fournies. Il faut dire que Renée y veilla attentivement et joua de la sarclette et de l'arrosoir durant tout l'été.

Au début de l'automne, je fauchai allégrement les prés voisins et le mien en compagnie de Bacquet dit Lamontagne et de Boissy dit Lagrillade, le mari de Françoise Grossejambe. Nous répartîmes le foin dans nos étables et abattîmes notre porc ensemble. Nous fîmes boucherie le même jour et partageâmes un petit coup d'eau-de-vie fournie par Brias dit Latreille. Grâce à l'association avec mon seigneur, je n'eus aucune difficulté d'approvisionnement quand le temps d'acheter l'équipement de traite vint. Je pus même rembourser au complet l'achat des accessoires vinicoles de Renée.

L'essai de Jean Brias avec la cuvée «de Bellechasse» avait donné une boisson assez comparable aux liqueurs de vin de La Rochelle, par le goût et la teneur en alcool. La quantité avait cependant été insuffisante pour penser en faire un commerce quelconque et nous bûmes la production entre nous, dans la seigneurie. Par contre, si les plants de vigne de Renée croissaient et se multipliaient, que leur vendange soit belle et que le vin tiré soit abondant, il n'était pas interdit d'envisager une nouvelle opération de distillation, cette fois plus fructueuse. En attendant, nous nous contentâmes de l'eau-de-vie de houblon de Brias, dont nous prenions une petite rasade chaque matin, à la métairie.

L'idée d'afficher bouchon à La Durantaye chemina aussi cette année-là. Brias songeait à un cabaret-auberge sur les hauteurs de la baie près du moulin; moi, je me satisfaisais d'une petite taverne en bas, à l'embouchure de la rivière Boyer qui traversait le domaine seigneurial. L'important était de mûrir notre projet et d'entretenir notre estime mutuelle. Ce à quoi je m'employai jusqu'à mon départ. Lorsque celui-ci survint, Jean Brias était devenu un ami de la maison, aussi attaché à moi qu'à Renée. Je lui confiai la garde de ma famille en toute tranquillité et partis heureux.

Contrairement aux équipées de traite précédentes, où l'esprit d'aventure rivalisait avec l'exaltation de la tâche pour me faire oublier la vie sédentaire, celle de 1675 me riva au logis et à Renée par la pensée. Au début du voyage, chaque fois que je me glissais dans mon couchage de peaux, le souvenir des caresses de ma mie me hantait. Je cherchais au fond de ma mémoire une trace de la frénésie des dernières nuits passées entre ses bras chauds et, souvent, il m'arrivait de soupirer de mélancolie. Quelquefois, la vue d'enfants et de bébés dans les tribus où nous trouvions asile me rappelait ma petite Marie aux boucles blondes et son jeune frère à la frimousse joufflue. Une envie passagère de cajoler une tête ou une menotte s'emparait de moi et me laissait pantois.

Jusqu'à destination, la mission du père Marquette sur le détroit entre les lacs Huron et Michigan, Akaroé s'abstint de m'interroger sur mon humeur. Après Noël, lorsque nous quittâmes le poste pour pénétrer dans le territoire de traite, il se permit une remarque: «Tu ne prends plus plaisir à la compagnie des Indiennes, mon ami, comme tu le faisais autrefois. Je crois en deviner la raison. Elle a pour nom Renée. Si ta belle vaut la privation que tu t'infliges, c'est que ton cœur est bien enferré. Bienheureux es-tu, même si tu soupires.»

En effet, bienheureux étais-je. J'avais une femme charmante; deux enfants en bonne santé; je cultivais la moitié de l'année et courais durant l'autre; j'avais un seigneur pour bailleur de fonds et un associé expérimenté pour épauler mes futurs projets de cabaretier. Ma vie comportait une part de risque et une part de paix et je m'en trouvais absolument ravi.

Épilogue

Pierre et Renée est un récit de fiction inspiré de personnes ayant vécu en Nouvelle-France, dans la deuxième moitié du xviie siècle. Voici ce que l'on sait de l'héroïne et du héros, d'après les documents de l'époque, actes civils et religieux et relevés administratifs (le reste est le fruit de mon imagination et de recherches historiques) :

Renée Biret était la fille de Jean Biret et de Simone Périne, de la ville et évêché de La Rochelle, en France. Née vers 1641, elle est arrivée en Nouvelle-France en 1671 avec quatre-vingt-cinq autres filles du roi, dont Anne Philippe, Catherine Laîné et Françoise Grossejambe.

Pierre Balan dit Lacombe était le fils de Pierre Balan et de Perrine Courrier, de Cantillac, évêché de Périgueux, en France. Né vers 1646, il est soldat dans le régiment d'Orléans en 1664, année où il s'embarque à La Rochelle vers les Antilles sous les ordres du général Alexandre de Prouville de Tracy. Pierre Joncas dit Lapierre et Pierre Toupin sont des soldats de sa compagnie. En 1665, Tracy est appelé en Nouvelle-France et il y emmène quatre compagnies, dont celle de Pierre, qu'il joint aux mille deux cents soldats du régiment de Carignan-Salières. À la démobilisation de celui-ci, en 1668, Pierre reste en

Nouvelle-France, tout comme ses compagnons d'armes Pierre Joncas et Pierre Toupin.

Le 9 juin 1672, Renée et Pierre sont mariés par Thomas Morel, prêtre missionnaire de la côte sud. L'acte de mariage est enregistré à l'église Notre-Dame de Québec. Pierre se déclare alors habitant à Berthier (seigneurie de Berthier-Bellechasse). Vers 1675, on retrouve Renée et Pierre à La Durantaye (seigneurie de La Durantaye). Leurs voisins de censive sont les couples Anne Philippe/François Bacquet dit Lamontagne et Françoise Grossejambe/Julien Boissy dit Lagrillade.

De l'union de Renée et Pierre naîtront quatre filles et cinq fils qui leur donneront soixante-deux petits-enfants. Marie, l'aînée des filles, est née le 2 février 1673 à Berthier-Bellechasse et Jean-Baptiste, l'aîné des fils, le 13 décembre 1674, au même endroit. Leur baptême suit de quelques jours leur naissance et les actes ont été enregistrés à l'église Notre-Dame de Québec.

Pierre décède le 29 décembre 1687 à La Durantaye, à l'âge approximatif de quarante ans. Renée se remarie au cours de l'année suivante avec Jean Brias dit Latreille, métayer dans la seigneurie de La Durantaye. De cette union naîtront trois fils et vingt petits-enfants. Renée sera de nouveau veuve en 1706 et se remariera en 1709 avec le maçon François Lavergne, de Beaumont. Le couple sexagénaire n'a pas de descendance. Veuve une troisième fois en 1714, Renée revient vivre à La Durantaye et y décède en mars 1715, à l'âge approximatif de soixante-quinze ans.

Renée Biret est aujourd'hui reconnue parmi les mères de la nation québécoise, comme nombre de ses contemporaines, les filles du roi. Les ménages formés d'une fille du roi et d'un soldat du régiment de Carignan-Salières sont à l'origine d'un grand nombre de familles souches en Amérique.

Table

Marquis imprimeur inc.

Québec, Canada
2011

Cet ouvrage composé en Garamond corps 13 a été achevé d'imprimer au Québec
le vingt-cinq octobre deux mille onze sur papier Enviro 100 % recyclé
pour le compte de VLB éditeur.

100 %

Pierre et Renée. Un destin en Nouvelle-France
de Diane Lacombe
est le neuf cent quarante-huitième ouvrage
publié chez
VLB ÉDITEUR.

Si vous désirez envoyer un courriel à Diane Lacombe, écrivez-lui à l'adresse suivante : *dianelacombe@vl.videotron.ca*
Vous pouvez également le faire sur le site Internet consacré à sa production littéraire : *www.edvlb.com/dianelacombe*

VLB éditeur bénéficie du soutien de la Société de développement des entreprises culturelles du Québec (SODEC) pour son programme d'édition.

Gouvernement du Québec – Programme de crédit d'impôt pour l'édition de livres – Gestion SODEC.

Nous reconnaissons l'aide financière du gouvernement du Canada par l'entremise du Fonds du livre du Canada pour nos activités d'édition.

Nous remercions le Conseil des Arts du Canada de l'aide accordée à notre programme de publication.